KUWEI
酷威文化
图书 影视

Zhao Si
Mu Nuan

鱼霜 著

图书在版编目（CIP）数据

朝思慕暖 / 鱼霜著. —— 广州：广东旅游出版社，2023.4
ISBN 978-7-5570-2934-0

Ⅰ.①朝… Ⅱ.①鱼… Ⅲ.①长篇小说–中国–当代 Ⅳ.①I247.5

中国国家版本馆CIP数据核字(2023)第050939号

| 出 版 人：刘志松
| 总 策 划：刘运东
| 责任编辑：林保翠
| 特约编辑：马春雪　刘雪华　郑　蕾
| 封面设计：鬼　哥
| 责任校对：李瑞苑
| 责任技编：冼志良
| 出版监制：王兰颖　代琳琳

朝思慕暖
ZHAOSI MUNUAN

广东旅游出版社出版发行
（广东省广州市荔湾区沙面北街71号首、二层　邮编：510130）
联系电话：020-87347732
北京市松源印刷有限公司
（地址：北京市通州区漷县镇大柳树村北）
联系电话：010-80566092
880毫米×1230毫米　　32开　　12印张　　334千字
2023年4月第1版第1次印刷
定价：42.80元

本书如有错页、倒装等质量问题，请直接与印刷厂联系换书。

目 录

第一章　十　一 ————— 001

第二章　宴　会 ————— 017

第三章　朋　友 ————— 033

第四章　医　院 ————— 047

第五章　交　易 ————— 062

第六章　变　故 ————— 078

第七章　礼　物 ————— 094

第八章　化　妆 ————— 111

第九章　杜　家 ————— 128

第十章　打　算 ————— 143

第十一章　责　任 ————— 158

第十二章　团　建 ————— 172

第十三章　醉　酒 ————— 185

目 录

第十四章	往　事	196
第十五章	新　年	220
第十六章	打　脸	234
第十七章	进　修	250
第十八章	心　病	262
第十九章	底　线	275
第二十章	难　关	289
第二十一章	隐　瞒	304
第二十二章	竞　拍	319
第二十三章	反　击	335
第二十四章	手　术	350
第二十五章	信　念	365
番　外	天　晴	375

第一章
十一

十月末，天乍凉，寒风裹着湿气从窗户进客厅，坐在沙发上的男人三十来岁，剪着平头，满脸焦虑，额头布满细汗，他正眼睛直直地看向坐在另一处沙发的男人，开口时语气非常卑微："裴助理，再有两天，您再给我两天的时间，我保证把货一点不少地送到您面前。"

裴天一身西装革履，深蓝色的领带上，金色扣子折射着璀璨的光。这光落在对面男人的眼里，反倒添了寒意，他咽了咽口水，听到裴天说："王总，不是我不给您时间，只是按照约定今天要交货，您交不出，这其中的损失，谁来承担？两天的时间，也挺长了。"

王永顺干笑两声："我知道，这是我的过错，损失就由我承担。"

裴天轻笑："您承担？"

"依照合同规定，逾期一天赔十分之一的损失，王总，据我们所知，您另外一批货也压在海关，没有十天半个月，出不来吧？"

那不仅是全额赔偿，还要倒贴。

王永顺想到这点就暗自咬牙，他当初就不该听好友的话，说什么一批货也是运、两批也是运，结果那边的货过不来，让原本没问题的这批货也遭了罪。

他真的是悔不当初!

可现在后悔也没用了,他只能硬着头皮道:"裴助理,我知道这件事是我理亏,您看能不能通融通融,我这公司才成立没几年,就这……"

压根儿都不够赔的!

他欲言又止地看向裴天,满眼祈求。

裴天没看他,反而转头恭敬地和一个人说道:"三小姐,您说呢?"

被他称呼为"三小姐"的女人坐在沙发上,双手抱胸,一袭艳丽的红长裙紧贴身体,微卷的墨黑秀发散在身后,仅有两缕垂在胸前,被风吹得微晃。眼前的人面容姣好,身材窈窕,是江城出了名的冷美人,但是此刻王永顺却生不出任何欣赏的心情,相反,他冷汗流得更畅快了,后背几乎被浸湿。

卫翙抬眸淡淡地扫了他一眼,王永顺只觉一阵寒风从身边刮过,冷得他打了个寒战。

"王总。"卫翙开口,"你想怎么赔?"

王永顺在她锋利的目光下抬头,对上那双厉眼,他咽了咽口水道:"三小姐,您再给我两天时间。"

卫翙勾唇,声音却没有笑意:"可以。"她说,"两天之后呢?"

王永顺背上的汗打湿了衣服,衣服贴在后背,黏腻得紧,他动了下身体,冷风吹进来,凉意从头漫到脚,透心。

他不喜欢和卫翙打交道,当初合同也是和裴天签订的,因为贪图他们出的价高,还自诩心有多大,就吃得下多大。现在真是搬起石头砸自己的脚。不仅没成功送货,还惊动了这尊菩萨。他这是触了什么霉头!

王永顺咬碎牙把怨气咽下去:"两天之后,我照额赔偿!"

卫翙清冷的神色没有波澜,声音平静地道:"不如这样……王总,我给您七天的时间周转。"

王永顺一听"七天"立刻抬头,对上卫翙的目光还有几分错愕,七天?

看见他的表情,卫翙继续道:"七天后,如果货还不到,王总也不用赔偿,我听说您在西郊盘了片烂尾楼,就用这楼赔吧。"

王永顺刚刚才恢复两分血色的脸倏地白了！

卫翙追问："如何？"

王永顺的表情如被断了命根子一般，点头，出声道："听三小姐的。"

一旁的裴天勾了勾唇角，看来回去就该拟定合同了。

卫翙没有多待，得到结果之后她就起了身，裴天立刻跟上，身后的王永顺还想送，被裴天拦下："王总，您还是先想想怎么把货周转过来吧。"

王永顺盯着已经离开的卫翙，咬了咬牙。

出了客厅的门就是花园，挺大，要走三四条石道，卫翙径直往门口停车的方向走去，耳边突然听到声响。

"还敢不敢了？你说，你还敢不敢了！"

"看我今儿不打死你！"

"你个贱人！小偷！我让你随便拿东西！"

尖锐的辱骂声从花园处传来，卫翙侧头淡淡地看了一眼就收回了目光，耳边听到怯生生的声音："我没有，不是我……"带着几分哭腔，听起来让人有些心疼。

奈何卫翙一贯不是什么好心肠的人，她连个多余的眼神都没施舍，继续往前走，然后，她被人撞到了。

卫翙往后退了两步，裴天手疾眼快地扶住她，低声道："三小姐，您没事吧？"

"没事。"卫翙站稳之后看着趴在自己脚下的女孩。

女孩身形单薄，正在小声呜咽，如受伤的野兽，身后还紧跟着好几个女人。她们手上拿着鞭子和棍子，还有刚从树上折下的枝条，枝条上泛着红，还透着血气。

见红了，这可不是好预兆。

卫翙微微拢眉，神色不悦，众人只觉周身的气压瞬间低了几分，几个女人面面相觑，谁都没敢吱声。

"三小姐。"轻笑声打破了胶着气氛，沈素清披着披肩走过来。

沈家在江城颇有声望,沈素清之前见过卫翔两次,自然认识,卫翔却没和她打招呼,只是略微点了点头就准备走。

裙摆猛地被人揪住。

是一只带着血迹的手。

卫翔低头,拽住她红裙的手偏小,手背上有红艳艳的血迹,肤色倒是很白,五指纤细。裙子原本就是红裙,又染了血迹,配上女孩白皙的肌肤,有种说不出来的感觉。

空气中有半刻冷寂,直到卫翔开口:"抬头。"

一直低着头的女孩听到声音浑身一抖,似乎被吓到了。卫翔却没什么耐心,她又重复了一遍:"抬头。"

女孩缓缓抬头。

长发胡乱地堆在头上,发丝干燥枯黄,一张脸脏兮兮的,额头被打破了,伤口处正汩汩冒着血,血流到脸颊两边,显得又脏又乱,血气还重,整个人就像刚从垃圾堆走出来的乞丐,让人不愿看第二眼。

但是卫翔看了第二眼。

因为她发现,这双眼睛很漂亮。

几秒后,她暗自纠正,是非常漂亮。

沈素清看卫翔多看两眼立刻道:"三小姐,您喜欢这小姑娘?"

这人是老公从外面带回来的,男人的心思,她会不知道?所以自打这女孩被带回来,自己就没少折腾,今儿还抓了个现行,正准备将人撵出去,谁知道碰到了卫翔。

沈素清顺口说道:"三小姐若是喜欢,就将她带回去吧。"

众人正等着卫翔拒绝,毕竟谁都知道卫家的三小姐性子寡淡,不喜欢多管闲事,更不喜欢找麻烦。

结果卫翔一反常态,顿了顿,开口,嗓音依旧清冷:"那就谢了。"

听到她的话,裴天不禁皱起了眉。他刚刚没听错?三小姐刚刚说的是"谢了"?

还没等他细想,卫翔已经抬脚走了。女孩依旧趴在地上,沈素清踢了她一脚:"磨蹭什么,还不赶快跟过去!"

女孩被她踢得身体晃了下，立刻拔腿就往卫翙身边跑，但她也没敢走得很近，只走到了裴天旁边。上车的时候，裴天打开后车门，卫翙坐上去，女孩站在车前咬了咬唇，姿态带着小心翼翼。

还是裴天说了一句"上车"，她才慢慢挪到车上，上车后紧靠着车门，似乎是怕把车里弄脏，只敢坐一小块儿地方，整个人缩成一团。头上的血迹还没干，偶尔有几滴落下来，她赶紧用袖子挡在伤口上，一声不吭。

"三小姐，要去公司吗？"

坐在旁边闭目养神的卫翙嗓音淡淡地道："回去。"说完，侧头看了一眼身边的人，"打电话让子彦来一趟。"

听到她的声音，女孩抬眼悄悄地看卫翙，见到她正神色平静地看着自己，凤目冷淡，女孩立刻低下头，缩起肩膀。卫翙没在意她的小动作，吩咐完之后继续靠在车上闭目养神。

女孩偶尔用余光瞥她。卫翙造型简单的无袖款红色长裙紧贴身体，衬得双臂更加白净。此刻，她双手环胸，头歪向一边，侧脸线条精致，从内而外透出一股优雅贵气，还有几分冷漠和不近人情。想到自己刚刚的大胆举动，女孩悄悄咬了咬唇，低着头，眼底有歉意。

到了卫家，卫翙下车后，女孩跟在她身边，始终保持不远不近的距离。进客厅后，正在忙碌的几个女佣纷纷停下了动作，用诧异的目光看向卫翙身后的女孩。

张妈手上还拿着抹布，走到卫翙面前道："三小姐，这是……"

卫翙轻启薄唇："先带她去洗漱。"

她没介绍是谁，张妈也不敢问，于是对女孩道："小姐，这边请。"

女孩的唇角被咬破了，有血丝渗出，口中满是腥气，想开口说话反被呛着，连续咳嗽了好几声，一张脏兮兮的脸涨得通红。

张妈知道卫翙见不得身边有脏的东西，立刻拉着女孩的手往里走："跟我来。"

裴天联系了苏子彦，打完电话回到客厅，见卫翙不在，拉着旁边的用人问："三小姐呢？"

用人回他:"刚刚上楼了。"

裴天笑笑,他怎么忘了卫翙有严重的洁癖,刚刚她的衣服沾到了血迹,肯定是上楼换衣服了。果不其然,几分钟后,卫翙换了身白色休闲装下楼,原本散落的长发也被松松地绾在脑后。

裴天从沙发上起身:"三小姐,苏先生马上就到。"

卫翙淡淡地应下,走到他身边倒了杯茶。

裴天依旧有不解,道:"三姐,您为什么带那个女孩……"

话还没说完,卫翙抬眸看了他一眼,凤目冷清,透着寒意,裴天很识趣地闭了嘴。

十分钟后,客厅进来一个人,步履匆匆,手上还拎着急救箱,见人就问:"三小姐怎么了?"

"我没怎么。"卫翙抿了口茶,抬头看苏子彦,"病人在那边。"

子彦看到她没事,松了口气,转头看向她指的方向——一个女孩坐在沙发上,低着头,身形很单薄,只穿了一件白色的睡衣,微湿的长发遮住了脸。

他走过去,刚放下急救箱,女孩缓缓抬起了头,一张俏颜仿若被精心修饰过,五官端正又精细,大眼黑瞳,眼神清亮,睫毛很长,犹如蝉翼,鼻尖小巧秀挺,薄唇,肌肤白皙如玉。唯一美中不足的是,额头上有块伤,似乎是刚刚伤到的,真是破坏美感!

苏子彦痛心疾首地转头,对卫翙道:"可以啊,你从哪儿带回来的小姑娘?"

一旁的裴天听到这话,吓得顿时一激灵。他真怕下一秒苏子彦就被踹飞出去了。

若说卫家还有谁敢和三小姐这样说话,那除了苏子彦没有其他人了。苏家从苏子彦的爷爷那辈起就一直是卫家的私人医生,两家关系颇好,苏子彦和三小姐同岁,从小一起长大,青梅竹马,感情深厚,所以卫翙听到他打趣,也只是淡淡地睨了他一眼,没说话。

苏子彦欣然接受她的"冷暴力",反正都习惯了,刚刚要是卫翙回应他,他才要觉得不正常呢。

客厅里，三三两两的用人站着，都用好奇的目光看向女孩，就连管家都多看了两眼，但谁都没敢发出声响。

四周寂寂，卫翙端起杯子喝了口水，道："怎么样？"

苏子彦检查之后道："皮外伤，没大碍。"他对女孩道，"明早来我医院详细检查一下，顺便拿点去疤的药擦擦，这脸上要是留疤就不好看了。"

女孩怯生生地回他："谢谢。"

说完她抬头看向苏子彦，一双漂亮的眼睛里有犹豫，似乎想说什么。

苏子彦会意："不认识我的医院是吧？让三小姐送你去。"

被安排得明明白白的卫翙放下杯子，转头看向苏子彦，神色冷然淡漠，目光如水，透着清寒。她身后的裴天道："明天公司有重要的会议，三小姐抽不开身。"

"裴天。"卫翙红唇轻启，"你送她去。"

裴天低头："好的。"

女孩听他们说完，大着胆子看了一眼沙发上的女人。

换了套休闲服后，卫翙依旧气势迫人，她的五官深邃，骨相英气，许是不爱笑，眉眼微垂时能察觉到锐利的锋芒，不看人时只觉她周身环绕着低气压，让人忍不住呼吸都变得小心翼翼，看人时则厉眼如刃，仿佛能扎破所有的伪装，轻而易举地看透别人的内心和秘密。

而此刻，她正被卫翙盯着。

女孩低下头，双手拧在一起，指尖用力到发白。

卫翙看了她好一会儿，才听到苏子彦说："行了，没其他的事，我先走了。"

裴天往前一步："苏先生，我送您。"

卫翙站起身："我送他。"她说完转头，"张妈，准备晚饭。"

张妈立刻"哎"了一声，用人们跟着四下忙碌开。

苏子彦拎着急救箱走出客厅，卫翙跟在身后，到花园时，苏子彦才停下，问道："这孩子哪儿来的？"

他们认识这么多年，他向来最了解卫翙，都二十五六了，身边还没

出现过能近身的人，所以见她冷不丁带回来一个孩子，他很是疑惑。

卫翙站在他身侧，几缕发丝贴上她细长的脖颈，衬得肌肤更加细腻白皙。她低低地开口："刚去了王家。"

"王家？"苏子彦说道，"哪个王家？"

"王永顺。"

苏子彦偏头看向她："你该不会也打起烂尾楼的主意了吧？"

西郊那处烂尾楼，前几年建楼盘时开发商跑了，建了一半就空在那儿了。这几年，东郊是重点发展区域，西郊就被闲置了，那片烂尾楼一摆就好几年。今年年初，听说王永顺盘下了那片烂尾楼，起初众人不以为意，王永顺的公司才成立没几年，在圈内并不起眼。谁都没料到，三月份传来通知，江城要建商业街，是政府扶持的项目，选址就在烂尾楼旁边，只隔着一条街。

这个消息炸得众人措手不及，嘲讽过王永顺的人被瞬间打脸，打上这片烂尾楼主意的人也渐渐多了。

卫翙就是其中一个。不过她用的是迂回的办法，先套着王永顺，再慢慢收网。

苏子彦见她不说话，无奈摇头："其他的事情我不管，你小心身体。"

卫翙神色漠然："我知道。"

苏子彦闻言点点头，提步往外走。上车后，他拍了拍方向盘，蓦地笑出了声。

又被卫翙岔开话题了。果然，她不想说的话，没人能撬开她的嘴。

送走苏子彦后，卫翙在花园里的长椅坐了下来。天边泛起红云，凉风习习，吹在她素净的面上，更添几分尖锐和凌厉。

裴天站在几米外，见到这样的卫翙，不由心中一凛，快走两步来到她身边，恭敬地道："三小姐，查过了。"

卫翙微微侧头，寒风吹起两鬓的秀发，撩拨着修长的脖颈，她拨了拨秀发："说。"

裴天低头道："是个孤儿，从小跟着个做用人的老太太，上过几年学，老太太走后就被——"他顿了顿，"就被送去过好几个人家里。这次是因为偷戒指被沈素清抓个正着,所以才……"

卫翊略微点头,拢眉,想到刚刚苏子彦说的,启唇问道:"成年了吗?"

裴天:"刚成年。"

卫翊默不作声,裴天也琢磨不透。半晌,卫翊起身:"回去吧。"

裴天站在她身后,目送她进了屋子。

天色逐渐暗下来,屋内灯火通明,一切事物在明亮的灯光下都无所遁形,包括女孩的局促不安。她依旧坐在沙发上,双手拧在一起,手背上被指甲掐出来的痕迹清晰可见。

卫翊刚进屋就听张妈道:"三小姐,可以用餐了。"

她抬眸看了眼坐在沙发上的女孩,启唇:"过来吃饭。"

女孩闻言一惊,立刻抬头看了她一眼,对上她锋利的眉眼后又迅速低下头。

卫翊没什么耐心:"不吃吗?"

"吃。"声如蚊蝇,神色不安。

卫翊和她面对面在饭桌前坐下,张妈不知道这女孩到底是什么身份,不敢怠慢,对她礼数周到。

卫翊抿了口温水,道:"你叫什么名字?"

女孩握着筷子的手顿住,看了一眼卫翊,道:"婆婆叫我'十一'。"

她干净光洁的额头贴着纱布,一张俏脸发白,更显双眼墨黑清亮,睫毛浓密又纤长卷翘,因为隐隐不安,神色添了几分弱气,一双眼惊慌失措地看着卫翊的模样,像是受惊过度的兔子,姿态楚楚可怜,让人瞧着不免要动恻隐之心。

当然,不包括卫翊。她厉眼扫过女孩,轻启唇:"十一?"

十一点头,有些不舍地放下筷子,恭敬地回话:"我没有名字,婆婆说是年十一带我回家的,就叫我'十一'。"

吐字还算清晰。

卫翊不轻不重地"嗯"了一声:"继续吃吧。"

十一看了她一眼,见她真的是让自己吃饭,这才重新拿起筷子。她

试探性地夹起离自己最近的一道菜,然后快速收回手猛扒饭。

卫翔瞧见她的小举动,说道:"想吃自己夹。"

似乎没想到她会说出这样的话,十一被米饭呛到,连续咳嗽好几声,原本苍白的脸上染了红晕,一双墨黑的眸子也像点了水进去,亮晶晶的。

"对,对不起。"十一捂着嘴巴,还是压不住想咳嗽的欲望,但对面坐着卫翔,她不敢,只得硬生生地憋着,脸涨得通红。

卫翔淡淡地扫了她一眼,云淡风轻地开口:"不用忍着。"

十一这才捂着嘴剧烈地咳嗽起来。

餐厅的用人们面面相觑,就连张妈都狐疑地看着十一。

十一被看得越发不好意思,耳垂红艳滴血,神色更加局促不安,甚至不敢抬头看卫翔。

卫翔察觉到她不自然的脸色,侧头看向张妈:"都下去吧。"

张妈看着几乎没吃什么饭的卫翔,问道:"三小姐,您是不是没胃口?我给您盛碗汤?"

卫翔摆手:"下去。"声音清冷,不容置喙。

张妈只好对其他几个用人使了眼色,很快餐厅就只剩下卫翔和十一两个人。

卫翔道:"继续吃吧。"

没了那些不断打探的目光,十一显得放松了些许,滚烫的脸颊褪下高温,再次看卫翔时眼神没了畏惧,而是多了几分感激。她重新拿起筷子,低头闷不吭声地吃饭。

卫翔看着她的举动,启唇:"好吃吗?"

十一吃饭的动作顿住,抬头了一眼卫翔,声音弱弱地道:"好,好吃。"

许是吃得着急,她没注意嘴角挂了一粒米,看起来有几分滑稽。往常最接受不了别人邋遢的卫翔,看了几秒后竟轻轻一笑,唇角扬起一丝弧度,神色褪去了清冷淡漠,五官显得明艳动人。

一个小小的变化,却让十一看呆了眼,她慌乱地低头,继续吃饭。

饭还没吃完,卫翔就因为一通电话离开了饭厅。十一坐在凳子上看着不远处站在窗口的卫翙,从背面看,卫翙身材高挑,窄肩细腰,长发松松地绾在脑后,末梢垂在脖颈处,随着她的动作轻晃。

十一慢慢地放下了筷子。

饭后良久,卫翙还没打完电话,十一就一直坐在椅子上,整个饭厅安静得只剩下她自己的心跳声,怦怦怦,直蹿到嗓子里。她把手伸进衣服口袋里,紧紧攥着一枚戒指,指腹被硌得生疼都没发觉。

不知过了多久,卫翙打完电话,转身回到了饭厅。

十一立刻站起身,低着头,说道:"三小姐,我……我吃饱了。"

卫翙淡漠地点头,抬步往外走,到客厅时,她对站在一旁的张妈说道:"给她准备一间客房。"

张妈应下:"好的。"

十一在她们身后听着卫翙对自己的安排,神色惶恐。她跟着卫翙进家门,是做好要当用人的准备的,但是她没想到,卫翙不仅给她安排了医生处理伤口,还让她坐在饭厅吃饭,现在更让她住进客房里,这让她十分不安。见卫翙说完就要走,十一的身体比脑子反应更快,伸出手用力地拽住了她的衣服边角。

卫翙顿住步伐,低头看着拉扯着自己衣服的手指。手指纤细修长,和在王家时不同的是,这双清洗过的手更显白净。

但她还是非常不悦。

十一察觉到了她的情绪变化,立刻缩回了手,俏颜失了血色,苍白无比。她抬起头,正对上卫翙的厉眉冷眼,她咽了咽口水,压下想问的话,改口道:"三小姐,谢谢您。"

卫翙下颌紧绷,嗓音清冷:"我不喜欢一天内扔两套衣服。你既进了卫家的门,就要守卫家的规矩。"她凤目微眯,"张妈,教教她。"

卫家的规矩很简单——不准进三小姐的房门,不准近三小姐的身。像她刚刚那样抓着三小姐的衣服,换作普通人早就被扔出宅子了。想到这里,张妈不由得又看了十一几眼,脸蛋确实比一般的女孩精致漂亮,好像精心打造的洋娃娃,但是三小姐带个洋娃娃回来干什么?她在卫家这么久,还是头回见到三小姐带人回来。

"小姐是哪里人?"张妈问。

十一想了会儿,摇头,声音依旧很低,弱弱地道:"不知道。"

从有记忆开始,她就是跟着婆婆的。婆婆无子无女,把她当成自己的亲孙女一般,对她极好,还送她上学。只是好景不长,没多久,婆婆出了意外,走了,她再次变成了一个人。

婆婆走后,她被主人家领了回去,很久后,家里来了一个客人,那个客人说看她做事不错,主人家就让她跟着那个客人走了。后来,客人的客人又说了同样的话,于是她又被送走。到现在,她已经不知道待了多少个"客人"家了。

张妈听她说完,不由皱眉:"小姐不是本地人?"

十一咬着唇角,幅度很小地摇了摇头。她不知道自己是哪里人。

张妈见状也不好再问什么,只是嘱咐:"小姐,我刚刚说的您都记住没有?千万不能再触三小姐的霉头。"

十一瞬间面色发白,点头道:"记住了。"

见她一副乖乖巧巧的模样,张妈也不再说什么,带着她上了楼。

客房在二楼,和卫翙的房间隔着两个房间,十一从卫翙门口经过时,能看到她的门缝中泻出的光亮,暖黄色的。

张妈刚走过去,卫翙的门就开了。

卫翙刚洗完澡,长发微湿,散在身前,末梢有晶亮的水珠,转瞬落在她白色的睡袍上。卸了妆,白净的五官轮廓分明,原本涂抹艳丽的唇瓣透着微微粉色,气势却依旧凛冽。

卫翙站在门口,抬眼看向十一,厉眉微拢,十一在她迫人的目光下始终低着头。

过了几秒,卫翙收回目光,开口,嗓音清冷:"张妈,给我送杯牛奶上来。"

张妈立刻恭敬地回道:"好的。"

卫翙说完,看了一眼十一,对上她宛如受惊的兔子般的眼神,眼见她脸色发白,身形孱弱,明明已经成年,却好似十五六岁的小姑娘,一副发育不健康的样子。也难怪刚刚苏子彦一口一个"孩子"地喊着。

她拢起眉,又看了看那双眼睛,淡淡地道:"给她也送一杯。"

张妈错愕了两秒,迅速看了一眼十一,点头道:"好的。"

十一还没来得及道谢,卫翔已经合上了门。

张妈领着她到了客房,憋了很久才问道:"小姐,您和我们三小姐什么关系啊?"

什么关系?来这个家之前,她都不认识卫翔。

十一摇头:"没有关系。"

张妈显然不相信,但她也瞧出十一没说谎,这样一双清澈的眸子,这样把心思都摆在脸上的人,怎么可能说谎?但她就是想不通,三小姐为什么突然带个人回来。真是罕见。

因为刚刚卫翔的吩咐,张妈没敢多逗留,她匆匆下楼端了两杯牛奶,敲门给卫翔送进去一杯,然后转头又去给十一送。

十一进屋后就坐在床边,这个客房比她之前的主人家的卧室还大,有个大大的落地窗,从她这个角度看出去,刚好能看见皎洁的明月悬挂高空,月光扑洒进来,落在她身上。

她干坐着,一动也不动,没一会儿张妈来敲门,她立刻小跑到门口。

张妈给她递上牛奶:"喝吧,喝完早点休息。"

十一接过她递来的奶,仰头喝下去,喝完,嘴角还留了点白沫子。张妈给她递了纸巾,十一腼腆地笑笑,用纸巾擦了唇角。

张妈说道:"小姐进去休息吧。"

许是察觉到张妈的关心,十一说话声音大了一点,表情也放松了几分,她说:"谢谢您。"

张妈面上一惊:"小姐有什么事直接吩咐就好。"

十一点头道:"好。"

看着十一走进房间里,张妈才悄悄关上门,她端着空杯子转头走到卫翔的门前,轻轻敲门:"三小姐?"

"进来。"淡淡的嗓音响起,张妈推开门进去。

纤尘不染的房间里,卫翔坐在办公桌前,窗户半开,微风吹过,垂在胸前的秀发微微晃荡。张妈从她桌上拿了空杯子,卫翔偏头看到另一

个空杯,启唇:"喝了?"

张妈点头:"喝了。"

卫翙垂眼继续看文件:"出去吧。"

张妈恭恭敬敬地走了出去。

听到关门声,卫翙抬头看了一眼房门的方向,深思几秒,拿起手机给苏子彦发消息——

"明天帮她做个详细检查。"

苏子彦刚躺在床上就收到她消息,立刻回复——

"你怎么对这个孩子这么上心?"

卫翙看到他不着边际的话,顿了顿,还没回,那边苏子彦又发了消息过来——

"检查哪里啊?"

发完消息,苏子彦就靠在床边,手机不小心砸在了脸上,等到他再举起手机时,看到了几个冷漠到透出屏幕的字——

"我要干净的。"

隔日,天还没亮,十一就习惯性地睁开了眼,她立刻坐起身穿衣服,准备下床时才想起现在已经不是在王家了。她坐在床边,抬头看了眼发亮的水晶灯,还有周边陌生的环境。床边没多远有面落地镜,她微微歪头就能看到镜子里的自己——穿着从没穿过的干净衣服,长发还乱糟糟地堆在头上,额头上缠着的纱布因为睡觉蹭到之故,边角微微翘起。

镜子里的她就好像是误入公主领地的乞丐,和这里的环境格格不入。十一起身将床铺收拾得干干净净,被子叠得整整齐齐,进了卫生间,见到摆放的新牙刷和牙膏,动作很是小心翼翼。

简单洗漱完,用皮绳扎起马尾后,她才打开房门。

下楼要经过卫翙的房间,她想到自己目前的处境,站在门口,举起手想敲门,可想到昨晚张妈说的话,她又胆怯地不敢敲下去,就这么尴尬地维持着姿势站在门口。

倏地，门开了。

十一忙往后退了一步，见卫翙穿着浅蓝色的正装走出来，扑面而来的还有清淡的香气，味道不浓郁，却一丝丝蹿入鼻中，那是十一从没闻过的香味。她低着头，一只手紧紧抓着裤子，期期艾艾地道："三，三小姐。"

卫翙没料到一早就有人守在门口，厉眉下意识地拢起，侧头看向十一："有事？"

十一抬头对上她那双眼睛，犀利的目光让十一心尖一跳，立刻摇头："没事，早。"

面前的人轻淡地回她："早。"

卫翙慢慢踱步下楼，身后的十一攥紧了双手，又慢慢松开，全身紧绷到泛疼。

很快，两人面对面坐在了饭桌上。

张妈给卫翙盛了早点，卫翙启唇："给她倒杯温水。"

张妈应声下去。

卫翙看了一眼十一，道："等会儿裴天送你去医院。"

十一坐在凳子上，两只手握在一起，指尖泛白，低声道："好。"

要去医院做检查，所以不能吃早点，张妈给十一端了杯温水过来，十一喝水的时候偷偷看了卫翙一眼，见她正低头用勺子舀着白粥，举止优雅，神色寡淡，微垂的睫毛很浓密，翘起的弧度很好看，只是眉梢挂着凉薄，淡淡的疏离感迎面而来。

早饭后裴天就到了，他站在客厅门口问卫翙："我先送您去公司？"

苏子彦的医院刚好在公司附近不远，卫翙点头："也好。"她转头，"十一。"

声音很低，十一却条件反射地站起身，听到卫翙说道："上车。"

和昨天一样，十一和卫翙坐在后座，两人距离相隔很远，卫翙正看着平板上的报表，不经意侧睨，见到身边的女孩还低着头，双手不安地绞动着。她关掉平板，细细打量十一。瞧着瘦瘦弱弱、营养不良的样子，皮肤却很好，白皙细腻，头发许是没有打理过，毛毛糙糙的，耳鬓

处的几根头发被拨至耳后,露出精致的侧脸。

她看向那双眼睛。

清透、明亮,隐约可见的绝望,也许还有不可见的狡黠。

被她注视着的十一宛如雕像一般,身体僵硬到发疼,背上渗出细汗,密密麻麻,很快被衣服吸收,后背一片凉意。

卫翙淡淡地收回了视线。

很快就到了公司,裴天下车替卫翙打开车门,十一坐在车里,目送卫翙踩着高跟鞋走向公司。很快,车子重新启动,十一的目光只瞥到卫翙挺直的腰身。

车窗外的风景一闪而过,车里没了卫翙,十一放松了不少。

裴天从后视镜里看了她一眼,眉头皱起。他还是想不通为什么三小姐要带十一回家,不仅带回去了,还好吃好喝地供着,现在更是因为一点皮外伤就要送来医院做检查。

他跟在三小姐身边五六年,还没见过她对谁这么另眼相看,如果是普通女孩也就罢了,就当三小姐是发了回万年一遇的善心,可偏偏十一不是个普通女孩。

三小姐为什么要留这样一个女孩在身边?

后视镜中的目光带着狐疑,十一察觉到异样,抬头,两道目光在镜子里对上,裴天神色如常地移开了视线,继续专心开车。十一咬了咬唇,诡异的气氛在车里蔓延开来。

第二章
宴会

十一站在医院门口，裴天停好车之后走到她身边，掸了掸身上的灰尘，开口："进去吧。"

和十一想象中忙碌的医院不同，这个医院没什么人，保安立在门口两边，见到十一和裴天，立刻拉开门。裴天高大的身体径直往里走，十一跟在他身后，宛如没长大的孩子，只穿着一身不是很合身的素净运动服，衬得她越发瘦小，一双明目看人时带着闪躲，神色不安。

自她有记忆以来，这是她第一次踏进医院。四周光鲜亮丽，阳光照在玻璃上十分耀眼，一切都充满生机的样子。十一却觉得自己格格不入，如同昨晚那般，那种深觉自己不配待在这里的感觉席卷了全身，让她想逃。

肩膀猛地被扣住，裴天略带寒意的嗓音响起："十一小姐，你走反了。"

十一咽了咽口水，握紧双手，慢慢转身，随后听到了一道熟悉的声音："来了？"

十一抬头，是苏子彦。从昨天到现在，这是唯一让她觉得自在的人，不知道是不是因为他是医生，所以给人一种莫名的安全感。十一见

他看过来,腼腆地回话:"嗯。"

苏子彦对裴天说:"我带她进去检查,你坐会儿。"

裴天点头,走向大厅的椅子。十一跟在苏子彦身后,见他在前台拿了纸笔。

前台的两个小姑娘长得眉清目秀,笑起来十分可爱,她们冲着苏子彦道:"苏医生,那不是裴助理吗?他怎么过来了?"她们说着,看向十一,"咦,这小姑娘是哪儿来的?长得真漂亮。"

苏子彦拿笔敲了敲两人的头:"什么小姑娘?没礼貌。"他说着转头,"你叫什么?"

身边的人咬了咬唇:"十一。"

苏子彦皱起剑眉:"十一?"他好奇地看了一眼十一,"这是什么名字?"

两个年轻女孩也用好奇的目光看着十一。

苏子彦清秀的脸上带着笑:"你跟我过来。"

十一跟在苏子彦身后走进检查室。

苏子彦这才问起名字的事,十一将昨晚的话重复了一遍,苏子彦点点头,问道:"没父母吗?"

十一淡淡地摇头,父母对她而言只是一个称呼,还是从没叫出口的称呼。

苏子彦写完病历,抬头看了她一眼:"我们先做检查。"

他的声音带着安抚人心的力量,加上态度温和,脸带微笑,十一不自觉地放松下来,见他每做完一项检查便在本子上勾勾画画。过了一个多小时,检查才做完,苏子彦领着她从检查室走到办公室,笑道:"还有两份报告后天才能出结果。"

十一双手攥着裤子,小心翼翼地看着他,问道:"苏医生,三小姐想要我做什么?"

从昨天一直到现在,这个困扰着她的问题终于被问了出来。十一漂亮的双眼看着苏子彦,想从他这里得到一个答案。

但是她失望了。

第二章　宴会

苏子彦只是合上病历道:"十一啊,这个问题,你该回去问三小姐。"

十一原本期待的双眼再次黯淡下来,肩膀也垮下来。她不是不想问,她是不敢问,在那个人面前,似乎多说一个字都是错的。她甚至有些后悔,为什么要招惹卫翙。也许她当时,应该换一个人的。

裴天在外面见到两人出来,这才站起身,对苏子彦道:"苏医生,结束了吗?"

苏子彦看了看依旧怯怯的十一,点头:"结束了。"他走到前台,低头道,"药给我。"

前台递给他一个袋子,里面装了好几种药,苏子彦将袋子拎到十一面前:"怎么使用都写在上面了,里面还有去疤的药膏,早中晚各一次。"

十一接过后,压低头,声音弱弱地道:"谢谢苏医生。"

裴天见状道:"那我们先走了。"

十一拎着袋子转身,身形单薄纤弱。

刚刚做检查时那瘦弱的身形还映在苏子彦脑海中,他看着十一和裴天上了车,忍不住给卫翙打了电话:"你到底想对那孩子做什么?"

卫翙刚从会议室出来,接到电话时身后的秘书还在汇报行程。她抬手,秘书站在原地安静下来。卫翙走到窗前:"做过检查了?"

苏子彦:"做完了。"

卫翙点头:"干净吗?"

明明很简单的几个字,从她嘴里说出来就让人心里发寒,苏子彦皱眉:"干净,干干净净!你还没说要对那孩子做什么呢!"

卫翙难得轻笑,声音却依旧清寒:"这孩子挺有本事,你们不过见过两次面,居然能让你为了她质问我?"

苏子彦听了,瞠目结舌。

他当然不是想质问卫翙,只是刚刚那孩子目光黯然,一副胆怯却又不知道该做什么、茫然无措的样子,让他有些于心不忍,这才忍不住打电话问她。

卫翔没多解释,只是道:"好了,你把她的检查报告发给我,我自有安排。"

苏子彦叹了口气:"等会儿发给你。"

卫翔挂断电话后又接到了裴天的消息——

"三小姐,送她回卫家吗?"

她指尖落在屏幕上,半响回了一个"嗯"。

十一被送回了卫家,偌大的园子里,用人们正在浇花除草,张妈忙进忙出的,她想上前帮忙,把张妈吓了一跳,立刻恭敬地让她坐在旁边休息就好。十一站在众人身后,第二次后悔昨天撞了卫翔。

如果她不撞卫翔,现在就不会陷入两难的境地。

可她只是想好好活下去,这有错吗?

她坐在长椅上,四周飘来不知名的花香,十一抬头看,花红草绿,修剪有型,很多她都说不出名字的花草种植在一起,随风轻轻摇摆,散发着淡淡的香气。这是她第一次坐在花园里欣赏花草,身后没有人催着赶着让她干活,也没有异样的目光和尖刺难听的声音。

十一贪婪地欣赏着面前的美景,没一会儿,大门缓缓打开,卫翔回来了。

车窗半开,十一见卫翔侧脸清冷、眼角锋利,她立刻站起身。卫翔鲜少回来吃午饭,她工作忙,都是在公司用餐,所以管家见到她也愣了一下,直到卫翔踩着高跟鞋下车,他才反应过来,走到卫翔身边:"三小姐,您怎么回来了?"

卫翔淡淡地看了他一眼,管家会意,跳过刚刚的问题,继续道:"您吃午饭了吗?"

"还没有。"卫翔开口,对另一边站得僵直的人道,"十一,过来。"

十一咬了咬唇,走过去。

两人一前一后往客厅走,管家先一步去厨房让张妈准备午饭,张妈探头,见果然是卫翔,皱了皱眉:"三小姐怎么回来了?"

她身边洗菜的女孩小声道:"张妈,你说这十一和三小姐是什么关系啊?"

第二章　宴会

话音刚落，厨房里几个女孩的目光都看向了张妈，眼底满是好奇。张妈摇头："我怎么知道？"

洗菜的女孩压低声音道："我听说，三小姐昨天是从王家把人带回来的。"

"王家？"

说话的女孩点点头，用干布擦干手上的水珠，压低声音道："因为十一偷了东西，被人打了，刚好碰到三小姐，三小姐就把她带回来了。"她说着指了自己额头的位置，"伤还在那儿呢。"

其他几个人纷纷道："不可能吧？"

"我看着挺老实的一孩子。"

"别瞎说。"

"什么瞎说，你们知道吗？这十一是个惯偷，在哪家都会偷东西！昨儿也是偷了王夫人的戒指才被打的！"

众人咋舌，张妈听了若有所思，几秒后呵斥道："行了，别聊了，快准备午饭！"

其他人看了一眼张妈的脸色，纷纷低头继续备餐。

客厅里，卫翔坐在沙发上，正低头翻阅文件。十一站在她身后，见文件上有图有字，还有各种她看不懂的符号。卫翔看了两遍之后合上文件，十一才看到扉页上的两个字，正是她名字——十一。

她没敢吭声。

卫翔合上文件后，裴天从门外匆匆走进来，在她耳边道："三小姐，沈家备了晚宴，邀您过去。"知道她不喜欢这样的场合，裴天多嘴说了一句，"他们也邀请王总了。"

卫翔偏头看了他一眼，目光凌厉，气势迫人，她启唇："那就去看看吧。"

裴天点头："我马上安排，您下午……"他看了一眼卫翔，又看了眼十一。

卫翔道："去公司。"

裴天应下后离开了客厅，十一依旧站在茶几旁边，身体僵硬，头低

着,头发遮挡了半边脸颊,就像个手足无措的孩子,不知该做什么。

卫翔想到刚刚检查报告上的内容,不由得缓了脸色,红唇轻启,道:"你想知道我为什么带你回来吗?"

十一闻言,立刻抬眼看向卫翔,神色迫切,双手紧张地握在一起。这是她第一次如此大胆,直勾勾地看着卫翔。

周围顷刻安静下来,只剩下狂跳不止的心脏正喧嚣吵闹不停,震得她耳膜疼、头发晕,十一忍不住咽了咽口水。

卫翔放下文件,站起来,走到十一面前,眉眼锐利,神色严肃道:"因为我很喜欢你的眼睛。它很漂亮。"

十一瞬间面色苍白,嘴唇发抖,刚刚还因为紧张而快到不行的心跳骤然停了几秒。

十一因为卫翔的话半天没动弹,她想过自己在卫家不会似之前那般只需要做个用人,但是她没想到,事情比她想象的更严重。

卫翔坐回沙发上,抬头看着十一纠结的小脸,那双清亮的眸子里满是错愕,脸色发白,嘴唇颤抖,一副受惊过度的样子。

到底不过是个孩子,害怕至极时都不懂得怎么掩藏情绪,慌乱、担忧、害怕、紧张全部表现在脸上,完全不见在王家初见时的机灵,现在的她,有些过分诚实。原本就穿着宽松的运动服,瘦弱的身体在仓皇的神色的衬托下,显得更加单薄,连她这个没什么良心的人看了都有两分不忍,也不怪苏子彦会为她打电话质问自己。

阳光肆意挥洒,跃进偌大的客厅,卫翔坐在沙发上,一身浅蓝色的小西装笔挺有型,眉眼深邃凛冽,透着不近人情。她淡淡地睨了十一一眼,耳朵上挂着的长耳链随着她的动作微微晃动,折射出冷冷寒光。

十一站在茶几旁,不经意地对上那双淡眉厉眼,紧张万分,只觉周遭的空气都要凝固了,心脏都泛着痛,咬着唇角,血腥味蹿进口中,她轻咳两声,苍白脸上添了不正常的血色,一双惶恐的眸子带了祈求。

"三小姐……"客厅空寂,她弱弱的声音飘到卫翔耳朵里,"能不能不要拿走我的眼睛?"

卫翔闻言轻笑一声,唇角扬起刚刚好的弧度,眉梢散去漠然,添了

第二章 宴会

笑意,清冷的五官霎时明艳起来,她淡淡开口:"我什么时候说拿走你的眼睛了?"

十一怔住,傻傻地看着卫翔,四目相对,十一咽了咽口水,忍着口中的血腥气,道:"那您……"

"我要别的东西。"卫翔站起身,脸上敛去笑意,恢复清冷孤傲的神色,"会喝酒吗?"

十一不知道话题怎么就这样拐弯了,她回:"会一点。"

卫翔从她身边走过,道:"下午好好休息,晚上跟我出去一趟。"

清冽的香气从十一鼻尖下掠过,她茫然地点点头:"好。"

卫翔用了午饭后被裴天接去了公司,十一听到用人们在说什么王家沈家的,她默默地低着头,在客厅小坐了一会儿。身边用人来来往往,都用好奇的目光打量她。

张妈刚走进厨房就听到聊天声。

"你说她会不会偷三小姐的东西?"

"怎么可能?借她十个胆子都不敢!"

"难说啊,这身边有小偷,我想想都觉得瘆得慌。"

"我也是。"

"等会儿看好三小姐的房门。"

张妈放下手上的东西,道:"你们说那位小姐偷东西,是真的吗?"

择菜的女孩见张妈不相信,拉着她手臂道:"张妈,你还不信啊?吴姐都说了,她亲戚就是王家看门的,昨天亲耳听到王夫人说她偷东西,还打人了,昨天你又不是没看见她那样儿。"

张妈闻言,从厨房缝隙里往外看了一眼,见十一正坐在沙发上,腰板挺得笔直,规规矩矩的样子。

她沉默了一会儿,走出厨房,对十一道:"小姐,您要不要上楼休息会儿?"

十一刚想说不用,又想到卫翔说晚上要带她出门,让她好好休息,于是点点头:"好。"声音弱气,神色腼腆。

张妈在前面带路,两人上楼时,张妈问道:"小姐,您之前是做什

么的？"

十一跟在她身后，回道："用人。"

张妈其实也瞧出了几分端倪，十一刚来的时候，穿的那身衣服脏兮兮的，人也是头破血流的样子，还要进厨房帮忙，完全不似之前见过的那种大小姐，但张妈也委实想不到，三小姐会带个用人回家，而且，还可能是个小偷。

想到三小姐的房间里可能摆放着公司的机密资料，张妈目光沉了沉，她领着十一走到客房门口，扬起笑道："小姐，您进去休息吧。有什么吩咐，您直接叫我。"

十一低头："谢谢张妈。"

张妈看了一眼表面乖巧又懂事的十一，唇角动了好几次，似乎想问话，最后却只是道："要不要我进去帮您收拾下？"

十一已经打开了门，从门边往里看，一切摆放和昨日并无差别，就连被子都叠得方方正正，桌上的物件也摆放整齐。十一摇头："不用了。"

张妈见状只好道："那您进去休息吧。"

十一走进房间，合上门，坐在床边，拿出从医院带回来的袋子。里面放了好几种涂抹的药膏，还有干净的纱布，她看了几眼后拎着袋子坐在梳妆台前，镜子里的人穿着不合身的运动服，脸色微白，瞳孔墨黑，许是咬着唇瓣久了，唇角有浅浅的牙印，她伸手按着眼皮想到卫翙说的那句话。

当时的她，是真的以为卫翙想要她的眼睛。

十一低头将袋子里的药膏拿出来，她书读得不多，但是常用字还是认识的。苏子彦似乎怕她看不懂，每个字都写得端端正正，很清晰，她心头微暖，打开药膏涂抹在脸上。

一切收拾妥当后，她才躺到床上，柔软的床铺、带着清香的床单、软绵绵的枕头……周边的一切都是她做梦都没敢想的场景，浓浓的不真实感袭来，十一试着闭上眼睛。

到底是体质差，再加上昨晚一夜都没怎么睡，十一原本只是想小歇

第二章 宴会

片刻，没想到却一觉睡到了天黑。

门外，张妈敲门道："小姐。"

房内没动静，张妈声音稍扬："小姐。"

十一倏地睁开眼，暗色下，双眼清亮如星。

"来了。"她起身下床，打开门，张妈正拎着个袋子站在门口，十一怔住，"张妈？"

张妈将袋子递给她："三小姐让您换上，她在楼下等您呢。"

十一下意识地往楼下看了一眼，只见沙发上坐了个人，纤细的身影有一大半隐在沙发里。张妈见她没动，催促道："快进去换上。"说完又递过一盒东西，道，"这些是化妆品。"

十一被塞了一盒子化妆品，目光有些茫然，张妈也没说什么就转身下楼了。十一在身后想喊又羞于启齿，最后一低头，抱着衣服和化妆品进了房间。

楼下，裴天站在沙发旁："三小姐，真的不需要我陪您去吗？"

卫翙抿了口茶，抬眼，身着长裙的她更显气质优雅，举止大方，她说道："不用，你约赵先生见一面。"

裴天剑眉皱起："赵先生？"

卫翙点头："沈家这是想分一杯羹，先去探探风声。"

裴天瞬间会意："好。那您一个人……"

"十一会陪我。"卫翙打断他的话，裴天没松开的眉头皱得更紧："可那孩子什么都不懂。"

卫翙淡淡地笑了："会喝酒就行。"

裴天还想劝，但一想到卫翙出面，他人只敢三两杯地敬酒，也不会出什么问题，便点头："我明白了。"

两人刚说完，就听到楼梯口有动静，裴天和卫翙抬头看过去——十一穿着黄色的裙子，长发散着，头压得很低，看不清楚表情。她身形偏瘦，身上没几两肉，即便是最小码的裙子在她身上还是有点大，好在有腰带束着，看起来还算合适。就是这走路的姿势……

十一长这么大，从没穿过高跟鞋，这双鞋还是细高跟，她连平路都

走不稳,更别说下楼了。每走一个台阶,她就要抱着旁边的楼梯栏杆停几秒,姿态滑稽又狼狈。

原本表情严肃的裴天见状笑出了声,卫翙淡漠地看了他一眼,裴天立刻低下头:"那三小姐,我先走了。"

卫翙低低地"嗯"了一声。

还趴在楼梯扶手上的十一听到两人说话,看了卫翙一眼,正对上她似有不悦的目光。十一被她轻飘飘地看了一眼,立刻神经绷紧,下意识地站直了身体,刚往下走了一步,结果没站稳,再次趴在了扶手上。

四周有窃笑,十一面上羞愧,好不容易挨到下完楼梯,一双红色高跟鞋映入眼帘。

白皙的肌肤,小巧的脚踝,修长笔直的小腿没有丝毫赘肉,十一觉得,这是她见过最好看的一双腿了。她的目光不敢再往上,只停在卫翙圆润的双膝上。

卫翙双手抱胸,站在她面前,红唇微启:"抬头。"声音和昨天一样清冷。

十一紧张得双手捏着裙摆,慢慢抬头,头上的纱布被换下,多了个透明创可贴,隐在刘海下,看不真切,俏颜依旧苍白,唇上没什么血色,神色惶然,宛如偷穿了主人的衣服,还被逮个正着。

卫翙盯着她看了几秒,厉眉拢起:"不会化妆?"

站在她面前的人摇了摇头。

卫翙道:"张妈。"

张妈"哎"一声站出来,听到卫翙说:"去她房间把化妆品拿出来。"

"好的,三小姐。"

张妈快步上楼,走进客房里,只见梳妆台上一盒化妆品已经拆开了,但是依旧摆放在盒子里,没有拿出来。她将盒子盖上,拿起,走到门口时,蓦地想到中午用人们说十一是小偷的事情,她琢磨了两秒,又折回梳妆台,瞄了几眼,台子上没有任何东西,打开抽屉,也没有,刚要松口气,目光忽然看向床边叠得整整齐齐的衣服。

几分钟后,张妈拿着化妆品的盒子下了楼,表情阴沉沉的。

第二章 宴会

客厅里，卫翙的嗓音淡淡的："张妈，你教教她。"

张妈阴沉的脸色好转了几分，站在十一身边，将盒子里的化妆品全数拿出来，转头对十一解释："这个是护肤的，先抹这个。"

张妈的声音、神色和下午时稍有不同，十一抬眸看了一眼，正对上她的狠戾眉眼，十一缩了下肩膀，立刻低下了头。

卫翙的秀眉稍稍拢起。

"小姐？"张妈见她没动，忍不住催促，"小姐，赶快化妆吧，三小姐很忙的。"

"好。"十一敛神，接过她递来的护肤品。瓶瓶罐罐上写的都是英文字符，她压根分不清顺序是什么。张妈递过来哪个，她就用哪个。

张妈转过头看了她一眼，道："错了，你怎么能直接往脸上擦呢？"

卫翙侧头一看，因为不注意用量，十一脸上的化妆品没有涂抹均匀，擦得和花猫似的，好在她生得精致，这么胡乱的一通抹，倒是生出几分淘气感，尤其是一双眼睛好奇地盯着瓶子看时，更添了两分憨。

这还是她第一次在这孩子的脸上看到这种表情。

卫翙顿了几秒，对张妈道："好了，给她把妆卸了。"

张妈不明所以："不化妆了吗？"

卫翙淡淡地"嗯"了一声。十一紧张地侧头看了卫翙一眼，见她侧脸绷着，神色淡漠，还没细想，张妈就拉着十一去卫生间卸妆了。

出来后，十一素面朝天，踩着高跟鞋，走路不稳。

卫翙蹙眉："给她换一双鞋。"

张妈又忙碌了一阵，半小时后，两人才上了车。

十一依旧坐在紧靠车门的地方，她小声道："三小姐，您是在生气吗？"黑暗中，她察觉到卫翙的目光扫过来，立刻挺直背脊，道，"我会学的，我会学习化妆的。"

卫翙凉薄的声音在她耳边响起，带着清冽香气："算了。"

算了。十一因为这两个字，心跳又加快了几秒，最后咬牙缩在门边，一直到车子停下。

面前是金碧辉煌的酒店大门，两边的石狮子傲然蹲坐，气势逼人，

巨大的喷泉四周泉水汨汨,灯光打在上面,水珠晶莹闪光。

十一下车后就紧跟在卫翙身边,但始终保持着恰当的距离,没碰到卫翙。她还记得张妈的话,卫翙最不喜欢别人的触碰。

走进大厅,到处都是穿着光鲜亮丽的人,他们手上端着高脚杯,红酒摇晃,谈笑风生,这是十一从来没有进入过的世界,她不由低下了头。

身边有男人的声音响起:"还以为卫三小姐没空过来呢。"

卫翙看了眼面前的沈浩,艳丽的红唇轻启:"沈总邀约,岂有不来的道理?"

沈浩笑:"三小姐可真给我面子。"

卫翙微微扬唇,眼梢挂着淡漠,一副拒人千里之外的态度,明显不想多言。沈浩细细打量着她,卫翙穿了她一贯喜欢的红色长裙,简单大气的款式,若是别人穿来定会艳俗无比,在她身上却是风情万种,不愧是江城出了名的美人,就这么站着,都让四周明亮起来,熠熠生辉。

四周不时有打量的目光投来,还有窃窃私语:"那就是三小姐?"

"真靓。"

"可不是?不过听说性子不好。"

"人家有底气性子不好,你们有吗?"

一句话噎得众人结舌,她们忍不住用艳羡的目光看着卫翙。即便同为女人,在绝对的美丽面前,也是生不出嫉妒心理的,因为云泥之别,实在没必要。

水晶灯下的卫翙神色清冷,艳红色的长裙衬得她肌肤白皙似玉,细腻有光泽,长褐色卷发散在身后,摇曳生姿,深邃的五官搭配精致的妆容,更显大气端庄。

沈浩在她凛冽的气势下顿了顿,转头看向十一:"三小姐,这位是?"

"朋友。"薄唇轻启,落下两个字。

十一被惊到说不出话,一颗心七上八下的。

沈浩看着十一,皱眉,这么多年,他还是头回从卫翙的嘴里听到

"朋友"这两个字。

卫翙没给他更多打量的时间,径自道:"我们先进去了。"

沈浩立刻点头:"三小姐随意。"

卫翙领十一往里走后,沈浩手招来助理:"招待好三小姐。"

助理会意:"好的,沈总。"

沈浩捏着杯子,神色凝重。

沈浩第一次见到卫翙时,她还是个没长开的丫头,她在卫家排行老三,上头有两个哥哥,不过都夭折了,所以卫家对她格外宠溺,捧在手上怕摔着,含在嘴里怕化了。

那时候,圈子里都知道卫家有个小公主,人称"卫三小姐",但谁也不会没事去招惹世家的女儿,宁愿在外面招蜂引蝶。他也不例外,纵使那时候他还是卫翙名义上的未婚夫。

他比卫翙大两岁,小时候长辈戏言,定了这门娃娃亲,后来卫翙丧母,父亲又染上重病,她就以不想拖累沈家为由推掉了婚约。沈家当然不会同意,原本让他们定亲只是一时的玩笑话,但是当时的情况下,这卫家的家业肯定是要落在卫翙手上的,他们怎么可能在这个时候放走这个香饽饽?

可最后还是不得不放了,因为卫翙的手段比她父亲有过之而无不及,与其撕破脸成为敌人,倒不如握手言和,先稳着。

沈浩当时还想,再强硬也不过是个女人,总有累的时候,只要他适时出现,给一点温暖,那卫翙还不是手到擒来?

可这几年,卫天集团在卫翙的运作下一骑绝尘,她也成了江城人人仰望的存在,圈内多少公子哥儿对她垂涎三尺,邀约无数,却都热脸贴了冷屁股,连个面都见不到。

沈浩这次能约到她,还是借了老爷子的名头,卫翙这才应允。

看向卫翙的方向,沈浩抿了口酒,眼中有些懊悔,当初不应该放手的。

"沈浩!"几米外,怒气冲冲的声音响起。

沈浩抬头看过去:"姐。"

沈素清穿着晚礼服，披着披肩，径直走到沈浩面前站定："你怎么回事？不是说好的运货……"

"姐。"沈浩察觉到四周有目光看过来，立刻打断了她的话，端起杯子和众人打了声招呼，随即拉着沈素清走到角落，才再次开口，"你怎么来了？"

"怎么？沈家的宴会，我还来不得了？"沈素清气极了，眼中火气腾腾。

沈浩看了她一眼，小声道："当然不是。"

"不是最好！"沈素清缓缓吐出一口气，"你还没说到底怎么回事呢。你姐夫说你货调不过来，为什么？"

沈浩看着面前一根筋的姐姐，张了张口，却不知道该怎么解释。

王永顺是沈家的上门女婿，一直入不得老爷子的法眼，这人太急功近利，又喜欢走歪门邪道，所以老爷子在沈素清坚持结婚后就让他们自立门户了。年前，他要盘西郊那块地，就被老爷子说了好几次，让他不要这么做，三月份收到那块地附近要开发的消息后，老爷子直接气得卧病在床，还禁止王永顺踏入沈家。

老爷子不是贪图那块地皮，而是觉得王永顺的做法着实让人寒心，明明早就收到消息，却还装得没事人一样，甚至在自己当初劝阻他时都不说出事情的真相。老爷子因为这事，到现在都没理王永顺和沈素清。也因为这样，前阵子王永顺要帮卫翔运货，他就没管。

这一没管，真出事了。

王永顺真是白长了年纪，竟然想和卫翔斗。

沈家这两天放出了消息，说要帮王永顺周转运货。他这么做，就是想分一杯羹。至于王永顺，那块地给他也是糟蹋了，沈浩又怎么可能真的要帮他周转呢？

沈素清还在等他的解释："说话啊！"

沈浩无奈地摇头："姐，这事儿你别掺和了，我自有打算。"

"什么打算？"沈素清皱眉，"你这是准备踢开你姐夫是吧？"

沈浩被她咄咄逼人的态度气到，声音不由得加大："什么叫踢开？

第二章 宴会

姐,你怎么嫁人之后就变糊涂了呢?卫翙会平白无故地让姐夫运货吗?她和程家合作了那么多年,突然找上姐夫,你就没想过原因?"

沈素清那不算聪明的脑袋也转过来了:"你是说——"

"我说什么不重要。"沈浩打断她的话,"重要的是现在,姐夫解决不了的事情,那就让给沈家来。"

沈素清咬着牙,依旧不甘心,她还想替丈夫再多说两句,沈浩却不耐烦了,摆摆手道:"我还有客人要招呼,先过去了。"

看着他头也不回地离开,沈素清将酒杯捏得紧紧的,指尖发白。

她咬咬牙,正准备离开,转头之际,看到沙发边坐了个人。沈素清眉头皱起,原本就黑压压的面色更阴鸷了几分。

"真巧啊,三小姐。"

卫翙侧头,红唇轻启:"王夫人。"

沈素清举起手上的酒杯,压下一腔怒火,笑道:"有缘相见,我敬三小姐一杯。"

圈内都知道,卫翙从不饮酒。往常助理裴天从来不离身,今儿难得裴天不在,沈素清打算把卫翙灌醉,让她出出洋相!

沈素清的杯子还举在半空中,旁边蓦地有酒杯靠了过来,轻轻碰在了她的杯子上,发出清脆的声音。

"夫……夫人,我帮三小姐……"十一知道卫翙带自己过来就是挡酒的,但是她没想到,第一个来敬酒的人会是沈素清。前两天被打的记忆还深陷脑海,头上的伤疤仿佛又要裂开,疼得她忍不住想用手抓,但她还是大胆地举起了杯子,只是头一直低着,整个人很不安。

话茬被人接下,沈素清转头,她之前完全没发现卫翙身边还坐着一个人,听那声音,她狐疑地道:"十一?"

沈素清目光死死地盯着面前的女孩,在她家里毫不起眼的用人,换上金贵的礼服,摇身一变,竟成了公主一般。虽然十一低着头,又是一副胆怯害怕的神色,但一张精致小脸宛如瓷娃娃,素颜比自己还漂亮。沈素清原本就因为十一而在家里和王永顺吵过好几次,现在看到她如此靓丽,更觉恼火。新仇旧恨涌上心头,沈素清嗤笑:"你是什么东西?

也配给我敬酒?"

十一咽了咽口水,举着杯子的手指用力到发白。

身边传来清淡的嗓音:"为什么不配?"

一句话,让沈素清和十一瞬间看向她。

卫翔神色漠然,眼梢挂着冷淡,抬起凤眼和沈素清对视,目光透着凉薄,直看得沈素清面色发白。卫翔眨眨眼,收回目光,偏头看向十一,轻声道:"十一是我带来的,就是我的人,她不配,谁配?"

十一握着杯子的手指放松下来,额头那块伤疤处的焦灼感缓缓褪去,心跳反倒快了两拍。

她目光灼灼地看着卫翔。除了婆婆,这还是第一次有人在外面护着她,对别人说:这是我的人。

胸口瞬间溢出一种说不上来的复杂情绪,卫翔在她心里,陡然间有了不同的位置。十一低着头,察觉到卫翔靠近了她一点后附耳说道:"没有人教过你,说话要抬头挺胸吗?"

两人的距离很近,近到她鼻尖满是卫翔身上的淡淡香气,她声音轻颤:"没,没有。"

卫翔态度依旧凉薄,咬字却清晰:"那你记住了。"

十一抬起头看着她的脸,她下颌绷着,嗓音清洌:"以后在我身边,你不需要低着头。"

卫翔锋利的目光锁住沈素清苍白的脸色,说道:"十一,敬王夫人一杯。"

第三章
朋友

沈素清是带着不甘和愤恨离开的,在她看来,十一就是个下人,还是最低等的下人,卫翙居然让这种人给自己敬酒,这就是对她赤裸裸的侮辱!

但是她不敢对卫翙怎么样,只是咬着牙,一仰头将杯中酒喝尽,末了,怒气冲冲地道:"三小姐慢坐,我先走了。"

卫翙风轻云淡地点头,目送她离开。

十一有些胆怯:"三小姐,我……"

卫翙转头,难得露出一个笑:"你做得很好。"

看惯了她淡漠至极的眉眼和寡淡的神色,突然而来的浅笑,宛如院子里那些名贵的花,倏地在眼前绽放,明艳动人。十一捏着杯子,脸上有被夸奖的喜悦,还有少许的羞赧。

之后,偶有两三个人来向卫翙敬酒,都被十一挡下了。

她的酒量没这么好,但是心里一直回荡着一句话:她是三小姐带来的,她是三小姐的人。所以她不能给三小姐丢人,就算喝不下去,她也要继续喝!

卫翙没注意到她的小心思,只是径自看着另一边沈浩的方向。几分

钟后,手机铃声响起,她看了一眼屏幕,接通后放在耳边。

"三小姐,沈老爷子已经安排妥当,可以放货了。"

姜还是老的辣。

沈老爷子说着不管王永顺,到底还是忍不住替他疏通了关系,卫翔右手撑着额头:"知道了。"

刚挂了电话,沈浩就走了过来,他端着杯子道:"三小姐,借一步说话?"

卫翔的五官深邃英气,眉骨饱满,肤白唇红,一个不经意的抬眸,便让人心里泛起波澜。

沈浩捏了捏杯子,心想,这个女人,他真是做梦都想得到。只可惜,以前他是不懂,现在是不能。

卫翔现在的身价,只怕几个他都够不到,今晚要不是借着老爷子的名头,加上西郊那片烂尾楼做筹码,卫翔怎么可能出现在这样的聚会上?但既然来了,岂能轻易让人走了!

沈浩笑:"三小姐,方便吗?王总也在休息室。"

卫翔红唇微动:"当然方便。"

沈浩暗暗松了口气,给助理递了个眼色,便领着卫翔往酒店里面的包厢走去。身后的十一想跟上,但卫翔没开口,她只能尴尬地站起身,看着卫翔的背影越走越远,心头一时有些慌乱。

刚刚那么多达官贵人来敬酒,她也不见丝毫害怕,因为身边坐着卫翔。而现在,卫翔刚离开,她就开始手足无措了。

突然,肩膀被人碰了下。

"一个人?"

来这里的,除了和沈家有生意的合作伙伴,最多的就是沈浩的朋友。杜月明在客厅坐了一小会儿,觉得十分无趣,刚想走人,就看到了站起身的十一。小姑娘身形瘦瘦弱弱的,但是脸蛋很好,再加上喝了几杯薄酒,俏颜微红,一双醉眸微醺,看着像只小白兔。

见十一没说话,杜月明又道:"是一个人吗?"

十一看向突然出现的女人,也穿着红色裙子,长发披肩,踩着同色

第三章　朋友

的高跟鞋，身材窈窕，面带浅笑。许是因为对方穿了和卫翔同颜色的裙子，十一心里下意识地比较——没有三小姐好看，十分之一都没有。

意识到自己在想什么，十一慌忙摇头，回她："不是一个人。"

杜月明笑道："和朋友来的？介意我坐在你旁边吗？"

十一不知道她想什么，只是再次摇头："不介意。"

杜月明笑眯了眼，涂抹匀致的红唇动了动，笑道："你叫什么？"

说话时，她恣肆的目光打量着十一，一双眼里满是好奇。

十一被她看得如坐针毡，屁股往旁边挪了点，双手握着杯子，紧张地道："我叫十一。"

"十一？"杜月明笑，"好听。你可以叫我月明，交个朋友怎样？"

十一看着她伸过来的手，顿住，过了一会儿才慢慢回握。杜月明握住她纤细的小手，感受到这双手虽然皮肤白皙，但是保养得不够好，肌肤不够细腻，有些粗糙，手中还有老茧，生生煞了风景。

杜明月握住就没松手，十一有些尴尬地想缩回手，反被握得更紧，她甚至能察觉到杜明月的手心出了薄汗。

"月明！"

娇俏的女声响起，十一的手被松开了。

"你在这儿做什么？"来人是模特圈的新宠赵莉，"刚来就看到你了。"

杜月明抬眼："和朋友聊天。"

语气漫不经心的，连个多余的眼神也没放在赵莉身上。

赵莉笑声更大："朋友啊，也介绍给我认识认识啊，你的朋友不就是我的朋友嘛。"语气带着撒娇。

赵莉是靠着杜月明的关系进入模特圈的，但好景不长，还没两月，眼看自己的事业就要跌落谷底，听说今晚杜月明会来这里，她就想办法进来了。

杜月明却冷下脸，很冷淡地说："莉莉，咱们不是说好了少一些来往的吗？你这样，有什么意思？"

赵莉一听她这话就知道她不高兴了，当即道："月明，你误会了，

我真是看到你在,过来打个招呼而已。"

杜月明抬起眼看向她,轻笑:"招呼打完了,可以走了吧?"

赵莉被她堵了话头,双手握紧,指甲陷进掌心。她缓了一口气,道:"好,那再见。"

从始至终没开口的十一,看着赵莉带着娇笑过来,又愤愤不平地离开,没闹明白她们之间到底是怎么回事。

赵莉走后,这边的气氛有些尴尬。十一捧着杯子,小小地抿了口酒,察觉杜月明的视线落在自己身上,耳根一下子就红透了。

杜月明率先道:"抱歉,让你看笑话了。"

十一忙道:"没有没有。"

正说着,身后传来淡淡的嗓音:"十一。"

十一噌地站起身,越过杜月明走到卫翊面前,低头道:"三小姐。"

杜月明转头一看,居然是卫翊。

这尊大佛八百年不参加聚会,没想到会在这里碰到,真是幸运。

杜月明还记得上学时,卫翊永远是人气排行榜的第一位,男人想追她,女人想成为她,就连自己……杜月明咋舌,谁还没做过梦呢。

后来这位以优越的成绩出国留学,听说没毕业就回国接手了卫天集团。在所有人还是大小姐、大少爷时,她已经成了独当一面的老板,把她们远远地甩在了身后。

杜月明的目光在她身上流连几番,听到不远处沈浩道:"三小姐,你的文件忘了。"

卫翊踩着细高跟往前走了几步,接过沈浩手上的文件,侧脸清冷淡漠。

杜月明趁机偏头问十一:"这个就是你刚刚说的朋友?"

十一听到"朋友"两个字,没吭声。

杜月明以为她是害羞,趁着卫翊没回来之前问道:"她对你好吗?"

杜月明是圈内出了名的纨绔女。

杜月明不是家里的独苗苗,她上面还有两个哥哥,一个经商,一个从政，都颇有成绩，所以父母对她管教无果后就搬去了国外，眼不见为净。

没了父母的约束，两个哥哥对她又极其疼宠，自然没人敢当面说闲话，只不过背后就不好说了。

"那不是个交际花吗？"

"啧，她怎么和三小姐站在一起了？"

"听说过吗？她以前总缠着三小姐，想尽办法和人家比试高低。"

"原来是这样，真不自量力！"

卫翙对杜月明的事情早有耳闻，虽然没听说过具体的，但上学那阵子，她被杜月明找碴是事实，想到这里，她拢眉叫道："十一。"

被杜月明一句话问得怔了半晌没开口的十一立刻回神，刚准备走到卫翙身边，手臂就被人抓住："留个联系方式呗？"

杜月明面带浅笑，目光真诚，一双狭长的眼里有漫不经心的笑意。

十一摇头："对不起，我……我没有。"

杜月明有些惋惜，转头看向卫翙，嘀咕道："真小气啊。"

听到她的话，卫翙依旧神色漠然，唇轻启："十一，过来。"

十一走到她身边，听沈浩开口道："三小姐不再坐会儿？"

卫翙转头道："不了，谢沈总招待。"

沈浩眼里有淡淡的遗憾，刚才进休息室，两人也只是围绕着烂尾楼谈了几句。她同意沈家分一杯羹，但是掌权的必须是卫天，态度强硬不容置喙。这是他们第一次正面交锋，沈浩总算明白当初老爷子为什么会同意退婚了。

这样的气势下，真没几个人能撑得住。

可越是这样，他就越是想要征服。沈浩眼底浮上暗色，低声道："三小姐，后续的事宜，我们……"

"再约。"简短两个字打断沈浩的话，卫翙稍稍点头，"沈总，再会。"

说完，她踩着高跟鞋头也不回地离开了大厅，所到之处，宛如一道明亮的风景线，身边所有人都或艳羡或痴迷地看着她。

十一憋着一口气，紧跟在卫翙身后出了酒店。

上车后,卫翊靠在椅背上做了个深呼吸,面上隐约发白。

十一头一次在她脸上见到这种表情,担忧道:"三小姐,您身体不舒服吗?"

卫翊隐在裙子里的身体很紧绷,没回她,而是对司机道:"开车。"

车子开出了酒店,车里昏暗无光,只有路灯洒进来,光影斑驳。十一喝了几杯酒,此刻有些微醺。她摇摇头,为防止自己醉倒,使劲掐着自己的大腿。

不知道是不是错觉,她一直嗅到隐隐约约的香水味。很浅很淡,就像是冬日清晨花园里的花,清寒中带着香气,不浓郁,但是风一吹,却有些醉人。

十一生怕碰到卫翊,刻意想往旁边挪挪,结果身体刚动,手腕就被人抓住,她惊呼:"三——"

"闭嘴。"很轻的声音,却如闷雷在十一耳边炸开,她不仅闭了嘴,整个人都僵了。

黑暗中,她的手腕被人紧紧攥在手心里,紧得她感觉手都快要被捏断了。饶是如此,她也死命咬着牙,一声不吭。漂亮的双眼因为疼痛浮上水花,唇角被死死咬着,不是撕心裂肺的疼,却有淡淡的血腥气。

她咽了咽口水,不敢乱动,耳边听到卫翊依旧很轻的嗓音:"过来一点。"

她双手握紧,身体往卫翊那边移动,还没问话,肩膀突然一沉——有人枕在了她的肩头。

是卫翊。

同时能感受到的,还有高温。透过薄薄的裙子布料,她能清晰地感受到卫翊身体传来的温度,烫得吓人。

她道:"三小……"

"我知道。"卫翊的说话声依旧很轻,就在十一的耳边,吐出的气息呼在十一的耳垂处,有些痒。

十一不知道是不是自己喝醉产生幻觉了,要不然卫翊怎么可能抓住她的手,还靠在她身上?是她喝醉了吧?

第三章 朋友

十一不确定地偏头看了一眼，正逢红绿灯路口，有光洒进来。昏暗的光照在卫翔脸上，十一看到她额头满是细汗，脸色比上车前更苍白，双眼紧闭，睫毛微颤。十一突然觉得，卫翔也没有那么高高在上、威严凛冽，反而有种虚弱的美感。

想到这里，她立刻转头，将刚刚脑子里的念头抛开，只是一颗心七上八下地慌乱跳动。

半小时后，车子进了卫家，司机头也没转地道："三小姐，到了。"

压低到威严的声音响起："先出去。"

司机从后视镜里看到两个人，目光了然，立刻走下车，还不忘和迎上来的管家挥手，示意里面有情况。

管家站在车门外，挡住车窗。

十一有些难挨地动了动身体，轻声道："三小姐？"

手腕依旧被攥很紧，肩头那块地方已经被汗渍打湿，高温透过湿透的布料贴在十一身上，连带着她的体温都升高了。

卫翔的另一只手正在轻抖，她吐字不清地道："打开我的包。"

十一起初没反应过来，等回过神，她声音急切地问道："您怎么了？要叫苏医生吗？"

卫翔回她："不用，找我的包。"声音虚弱无比。

十一心尖一跳，立刻低头找卫翔的包，但是管家和司机就站在两边窗口，原本就暗的车厢里更昏暗了两分，她压根看不到包在哪儿，想到这里，她咬牙道："对不起，三小姐，我冒犯了。"说完，她就往卫翔的另一边爬去。

卫翔原本头是枕在她的肩上的，她一动，卫翔的头瞬间下垂。十一抓住卫翔的包后，立刻扶正了卫翔的身体。

"红色的药瓶。"卫翔低声道，"拿两颗药给我。"声音轻喘。

十一在包里找到了好几个药瓶，却看不清哪个是红色的，正巧，包里的手机发出了光亮，照在药瓶上，她立刻找到了红色的药瓶，打开后从里面倒出来两颗，对卫翔道："三小姐，药来了。"

卫翔的身体已经紧绷到极致，她抓住十一的手仰头将药吃了下去。

几分钟后，卫翙的呼吸逐渐平缓。

十一关心地看着她，一双眼在黑暗中更显明亮清透。

卫翙察觉到她的目光，淡淡地道："下车。"

"好。"十一从旁边打开车门，耳边听到卫翙淡淡的嗓音："管好你的嘴。"

嗓音清冷，气势凛冽。十一握着门把转头，卫翙已经坐正了身体，侧脸在斑驳的灯光下紧绷着，锋利又威严。刚刚那个虚弱的三小姐，仿佛是她的一个错觉。

十一的脸涨红，咬着唇道："我知道了。"

两人一前一后下了车，十一衣服的肩部被打湿，有些皱褶。因为喝了酒，她的双颊绯红，眼里有微醺的醉意，湿漉漉的。十一被用人们盯得脊梁骨都站不直了。卫翙的目光扫过众人，淡淡地道："都下去。"

张妈在她身后冲其他人挥了挥手，问道："三小姐，您晚宴吃得还好吗？需要给您另外备晚餐吗？"

除非不得已，卫翙极少参加宴会，往常参加完回来也会让她重新准备食物，但是今天，卫翙摇了摇头："不用了。"

她说着，看向另一边的十一。恰巧十一也看了过来，四目相对，卫翙启唇："给她做份晚餐。"

张妈看了一眼十一，将她的姿态尽收眼底，神色绷紧道："好的。"

卫翙没再给她们多余的眼神，径直上了楼。

张妈站在十一身边问道："小姐，您想吃什么？"

十一喝了很多酒，也不太想吃，当即拒绝道："谢谢张妈，不用了。"

"一定要。"张妈态度强硬，"三小姐说做一份，就一定要做一份。"

十一闻言，双手握在身侧，声音弱弱地道："那我吃碗面条。"

"小翠，"张妈冲厨房喊道，"给小姐下碗面。"

厨房那边传来回应："好的。"

十一坐在饭桌前，张妈不时看过来，针一般的目光，让十一坐立难安。身后没多远就是厨房，门开着，闲聊的声音传来，她听得清清楚楚。

"不是说清高嘛，宁愿被打也不愿意做违心的事。"

"假清高呗，再说了，三小姐这样的，不知道多少人想巴结呢，能给三小姐做事，她还不得乐死。"

"你们是没看到她刚刚从车里出来的谄媚样儿，我都不好意思说。"

"没羞耻心。"

十一坐在饭桌前，双手死死掐着掌心，刺痛感让她猛地站起身。

张妈诧异地抬头，开口："小姐？"

"我……我真的不饿，不想吃了。"她说完，头也不回地离开饭厅，脚步极快地飞奔上楼。

身后的张妈一直看着她的身影，目光渐凉。

十一上楼后冲了澡，站在凉水下，她彻底冷静下来，觉得自己过分矫情了。她现在的情况，外人根本不清楚，所以她又有什么理由难受？

她甩了甩头，凉水迎面冲下来，砸在她脑门上，冰凉的感觉让她整个人都清醒了。想当初，她在其他主人家都是吃不饱穿不暖，还时时刻刻小心谨慎，不敢犯错。三小姐把她带回来，让她吃好喝好住好的，现在不过有几句闲言碎语，她就憋得慌，当真是矫情过度。想到这儿，十一褪去烦躁，关掉冷水，打开温水重新冲洗。

走出卫生间，房间里已经多了个人，正站在床前，低头看着什么。

十一走过去道："张妈？"

她的声音一贯弱弱的，还有点腼腆，纵使刚刚在下面受了委屈也没迁怒任何人。

张妈转身，脸上没什么笑意："刚刚敲门你没回应，我就进来了。"

她的称呼从"小姐"变成了"你"。

十一当然不在乎这个，只是察觉到张妈对她的态度变了。上午的时候，她还对自己温温柔柔的，笑着说话，但是下午，她的神色就冷淡了。

十一咬了咬唇："我在洗澡。"

张妈点头："嗯，喝牛奶吧。"

　　十一接过她递来的杯子,仰头喝下,将杯子还给她时,道:"张妈。"她捏紧杯子道,"我是不是做错什么了?"

　　张妈侧头看着她,见她神色有些不安,张口刚准备说话,又想到下午在她衣服口袋里看到的戒指,看款式和材质价值不菲,并不是她这样身份会有的,再联想到她们说的小偷的事情,她就想这应该是十一偷来的。

　　她在卫家快十年了,对卫翔也是打心底里像疼自己的孩子一样疼爱,如果十一是个普通姑娘,三小姐又对她态度不错,她完全可以爱屋及乌,但是十一居然是个小偷。

　　这她就不能忍了。

　　小翠说得没错,把这样的人留在身边,瘆得慌,若是继续让她留在三小姐身边,迟早是个祸害!

　　见十一还盯着自己,张妈到嘴边的话拐了弯,说道:"小姐怎么会犯错呢?要说有错,也是我们这些下人的错。小姐,刚刚在楼下听到的话,切莫放在心上,她们都是闲聊,没有恶意。三小姐向来乐善好施,心肠好,所以也请小姐手脚干净点,不要连累三小姐。"

　　一席话说得十一脸色微微发白,偷东西的事情她很难解释,她本来也不是善于言谈的人,现在被误解,只能重复地道:"张妈,我没有……"

　　张妈偏头看着她,拿过她手上的杯子,沉下脸冷声道:"你没有什么?你没有偷东西吗?"

　　十一结舌,一句话堵在口中,酸涩的感觉萦绕在胸口,难受得她恨不得用力去捶那块闷闷的地方。

　　张妈见状,摇摇头:"小姐,好自为之。"

　　房门合上,十一跌坐在床边,她摸到床脚的衣服,从里面拿出戒指。家里的用人误会她,张妈也那样想她,那三小姐呢?三小姐,是不是也那样看她?如果三小姐也认为她是小偷,为什么还带她回家?

　　许是刚刚受了刺激,十一捏着戒指就往卫翔的房间跑,迫切地想要去解释什么。明明以前那么多次被误解,她都无所谓,现在想到卫翔会

第三章 朋友

在不明白的情况下误会她，十一就忍不住想去解释。

也许是因为，卫翊在她心里的意义，和他人是不同的。

卫翊是救她走出虎笼、对她好、会在外面护着她的恩人。

十一快步走到门口，打开门，往前走了几步。她看到卫翊站在房门口，张妈手上还端着牛奶，卫翊喝下去后咳嗽了两声，张妈关切道："三小姐，您着凉了吗？"

卫翊嗓音清冷："回来的时候吹了点风。"

张妈一脸紧张："那我给您熬点姜汤？"

卫翊摆手："不用。"将杯子递给张妈后，她轻声道，"休息一晚就好。"

看着她脸色微白，还不时轻咳，十一蓦地想到在车里她发高烧的样子，娇小的脸蛋纠结在一起，卫翊现在不舒服，自己还是不要打扰了。

想到这里，十一默默往后退了两步，却没想已经被卫翊看到了。

卫翊一转头就见十一穿着睡衣站在那儿，长发湿漉漉地披在身后，不知道是不是因为刚洗了澡，连睫毛上都沾了水珠，灯光照在上面，映出莹莹光泽。睫毛下，一双清明漂亮的眼睛，目光灼灼。

她开口："十一？"

十一没料到会被发现，下意识地将双手背在身后，指腹硌在戒指上，生疼。

卫翊往下看，见十一赤着脚，脚踝小巧，脚趾头正在不安地往回缩，她眨眼："有事？"

不似在车上冷漠至极的态度，但也不见丝毫柔情，只是很平静地问话，却有种居高临下的气势。

十一定定地看着她，又看了一眼她身边的张妈，道："没有，三小姐晚安。"

她说着，转头进了房间。

门轻轻合上，她靠在门上，将背在身后的手放在胸前，戒指在水晶灯下璀璨发光，明亮闪烁。

张妈说得一点都没错，她就是个小偷。所以，她还有什么理由辩

解呢?

十一蹲坐在门后,抱着双臂,肩膀耸动,半开的窗户钻进一阵凉风,冷飕飕的,将整个房间的温暖都吹散了。

门外,张妈脸色沉了沉,对卫翊道:"三小姐,身体不舒服就进去休息吧。"

卫翊刚刚吃了药,没劲儿折腾,虽然她看出十一是有话想说,但她现在没精力去听,所以顺着张妈的话点点头:"好,你下去吧。"

张妈应了一声:"好。"

回到房内的卫翊脱掉睡袍,又咳嗽了两声,双颊上有着不正常的红晕。她靠在床边,打开床头边的柜子,从里面找到药之后吃了两粒,心跳慢慢恢复正常,面上的潮红渐渐褪去,呈现出不寻常的白。

卫翊举着药瓶放在眼前,盯着上面的字眼看了半响,又将药瓶重新放进柜子里。

九点是她固定上床休息的时间,雷打不动,今晚她却翻来覆去有些睡不着,不知道是不是因为刚刚发病了的关系,她心头微乱,想了会儿,她还是起身走到书桌前,从桌上拿起手机给苏子彦打了个电话。

电话被接起,苏子彦带笑的声音传来:"这个时间,你不是应该休息了吗?"

"嗯。"不轻不重地回应后,卫翊问道,"那孩子的报告出来了吗?"

她说完,轻咳一声,身体有些乏力,卫翊干脆坐在桌边,用手抵着额头,视线有片刻模糊。

苏子彦的声音时近时远:"出来了,明儿……"

耳边轰鸣,声音断断续续的,卫翊只听了个大概,坐下休息了几分钟后,她的眼前才恢复清明,耳边是苏子彦的声音:"怎么了?"

卫翊淡淡地说道:"没事,晚上去了个聚会,喝了两杯酒。"话说完她就将手机放离耳边远一点。

果不其然,电话那端传来提高的声音:"你不要命了?!现在感觉怎么样?有没有不舒服?要不然我过来一趟?"

卫翊低声道:"不用,我没事,刚刚吃过药了。"

听到她说吃过药了,苏子彦"嗯"了一声,仍旧不放心地嘱咐:"有情况就打电话给我——不行,你明天还是过来做个检查吧。"

卫翙心跳快了一拍,忙道:"不用。"

"行了,你上个月的体检就没来得及做,这个月不能再拖了。明天不是要来拿那孩子的报告吗?你顺便把那孩子带上,有人问起来,我就说是给那孩子做的体检。"

卫翙捏着手机,面部线条冷硬,几秒后她才开口:"好,我知道了。"

似乎是怕她不来,苏子彦最后命令道:"最迟九点,你不来我就去公司找你。"

知道这是他的底线,卫翙低低地回:"我知道。"

收起手机后,卫翙又轻咳了两声,手摸在额头上,仍旧有轻微发烧的迹象,这样的她,明天去见苏子彦,少不了一顿训斥。

想到那人会说的话,卫翙本就微疼的头更疼了。

夜里几乎没睡好,次日天蒙蒙亮她就醒了,许久没有失眠的感觉,醒来后她还有些恍惚。等身体不适的感觉下去,卫翙才坐起身,简单洗漱后下了楼。

十一正坐在沙发上,身影单薄。

听到身后有脚步声,十一转头,见卫翙穿着浅色居家服,正站在身后。不知道是不是因为昨晚生病,卫翙的脸色不是很好,眼下还有淡淡的黑眼圈,十一忙起身道:"三小姐。"

卫翙侧头看向她,点点头,又唤道:"张妈。"

张妈立刻从厨房出来:"三小姐,您醒了。"

卫翙揉着太阳穴:"给我倒杯水。"

张妈"哎"一声,刚准备倒水,却见十一立刻转身,从茶几上端过透明水杯递给了卫翙,小声道:"三小姐,刚倒的水,温的。"

卫翙没接,只是抬头看了她一眼。

张妈立刻从她手上端过杯子:"三小姐不喜欢用别人用过的杯子。我给您重新准备一杯。"

十一双手垂在身侧，想说，她知道卫翙早餐之前会喝一杯水，这个杯子她洗了很多遍，甚至水温也是估算好的，但笨拙的舌头不听使唤，在张妈快速的话语下，她两次鼓足勇气，然而要说的话还是咽了回去。

"张妈。"卫翙启唇，"端过来给我。"

张妈愣了几秒："三小姐，我给您……"

"不用。"卫翙淡淡地说，"端过来给我。"

张妈只好将杯子递给卫翙，转头看了一眼神色错愕的十一，眼角耷拉下来。

十一看着卫翙抿了口杯子里的水。阳光越过沙发落在她的身上，将她白皙的肌肤照得近乎透明，仰头时露出修长的天鹅颈和弧线精致到完美的锁骨，十一眼底的错愕慢慢敛起。

卫翙愿意接受自己的水，愿意接受自己的示好，这是不是代表，其实她没有那么厌恶自己？

第四章
医院

十一吃完早餐就被卫翙叫上了车,她不解地问:"三小姐,我们去哪儿?"

卫翙靠在椅背上,轻声道:"医院。"

十一没来由地心尖一颤,她想到之前卫翙说,想要她身上的一样东西,所以,现在是去医院取走吗?

半路无话,十一的脸色比真正的病人卫翙的脸色还苍白,快到医院门口时,她终于憋不住道:"三小姐。"

卫翙缓缓睁开眼,昨夜没休息好,她有些困乏,但是窗外的阳光太刺目,她只能闭目养神,却没办法入睡。路上,耳边一直有布料摩擦的声音,十一似乎不停地在动,就在她忍不住睁开眼时,听到十一叫自己的声音。

卫翙侧过头,看着十一,见她白净的脸上挂着担忧,那双漂亮的眸子里还有些许害怕,卫翙启唇:"怎么了?"

十一不安地绞着手指,硬着头皮问:"您还没说,要从我身上拿走什么,真的不是眼睛吗?"

卫翙没料到她在想这事,不过想想也对,她莫名其妙地带人来医

院,一句话也不解释,从十一的角度,会多想不足为奇。

想到这儿,她缓缓摇头:"不是。"

见十一依旧目光灼灼地盯着自己,卫翊轻咳两声,面上染上了不正常的红晕,眼神也不似平常那么锋利,莫名添了柔软。她再次开口,声音微哑,道:"你放心,不论是什么,我会征求你的同意的。"

没有迫人的气势,没有锋利尖锐,卫翊看过来的目光很平静,十一对上那双眼,紊乱的心跳恢复了正常,不知道为什么,她突然就安心了。

到医院后,司机打开后车门,卫翊率先下车,拎着包道:"下来吧。"

十一这才跟在她身后下了车。

许是之前来过一次,十一这次没那么怯,她大大方方地走在卫翊身边,和她一起往里走。上次过来时看到的两个前台小姐姐都不在,十一皱眉,细看下发现,医院里竟没人。

苏子彦穿着白大褂从后面的办公室走出来,见到她们俩,喊道:"这边。"

卫翊略微点头,对十一道:"你跟我过来。"

十一亦步亦趋地跟在卫翊身后,两人走进一个办公室里。

苏子彦笑着对十一道:"我和三小姐有点事情要聊,你先坐会儿。"他说完,还从抽屉里拿了好些糖果递给十一,"吃完我们就回来了。"

十一捧着五颜六色的糖果,心头有些温暖,门被轻轻合上后,她剥开一颗糖果,是柠檬味的,酸酸甜甜,和以前婆婆给她吃的糖果一个味道。

她就像是挖到了宝贝的孩子,对这些糖果起了浓浓的好奇心,刚吃完一颗就立刻剥开下一颗,不多时,房间里就染上了淡淡的香甜气息。

与之一墙之隔的办公室里,卫翊坐在桌前,苏子彦看着检查报告,冷着脸道:"你还想瞒着我?"

卫翊昨晚烧了半夜,刚刚在车上也没能好好休息,过来检查费了不少力气,现在坐下后还带着微喘,听到斥责,她头也没抬地回他:"不是瞒着你,我只是想等工作结束后再过来。"

"工作结束?"苏子彦捏着片子,看向卫翊,沉声道,"只怕你根本就没那个命等到结束!"

从前,她都是每月定期检查,严格按照他给出的作息表生活,病情虽然不见好转,但是也未恶化。但从上月开始,她就不来医院做检查了。他去约时间,总是被她推三阻四,他应该早点察觉,不应该抱有侥幸心理。苏子彦有些恼恨自己的后知后觉。

"继续这样下去,只怕你没几天就要去见阎王了。"

卫翙低头笑了,这些话大概也只有苏子彦敢在她面前说。她启唇:"输液吧。"

"还知道输液。"苏子彦嘀咕,"真不知道你这么拼命干什么,赚那么多钱有什么用?有命挣没命花,也不能留个后帮你……"

话说到这里,他倏地转头看着卫翙:"等等,你带那个孩子回来,该不会是想……"

卫翙靠在椅背上,面色微白,脸上是不正常的红晕,身体开始逐渐起了高温,她启唇道:"子彦,快点。"

催促声让苏子彦加快了脚步,他来到卫翙面前,低头查看了她的面色,动作迅速地给她插上了针管。凉凉的药水流进身体里,卫翙慢慢合上了眼。

"你是不是想——"

"子彦。"卫翙打断他的话,低声道,"让我休息会儿。"

此刻的卫翙疲倦至极,眼睑下是淡淡的黑眼圈,哪里还有半点商场上杀伐果断的样子,俨然就是个虚弱无力的病美人。

苏子彦只好道:"那你休息会儿,我去看看十一。"

不轻不重的一声"嗯"传来,苏子彦叹了一口气,离开了办公室。

十一刚吃下最后一颗糖,就听到门打开了,一紧张,糖果直接滑进了喉咙里,被她狠狠地咽了下去。

苏子彦见到桌子上一沓糖纸,笑道:"你还真的吃完了?等会儿中午不吃饭了?"

和卫翙截然不同,十一对苏子彦的印象就是温柔,说话温柔,做事温柔,就连现在和她闲聊,语气也是温柔的。

但是比起他,她还是更喜欢和卫翔待在一起,明明她们才接触不过几天而已,但是卫翔在她心里,就强大得好像靠山一样,让她忍不住想要依赖。尤其经过昨晚的事情后,她发现卫翔也不是那么可怕。

见苏子彦还看着自己,十一盯着那些糖纸,咬了咬唇,道:"你说吃完你们就回来的。"

苏子彦微怔,他还以为是这孩子贪嘴,没想到是因为自己离开前随口说的一句话,这孩子,倒是和想象中有点不同。

他想到刚刚和卫翔说的话,开口:"十一啊……"

十一睁大明亮的眼睛,一眨不眨地看着他,细碎的阳光落在眸子里,闪闪发光。

苏子彦顿了顿,说:"等会儿带你去吃好吃的。"

"三小姐呢?"十一看向他身后,目光有探寻,"三小姐不一起吃吗?"

苏子彦笑道:"她在休息,不和我们一起去。你想吃什么?"

苏子彦家里有个妹妹,在国外留学,年纪和十一差不多,所以苏子彦看向她时,眼神不自觉地软了些:"附近有家饭馆,刚开的,味道不错,要不要尝尝?"

十一站起身,双手垂在身侧。不知道是不是糖吃多了,喉咙有甜腻感,她道:"我想等三小姐一起。"态度很坚持。

苏子彦看了一眼腕表,摇头:"不用,外面的食物,她吃不惯。"

十一听到这话,宛如泄了气的皮球,整个人都沮丧了。

苏子彦见她如此,不由得问道:"你很想和她一起吃饭吗?"

"不,不是。"闻言,十一仓促地回他,"我只是觉得,三小姐不吃午饭会饿。她看起来身体不大好。"

看着寡言,没想到心思如此细腻。苏子心中一动,低声道:"她没事,昨晚吹了风,有点小感冒而已,睡一觉就好了。"

十一点头:"嗯。"

苏子彦拎着衣服对她道:"走吧,我们出去。"

十一走在他身边,出门时,她听到隔壁有低低的咳嗽声,和昨晚听

第四章 医院

到的声音一样，是三小姐的。她偏头看了一眼，门关得严实，什么都看不到。

苏子彦已经穿好外套走出去几步远，十一立刻收回目光跟上。

午饭是在附近的饭馆吃的，偏中式的装修，小包厢一个紧挨着一个。苏子彦担心十一单独和他相处会不自在，所以就在大厅选了个位置，靠窗，抬头就能看到医院，十一抬头看了好几眼。

苏子彦点好菜之后对她道："都是家常菜，怕你吃不惯，多点了几道。"

十一慌忙摆手："不用，我什么都吃得惯。"

苏子彦让服务员下去后，喝了口茶润了润喉才问道："十一，你觉得三小姐如何？"

十一听到这个问题，抬眸看向他，见他神色很是认真，虽然脸上依旧带着温柔的笑，但气势又稍有不同。她想了想，目光诚挚道："三小姐很好，她人很好。"

对面传来轻笑，苏子彦用面纸擦了擦嘴角，摇头道："你知道吗？这还是我第一次听到有人说她好。"

外人看她，都是漂亮多金，有钱有权，样样都好，但是那些好，和十一刚刚嘴里的好，是不同的。他看得出来，面前这个孩子没说谎，她是真的觉得，卫翊很好。

难道这就是老人口中常说的缘分？

十一不太明白苏子彦突然盯着自己看是什么意思，但是也没敢多问。她压低头，双手垂在身侧，捏了捏裤子。衣服都是三小姐给她准备的，新的，现在被她拧出了一道道皱褶。

饭菜上来之后，苏子彦才收回目光，淡淡地道："吃吧，多吃点。"

"谢谢苏医生。"十一低头吃饭，阳光从窗边照进来，落在她的肩头。

面前的女孩纤细瘦弱，斯斯文文，吃饭没发出多少声响，动作小心，低着头时毫不起眼，但一抬头，一张漂亮的脸蛋足以迷惑任何人。

苏子彦看了十一良久，放下筷子道："十一啊。"

十一抬头,见他神色严肃也不由心里一凛:"苏医生?"

苏子彦深思几秒,问道:"你喜欢三小姐、喜欢苏家吗?"

十一因为苏子彦的问话愣了好半晌,显然这个问题对她而言比较难回答。旁边有服务员走过,发出轻微声响,十一回神,小声道:"苏医生,我……"

苏子彦轻轻皱眉:"你不喜欢吗?"

十一张口:"不是,我……"

她嘴拙,不太会解释,一张俏颜涨得通红,双眼却明亮。

苏子彦温柔地道:"那你会讨厌她吗?"

十一再次呆住了。

子彦见她如此,低头笑了笑:"我开玩笑的。吃饭吧。"

十一从他的神色里看到了认真,一颗心慌乱无比。苏子彦这样问,是不是三小姐和他说了什么?肯定是的,三小姐一定和他说了什么,他才会这么问。

因为这个想法,十一没了吃饭的胃口,她低头喝完汤就一直静坐着,等到苏子彦放下筷子,才小声道:"苏医生,我吃饱了。"

苏子彦道:"我去结账。"

十一抬头:"我……我来吧。"

苏子彦轻笑:"你有钱吗?"

十一被他注视得有几分不好意思,但坚持道:"有。"虽然不是很多。

她学婆婆那样把钱用一个帕子包着,以前当用人时,她不能和其他人一样按月拿薪水,那些女主人都讨厌她,所以发薪水都是随便打发她一点。十一没到过外面,所以也用不到钱,就这么一点一点地攒了些。

苏子彦看着面前的孩子从裤子口袋里拿出洗得泛白的帕子,打开后,里面的纸币一张一张叠得整齐,这些纸币折痕很深,不知道存了多久。他突然感觉到心酸,说道:"我来吧。"

十一诧异地抬头看着他,苏子彦笑道:"说好请你吃好吃的,怎么能让你付钱呢?"

第四章 医院

他说完,招来服务员,拿出钱包时,他顿了几秒,从里面抽出几张交给服务员后,又将钱包塞回了口袋。

结完账之后,苏子彦就带十一回了医院,路上,两人都没说话。到办公室后,苏子彦让十一先休息,等卫翔结束,她们就可以离开了,他说完还打开了抽屉:"想吃什么糖自己拿。"说完又加了句,"别贪嘴。"

十一的双手拧在一起:"谢谢苏医生。"

苏子彦拍拍她的头,离开了办公室。

办公室不大,但东西很齐全,靠墙的地方还有张小沙发,阳光照在上面,看着就很温暖。十一整个人蜷坐在沙发上,双手环着双腿,头枕在膝盖上,歪头看着窗外。

苏子彦的话又在她耳边响起——你会讨厌她吗?

十一不知道,她以为卫翔和之前领她回家的那些人是不同的。

所以,有什么不同呢?她为什么要送自己来医院检查呢?是自己有什么问题吗?

十一想到这个可能性,心尖宛如被利器戳到,疼得脸色发白,双手也紧紧地环抱着双腿,整个人蜷缩得更厉害了。细碎的阳光透过窗户照在她身上,她却感觉不到任何温暖。

一室安静,另一室却喧嚣。

卫翔刚睁开眼,就看到苏子彦坐在病床边,手中正拿着病历在写写画画,她开口:"怎么了?"

声音很沙哑,完全不似平日的清透。

苏子彦写完之后抬头看她:"要加量。"

卫翔没意外:"好。"

"我年前联系过国外的白医生,他前两天回复了,说会过来看看,他在这方面研究了三十年,如果他愿意接手,我们还有希望。"

希望,卫翔不记得听过多少次这个词了,每一次的希望带来的都是失望,她已经习惯了。

苏子彦低头:"你现在要做的就是照顾好自己的身体,工作可以放

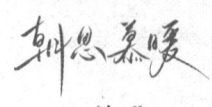

一放。"

许是输了液,又安稳地睡了一觉,卫翙现在精神不错,脸上褪去了潮红,肤色恢复了白皙。听了苏子彦的话,卫翙的神色没什么波动,只是淡淡地道:"我知道。"

苏子彦叹气:"你要是真的知道,我就不用操心了。"

苏子彦婆婆妈妈地嘀咕着,卫翙揉着额头:"你出去吧,我再睡会儿。"

苏子彦刚起身就听到门口有动静传来,是裴天的声音:"三小姐。"

卫翙看了一眼苏子彦,在他满是不悦的目光下启唇:"进来。"

裴天打开门之后就收获了苏子彦两个白眼,他皱皱眉,还没问就见苏子彦主动出去了。门合上后,卫翙从病床上坐起身。

裴天道:"您身体好些了吗?"

"不碍事。"卫翙皱眉,"王永顺那边怎么说?"

裴天将合同递给她:"王总同意了。"

"同意了?"卫翙接过合同,她可没忘记王永顺那天在包厢里歇斯底里的样子,得知自己被摆了一道,他气得想杀人,现在居然会同意?

裴天回她:"应该是沈家施压了。"

他也想不通,沈浩是怎么说服王永顺的,如果沈浩真的有这个本事,早就将烂尾楼据为己有了,何必等到现在?

不过不管怎么说,现在烂尾楼已经是卫天集团的了。

卫翙拿着合同,手机铃声突然从她的包里传出来,她看了一眼裴天,后者拿了手机递给她,屏幕上显示着"沈浩"二字。

"三小姐,还满意吗?"

卫翙不知道他葫芦里卖的什么药,笑笑:"沈总这是什么意思?"

"一点小诚意罢了。"沈浩看了一眼腕表,"今晚八点,不知道三小姐有没有空?"

卫翙冷声道:"没有。"

沈浩:"那——"

卫翙的嗓音裹着森森寒意:"之后也没有。"

第四章 医院

沈浩听着她微凉的声音,不见丝毫恼意。如果卫翙是这么容易追求的,那她交往过的男人只怕要绕江城几个圈了,他不急。

上次见面,见到越发明艳的卫翙,他就下定决心,这个女人,他要定了!

卫翙不想和他多周旋,径自道:"沈总若是没事,我先挂了。"

"等等。"沈浩说道,"那合作的事情……"

"公司面谈。"

卫翙说完就挂了电话,将手机递给裴天,头还是隐隐发疼。

裴天见她脸色不对,关心道:"您要再休息会儿吗?"

"好,你先出去吧。"

裴天闻言退出了病房,出门后发现苏子彦还没离开,显然是在等他。

"有事吗,苏医生?"裴天看着他。

苏子彦合上病历:"还和我装?发生什么事了?"

卫翙虽然对工作上心,但是不会不顾及身体,她惯来惜命,从知道生病后一直听从他的医嘱,他不相信,卫翙会无缘无故突然这么卖命地工作,其中一定发生了变故。

裴天看了一眼卫翙所在的病房,低声道:"苏医生,借一步说话。"

苏子彦走进旁边的茶水间,对裴天道:"进来吧。"

裴天边进门边道:"洛洲平回国了。"

洛洲平和卫家关系匪浅,这事苏子彦自然知道。

卫天集团是卫老爷子一手打拼出来的,浮浮沉沉二十几年才站稳脚跟,但那时候经济不景气,循规蹈矩的公司根本产生不了多少收益,卫翙的父亲卫长远在进公司后,认识了洛洲平。

起先,洛洲平只是个混混,但是他智商高,会赚钱,眼光又好,在那个不景气的时代下,帮助卫天集团渡过了好几个难关,也是因为这个原因,老爷子才放心地把卫天集团交给了卫长远和洛洲平。

没了老爷子的约束,洛洲平动了歪心思,开始鼓动卫长远走歪路,可想而知遭到了拒绝。当时他已经是公司的第二大股东,联合了不少小股东想把卫长远挤下去,但是老爷子早就留好了后路,所以后来洛洲平被安排出了国。这么多年,洛洲平只在卫长远病逝后回来过一阵子,那时他想找机会坐上董事长的位子,没想到撞上了卫翙。当时他是看不上卫翙的,一个刚成年的黄毛丫头能做出什么实绩?所以他端着看好戏的态度,等着公司的人求自己回去,没想到等来的却是卫翙那边频频传来的好消息。

他气得再度出国,去了分公司。

可以说,卫长远活着时,洛洲平是他的心头大患;卫长远临死时,没能解决洛洲平也成了他一生的遗憾。当初他有眼无珠,带洛洲平回公司一起打拼,完全没想过有一天会被反咬一口。这是他死前还在惦记挂念的事情,后来也成了卫翙需要解决的难题。

卫翙上任后和洛洲平不知道斗了多少个回合。卫翙刚上任时,大部分心思放在公司上,所以才让那个老狐狸有了可乘之机,拉拢了董事会的人。这次回来,洛洲平一定没安好心。

裴天道:"洛洲平可能知道三小姐生病了。"

苏子彦神情略变:"他怎么会知道?"

卫翙所有的就医资料都在他这里,属于高度机密,被他锁在保险箱里,洛洲平怎么可能知道?

裴天摇头:"他只是怀疑。这次的烂尾楼,就是他给三小姐出的难题。"

这么多年,洛洲平虽然人在国外,但和股东们的联系一直没断,这次他就是利用董事会决议,才如此顺利地回了公司,连三小姐都只能暂时忍着。

苏子彦明白了,他道:"那你多注意她的身体,有任何不适立刻通知我。"

"我知道。"

裴天说完,抬头,正对上一双明亮的眼睛。

十一端着杯子,被他突然的注视看得手足无措,下意识往后退一步,讷讷地道:"我……我只是倒杯水,我什么都没听到。"

第四章 医院

十一再次见到卫翔是两个小时后,在苏子彦的办公室里。听到开门声,她仰头,只见卫翔推门进来。和早上的虚弱不同,现在的卫翔面色和往常无异,一身红色长裙裹住姣好的身段,长发披肩,脸上没带笑,五官依旧锋利,尤其是眉眼,隐隐带着凛冽。

"出来吧。"卫翔淡淡地开口。

十一忐忑不安地跟在她身后,走出办公室。

门外,苏子彦和裴天也在,两人用莫名的眼神打量着她。十一被他们看得双手不安地拧着裤子,头压得更低,神色惶惶。

卫翔并没有多说什么,唤她出来后就上了车。十一错愕地看着她的举动,一咬牙也坐上了后座。

十一用余光瞄着卫翔,见她双手抱胸,侧头看窗外,神色漠然,表情冷淡,似乎没话要说。

十一却有话说,可她想说的话太多了,一时竟不知道从何说起。

车是裴天开的,已经临近傍晚,十一以为卫翔会直接回家,没料她淡淡开口:"去公司。"

车子在路上转个弯,往公司驶去。

医院和公司相隔并不远,十一上次坐在车里见过卫翔进公司,所以知道是哪一栋楼。到了公司楼下,她见卫翔下了车,小声道:"三小姐,我……"

"下车吧。"卫翔启唇,"跟着我。"

十一抿抿唇,下了车跟在卫翔身后,刚走到门口就有保安过来拉开大门,她往里看了一眼,和想象中一样,装修简单大气,处处明亮,就连脚下踩的大理石都能倒映出人影。

公司的人很多,来往匆匆,他们见到卫翔都低头问好:"卫总好。"

卫翔径直往前走,裴天先一步按下电梯,十一跟在卫翔身后,那种格格不入的感觉如蚂蚁似的慢慢爬到她身上,一点点咬噬她,难受得她腰身都几乎直不起来。

电梯上升,到达楼层,门打开,卫翔踩着细高跟走出去,不多时有人迎上来,道:"卫总,洛副总在办公室等您。"

卫翔点头，然后对裴天道："带她去休息室。"

裴天应下："跟我来。"

十一抬头瞧了一眼卫翔绷紧的侧脸，又看了一下表情严肃的裴天，咬咬牙跟着裴天往另一边走去。

卫翔看着她纤细的背影，耳边响起一段话："三小姐，十一知道您生病的事情了。我觉得，她留不得。"

"卫总？"秘书的话打断了卫翔的思绪，她转身往办公室走去。

十一被安顿在休息室里，裴天只是嘱咐她别乱跑就离开了。休息室里什么都有，糕点、茶水，还有很多张沙发，似乎是用来睡觉的，上面还放着叠好的毯子。十一选了最靠里的沙发坐下，一直低着头拨弄手指，长发遮挡着她的侧脸，让人看不清楚她的神色。

不知过了多久，休息室的门才被打开，进来了好几个人，十一听到声音，下意识地往沙发里面缩了缩。她本就瘦弱纤细，进来的几个人又光顾着聊天，压根没注意到她。

"洛副总怎么回国了？"穿着格子衬衫的女孩端着水杯站在众人身后，面有不解地道，"他在国外不是混得挺好的吗？"

"混得再好，毕竟还是分公司，谁不想往总公司跑？"

穿格子衫的女孩拧眉："没差吧？"

"你是天真还是蠢？"身边穿着蓝色正装的女人托着杯子底部，浅浅抿了口，道，"卫总刚上任没几年，位子还没坐稳呢，你说洛副总回来干什么？"

"难道是想夺权？"格子衬衫女孩咋舌，"别啊，我觉得卫总挺好的，这几年公司完全是坐火箭一般地发展，我朋友都羡慕我在卫天呢。"

"卫总这人吧，就是太严肃、太冷了点儿，其他方面算是完美女人。"

"冷点有什么不好？要是她性格温柔，只怕追她的男人能绕江城好几圈了。你是不知道那些男人，脸皮厚起来完全就是无赖！就是要冷漠点，那些男人才不敢靠近。"

"也对，我宁愿每天看着她那张冷脸，多养眼啊！再看看洛副总……"说话的人身体抖了抖，惹得旁边几个女孩一阵笑。

她这样安慰着自己，但收效甚微，尤其是在四周都昏暗的情况下，那种莫名的恐惧感如影随形，十一的步伐越来越快，莽莽撞撞地，瘦小的身形到处乱窜。

黑暗无疑会加深人的恐惧，一切感官在未知的情况下被无限放大，越是抗拒这种慌乱，越是避不开。十一如无头苍蝇般在整层楼走动，却迟迟找不到电梯和楼梯，也找不到休息室。

与休息室相隔两条走廊的办公室里，卫翙坐在沙发上，对面坐着一个男人，平头，身形肥胖，穿着西装也遮不住凸出来的啤酒肚。

他靠在沙发上，笑着说道："听说你已经拿到烂尾楼那块地了，恭喜啊。"

光是从表情就能看出来，一副黄鼠狼给鸡拜年的模样，没安好心，但卫翙还是接下话："洛副总客气了。"

"都下班了，还什么副总不副总的。"洛洲平笑起来，眼睛瞬间眯成了一条缝，隐隐露出精光，他道，"小时候你还缠着我让我抱，叫我'洛叔叔'呢，现在这么见外可不好。"

卫翙的神色依旧清冷，抬起眼看向洛洲平，涂抹红艳的唇瓣轻启："那都是小时候不懂事。"

洛洲平眯眼看着卫翙，还记得出国前最后一次见到卫翙是在她爸的葬礼上，她穿着一身黑衣，胸前别着白花，眉梢淡漠，神色寡淡，除了眼角有微红，整个人不悲不恸，完全看不出来是刚死了父亲。

他当时忙着周旋在各个董事之间，想用卫翙年纪小为由，代替她掌管卫天，却没料到卫翙不同意，还和他打了赌，如果三个月之内没做出成绩就主动让贤。他当时见她不过是个黄毛丫头，想来也没什么本事，却没想到自己会看走眼。

不过这次，他不会再错了。

洛洲平面上带笑："晚饭吃了没？没吃的话，洛叔叔请客。"

卫翙抬眼："晚饭就不劳洛副总费心了。"

洛洲平双手放在膝盖上，道："主要是想先和你聊聊烂尾楼改造的事，不过卫总看起来不是很感兴趣，那就董事会上再聊吧。"口吻略带

第四章 医院

几分威胁。

卫翙的眼神从他身上飘过,满是凉薄之意。洛洲平发现,不过几年不见,眼前的黄毛丫头已经完全蜕变,现在的她更让人捉摸不透。

卫翙难得露出一个淡笑:"好。"

洛洲平被她一个字堵住,半晌没说话,最后一甩头离开了。洛洲平刚走,裴天就走了进来,他站在卫翙身边道:"三小姐,洛副总最近和建材公司联系很频繁。"

卫翙秀眉拢起,手搭在沙发上,手指轻轻敲动,好一会儿后她才道:"十一呢?"

裴天低头:"还在休息室。"

"带她过来。"

卫翙吩咐完,便靠在沙发上休息。和洛洲平长时间周旋,又不能让他看出丝毫端倪,以至于现在松懈下来,让她有些疲倦。然而还没等她彻底放松,就听到裴天急促的脚步声传来,他道:"三小姐,十一不见了。"

第五章
交易

办公室的墙角缩着一个人。

十一摸不到回去的方向，无头苍蝇般闯进了开着门的办公室，找出口时又被东西绊到了脚，整个人跌在了地上，头也磕到了桌角，脑袋生疼，眼前阵阵晕眩。

她靠着办公桌慢慢蹲下身体，等到恢复了点意识，才看清楚这是个办公室，走廊上安全通道的绿色灯光亮着，将整个办公室照得模模糊糊。

她按着发疼的额头，靠在桌边，想找灯的开关，但又极其不熟悉这里的环境，怎么都找不到。倒是能看到不少办公桌上都摆放着电话，但是她压根不知道三小姐的号码。

四周寂寂，十一倚靠在桌边，好几分钟后才开始挪动脚步，直到挨到墙，又慢慢蹲下了身体，双腿很酸，她干脆直接坐在了地上。刚刚她有摸到椅子，但是她不敢坐，这是她不曾踏入过的区域，所有的东西对她而言都是陌生的，她害怕触碰。

她就这么靠着墙，时间一分一秒地走过，不知道过了多久，忽然传来了高跟鞋的声响，她一个激灵，彻底清醒了！

第五章 交易

办公室里灯蓦地被打开,白炽灯散发明亮的光线,照在来人的身上。卫翙踩着细高跟快步走进办公室,一眼就瞧见了坐在墙下的女孩。

十一在听到高跟鞋的声音时,下意识地抱紧了自己,双手环着腿,头埋在膝上,眼睛紧闭,知识浅薄的脑袋里只冒出了一个字——鬼!

高跟鞋走动的声响越来越大,越来越近,就在十一忍不住想要捂住耳朵时,一道清冽的嗓音传来:"十一。"

她整个人僵住了,慢慢松开双臂,抬起头,见卫翙正半弯下腰,定定地看着自己。

白炽灯的光打在卫翙身后,将她的影子映在十一身前,卫翙一贯严肃的神色稍稍敛起,眉骨也不见锋利。她又叫了句:"十一?"

十一俏颜惨白,额头上还有块红痕,她喃喃地道:"三小姐?"

意识到眼前的人不是自己的幻想后,十一激动地想要站起身,却忘了自己坐着的时间过长,腿早就麻了,刚站起的身体再次跌坐在地,十一不防备,下意识地伸手拉住了卫翙的衣摆。卫翙刚直起的身体被她这么一拽,半弯下腰。

十一回过神来,立刻缩回手,规矩地道:"对不起三小姐,我……我不是故意的。"

卫翙启唇:"起来吧。"

有了经验,十一这次靠着墙慢慢站起身,耳边,卫翙淡淡地问道:"怎么跑这里来了?"

"我……我以为您忘记我了。"十一说完看向卫翙,见她神色如常地拿起手机拨了电话,接通后对那边道:"找到了。"说完,她在十一的注视下又加了句,"去隔壁拿部手机,功能简单的就好。"

还在安保室查视频的裴天揉了揉眼睛,点头应下,刚刚这么一通找,差点把他眼睛都看花了。这孩子真奇怪,怎么都不开灯啊?要不然早就找到了。

刚发现十一不见了时,他立刻就认为她走了,但三小姐让他来监控室看看,他抱着"不可能,人早就不在公司了"的想法进了监控室,却没想到真的见到了十一的身影。果然,他看人还是没有三小姐准。

只是从录像上看,他根本不太懂她在做什么。

十一起身站稳后,卫翙道:"先回我办公室。"

十一跟在卫翙身后,见她熟门熟路地转了几个弯,然后到了一个半开着门的办公室门口,看着自己道:"进来。"

十一咬了咬唇,紧跟着走了进去。

办公室里灯光明亮,进门就看到了靠窗摆放的工作桌,还有桌后面偌大的书柜。书摆放得很整齐,上面都是十一看不懂的符号字母。

整个办公室的装修是冷色系的,黑白色调,给人严肃的感觉,也或许,是因为她觉得卫翙本身就很严肃。

"坐吧。"卫翙淡淡启唇,然后走到饮水机旁倒了两杯热水,一杯放在十一面前,一杯端在自己手上,杯里的水冒着热气,雾气缭绕。

十一拘谨地坐在沙发上。

卫翙抿了一口水,问道:"为什么没走?"

十一听到问话,抬头,目光诧异,好似卫翙说的是天方夜谭。

卫翙见她如此表情,不由轻笑:"你很怕我,是吗?"

"没有。"十一下意识地反驳,然后又小心翼翼看了一眼卫翙,"有一点点。"

卫翙听到她诚实的回答,点头:"我还以为你会趁这个机会离开公司。"

十一双手拧在一起,目光依旧有些错愕,她小声道:"三小姐,我要是离开,你会把我抓回来打我吗?"

卫翙听到这话,举着杯子的动作微顿,抬眼对上十一懵懂的眼神,秀眉微微蹙起:"打你?"

十一咬了咬唇:"嗯。"

她之前有试着逃离主人家,尤其在婆婆去世后,她尝试过好几次,但每次都被找了回来,还会被狠狠地教训,久而久之,她就不敢逃跑了。她被送到新雇主家的那周,整个人心惊胆战,一直小心翼翼地做事,就算这样,还是被女主人打骂和责罚。

为了尽快脱离那里,她就在女主人面前不停地犯错,想让她们把自

第五章 交易

己送走,但是一次都没有成功。她不得不开始偷东西,然后想办法出现在客人面前,就这么反反复复,终于,她碰到了卫翙。

她对卫翙的了解,仅限于传闻——江城出了名的冷美人,家世好,有能力,手腕高,不知道是多少公子哥觊觎的目标。她当时窝在厨房里,听到她们说,卫翙来了,所以她大胆了一次,在那天出现在了卫翙面前。没想到她真的如愿了。

可她被卫翙带了回去,却不是做用人。

"三小姐。"十一说到这里,咽了咽口水,继续道,"您让我做用人吧,我什么都会做,什么都可以学,我会做得很好的,我一点都不怕苦。我没有偷东西的习惯,我保证不会乱拿东西,我可以不要薪水,或者您让我走也行。这是我所有的积蓄,我知道很少,但是您开个价,我会慢慢赚了还给您……"说着就要掏出自己攒的钱。

卫翙见她难得一次说这么多话,不由发笑,启唇道:"我什么时候说过不让你走了?"

十一的动作戛然而止,空气陡然冷清了。

卫翙嗓音依旧淡淡的:"十一,我从来没有不让你走,卫家的大门,你随时可以打开。但是你出去后能做什么呢?找份正经的工作?你有学历吗?"

十一被她一连串的问话堵得哑口无言,她学历很低,仅限于认识常用字,要想找份工作比登天还难,外面的世界和她想象中的完全不同。她低着头,手抓着裤子,瘦弱的身体在沉默的气氛中更显娇小。

卫翙喝完水后,将杯子放在茶几上,办公室的门被敲响,接着裴天道:"三小姐。"

"进来。"

裴天手上拎着两份盒饭,包装很精致,就连筷子都像是玉做的,质地很好。卫翙见裴天打开盒饭后,挥挥手示意他出去,裴天看了她一眼,还是忍不住提醒道:"还有半个小时就九点了。"

"我知道。"卫翙用筷子夹起米饭,"先出去。"

裴天离开后,办公室里重新恢复安静,卫翙看了一眼对面拘束的

十一,启唇:"吃饭。"

十一想推说自己不饿,但在卫翙强大的气势下,她什么都说不出口,只能顺从地拿起筷子,吃着自己从未尝过的佳肴。饭菜很有卖相,口味清淡,但口感很好,十一不太饿,她吃了几口就想放下筷子,又觉得不礼貌,所以抬头看了一眼卫翙。

卫翙吃饭的动作优雅得体,低头时睫毛微垂,额头白净光洁,眉骨饱满,虽然神色寡淡,但侧脸精致。

十一刚偷瞄了几眼,就见卫翙抬眼,问:"吃饱了?"

十一捏了捏筷子,点头:"吃饱了。"

卫翙又低头喝了口汤,末了用面纸擦拭唇角,十一想要收拾,却听到卫翙道:"放着吧,裴天会处理。"

"好。"

十一放下筷子,听到卫翙问:"知道我生病了?"

漫不经心的语气,好似在说,知道今天出太阳了吗?十一却被惊得后背出了薄汗,在卫翙面前,她莫名地不想说谎,于是诚实地点头:"知道。"

卫翙抬眼:"知道我就不瞒着你了,我带你回来,是想和你做笔交易。"

卫翙看向十一的目光是前所未有的认真,十一头一次觉得自己在别人眼里,是个能做决定的成年人,她也头一次感觉到被尊重,这让她说话的声音都大了点:"什么交易?"

"如果你想离开卫家,现在就可以走,没有人会拦着你。

"如果你答应和我做交易,我可以保你下半生衣食无忧,你也不用每天担惊受怕。

"你有三个月的时间可以考虑,在这三个月里,你可以住在卫家,享受最好的照顾,有任何要求你都可以开口,也可以随时走人。但是三个月后,如果你还留在卫家,我就当你同意交易。"

十一绷紧了纤细的身体,手心出了不少汗,蜷起时黏黏腻腻的,很不舒服。

第五章 交易

卫翔说完，办公室里安静得过分，良久，十一才道："什……什么交易？"

卫翔很平静地看着她，声色无波："我需要一个继承人，一个忠于卫家、忠于卫天的继承人。"

这句话犹如平地一声闷雷在十一耳边炸开，她整个人蒙了，傻傻地看着卫翔，下意识就想拒绝："三小姐，我……"

"你不用急着回答我。"卫翔淡淡地道，"你有三个月的时间可以考虑，不要浪费了。如果我是你，我会好好想想的。"

十一没说完的话就这么咽了回去。

聊完，两人出了公司上车回家。到卫家时，裴天从副驾驶座位上拿了一部手机递给卫翔，解释道："三小姐，这部手机的功能最简单。"

卫翔接过手机，打开盒子，在十一的目光注视下，她在手机里输入了一个号码，打通后，输入了名字。

"这是我的号码，有事你可以直接打给我。"卫翔说完，将手机递给十一。

十一看了一眼手机，又看了一眼卫翔，咬了咬唇，接了过来。

两人进卫家后，张妈立刻迎了上来，卫翔鲜少这么晚才回来，今天又带了十一出门，张妈立刻就认为是十一的"功劳"，连带着看她的眼神都有几分不悦。

十一还在想着卫翔说的交易，没注意到张妈的神色变化。

两人进厅后，张妈问道："三小姐，晚饭吃了吗？"

卫翔启唇："吃过了，我先上楼休息。"

她说完，头也不回地往楼上走。身后，十一捏着手机，看着卫翔挺直的背脊陷入了沉默。张妈看到她手上拿着手机，还拎着手机袋子，一看就是刚买的，沉下脸，不高兴地走进了厨房。

厨房里几个用人正看着门外的十一，嘀咕道："三小姐给她买了手机？"

"该不会是偷的吧？"

"三小姐今晚回来得好迟，肯定是去处理事情了。"

"没准儿就是呢。"

张妈原本就心头烦躁,听着她们碎碎念,直接呵斥道:"行了,没事儿就都回去休息,一个个的这么嘴碎,也不怕三小姐听到。"

听到她提到三小姐,几人面面相觑,立刻作鸟兽散。

厨房恢复了安静,张妈侧头看了一眼外面,十一已经不在了。

十一回到房间,坐在镜子前,手指按在额头上,额头上的旧伤还没好,晚上又添了新伤。

十一又想到卫翔说的话,如果不同意,她现在随时可以离开卫家,如果同意,她就要听从卫翔的一切安排。

她从没做过这样的选择题,以前都是一个劲地想去好点儿的雇主家,她的人生在没遇到卫翔之前,只有一个目标,那就是安稳地活着。卫翔的那番话,就像是一个锤子,敲破了她封闭的世界,让她有了不一样的选择,也看到了不一样的世界。

从前,她的世界只有黑白,现在却陡然有了色彩,纵然,这并不是她喜欢的颜色。

十一看着镜子里的人咬了咬唇,转身去卫生间洗漱,出来时见到桌上放了一杯牛奶,应该是张妈准备的。她盯着牛奶看了一会儿,仰头喝下去,依旧是带着奶香的甜腻味道,是她来卫家之前从未尝过的。十一放下杯子躺在床上,辗转反侧。

与之相隔不远的房间里,卫翔接到了苏子彦的电话:"现在身体怎么样?"

卫翔站在窗前,窗外寒风呼啸,刮在玻璃上发出刺耳的声响,她神色寡淡地回:"还好。"

苏子彦忍不住问道:"你打算怎么处理十一?"

依照他对卫翔的了解,卫翔不至于下狠手,但是也肯定不会再让十一开口。想着那孩子乖巧的模样,苏子彦突然就生出了怜悯之心,这才打电话过来询问。

卫翔的声音依旧很平静:"子彦,你关心得太多了。"

电话那端传来苏子彦略带委屈的声音:"我这不是关心你吗?"

第五章 交易

"你是关心那孩子吧。"卫翔轻笑,"放心,我不会勉强她。"

电话那端没再吭声。

卫翔挂了电话,站在窗前,想到十一,眼前浮现出自己在办公室见到她的样子——整个人蜷缩在一起,瘦弱到能清晰地看见她的手背上凸起的筋骨,头埋在膝间,轻微发抖。

她看起来是那样的弱小又无助,像是被遗弃的动物,缩在墙角独自舔舐伤口,忍着不发出一丝声响。

联想到她曾经可能遭遇的事情,卫翔睁开眼,想了会儿,还是坐起身,往那个新号码里发了条消息过去——

"好好考虑,不用急着回答。"

这种反常的事情她是头回做,发完消息卫翔就拧了眉,她什么时候变得和苏子彦一样婆婆妈妈的了?

消息发出去良久都没有任何回复,她猜测这个时候十一已经睡下了,正准备闭眼休息时,手机"嗡"的一声,她拿过来看了一眼——

"谢谢您,三小姐,我会好好考虑的。"

十一发完消息就抱着手机出神,之前手机提示音响起时,她还恍神了好几秒,直到看到床头柜上的手机发出了亮光,她才反应过来。

她对手机并不算熟悉,严格来说,她只看别人使用过,自己并没有接触过,所以在看到卫翔的那条消息后,她琢磨了好一会儿才找到回复消息的地方,又慢慢打字,错了好几次才将这句话完整地发过去。第一次成功发出消息,十一的心情忐忑又新奇,忍不住将手机翻来覆去看了好几遍。

她想到裴天的话,这个手机是功能最少的,但对她而言,还是觉得复杂,所以在发现卫翔没回复消息后,她又独自摸索了将近一个小时才睡觉。

夜里,十一做了个梦,梦里有一个孩子,样貌很像卫翔,但是孩子很爱笑,缠着她,追着她,卫翔就坐在沙发上看着她们闹,一脸宠溺地笑。

十一被吓醒了!

她噌地一下坐起身，窗外的阳光肆意洒进房间。昨晚不知道是不是在公司太累了，她居然睡了懒觉，十一看了一眼时间，已经快九点了。这个时间，卫翙应该去上班了。

一想到卫翙，十一就想起了刚刚的那个梦，她咬了咬唇，下床将被子都整齐叠好之后，进了卫生间洗漱。下楼时，张妈正在吩咐别人打扫卫生，见到十一走下来，张妈道："小姐，早点都准备好了。"

是卫翙亲自吩咐的，张妈纵然心头不舒服也不得不照做。

十一坐在饭桌上，喝了碗小米粥，吃了一个鸡蛋，桌边还放了一杯牛奶，张妈道："三小姐吩咐您一定要喝牛奶。"

十一没拒绝，她喝下牛奶后仰头看着张妈："我可以出去走走吗？"

张妈原本想冷着脸不回她的，可对上她清亮的眸子，最后还是忍了忍道："小姐想做什么都可以。"

得到准许的十一面上隐约带了笑意："谢谢。"

张妈一口气堵在胸口，再没回她。

十一走出客厅，站在花园里。

卫家的别墅外形偏老式，别墅四周有两个很大的花圃，穿过两个花圃才是正门，有几个穿着制服的保安正在门口巡逻。十一慢慢往门口走去，心跳也加快了很多，掌心出了薄薄的细汗，她硬着头皮走到门口，还没说话，面前的大门便缓缓往两边打开。十一盯着外面的景色，心想，卫翙没有骗她，她真的可以随时离开卫家。

第一次如此光明正大地从门里走出来，十一很是茫然，因为她没有可以去的地方。从她有记忆开始，就一直跟着婆婆，后来婆婆用攒下的积蓄送她去上学，可她那时候已经过了上学的年纪，被安排在比她小两三岁的孩子中间，有些突兀，在那些同学异样的眼神下，她更觉得难堪，这造成了她有些自闭的性格，但这并不妨碍她想要学习的心。

婆婆说，想要有出路，就得先学习，所以她抓紧了一切机会，拼命学习。可好景不长，没多久，婆婆就过世了，后来她就在不同人家之间辗转。

十一有些茫然地走在别墅附近的马路上，看着四周或匆匆来匆匆

第五章 交易

去、忙碌着的人，或挽着胳膊、搂在一起笑闹着的甜蜜情侣，她眼底的茫然更深了几分。走了不知道多久，她有些疲惫地坐在马路边的台阶上，头枕着膝盖，看着四周，细碎阳光从她身后的树叶缝里照在她身上，平添温暖。

"汪——"一道压抑的犬吠吸引着十一往身后看去。

几个孩子手上拿着石头，正砸向一只毛色很脏的狗。

其中一个孩子正大声说道："快！我已经把它拴起来了！你们尽管砸！"

这句话让其他几个孩子更加兴奋。

十一站在他们身后，听着狗的低声咆哮，蓦地想到自己，她现在和这条流浪狗有什么区别？

似乎没什么区别。

想到这里，十一冲那群孩子喊道："你们在干什么？"

那群刚刚还十分兴奋的孩子停了动作，转头看向十一——质地良好的衣服，娇娇俏俏的脸蛋，看起来像是有钱人家的小姐。这附近的别墅住的都是江城有名望的人，几个小孩互相看了一眼，对着十一"嘻嘻"地笑了两声就各自散开了。

这还是十一第一次"多管闲事"，原以为要和那些小孩争执一番，一颗心七上八下地乱跳，没想到他们居然一哄而散了。

那些孩子走后，十一走到流浪狗身边，试着替它解开脖颈上的绳子，奈何流浪狗一直用警惕的目光看着她，似乎将她和那些小孩当成一伙的了。

十一安抚道："我没有恶意，你不用担心。"

说完她自己都觉得好笑，她在和一只狗解释？但是现在除了这只狗，似乎也没人能听她说话了。

狗依旧浑身戒备，龇牙咧嘴，十一看了一眼旁边的小超市，快步走进去，用身上所剩无几的钱买了两个面包，又折了回来。狗原本是趴在地上的，见到她回来，立刻又站起身，冲她叫了两声。

十一丝毫没有惧怕，反而站在安全的距离，将面包撕碎，一点一点地扔给它。流浪狗架不住她温和的呼唤和食物的诱惑，在十一撕开第二个面包时，终于过去伸出舌头舔了舔面包屑，十一脸上瞬间露出了轻松的笑。

两个面包吃下去，流浪狗没那么排斥她了。十一走到它身边，狗抬头用舌头舔了舔她的手背，十一觉得很开心，她看着狗，眼底有些许笑意。

临走时，十一将流浪狗换了一处地方安置，就在卫家别墅的附近。这条小路是她刚刚发现的，不知道走的人多不多，她将狗拴在了一棵树下，绳子的长度确保它不能跑到小路上，这样即使有人经过，也不会被咬到。

十一拴好狗后揉了揉它的头，一个小时前还对她张牙舞爪的流浪狗这时候乖顺了不少，任她摸着头，还时不时伸出舌头舔她的手。

这只流浪狗属于大型犬，站起来和十一差不多高，身上脏兮兮的，已经看不出来什么毛色。十一丝毫没有嫌弃，她靠着树，用刚刚买来的第三个面包喂它，还和它说话，狗就蹲坐在她身边。

十一难得找到一个能说话的对象，将自己的所有烦恼都倾诉了出来："你说我应该怎么做？我应该答应三小姐吗？"

狗狗歪着头盯着她看了许久，眼睛湿漉漉的，张口发出声音："汪！"

十一再次被它逗笑。

有了狗的牵绊，十一没回去吃午饭，刚买的面包，和狗一人一半分着吃了。没有盆，她就从树上折了两片宽大的叶子，倒一点矿泉水在里面，见狗喝得欢，她的心情也愉悦起来。

她之前待过的主人家有好几个都是养狗的，不过那些狗都有专门的人精心照顾，她平时只能远远地看一眼，像这样坐在身边摸一摸是完全不可能的。十一心里喜欢这条狗，觉得它和自己一样，都是无家可归的。

这条小路属实没什么人经过，十一一直到傍晚都没见到人影。她看了一眼天色，估摸着不早了，身边的狗还在酣睡，十一拍拍它的头小声

第五章 交易

道:"我明天再来看你。"

睡着的狗听到动静,立刻睁开眼站起身,伸出头在十一身上蹭了蹭,将她原本淡黄色的衣服都蹭上了泥土的颜色。十一揉了揉它的头,转身离开了。

回到卫家大门口时,门卫并没有问她去干什么了,只是打开门恭敬地弯弯腰,十一颇有些不自在地走了进去。

卫翔还没回来,十一趁着所有人都在忙着做晚饭时上楼洗了澡,换下了微脏的衣服,将长发也仔细地洗了一遍,收拾妥当后就听到楼下传来了声音。

卫翔正坐在客厅的沙发上,裴天站在她身边说道:"洛副总这是想用低成本为由,改造烂尾楼。"

这是今天董事会上讨论的问题,洛洲平最近频繁联系建材公司,就是想直接把烂尾楼原本已经建好的部分进行翻新,以大大地节省资金。可笑的是,居然有不少董事会的董事附和他,卫翔真想骂一句老糊涂。

这些楼原本就是因为质量不过关,老板才会跑路,落得一个烂尾楼的下场,这些人居然还想直接翻新。那楼的质量本就不行,几年过去,现在更不可能住人。

其他人不知道,卫翔岂能不知道洛洲平的心思?他一方面想通过建材公司从中牟利,另一方面,烂尾楼翻新,如果出了事情,责任人就是她卫翔,洛洲平这是想趁机拉她下马。

好在今天也有不少的董事反对,沈浩这边也不同意,洛洲平的提议才没被接纳,但是卫翔相信,他不会就这么轻易罢手的。

尤其是沈浩,他在自己这里已经吃了几次闷亏,如果再讨不到好处,说不定会倒戈。这种人,站在自己身边容易,站在对立面更容易。所以烂尾楼的改造必须尽快确定方案,除此之外……

卫翔红唇轻启:"你明天联系杜先生。"

裴天剑眉皱起:"杜先生?"

卫翔点头:"与其让他坐山观虎斗,不如分他一杯羹。"

裴天立刻明白了卫翔的意思,沈浩就是个不定时的炸弹,谁也说不

准他什么时候就会爆炸,为了安全,得先给他上一道保险。眼下能从沈家嘴里挖出肉来的,也只有杜家了。

但是杜家蹚不蹚这趟浑水,还很难说。

卫翙显然也明白,她和杜月寒接触过几次,算是有一定的了解,能不能把他拉进来,还真的是个未知数。想到这里,她说道:"你先去联系,周末我去拜访杜老先生。"

裴天点头:"明白了。"

话音刚落,身后传来声响,卫翙转头,见十一站在楼梯口,想到上次和杜月明的见面,她启唇:"我带她一起去。"

裴天侧过头看了十一一眼,脸色凝重,最后还是低头走了出去。

十一被他莫名其妙地看了一眼,低下头道:"三小姐。"

卫家鲜少有其他人来,平日里来得最多的就是苏子彦,所以刚带这孩子回来时,卫翙还以为自己会不习惯,现在想想,完全是庸人自扰。这孩子最会的就是降低自己的存在感,如果不出声,说不定都不会发现身边还有个人。

她点点头:"晚饭快好了,坐会儿。"

十一坐在她对面的沙发上,宽大的休闲服套在身上,更显得身形娇小瘦弱,整张脸除了额头上的两块疤,其他地方都白白净净的,没有涂抹任何化妆品,透着少女该有的水润。昨晚被撞到的地方虽然没破皮,但是过了一夜也呈现出来青色,看上去比先前破了皮的地方伤得还重。

卫翙定定地看了她几秒,问道:"要不要子彦过来看看?"

他说过,女孩子的脸,留疤就不好了。

十一立刻摇头,低声道:"不麻烦苏医生了。"她顿了顿,"他之前开的药还有。"

卫翙不轻不重地"嗯"了一声。

晚饭还没好,厨房里的用人正在忙碌,偶尔有香气飘进客厅里。十一端坐在沙发上,一抬头就能看到卫翙工作的模样——她垂眼看着面前的文件,神色严肃,眉梢的锋利丝毫未减,不说话时整个人都散发着一种生人勿近的气息。

第五章 交易

十一默默地想,三小姐真的是她见过的最漂亮的女人了,面部线条精致,仿若精心雕琢过,长睫毛,大眼睛,五官深邃又立体,褐色的秀发随意散在身后。

十一盯着卫翙的发梢,有些出神,一声轻咳传来,十一蓦然收回目光,坐得端正。

半个小时后,晚饭时间。卫翙的饮食一直偏素,口味清淡,今天桌上却摆放了不少荤菜。十一今天中午就在外面吃了半块面包,此刻闻到菜香,肚子"咕噜"一声,她有些不好意思地看向卫翙,却见她神色如常地道:"好了,都出去。"

张妈给其他人递了眼神,转身带着人出去了。

卫翙道:"吃吧。"

没了众人注视的目光,十一这才开始闷头吃饭。面前蓦地放了一盘酱香排骨,上面撒了一层芝麻,香气扑鼻。

卫翙看着十一,目光平静地说道:"我没有给人夹菜的习惯,所以你要吃什么自己动手。这里是卫家,你不需要拘束,更不需要这么小心翼翼,有任何事情,你可以直接吩咐张妈。"

倒不是卫翙不喜欢十一这样拘谨的态度,只是她这样束手束脚,连吃个饭都要看人脸色不敢夹菜,这样瘦弱的身体,就算十一真的答应交易,肯定也要好好补补。

她素来不喜欢浪费时间,既然有把握十一会答应,那就从现在开始做准备。首先,要改掉她胆小、懦弱的毛病。

十一抬头,正对上卫翙严肃的神色,她心里一凛,点头:"好的。"

卫翙盛了一碗汤,见十一闷头吃了几口饭,然后伸出筷子夹走了排骨、牛肉、丸子。许是和她的成长经历有关,十一吃饭的动作很斯文,虽然和优雅还相差甚远,但至少不粗陋难看。

卫翙抿了口汤,用纸巾擦拭嘴角,道:"我吃饱了。"

十一刚想放下筷子,就听到卫翙道:"你继续。吃饱为止。"

十一捏着筷子看了一眼卫翙,点头:"好。"

卫翙从饭厅离开后,十一又吃了小半碗饭,这是她第一次敞开肚皮

吃饭,难免有些吃撑,坐在凳子上,感觉胃满满的,一点都不难受,反倒有种微小的幸福感。

张妈进来收拾碗筷时,十一见她将吃剩的骨头和没吃完的排骨放在了一起,应该是要倒掉,她想到还拴在外面的狗,立刻道:"张妈。"

"这里是卫家,你不需要拘束,更不需要这么小心翼翼,有任何事情,你可以直接吩咐张妈。"

卫翊的这席话在她耳边响起,十一鼓起勇气说道:"你把这个菜用袋子装好,明天给我。"顿了几秒,她加了一句,"好吗?"

张妈皱眉,想问她要这么做是为什么,但一想到她现在的身份,只好道:"好。"

十一没想到张妈居然立刻就答应了,脸上难得添了些笑意,目光诚恳地道:"谢谢张妈。"

张妈的语气硬邦邦的:"不用。"

十一抱着感谢的心情回到客厅时,卫翊已经不在了,茶几上的文件也都没了,她抬头看了看二楼,卫翊的房门紧闭。

她刚吃完,胃胀胀的,索性不上楼,走出客厅,在花圃附近溜达。园子里有好几条石道,石道两边都装了路灯,昏黄的灯光照在娇嫩的花朵上,风一吹,花香阵阵。

十一兜了两圈,走到花圃旁边的长椅上,坐下后闭上眼,闻着空气里淡淡的香气。四周寂寂,昏黄路灯投射在她身上,将她影子拉得很长,风一吹,传来"刺啦"一声,十一睁开眼,见长椅边还摆着一本书,被风扬起的纸张正在作响。

书很厚,扉页是黑色的,上面的字体烫了金,写着"商道"。

这个三小姐的书吧?

还没等她细想,又一阵风吹来,将书页掀起更多。十一顺手将书拿在手上,想等会儿带回去还给三小姐,却没想看到里面还写了字,密密麻麻的小字在路灯下看不真切,而且,她也看不懂里面的专业名词。

"看什么?"身后传来声音,十一打了个激灵,立刻转头,见卫翊穿着浅灰色的睡衣就站在身后。她披着一条披肩,风扬起她的秀发,露出好看的五官。

十一将书奉上："您的书。"

卫翙垂眼看了几秒，神色平静地问道："看得懂吗？"

"看不懂。"十一有些难为情，"就觉得您的字真好看。"

想到刚刚晚饭时卫翙说的不用拘束，十一也开始尝试人生的第一次恭维："和，和您的人一样好看。"

真诚的话语，赤诚的目光，认真的神色，被她盯着的卫翙被风呛到似的轻咳了两声，道："天凉了，早点回去休息。"

说完，不待十一回应就转身离开了。

第六章
变故

十一睡了个好觉，这是她来卫家这么久，头一次睡得这么踏实。或许是因为卫翙将目的和选择告诉了她，她不用时时刻刻担忧自己什么时候会被挖去眼睛，也或许是昨晚吃多了，感觉太美好，以至于这种微妙的幸福感一直持续到次日天蒙蒙亮还保留着。

她醒来时还没到六点。

十一起身将被子叠好，打开窗，寒风裹着湿气吹进来。十一月初，早晚的天气都很凉，她抱着双臂打了两个喷嚏才合上窗户，人已经精神了。

洗漱过后走下楼，客厅没人，空荡荡的，十一又看了一眼手机上的时间，确实是六点半没错。往常这个时候她下楼时，其他人已经开始打扫卫生了，现在却没人。

抱着疑惑，十一往厨房走了两步，只见一个穿着白褂子的厨师正在忙碌，其他人都不见了，她有点好奇，问道："张妈呢？"

厨子听到声响抬头看她，回道："在外面。"

十一轻声道谢后走出客厅，果然见到了张妈。她面前还站了一排的用人，张妈正在低声呵斥："到底是谁拿的？最好给我交出来，现在告

第六章 变故

诉我还不迟,等会儿了惊动三小姐,有你们受的!"张妈指着最左边的一个女人,"都不说是吧?你说!"

女人瘦瘦高高的,见张妈看着自己,她顿了一下,回道:"我不知道,不是我拿的。"

"张妈,肯定不是我们拿的,我们都来这么久了,手脚干不干净,您还不知道吗?"

"就是啊,我们怎么可能动三小姐的东西?除非不想干了。"

"张妈,我们真的没拿!"

零零碎碎的诉苦辩解声传来,十一站在张妈身后,听到刚刚开口的女人说:"张妈,你净顾着问我们,为什么不问问十一小姐呢?"

"本来手脚就不干净……"

"刚被打了……"

"昨天都不在……"

十一站在原地,手脚冰凉。她见张妈缓缓转过身,用阴鸷的目光看着自己,冷声道:"十一小姐,您有去过三小姐的首饰房吗?"

首饰房?十一轻轻摇头,声音低低地道:"没有。"

张妈盯她看了几秒,众人非议的声音还在继续。

张妈继续道:"这样吧,等会儿三小姐用完早餐,我们集体搜查。十一小姐,既然您说没有拿,介意我们搜下房间吗?"

十一摇头刚想说不介意,身后突然传来一道清冷的嗓音:"搜什么房间?"

众人惊诧,谁都没有发现三小姐走过来了。

卫翙依旧穿着昨晚的睡衣,披着淡粉色披肩,寒风呜咽,掀起披肩边缘和她的秀发,在空中扬成好看的弧度。她一张漂亮的脸神色寡淡,凤眼微眯:"张妈,你说。"

张妈听到她严厉的声音,清了清嗓子,说道:"三小姐,早上去首饰房整理时,发现不见了一条项链。"

卫翙蹙眉:"项链不见了?"

张妈依旧低着头:"对不起三小姐,我看管不严。"

卫翔淡漠地看了她一眼，薄唇轻动："所以你怀疑这孩子？"

张妈立刻摇头："不敢，只是等会儿吃完饭，我想全部搜一遍。"

卫翔轻笑："好啊。"她看着十一，"我来搜。"

张妈神色略变："三小姐。"

"人是我带回来的，应该由我负责。"她看向十一，"你跟我过来。"

十一看都没看其他人，乖巧地走到卫翔身边。

等两人的身影消失在众人面前，其他人才开始嘀咕。

"该不会真的是她拿了吧？"

"要是真的，三小姐肯定会撵她走的。三小姐最讨厌手脚不干净了。"

"我觉得不像，她看起来挺老实的。"

"你懂什么？有些人就是表面看起来乖巧，背地里不知道多坏呢！"

张妈听到她们说话的声音，目光沉了沉。如果三小姐进十一的房间搜，应该会搜到项链吧？这样她就有理由撵走十一了。

她这么大年纪，第一次做这种栽赃陷害的事情，不免有些心虚，但是一想到三小姐身边有个小偷，她就寝食难安。她宁愿接受良心的谴责，哪怕额外给十一一点补偿，也不愿意看到十一给三小姐带来任何麻烦。

张妈对众人道："先去干活。"说着便往别墅走去。

二楼，十一打开房门后，卫翔走了进去。两人干站了几秒钟，十一才想起来卫翔有洁癖，她道："我搜您看，好吗？"

"不用了。"

卫翔在房间里四处看了看，客房里没多少东西，飘窗和床之间空了两个床头柜的距离，梳妆台靠墙，书桌紧挨着梳妆台，整个房间没有多余的装饰品，显得很空旷。衣柜的门是开着的，里面挂着她送来的衣服，最下面一层叠着旧衣服，看起来住在这里的，不过是一名游客，随时准备走人。

床上的被子叠得整整齐齐，床单拉得不见丝毫皱褶，书桌上也光秃秃的，除了梳妆台上有她之前送来的化妆品，这里俨然和之前没住人时

第六章 变故

的状态一样。

卫翙启唇:"把那边的抽屉打开。"

她说的是书桌下面的抽屉,把手和书桌颜色一致,不注意看,还不容易发现。十一从住进这里就没有乱翻过,所以这个抽屉她还是头一次打开。

打开后,里面有几张面纸,十一拨开面纸,赫然见到一条璀璨的项链。铂金项链在阳光下散发着耀眼的光,她错愕地抬头,张口就道:"三小姐。"

身后传来了脚步声,卫翙三步并作两步,走到十一身边,伸手将抽屉里的项链握在手中。

身后传来张妈的声音:"三小姐,需要我帮忙吗?"

"进来吧。"卫翙淡淡启唇,"搜一遍。"

十一已经先一步合上了抽屉。

张妈将房间搜了一遍,尤其是抽屉,她看了好几次,都没见到项链,就连她用来包裹项链的面纸都不见了。张妈心想,难道自己作茧自缚,真的让十一偷走了项链,藏到别的地方了?

她的脸色陡然难看起来。

门口偶尔有经过的用人往里看,窃窃私语着。

"没有吧?"

"好像不在十一的房间里。"

"那是谁拿了?"

"不知道。"

张妈见搜不到,主动道:"十一小姐,对不起,是我误会您了。"

十一双手拧在一起,没吭声。

她是笨但不傻,项链不是她偷来的,那就是有人故意放在这里的,如果刚刚三小姐没拿走项链,那她偷东西就是板上钉钉的事实。

张妈有些讪讪:"三小姐,我们先去用早点吧。"

卫翙却启唇道:"顺便看看我的房间吧。"

张妈刚想说不用,眼见卫翙侧脸紧绷,目光如刀刃一般扎过来,她

咽了咽口水，道："好。"

卫翔率先走出去，张妈和十一随后跟上。十一站在卫翔的房间门口，和之前的匆匆一瞥不同，十一这次完全看清了里面的布局和装修。和想象中有些差异，她以为卫翔这样的人，房间会和办公室一样，给人很清冷的感觉，但事实却不是这样。

整个房间都铺上了厚厚的长毛棕色地毯，光是看着就感觉很舒适，两排大衣柜嵌入墙里，床放在正中间的位置，造型精致的沙发紧挨着床尾，沙发对面的墙上挂着电视机，电视机屏幕此刻黑着，十一一侧头就能从中看到自己的倒影。

如果再细致一点，十一就会发现，房间里所有的边角都有防护。

张妈跟在卫翔身后道："三小姐，不用——"

话没说完，卫翔便拿出了那串项链，她轻笑："是找这个吗？"

张妈瞠目结舌："怎么在您这儿？"

卫翔将项链随手扔在梳妆台上，嗓音清冷，道："张妈，你年纪大了，忘了上次我去宴席时戴的就是这条吗？"

张妈闻言立刻道："三小姐！"

卫翔冷着脸，下颌绷紧，声音透着寒意："我看你不仅年纪大了，人也糊涂了！"

张妈被吓得脸色发白，立刻说道："三小姐，我这是为你好！"

卫翔的眼神从她身上飘过，声色更加凌厉："张妈，我记得你进卫家的那天我就说过，我最讨厌过多的关心。"

"可是……"

"没有可是。"卫翔轻描淡写地打断她的话，"在我这儿，不接受可是。等会儿裴天会送你回老家，你应该回去休息了。"

张妈的气势陡然软了下来，却依旧不死心地道："三小姐，我在您身边待了十年！十年啊！您就这样赶我走吗？就为了一个来路不明的孩子？我这是为您好！我不想您受伤害！"

卫翔神色清冷，看向张妈的目光凉薄，丝毫看不出她们相处过十年。卫翔启唇道："张妈，你知道你错在哪儿吗？"

第六章 变故

张妈看着这个服侍了十年的人，从头到尾，她都没有真的看透过她。张妈沉默了数秒后说道："错在陷害那个孩子吗？"

"和这个孩子无关。"卫翙淡淡地道，"和这次的事情也无关。错在，你越界了。"

张妈听到这话，脸上瞬间血色全无，唇角轻抖，两鬓的白发似乎更明显了。卫翙冷冷地看了她一眼便转身离开了。

十一走到张妈身边，想扶着她，张妈转头，唇瓣动了好几次才开口："三小姐为了你撵我走，你是不是很得意？"

十一连忙摇头："不是。"

张妈冷笑："别得意，她今天能赶我走，明儿说不定就会赶你走了。"

十一闻言垂眼，声音清晰地道："三小姐，是很好的人。"

卫翙没在自己的房间里拿出项链，是顾全自己的面子，不想让其他人知道项链是从自己的房间里被找到的。

她没当场揭穿张妈，则是在顾全张妈的面子，不想让别人知道是张妈陷害自己。

如果卫翙真的是冷漠无情、不管不顾，完全可以在自己的房间里就和张妈摊牌，没必要到这个房间。所以，三小姐并不是表面上看起来那样冷漠。

张妈听了她的话，用从未有过的目光重新打量着她，深深地看了她几眼后才粗声道："我真的老了……"

卫翙还是心软了，如果是旁人犯错，立刻就会被赶出卫家。但这是张妈，陪伴了她将近十年的人，她怎么可能真的如同表面看起来那样无动于衷？

自从带十一回来，卫翙就知道张妈和其他用人的态度，原想给她一次机会，看看她会如何选择，没想到她还是走错了路。

卫翙坐在饭桌前低头吃着早点，身后，裴天恭敬地站着。卫翙吃完，用面巾擦拭了唇角，淡淡地道："等会儿送张妈回老家。"

客厅里的用人面面相觑，十一也顿了顿，看向卫翙，见她神色如

常,目光平静地道:"把人都换了,选几个话不多的进来。"

裴天面带诧异:"换人?"

他今天刚到没多久,还不知道张妈做的事情,难得发问:"张妈怎么了?"

卫翙垂眼:"张妈年纪大了,记性越来越差,该回去养老了。"

一话说得其他几个用人脸都白了,用惧怕的目光看向卫翙,有人想祈求卫翙留下自己,但对上她那冷漠的目光,便没人敢出声了,整个饭厅鸦雀无声。

十一继续低头吃早点。

裴天也不再有异议:"好的,我马上去办。"

他做事手脚很快,卫翙离开后,张妈就拖着行李箱出来了。另外还有很多不想离开的人,毕竟在卫家工作,轻松不说,主人也好,三小姐话少,平日里也不会吩咐他们做什么乱七八糟的事情,拿的薪水还比在别家多很多,但是他们不敢当面求卫翙,只能私下求裴天。

"裴助理,您能不能再问问三小姐,我平时做事很认真的。"

"我也是,我做事最小心了。"

"裴助理……"

裴天穿着笔挺的黑色西装,里面搭配酒红色的领带、金色的领带扣,俊秀的脸上带着温和的笑容,说出口的话却不容置喙:"三小姐说,给你们一个小时的时间收拾行李,你们还有五十分钟。"

人群立刻四下散开。

一个小时后,整个别墅空荡荡的,十一站在花园里,四周寂寂,只有寒风吹过的声响,她默默地低下头,走到长椅上坐下。

她的心情很微妙,她没想到张妈居然想用这样的手段逼她离开,她更没想到卫翙会那么信任她。

张妈提出搜她的房间后,卫翙看她的目光始终没有一丁点怀疑,甚至进她房间后,也一直保持着平常的态度。

卫翙没有当她是小偷,从来没有。

十一心里闪过这个念头,一时间心情复杂,从小到大,像这样义无反顾地相信她的人，只有婆婆。但现在，多了个三小姐。

三小姐相信自己，对自己好，虽然有目的，但是光明正大地将目的告知了自己，让她选择。三小姐没有逼迫自己，更没有用任何手段。三小姐明明可以命令自己做任何事情，但是她没有，她是君子，将选择权交在了自己手上。

十一在医院时还觉得卫翙和自己以往的雇主没什么不同，现在才觉得自己错了，错得离谱，大错特错。

卫翙，和其他人是不一样的。

就如她对苏子彦说的那样，三小姐很好，很美好。

十一突然想起卫翙第一次看到自己时的目光，之前没觉得有什么不一样，现在却觉得那目光就像是一道明媚的光，轻易劈开了她黑暗的世界，照亮了她。

十一的心头陡然暖和起来。

她的眼前浮现出卫翙快步从抽屉里拿走项链的样子，身体半倾斜，清冽香味扑洒在她鼻尖下，裹着些许寒气，别致而独特。

那是三小姐的味道。

十一深呼吸了一下，冷不丁打了个喷嚏，她揉揉鼻尖，看向挂在空中的骄阳，漂亮的双眼微眯，直看到眼睛酸涩才肯罢休，半响后，她从长椅上起身回房间换了衣服。

再次下楼时，客厅里空荡荡的，厨房也没人，十一在角落找到了张妈打包的排骨残骸，她在厨房站了一会儿后，用另一个袋子装了早上没吃完的糕点，将两个袋子扎好后才走出厨房。

小路上依旧没人，寒风呼啸，吹得她身形有些不稳，十一拎着食物，远远地看到那流浪狗趴在地上，一双眼左看右看，听到动静，耳朵倏地竖起，抬头看向她。许是昨天陪了它一天，今天流浪狗格外的热情，见到十一就扑向她。十一没料到它如此激动，被它扑得靠在了身后的树上，后背抵着树干，她边拍着狗狗的头边轻呼："好了，先吃饭。"

狗狗依旧用毛茸茸的头蹭着她，伸出舌尖舔她的下巴，奶白色的运动服被蹭得灰黄。

十一揉着它的头:"看我给你带来了什么。"

她献宝似的打开袋子,先将早上没吃完的糕点拿了一部分出来,又分了一小半排骨给它。狗吃食物的间隙,她用路上捡来的盆子倒了些矿泉水在里面,流浪狗狼吞虎咽地吃完,还眼巴巴看着她手上其他的食物。

十一摇头:"不行,这个是你中午的口粮,这个是晚上的。"

她说完,见流浪狗还用可怜的目光看着自己,嘴巴张开,哈着气,鲜艳的舌头吐露在外,她低头看着,末了道:"最后一块!"

狗狗"汪"的一声逗笑了她。

吃完之后,流浪狗靠在树干旁,选了个有阳光的地方趴着,不时伸出爪子勾着十一的衣角,发出呜呜的声音,似乎是想让十一陪它玩。十一从没养过狗,一点经验都没有,看狗这个样子,茫然道:"你怎么了?"

她漂亮的眉蹙在一起:"绳子太紧了吗?我给你松开一点?"

回应的是两声"汪",十一将绳子松开一点后,拍拍它的头:"我是不是应该给你起个名字?我叫十一,那你叫十二,好不好?"

狗蹭着她下巴,似乎正在回应她。

十一笑得眯起了眼:"十二。"

"汪!"

冬日阳光下,一人一狗靠在树旁,十一抬头,透过树叶的缝隙看着阳光,轻声道:"十二,你说,三小姐现在在做什么呢?她在上班吧,她那么忙。"

十一揉着狗的头:"你说,她为什么要和我做交易呢?"

被她念叨的三小姐打了个喷嚏,身边正报告工作的裴天关心道:"三小姐,您是不是上次的感冒还没完全好?晚上要不要早点回去休息?"

卫翔摆摆手:"不用。"

"洛洲平那边有消息了吗?"

裴天低头:"他还没有下一步动作,不过昨天他去了沈家。"

第六章 变故

"见到沈浩了?"

裴天摇了摇头:"那倒没有,听说沈总这两天出国了,人在国外。"

卫翙手指敲着桌上,缓了缓说:"在我去杜家之前,尽量不要让他们见面。"

裴天恭敬道:"好的。还有一件事……"他说到这里,星目露出疑惑的神色。

卫翙抬眸:"什么事?"

裴天道:"我在查洛副总时,发现他最近见过一个人。"在卫翙询问目光下,裴天继续说道,"是乔特助。"

"乔特助?"卫翙反问,"你确定吗?"

裴天道:"我确定。"

卫翙的脸色微沉。

洛洲平见他做什么?如果是关于烂尾楼改造的事,那其他人是不可能插手,也插不了手的,那他约乔特助只能是因为别的事情,思及此,卫翙道:"多注意他的动向。"

裴天应下:"好的。"

卫翙吩咐完公事,低头看到手机,问道:"对了,人找了吗?"

裴天递上文件:"都按照您的吩咐做了,您还需要亲自看看吗?"

早上刚送走张妈,卫翙现在没什么精神,她对裴天道:"你安排就好。让他们明天过来。"

裴天低头道:"好的,那没什么事的话,我先出去了。"

卫翙轻轻地"嗯"了一声,忽道:"那孩子,还在别墅吗?"

早上张妈那件事后,她没有和十一多说一句话。虽然她交出了选择权,让十一随意进出,甚至可以离开,但是她找了那么久,好不容易找到个满意的,实在不想放人。再者,十一现在还知道她生病的事,这个时候让十一离开,不是明智之举,所以她才这么多嘴问了句。

裴天一直不太懂卫翙为什么要带十一回来,甚至还把她当客人一样对待,但是卫翙决定的事情,向来不会对他解释,所以他听到问话也只是毕恭毕敬地回复:"我过去的时候没见到人,也许在房里。"

卫翔垂眼:"我知道了,你出去吧。"

裴天离开时合上了办公室的门。

卫翔坐在办公桌前,文件看了一半,她放下签字笔,食指摩挲着唇角,几分钟后,她拿起手机发了一条消息。

十一正在逗狗玩,冷不丁地听到手机传来的音乐声,她立刻从口袋里拿出手机,打开后见到了卫翔发来的信息——

"张妈不在,午饭我让裴天给你送去。"

她用手指点着屏幕,不太熟练地回复——

"谢谢三小姐,我可以自己做饭的。"

消息比上次回复得快,卫翔见到她的消息,心头的郁气退散了几分,没再回复,只是将手机搁在桌上,重新看起了文件。

不知道卫翔还会不会回短信,十一紧紧握着手机,时不时地看一眼屏幕,半个小时后,她终于确定卫翔不会再回复了。

手机屏幕还亮着,两条消息并排,显示发消息的都是同一个名字。看到这个名字,十一眼前浮现出卫翔那张漂亮的脸,神色清冷又寡淡,她在心头默默念:卫……

卫什么?

十一咬了咬唇,发现自己不认识这个字,她靠在树干上,身边的狗狗正在轻轻打鼾。她有些生疏地用刚学会的手写功能,将卫翔名字的第二个字写进去,然后一通搜索,看到屏幕上出来的注解——

翔 [huì],鸟飞的声音。

她低头,看到这个注解旁边还有一句话——

凤凰于飞,翙翙其羽。

卫翔,卫翔。十一心头默念了几遍,觉得这个名字好听至极。

卫翔极少加班,但是在洛洲平回国后,她加班就成了常事,尤其是

第六章 变故

现在烂尾楼的方案未定,双方正在僵持,她更离不开公司了。

八点半过后,裴天敲开了办公室的门,说道:"三小姐,该下班了。"

卫翙从文件里抬起头,看了一眼腕表上的时间,斟酌了几秒后才合上文件:"备车吧。"

裴天率先下楼,将车开到了公司门口,等着卫翙上车后他才问道:"三小姐,新厨师还没来,晚饭需要我帮您安排吗?"

刚刚在公司,她推说不用了,因为实在没时间吃,所以裴天才忍着没问,现在下班了,他顺路就可以安排。

卫翙正低头看平板电脑上的资料,闻言,抬眸看了他一眼,回道:"不用了。"

一顿晚饭而已,家里应该有速冻食品,她还不太饿,只是不知道那孩子吃不吃得惯。

十一喂狗吃完晚饭,时间是五点半,回到家刚好六点,照她这几天对卫翙的了解,正是她下班的时间,但是厨师上午被辞退了,卫翙说新的明天才到,所以她进厨房做了几个简单的菜,都是符合卫翙口味的,很清淡。做好饭菜之后,她一直坐在沙发上等着卫翙。

七点过去了,门口没人,八点了,还没人。十一提着心,抓紧手机,很想问问她什么时候回家,但是想到自己也没资格询问,便打消了念头,依旧抱着双膝坐在沙发上等着。

九点刚过,门口有了动静,十一立刻从沙发上起身,往外看了一眼,卫翙果然回来了。

进门后,卫翙脱掉浅色风衣,里面是红色的修身长裙,鲜艳的颜色衬得肌肤白皙似玉,细腻无比。

十一站在她身侧,问道:"三小姐,您吃晚饭了?"

卫翙侧头往饭厅的方向看了一眼,见桌上端正地摆放着几个盘子,她道:"是你做的?"

十一神色腼腆:"嗯,就是冷掉了,我去热一下,您坐一会儿。"说完转身走向饭厅。她把几道菜逐一端进厨房,厨房里不一会儿就传来细

微的声响。

卫翔放下公文包,站在厨房门口,看着十一忙碌的身形,瘦弱娇小,像个没长大的孩子。卫翔垂了眼,走出厨房,坐在客厅的沙发上等着。报表正看到一半,身后传来声音:"三小姐,晚饭做好了。"

卫翔合上报表,站起身走进饭厅。十一已经给她拉好了椅子,她坐下后瞥了一眼面前的菜式,色泽和平时吃的看起来相差无几,但吃起来还是略微咸了点。

倒不是十一的问题,而是她本身对饮食一直控制得严苛。汤倒是不错,很清淡。卫翔没吃几口菜,但是喝了两碗汤。

十一见她没吃一会儿就放下了筷子,不由问道:"是不是不合您的胃口?我给您重做其他……"

"不用了。"卫翔淡淡道,"我在公司已经吃过了,还不太饿,你吃吧。"

十一咬了咬唇:"好。"

卫翔放下筷子,回到客厅里继续翻阅文件。目前,烂尾楼的改造已经收到了几个方案,洛洲平主张翻新,继续建商品楼,部分股东提议建商业大楼,还有的说要建游乐场,卫翔捏着几份提案,揉了揉头,神色严肃。

其实,洛洲平建商品楼的提议和她之前所想的不谋而合,但是她想的不是翻新,而是全部推倒重建。烂尾楼对面隔着一条街就是商业街,所以在这附近建商品楼是最合适不过的。只要四五年的时间,等到商业街正式开幕,商品楼也差不多可以竣工了。

现在的问题是,如果她同意建商品楼,那洛洲平肯定要以自己有人脉关系为由掺上一脚,说不定还会在里面浑水摸鱼。公司现在的主要的项目不仅仅这一个,再加上身体的原因,自己实难步步紧跟,所以卫翔在建造商品楼这个方案上画了个大大的叉,余下的都是些入不了眼的提议。

卫翔将笔扔在茶几上,笔就势滚了几圈,掉在了地板上。她刚准备起身,就见到十一抢先弯下腰捡起了笔,恭敬地递给自己:"三小姐,

第六章 变故

您的笔。"

她接过,放在文件上,一旁的十一见她这举动,秀眉拢了拢。

偌大的客厅里,两人端坐着,谁都不是会主动说话的性子,所以气氛一时有些尴尬,十一正想着自己是不是该找个理由离开,就听到卫翙启唇唤她:"十一。"

她抬眸看向卫翙,一双眼亮晶晶的:"三小姐,有什么事吗?"

卫翙沉默了几秒后问她:"如果给你一块地,让你做选择,你愿意建房子,还是建游乐场?"

十一听完,微微侧头,有些目瞪口呆。

卫翙瞥了一眼她的表情,看到她一脸愣怔,歪头的样子很像某种动物,十分乖巧可爱,卫翙的唇角扬起不明显的弧度:"怎么了?"

十一回神:"没、没什么?您刚刚问什么?"

卫翙又将问题问了一遍,问完后自己也觉得好笑,耳边听到十一腼腆地回答道:"想要建游乐场。"

听到答案,卫翙的嘴角笑意更深。建游乐场,到底是个孩子。

孩子?

卫翙神色微凛,低头又将刚刚那份游乐场的策划案拿来,侧脸绷紧,目光锋利。见她似乎正在思考事情,十一不敢打扰她,只是偷偷摸摸地看了她几眼。

安静的客厅里,只有笔游走在纸张上的沙沙声,带着奇异的安定人心的效果。十一靠在沙发椅背上,原本还偷偷摸摸地看卫翙,见她一直认真地盯着面前的纸张,目光也不由得大胆起来。

深邃又分明的五官,白白净净的额头,饱满锋利的眉骨,一双漂亮的双目盯着面前的文件,时而抿唇,下颌紧绷着,弧线似画一般。十一看着看着,不知怎么地就想到了卫翙说的那个交易。

十点一到,卫翙手机上的闹钟响起,十点是她给自己定下的必须休息的时间,看着还有一半没写完的草案,卫翙叹息一声,合上笔记本电脑,一抬头,见十一已经靠在沙发上睡着了。

这孩子睡觉也是规规矩矩的,没有张牙舞爪的姿势,头歪向一侧,身体靠在沙发边缘，呼吸平稳。想到自己刚刚让十一做选择时她歪头的小动作，卫翔清冷的脸上难得添了笑意，唤道："十一。"

睡梦中的十一没回应她，脸在沙发垫子上蹭了蹭，随后嘴角扬起满足的笑，似乎正在做美梦。卫翔看了一眼四周，见另一边的贵妃椅上有她用来盖腿的毯子，便拿过来盖在了十一身上。浅灰色的毯子将十一娇小的身体完全罩住，只露出一张俏脸。这孩子，从被带回来就无时无刻不保持着紧张，现在睡着了却露出了轻松的神色，一点看不到平日里的胆小谨慎。

这才是一个孩子该有的样子。

卫翔起身，坐在她对面的沙发上，定定地看着熟睡的十一。直到十分钟后闹钟再次响起，她才起身上楼。

十一做了一夜的美梦，睁开眼时，那些梦里发生的事情却已经变得模糊，她只记得那种微妙的幸福感，那是现实中她从未拥有过的。她一边懊恼着自己的坏记性，一边坐起身，然后怔住了。

她昨晚居然睡在沙发上！

思绪一下飘回昨晚，她记得自己看着卫翔在工作，看着看着就觉得有些困，便合上了眼，没承想这么一合就是一夜，三小姐为什么没叫她？是因为她睡得太沉，叫不醒吗？

十一的心头冒出羞耻感，正尴尬，却发现手上触感柔软，低头一看，居然是块毯子。十一微微怔住，这是三小姐的毯子，而且她昨晚睡着前并没有盖毯子。

是三小姐帮她盖上的吗？

十一心头倏地软乎乎的。她将毯子叠放好，回了楼上的房间洗漱，又匆匆下楼做了两份早点，刚放到饭桌上，就见卫翔踩着拖鞋下了楼。清晨的光洒在她身上，让人从内心觉得温暖。

十一走到客厅站在卫翔身边道："三小姐，早餐做好了。"

卫翔端起放在茶几上的水杯，仰头喝了一杯温水之后才开口："以后这些事情不需要你做。"

十一神色微变，她咬了咬唇说道："三小姐，我想过了，您说给我

第四章 医院

之后，她们讨论了公事，又商量了晚上的活动，一行人热热闹闹地进来，又风风火火地出去，完全没看到休息室的角落里还坐着个人。

十一坐在沙发上，想着她们刚刚说的洛副总是不是就是裴天说的洛洲平。

她在医院说谎了，她其实什么都听到了，包括卫翔生病的事。虽然十一不知道为什么三小姐要瞒着大家，不让大家知道，但是她既然想瞒着，自己就装作什么都不知道。

在医院的时候，十一还以为裴天会为难自己，毕竟他看起来就不是个好相处的人，没想到他只是深深地看了她一眼后就让她去了办公室，一句多余的话都没有，好似真的相信了她，认为她什么都没听到。

十一坐在沙发上，脑子里乱糟糟的，她不愿胡思乱想，但又忍不住。

休息室不时有人进进出出，每次来人她都紧张得绷紧了身体，直到人离开她才稍稍放松。

时间一分一秒地过去，窗外的天色由微暗彻底沦为墨色，少许的几颗星星挂在天空，见不到月光。

进休息室的人越来越少，直到外面完全没有了声响，十一有些不安地站起身，她坐的时间太长，刚站起来腿还有点麻。最后进休息室的人并没有将门关严，门半开着，十一站在门口，能看到外面已经一片漆黑，办公室的灯都关了，所有的门都是紧闭的，她有些惶然。

三小姐是不是忘了她了？

在这个陌生的环境里，这种猜想刚冒头就无法抑制，再加上这么长时间外面一丝声响都没有，十一更加胆怯，她小声道："三……三小姐？"声音如猫叫一样软绵无力。

她双手握紧，想顺着来时的路去找电梯，但是这里的办公室太多了，走廊也多，空间又大，她沿着墙壁走了好久都没找到电梯的位置。

空旷无人又漆黑的办公室里，紧张的情绪直线飙升，碾碎了她的理智。十一有些盲目地在办公室里乱窜，想回到刚刚明亮的休息室，想着就算三小姐今晚忘了她，明天早上也会有人过来的。

三个月的时间考虑,我会好好考虑的,但是我也不想在您这白吃白喝,万一……我觉得我应该做点事情。"

"不用。"卫翙放下杯子,直直地看着十一,目光清亮,神色沉稳,她道,"十一,人应该各司其职。"

十一眼神懵懂地看向她,忍不住问道:"三小姐,什么叫各司其职?"

卫翙对上她的双眼,顿了顿,解释:"就是做好自己该做的事情。"

十一更茫然:"可是我不知道自己该做的事情是什么。"

卫翙神色如常,道:"你现在该做的事情就是好好考虑我提出的交易。"

十一哑口无言。

第七章
礼物

卫翔刚离开没多久,家里就来人了,十一刚好准备出门去看望流浪狗,出了客厅就见到一辆黑色轿车停在门口,一个人从里面走出来。那人她认识,是裴天。

裴天身后跟着几个人,有年纪稍大的,也有年轻的,站在最前面的是个中年妇女,面带和蔼的笑,她点头对裴天道:"裴先生,您放心,规矩我们都懂。"

"那就好。"裴天满意地看着柳婶和柳婶身边的中年男人。

这个人是管家,姓苏,是裴天特地从国外聘请的,之前接触过几次,懂分寸,有礼数,知尊卑。裴天喜欢和这样聪明的人打交道,所以花了高价请过来,柳婶是苏管家推荐的,看起来也还能入眼。

人员安排妥当,裴天见十一站在大门口,他俊秀的脸上带了些许笑意。他对十一微微点头,十一也慌忙回应,笑容露到一半,就见裴天上车离开了,余下的人正往她这边走来,十一顿时僵在原地。

苏管家走在最前面,见到十一,恭敬地打招呼:"小小姐,早上好。"

小小姐?

第七章 礼物

十一听到这个称呼，咬了咬唇角："你……你们好。"

其他人也恭敬地低下头，齐齐道："小小姐好。"

十一面上更尴尬了。

苏管家瞧她神色不自然，向柳婶打了个眼色，柳婶立刻识趣地对其他几人道："都进去吧，小小姐，您吃早餐了吗？"

身侧的人都不见了，只剩下柳婶，十一尴尬的神色才得到缓解，她点头："吃过了，我想出去走走。"

柳婶笑道："早上空气比较好，适合出去走走，不过天凉，小小姐记得多穿两件衣服。"

她话刚说完，一阵风吹来，十一被吹得打了个寒战。十一月的天气确实有些凉，之前还只是早晚会凉一些，现在已经彻底冷下来。十一依旧穿着卫翙之前准备的宽大休闲衣，站在那里被风吹着，感觉有点冷。

十一点点头："谢谢您提醒，我会早点回来的。"

柳婶脸上始终带着让人舒服的笑容，眼神也温温柔柔的。有张妈做对比，十一很快就对柳婶有了好感，离开前，她还忍不住多看了柳婶两眼。

十一心头高兴，连带着脚步都轻快起来，一路小跑到拴着流浪狗的树下。狗狗正趴在地上探头探脑，见她来，立刻要扑上去。昨天已经见识过这狗的力气，十一立刻往后退了两步，唤道："十二。"

毛茸茸的大狗"汪"了一声，不知道是不是在回应。

十一心情更好了。

到底是刚成年的孩子，还不太懂得掩饰喜怒哀乐，见到十二后，她就将刚刚在卫家的事情说了一遍，十二一边低头吃糕点，一边享受着她的抚摸，偶尔哼哼一两声表示附和。十一揉着它的长毛，手心里都暖暖的，和早上抓着毯子时手里的感觉一样，心情不由更愉悦了。

这是她到卫家这么久，头一次如此高兴，十二也察觉了她和平时不一样的情绪，使劲地和她闹腾。

凛冽寒风吹来，一人一狗玩得不亦乐乎，十一被狗扑到树上，任它不断地舔着自己的脸颊和手背，笑声不断。

自从婆婆过世后,她就再也没这么肆无忌惮地笑过了,十一的俏颜添了明媚,驱散了寒气。

闹到中午,她想到柳婶的叮嘱,揉了揉十二毛茸茸的头,道:"我先回去了,吃完饭再来看你。"

十二蹭了蹭她掌心,似乎有些不舍,湿漉漉的眼睛盯着她。十一被看得心头一软,道:"要是三小姐能同意我养狗的话,该多好。"

说完,她自己都笑了。这无疑是痴人说梦,现在连自己都是寄人篱下,还养狗?真是越来越没有规矩了。

可是十二……

她真的好想带回去,这个和她有着相同命运的存在,她舍不得撒手不管。十二似乎察觉到了她的挣扎,更努力地摇动尾巴,舔她的双手,用耳朵蹭着她的手臂。

十一瞧它这么黏人,蓦地想到自己之前待在其他人家时,也是如此的惶恐不安,生怕会遇到不好的事情。

她摸着十二的头安抚道:"我试试。"

十二冲着她汪汪叫。

回家之后,十一先是上楼洗漱了一番,将自己收拾干净了才下楼。

饭厅已经飘来菜香,柳婶笑着道:"小小姐,准备用午餐了。"

十一走到餐桌旁,见桌上摆放好几道菜,荤素搭配,看起来很可口。柳婶替她拉开凳子,十一小声道:"谢谢。"

柳婶笑眯眯地说:"那我先下去了。"

之前吃饭时一直被盯着看,如今氛围不同了,整个饭厅只有十一。她转头看了看,见柳婶和其他人站在一起,正在说话,神色自然,没有过多地关注自己。

十一放松不少。

午饭过后,她坐在沙发上,手机一直握在手中,想到还在外面被寒风吹的十二,她打开手机,找到卫翊的号码,思忖良久,还是不敢打电话,只能给卫翊发了消息。

不能一开口就说狗的事情,十一左思右想,先发了一条消息出去。

第七章 礼物

合上文件，卫翙刚准备和裴天说话，手机铃声突然响起，她拿起手机，见是十一发来的消息。

"三小姐，您吃午饭了吗？"

卫翙握着手机陷入了沉默。

这孩子是什么意思？突然关心自己？不太像她平时的性格。难道是裴天安排的人她不满意？

"三小姐。"裴天的声音打断了她的思绪。

卫翙回神："嗯？"

她低头给十一发了消息，这才放下手机。

十一捏着手机忐忑地等待着，过了半晌才收到回信——

"吃了。"

简单干脆的话，一个多余的标点符号都没有。十一看着屏幕上显示的两个字，蓦然想到卫翙的脸，严肃凛冽，堆砌起来的勇气霎时全部消散，十一再没拿起手机。

反倒是卫翙，发完消息后，就一直盯着手机看。十一不像是会没事问候她的人，如此，那就是有事。琢磨了几分钟后，卫翙给十一发了消息。

十一正抱着双腿坐在沙发上想办法，屏幕突然又亮起，映入眼帘的是三小姐的名字，她立刻拿起来看——

"什么事？"

她对着屏幕看了好久好久，这才回复——

"没事。"

发完消息，十一低着头坐在沙发上，她还是没办法对卫翙说出想要养狗的话，毕竟她现在还没考虑好要不要答应卫翙所提的交易。如果不答应，那她随时会走，带着十二进来，肯定会给卫翙添不少麻烦。

她做不到。

十一的沮丧并没有通过信息传到卫翙这边，卫翙看到十一的回复，沉默了几秒，将手机放在了桌上。

办公室门被敲响，裴天说道："三小姐，沈总来了。"

沈浩刚回国就带着礼物来了卫天,他穿着黑色笔挺的西装,戴着深红色的领带。他身材不错,颀长高挑,来之前还刻意打扮了一番,更显得玉树临风,坐在休息室里,惹得不少秘书频频看过去。

"这不是沈总吗?他怎么来卫天了?"

"和卫总谈生意。"

"是准备联手吗?"

"可能吧,不是说烂尾楼项目沈家也有份吗?"

细细碎碎的交谈声在卫翙踏出办公室的瞬间消失,整个秘书室只剩下翻阅文件和敲打键盘的声响。卫翙和裴天从众人面前走过,进入休息室。沈浩见到卫翙,站起身,面带笑意:"三小姐。"

他比卫翙大,于情于理,叫她"三小姐"不是很合适,但是叫"卫总"过于生疏,叫名字他又不敢,所以才挑了这么个不远不近的称呼。

卫翙在他面前的沙发上坐下,点头道:"坐。沈总今天来,是有什么事?"

严肃正经的语气,并没有因为他的到来而有任何波动,沈浩一时拿捏不了她的想法,还是率先给了个能拉近彼此关系的理由:"生日快乐。"

说着,他从公文包里拿出一个盒子,方方正正的,上面扎着蝴蝶结,看起来精致又漂亮,光看包装就知道价值不菲。

卫翙看着他,眼底有深意。

现在她和沈浩不仅仅是合作关系,烂尾楼的方案才有了雏形,她不能在这个时候和他撕破脸,况且两家是世交,之前她能一直拒绝沈浩,是因为他们之间并没有任何利益冲突,就算有,也在她的掌控范围内。不像现在,卫翙需要他来制衡洛洲平。

想必沈浩也知道这一点,才有把握自己会收下礼物。

卫翙略微思虑后接过了礼物,点头道:"谢谢沈总。"

沈浩笑:"不客气,我听说三小姐已经定下了烂尾楼的开发方案,我有些拙见,不知道晚上三小姐是否有空,我们边吃饭边聊?"

卫翙抬头,目光清亮,神色和刚刚无异,但声音稍寒:"抱歉,沈

第七章 礼物

总,晚上怕是没空。"

沈浩定定地看了她几秒:"看来我约迟了,三小姐另有安排?"

"那倒没有。"卫翙的脸上难得露出淡笑,唇角微扬,道,"不过是家里有个小朋友,晚上回去迟了,怕她闹情绪,所以沈总,抱歉了。"

沈浩听到她的话,微微皱眉。"小朋友"?他立刻想到了上次卫翙赴宴时带着的孩子,模样娇娇俏俏,怯生生的,他当时就觉得奇怪,卫翙怎么会带个这样的孩子在身边。

沈浩站起身:"既然今天三小姐没空,那合作的事情,下次聊。"

卫翙淡淡地看着他:"好。"

沈浩离开之后,裴天小声问:"三小姐,您这样,不怕他……"

毕竟沈浩现在还处于追求的阶段,卫翙这么明显地拒绝,无异于当众打脸,洛洲平正等着两人闹翻,好去和沈浩合作呢。

卫翙摇头:"没关系。"

在沈浩的眼里,十一是登不上台面的存在,纵然她现在说得认真,他也认定了她不过是一时兴起而已。

不管怎样,她现在没精力和沈浩周旋,这样的方法既可以给自己拖延一点时间,又不会让沈浩难堪。

果然,出了卫天集团,沈浩面上并没有任何不悦,反而还笑着对司机道:"开车。"

秘书刚刚没跟着上楼,还不知道情况,现在见他神色愉悦,不由得问:"沈总心情不错,是约到卫总了吗?"

沈浩摇头:"没有。"

秘书似有不解,沈浩也没多说。虽然刚刚卫翙确实拒绝了他,但是好歹让他知道了卫翙不是冷血无情的人,这就好办多了。只要她还有七情六欲,那他就还有机会,总比之前一副冷漠疏远的样子好得多。更何况,两人现在还是合作关系,见面的机会那么多,总能找到合适的约会时间。

沈浩心情颇为不错地吩咐秘书:"不回去了,先去趟DL酒店。"

秘书点头,吩咐司机改道。

卫翙一直站在窗前,低头看着楼下的车来来往往,双手背在身后,蔚蓝色的小西装将她的身形衬得更加高挑,长发披散在耳后,被风扬起,发梢都染了寒意。

不多时,办公室门被敲响,裴天道:"沈总走了。"

卫翙合上窗,站在办公桌前问道:"洛洲平和乔特助见面的目的查到了吗?"

裴天站得笔直,态度恭敬道:"有点眉目了,似乎和他的公司有关。"

洛洲平回国后就盘下了一个小公司自立门户,这一点卫翙是知道的,不过公司规模小,和卫天也不是一个领域的。

卫翙问道:"他的公司,我记得是做食品贸易?"

裴天:"对,刚开业。"

卫翙想了会儿,说道:"多注意他的动向,别牵扯上卫天。"

裴天点头:"我明白。"

话音刚落,卫翙的手机响起,她低头一看,是苏子彦打来的。

接通电话后,苏子彦开门见山地问:"在哪儿呢?几点下班?"

卫翙拢眉:"有什么事?"

苏子彦清朗的声音传来:"给你庆生。"

"不用。"

苏子彦回她:"行了,我都快到你家了,早点回来,我进去了。"

卫翙挂断电话,轻轻摇头,身边的裴天问道:"三小姐,怎么了?"

她启唇:"没事,你把烂尾楼的方案拿过来。"

裴天点头,立刻出了办公室,没一会儿又折了回来,手上多了几份文件。卫翙接过后低头看了几眼,合上文件站起身,从办公椅上拿起大衣,对裴天道:"下班吧。"

裴天低头看了眼腕表,神色有些错愕,这五点还没到,三小姐就要下班?

他突然想到刚刚卫翙和沈浩的聊天内容,多嘴问了句:"您这么早回去,是要去见小朋友吗?"

卫翙淡淡地睨了他一眼,没吭声。

第七章 礼物

苏子彦先一步到了卫翔家。十一从外面回来,刚走到大门口就见苏子彦下了车,手上还拎着蛋糕和一个袋子。她三两步走过去道:"苏医生。"

苏子彦转头,笑道:"十一,你怎么在外面?"

十一道:"出去走走。"

苏子彦点头:"也好,多走走锻炼身体,不过马上就是冬天了,外面还是不能久待。"尤其是她的体质差,冷风吹多了,指定会感冒的。

十一闻言,轻轻"嗯"了一声,见到他手上拎着蛋糕,便问道:"这个是什么?"

苏子彦这才拿着蛋糕笑着回她:"今天是三小姐的生日,我来给她庆生。"

十一愣了几秒,今天是三小姐的生日?那她需要准备什么礼物吗?

苏子彦往门内走了两步,见十一没跟上,道:"你怎么了?"

十一回神,抬头看着他,想了会儿说道:"苏医生,您先进去吧,我等会儿进来。"

苏子彦不疑有他,面带浅笑点点头:"好。"

他说完,转身进了卫家。

十一站在他的车旁,心想,自己该不该给三小姐买个礼物呢?

应该要吧,三小姐带她出了火坑,还对她照顾有加。三小姐对她这么好,她应该给三小姐准备一份礼物的。

可准备什么?

十一迈着沉重的步伐走向附近的超市,昂贵的礼物她买不起,便宜的她又不好意思送,左右看了约莫十分钟,她才从礼品区出来,转头突然看到了放在柜子上的娃娃。

那是个小狗的形状,抱枕大小,偏灰色,十一看着它就想到了十二,她将娃娃从柜子上拿了下来。

卫翔回家时刚过六点,下车就看到苏子彦正在和十一说话,两人不知道在聊什么,眉飞色舞的,表情愉悦。她踩着高跟鞋走过去,开口:"子彦。"

苏子彦转头:"回来了。"语气自然熟稔。

十一往卫翙身边走了两步,恭敬道:"三小姐。"

卫翙的目光从她身上掠过,轻声道:"进去吧。"

十一低着头,闷声跟在卫翙和苏子彦身后,听着两人闲聊。

"你怎么过来了?"

"来给你庆生啊。"

"不用。"

"什么不用?也就我记得你的生日了。你啊,现在是过一年少一年,能过一年是一年,好好珍惜吧。"

剩下的话十一没听清楚,她满脑子都是苏子彦的那句"过一年少一年,能过一年是一年",三小姐难道病得很严重吗?

怀着这个疑问,十一侧头看了卫翙一眼。夕阳下,卫翙神色淡然,五官深邃,棱角分明,脸上不见了平日里的严肃,反倒添了些温和,这样的三小姐,完全看不出生病的样子。但是十一上次亲眼看到三小姐发烧,陪她做检查,还有……她说的那个交易。

十一低头,三小姐似乎真的病得很严重。

她的心情慢慢沉了下去。

回到客厅,柳婶正在准备晚饭,卫翙带苏子彦往客厅里面走去。十一没想跟着,苏子彦对她道:"想看电影吗?过来。"

她这才看了一眼卫翙,然后跟在了两人身后。

卫家有专门用来看电影的房间,虽然不似影院那么大,但该有的设备都很齐全。以往苏子彦过来,最喜欢在这里和卫翙聊天,因为电影的声音会掩盖两人的聊天声,完全不用担心被人听了去。

十一进了房间后,发现这里比客厅还要大,有两排很长的沙发,茶几上还放了很多的饮料和水果零食。

卫翙对苏子彦道:"喝什么?"

苏子彦抬手:"老规矩。"

卫翙睇了十一一眼,没说话,转身去了旁边,十一这才看到不远处有个小吧台。她还是头一次踏进这里,不免有好奇。

第七章 礼物

苏子彦拍了拍身边的位置："坐。"

十一乖巧地坐在他身边，一双漂亮的双眼左看右看。

不远处的卫翙低头忙碌着，她的手腕很细，皮肤偏白，站在那儿就像是发光体，让人很难不将目光放在她身上。

十一看得有点久，苏子彦拍了拍她的肩膀："看什么？"

她身体一僵，回神道："没，没什么。"

十一重新坐正身体，转头看着苏子彦，想了会儿，问他："苏医生，三小姐的病，很严重吗？"

她目光清澈，脸上有明显的担忧。苏子彦听到问话，靠在沙发上，笑着反问："怎么突然问这个问题？"

十一清亮的双眼看着苏子彦，坦诚道："我刚刚听到你们的谈话了。"

苏子彦笑笑，左右十一已经知道了卫翙的病，所以他刚刚说那些话时也没避讳十一。这些年，他尝试用各种办法治疗卫翙，但是很难，她的病情，目前只能稳住，却没办法改善，时日一长，肯定会越来越严重，现在除非移植器官才有治愈的可能。但问题就出在这里，卫翙的血型比较罕见，想要找到合适的器官实在太难了。

想到这里，他蓦地想到，上次给十一做检查，她似乎也是罕见血型！

"苏医生？"十一见苏子彦许久没说话，不由问他，"您怎么了？"

苏子彦摇头："没什么，你说她的病啊，是有点麻烦。"

十一见卫翙还没过来，忍不住问出了心里一直想弄明白的问题："三小姐的病，和她说想要一个继承人有关系吗？"

"嗯？"苏子彦一愣，随后反应过来。没想到卫翙带这孩子回来，还真是因为这事，他猜得果然一点没错。面前的十一目光清清亮亮，眉眼间尚可见稚嫩，这么一个刚成年的孩子，卫翙也真下得去狠手。

可她也是没办法了吧。

苏子彦知道，在这件事上，自己也是个帮凶，假如他真的为十一好，当初在做检查时，他假造一个结果蒙骗过去，卫翙是不会发现的。

可人心总是偏的,他还是偏向卫翔。

想到这儿,苏子彦看向十一的眼神添了些歉疚,他道:"当然没有,她想要一个继承人,只是想要保住卫家,保住卫天。"

十一对上苏子彦的双眼,蒙了几秒:"那她……"

苏子彦开口:"十一啊,人生在世,生死有命,勉强不得。"

这么多年,他知道卫翔早就将生死看开了,但是他看不开,所以他一直在积极地找各种办法,拼命联系白医生。

十一闻言有些沮丧,声线低了两分:"那……我可以知道,我要怎么做才能给三小姐一个合格的继承人吗?"

十一双眼定定地看着他,苏子彦有种自己正在做坏事的感觉,他最后道:"你放心,她不会做很出格的事情,更不会强迫你,一切全看你的选择。"

他说的十一当然知道,三小姐有多好,她是亲身感受过的,三小姐不会强迫她。但三小姐越是对自己好,十一心里的歉意就越深,下午见到苏子彦时她就在想,如果她接受交易就可以帮三小姐治病的话,那该多好。

那自己应该会同意的吧?

自己会同意的,自己能逃出牢笼全靠三小姐,这条命是三小姐救下的,如果真的能帮她,那自己是愿意的,可偏偏,自己帮不了。

十一脑子有些乱,她低着头道:"谢谢您,苏医生。"

苏子彦心底那股自己在拐着好孩子做坏事的感觉还没消散,听她又说"谢谢",当即浑身不自在,刚想再说话,卫翔端着托盘走了过来。她给苏子彦递了一杯咖啡,自己手上也端了一杯,末了看向十一,递给十一一杯牛奶。

牛奶还是温热的,十一捧在手心里,只觉得心口和掌心一样,暖洋洋的。和苏子彦聊过天后,再看向卫翔时,十一的眼神少了几分拘谨,似乎也没有那么怕她了。

十一低头抿了口牛奶,甜腻的感觉在齿尖蔓延。

面前的屏幕倏地黑下来,整个房间的灯也不知何时关掉了,电影即

第七章 礼物

将开始，十一记得上一次看电影还是婆婆在世时，那次她是和同学一起去的，很多年了，她已经忘了当初看的电影是什么名字了。此刻房间内氛围感很足，十一想，如果放的不是恐怖片就好了。

电影开始了，偌大的屏幕，一具女尸正从坟墓里爬出来，大红色的衣服，浓重的妆容，鲜红的长指甲似乎要戳破屏幕伸出来……

十一起先还是规规矩矩、正正经经地坐在沙发上，看着看着，不自觉地往卫翔身边挪了点儿，表情虽然还能勉强维持正常，但眼底的恐惧却掩饰不了，尤其是女鬼出场时的音乐，惊悚程度让她一度想要尖叫！她整张小脸皱成了一团，侧着身体，只敢用余光瞄着屏幕，她那想看又害怕的样子，比平日里生动多了。又是突然的黑屏，十一紧张得握紧了手，她微微眯起眼，见屏幕重新亮起来才松了一口气。

卫翔靠在沙发上，手撑着头看向十一，不过几天的时间，她的脸色明显好看了很多，巴掌大的脸再不见苍白之色，隐约透着红润的光泽。肤白唇红，没有任何妆容修饰，却依旧漂亮，这也充分说明了这孩子底子好，尤其那双眼睛，水灵灵的，瞧着就让人舒服。

她打量完十一，重新看向屏幕，见电影已经进入高潮阶段，画面让她有些不悦，刚准备和苏子彦说换个片子，就察觉身边有团温暖靠了过来。卫翔转头，见十一正小心翼翼地挪到她身边，神色又紧张又害怕，还有几分尴尬，知道她肯定是不敢看，但是又不敢让自己换片子，也不敢出去，所以才在这样的情况下，选择靠过来。

到底还小，看到这些虚构的画面也会被吓到。卫翔见十一动作小心翼翼的，生怕被人发现自己的举动，觉得这时的她才像是个孩子，明明已经努力克制，却还是掩饰不住内心的真实想法。

看到她如此，卫翔突然想到昨晚自己问她问题时，她微微歪头的样子，表情惊愕又懵懂，还透着几分可爱。

卫翔身体没动，依旧靠在沙发上，唇角稍稍扬起。

卫翔不是个好心人，这是所有人的共识。她不仅心肠不好，还做事狠戾，刚上任时，为了达到目的更是不择手段。也正是因为有了那段经

历，才会让所有人敬畏，不敢生出任何非分之想，纵有几个不长眼的，也抵不过她的冷傲气场，试过几次就放弃了。

卫翙不需要别人对她好，因为她无法回应，人与人之间的往来不是谈生意，更需要长时间的经营，而她没那个精力，也不想去经营。

遇到十一，是个意外。

卫长远去世前，三番两次示意，希望看到她结婚生子，希望卫家后继有人，还帮她相了几次亲，但都没有结果。

年少时，卫翙也曾有隐秘的暗恋对象，可最后却不了了之，她从没透露过，这些事也只有苏子彦知道。

卫长远去世后，她忙于公司，无暇分心，加上身体原因，更是不愿意触碰感情。

苏子彦倒是觉得她这么做是对的。一旦碰了感情，病情就会加重，他宁愿看卫翙做个清心寡欲的"僧人"，也不愿意看到她因为感情加速死亡。

只是，卫家没有继任者这一点，一直是卫翙心里的刺。夜深人静之际，她每每回想起卫长远死前的眼神，只觉得那根刺越扎越深，让她时时夜不能寐。

两月前，她知道自己的病情难以控制后，和苏子彦说了许多，也说到了这件事。当时苏子彦不假思索地回她："想要有个孩子？那你直接找个觉得顺眼的带回卫家不就行了？"

他不过随口一言，谁知道卫翙却当了真，开始着手派人找合适的人。但找了将近一个月，都没有找到合适的。

正想放弃这个念头时，十一出现了。

卫翙还真把人带回了家。

这种事情，往日她是完全不会做的，可那日她却仿佛魔怔了一般，说不上是不是有点病急乱投医了，但她现在想，这感觉还不错。至少这孩子，她很满意。

正是因为满意，卫翙才容许十一一再踏破自己的底线，给她三个月的时间考虑，让她自由出入卫家，甚至现在，默许她靠在自己身边。卫

第七章 礼物

翱偏头，见十一神色紧张，一双手紧握着，手背白皙，隐约可见血管。

十一瞬不瞬地看着屏幕，明明害怕这样的剧情，但忍不住想要继续看下去。整个房间寂静无声，只有屏幕里传来的缥缈惊悚的音乐。

蓦地一声："十一。"

十一顿时被吓得头皮发麻，长时间的精神紧绷让她下意识地往旁边躲。

"十一……"叫声还在继续，却是苏子彦的声音，"帮我拿……"

他一歪头，发现十一正蜷缩在卫翱身后，不解地道："你干什么呢？"

十一满脸尴尬地从卫翱身后起身，正准备想一个合理的解释，耳边，卫翱风轻云淡地道："什么事？"

十一的脸上还有些不自然的神色，苏子彦看看她，又看看卫翱，道："没事，我自己拿。"

等苏子彦重新坐下后，十一才尴尬地小声道："三小姐。刚刚，对不起。"

卫翱看了她一眼，轻飘飘地道："没关系。"

十一转头看着卫翱，荧幕的光打在卫翱的脸上，照得她出奇的漂亮，她的脸上没有丝毫恼怒，也没有自己第一次抓她衣角时的寒意，十一悄悄放下心，但不敢再看电影，她怕再看到恐怖的剧情时，自己又会做出什么不规矩的事情。

半个小时后，电影结束了，十一端正地坐在沙发上，小小的身板挺得笔直，屁股因为久坐有些疼。反观身边的卫翱，身体放松地靠在沙发上，姿态是前所未有的随意。十一心想，原来看电影时的卫翱是这样的，和平时很是不同。

敲门声响起，她的思绪被打乱，门口传来柳婶的声音："三小姐，晚饭做好了。"

十一跟在卫翱和苏子彦身后出了房间。

不知道柳婶是不是知道今天是三小姐的生日，因此晚饭准备得很丰盛。苏子彦坐下后笑道："来蹭饭真是个明智的决定。"

卫翙瞥了他一眼,对十一道:"吃饭。"

十一走到卫翙旁边的位子上坐下。

桌上,苏子彦和卫翙闲聊了几句公司的事情,十一听不懂,那些专业名词对她而言就像是无字天书,左耳朵进去,右耳朵出来。

左右听不懂,十一就专心吃饭,苏子彦和卫翙还没放下筷子,她就饱了,耳边听到苏子彦问:"那你打算怎么办?"

卫翙放下筷子抿了口汤:"先去杜家谈谈。"

苏子彦点头:"我和杜月寒见过几次,要不要我陪你去?"

卫翙道:"不用,我带十一去。"

苏子彦的目光落在十一身上,十一接受着两人注视,有些莫名其妙,俏颜微红着低下了头。

苏子彦收回目光,道:"吃饱了,去切蛋糕吧。"

卫翙对甜食的接受度一般,不喜欢也不讨厌,但是十一却很喜欢,许是因为她以前鲜少能吃到,所以才对甜食情有独钟。蛋糕盒子打开的刹那,十一就闻到了一股子浓郁的香味,眼睛也直勾勾地看向蛋糕。

客厅里没什么人,柳婶带着用人在饭厅收拾碗筷,苏子彦见卫翙拿了刀就准备切蛋糕,立刻喊道:"等会儿,还没许愿呢。"

他一个大男人,却像个孩子,对着卫翙道:"快,我给你点蜡烛,许个愿望。十一,找个火来。"

被分配任务的十一顿时一愣:"火?"

随后她反应过来,踩着拖鞋跑进了厨房。

卫翙看着两人忙里忙外,自己靠坐在沙发上。十一拿了打火机后发现不能用,又去换了个新的,小小的身影在客厅一阵跑。卫翙头一次觉得,过生日原来还可以这么热闹。

她以前极少过生日,自从生病后就更不爱过了,苏子彦说得没错,过一年少一年,她不喜欢这种感觉,但是她拗不过苏子彦。

也不是拗不过,若是真的固执起来,苏子彦是拿她没辙的。但是这么多年过来,卫翙想,有个人会记得她的生日,给她庆生,以后或许还记得她的忌日,如此便够了。而现在,多了个人记得。

第七章 礼物

卫翔看着十一因为忙碌而红润的脸颊上,亮晶晶的双眼仿佛放进了揉碎的星光,看人时明亮又清澈。此刻她正巴巴地看着自己,说道:"三小姐,许愿吧。"

卫翔回过神来,见蛋糕上插了一支蜡烛,上面写了个"27"。

她点头:"好。"

配合程度让苏子彦都觉得不可思议。

以往卫翔都是不耐烦地说许什么愿,反正结果都一样,和现在的态度截然不同。

卫翔双手合十,闭眼许愿,两分钟后,她睁开眼,吹灭了蜡烛。

苏子彦笑着递上刀,问:"许的什么愿望啊?"

低头切蛋糕的人侧脸清冷,声音平静地道:"许愿能长命百岁。"

最平常普通的愿望,却让苏子彦的笑瞬间僵在了脸上,十一也抬眸看了卫翔一眼。

卫翔将蛋糕切好,分给十一和苏子彦,唇角扬起笑,道:"瞎说的你也信。"

苏子彦接过蛋糕,低声道:"我倒希望,你不是瞎说的。"

一句话,三人之间的气氛有了些微妙的不同。十一不知道该说些什么,她低头看着蛋糕,明明手上端着渴望已久的食物,却没什么胃口。苏子彦则用叉子挑起蛋糕上面的水果,细嚼慢咽。

过了一会儿,卫翔起身去接电话,苏子彦便放下了手上的蛋糕,对十一道:"慢慢吃。"

十一点头:"嗯。"

她看着苏子彦往卫翔那边走去,两分钟后,卫翔挂了电话,对身后的苏子彦说了几句话,两人便往外走去。十一坐在沙发上,看着已经离开的人,默默垂眼。

一阵寒风袭来,出了门后,卫翔咳嗽了几声,苏子彦站在她面前挡住风,道:"进去聊。"

卫翔却摇摇头:"就在这儿说吧。"

"你真打算让十一来继承卫家?"苏子彦看着她。

外面天色墨黑,路灯的光打在她身上,半边脸隐在暗夜里,看不真切。

卫翙道:"如果那孩子同意的话。"

苏子彦有些不赞同:"可十一太年轻,要她继承卫家,你不知要消耗多少精力,太伤身体,这样你随时会有危险。"

卫翙的声音很平静:"在可控范围内。"

如果十一同意,她会尽快开始教她。她现在的身体,苏子彦估算最多还能撑六年,到时候换个人工心脏,那还可以多撑几年,至少将那个孩子培养得独当一面是没有问题的,更何况还有程家,还有苏子彦,还有裴天。

"可十一真的承担得了吗?"苏子彦开口问,"如果不行,到时候她该怎么办?"

卫翙有些不耐:"你到底想说什么?"

苏子彦立在她身侧,看着她,目光灼灼:"我觉得你可以重新考虑……"

第八章
化妆

　　卫翔和苏子彦不欢而散，离开前，苏子彦说了句"你好好想想吧"。她摇头笑了笑，这有什么需要想的？如果她能被感情所羁绊，当初也不可能决绝地赶走张妈。她说的越界，不仅仅是张妈行为上的过界，更多的是张妈对自己过分关心了。而她承受不了这样的关心，也不需要。

　　卫翔折回客厅时，见十一正端着蛋糕发呆，也不知道她在想什么，眉头都皱在一起，手上的蛋糕几乎没动过。这孩子刚见到蛋糕时还馋得不行，现在却没怎么吃。

　　卫翔走过去，问道："不想吃？"

　　十一不知道卫翔已经回来，听到她声音的刹那抬起了头。眼前的卫翔长发被外面的寒风吹得微微凌乱，有几根发丝贴在了脸颊上，衬得她脸色更加苍白，目光也不似以往锋利，反倒添了些许温和。十一在她的注视下轻声道："我不太饿。"

　　卫翔轻轻点头："搁着吧。"她说完，往楼梯口走去，"早点休息。"

　　十一转头，看着她已经上楼的身影，咬了咬唇，放下了手上的蛋糕，也跟在她身后回了房间。

　　房间和之前没什么两样，依旧空空荡荡的，桌上连个多余的摆设都

没有。床铺上倒是多了一个娃娃,浅灰色,小狗的形状,正是十一晚上刚买的、准备送给卫翔的生日礼物。

也不知道她会不会喜欢。

十一当初的打算,是如果卫翔喜欢这个礼物的话,自己就顺势问问能不能养狗的事情,可现在去要这个答案却并不合适。她抱着娃娃在床上翻了个身。窗户半开着,吹进来一阵寒风,她嗅了嗅,没有花香。

十一站起身合上窗户,听到门被敲响,她道:"进来。"

柳婶捧着牛奶打开门,对着十一笑道:"小小姐,该喝牛奶了。"

张妈走了,这晚上喝牛奶的习惯却是保留了下来,十一接过她手上的牛奶,仰头一口气喝完,甜腻的感觉在舌尖蔓延开。她放下杯子,看向另一杯牛奶,问:"这是三小姐的吗?"

柳婶点头:"是啊,三小姐估计在洗澡,我敲门没人应,等会儿再送过去。"

十一大着胆子抓住她的手腕,斟酌了几秒,说道:"我送去吧。"她抬起头,娇俏的脸上露出一抹笑,"正好我有礼物要送给三小姐。"

柳婶虽然刚进卫家,但是对之前的事情也算了解,所以在她心里,十一和卫翔是一样的,都是这个家的主人,现在听到这话,她便将托盘放在了桌上:"也好,那我明早过来拿杯子。"

十一乖巧地点头。

柳婶离开之后,十一做了两个深呼吸,看向床上的狗娃娃。随后她一只手捧着托盘,另一只手拎着娃娃,来到了卫翔门外。她先将娃娃放在门边,然后敲了敲门。

过了好几分钟,门里都没有回应,十一靠在门上想听听里面的动静,却什么都听不到。想到卫翔的病,她越想越心惊,脸倏地全白了,敲门的声响也高了些。

"三小姐?"十一的声音明显添了着急,她又拍门,"三小姐。"

在她犹豫要不要砸门时,卫翔打开了门,她刚洗完澡,脸上还有水珠,秀发还湿着,肩膀上披着一条白色的浴巾,此刻一边擦拭着湿发一边问:"什么事?"

第八章 化妆

见她没事,十一立刻放松下来,长呼一口气:"您的牛奶。"

卫翙盯着她看了几秒后,往旁边走了几步,说道:"进来吧。"

十一这才端着托盘进去。

房间的地板铺了厚厚的长毛毯子,踩在上面分外舒服,十一怕弄脏了毯子,进去后就脱掉了鞋子,白净的脚趾踩在棕色毯子上,有些可爱。办公桌靠窗,十一不确定要把托盘放在茶几上还是桌上,于是就这么干站着。

卫翙抬了抬下巴:"放那儿吧。柳婶呢?"

十一回她:"我让她先下去了。"

卫翙没问为什么,只是轻轻地"嗯"了一声,从她身侧经过。

卫翙身上的薄款睡衣,后背那块儿湿了一块,是被秀发末梢打湿的,她进浴室换了厚款的睡袍,走出来漠然道:"过来。"

十一回神,脸上微微泛红,她不解地道:"去,去哪儿?"

卫走到梳妆台前说道:"坐过来。周末我要带你去杜家,不会化妆可不行。"

上次去沈家的宴会不让十一上妆,是她觉得没必要给沈浩面子。但是杜家不同,她这次是去谈合作,这基本的礼仪少不了。

十一听话地站在她身侧,来之前想着自己只是送个礼物,也许还可以问问能不能养狗的事情,现在完全将这事儿抛之脑后了。

卫翙此时素颜,显得脸色微白,唇色泛红。十一听她的吩咐坐在梳妆台前,按照她的指示拿起白色瓷瓶。

"是这瓶。"卫翙见她拿错了,眉头拢起,拿起其中一瓶递给十一。

十一伸手接过,两人指腹相触,十一察觉到她手指尖凉凉的。

十一说道:"三小姐,您先把头发吹干吧?"

卫翙眼皮都没抬:"不碍事,继续。"

十一只好从瓶子中挤出乳液,一点一点往脸上擦,清清凉凉的感觉,和刚刚触碰到卫翙指尖的感觉一样。

镜子里的人正在发怔,卫翙见她擦完了,又说道:"用这个。"

十一蒙了几秒才继续下一个动作,脑子里的某些幻想怎么都退

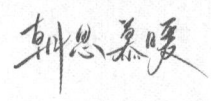

不去——

如果三小姐亲自给她化妆，会是什么样的？

想到这儿，十一偷偷瞄了卫翙一眼，她正低着头不知道在看什么，神色自然放松，面上平平静静的，目光微凉，秀发虽然被浴巾包裹着，但是发根还有些露在外面，根根分明。

"记住了吗？"

清冷的嗓音打断了十一的思绪，她回过神，看着桌子上的瓶瓶罐罐，回想了下刚刚的顺序，点头："记住了。"

卫翙点头，十一底子好，淡妆就够了。卫翙的目光从她精致的脸上掠过，开口问："会修眉吗？"

十一张口，刚想回话，就见卫翙失笑着摇头，她顿时尴尬得蜷缩起脚趾，羞耻感扑面而来。她真没用，什么都不会。

卫翙没多想，只是道："抬头。"

十一立刻将头昂得高高的，卫翙露出淡笑："不用这么高。"

她说着，手指点在十一的下巴上，往下用力按了按。十一察觉到她指尖的温度落在肌肤上，和想象中一样，冰冰凉凉的，很舒服。

卫翙从桌上拿了修眉刀："眼睛闭上。"

十一紧闭双眼，黑暗中其他感官变得十分敏锐，尤其是嗅觉。鼻尖嗅到一股香气，十一动了动身体，耳边听到一道清冷嗓音："别乱动。"

十一立刻规规矩矩地坐好，一动不动。

半响后，卫翙才道："好了。"

十一缓缓睁开眼，看向镜子里的自己，明明只是修了个眉毛，但她觉得自己和之前有了很大的不同，也说不上来具体不同在哪里，但就是觉得不一样了。

她转头："谢谢三小姐。"

卫翙启唇："不用。"见她整张脸因淡妆更显精致，卫翙有些满意地点头，"没什么事你就先回去吧。"

十一乖巧地点头，突然想起自己是来送牛奶的，但是过了这么久了，牛奶估摸已经冷了，便对卫翙道："我去帮您把牛奶热一下吧？"

第八章 化妆

她说着,走到桌旁,刚端起杯子就听到卫翙说:"不用,端过来给我。"

十一端着已经冷掉的牛奶站在她身边,踌躇道:"真的不用吗?"

卫翙没再说话,只是径自从她手上端过了杯子。十一不敢阻止她,却见她端起杯子刚准备喝,手突然一抖,牛奶泼在浴袍上,杯子直直地掉落在地。十一惊诧地道:"三小姐!"

身边的人往后靠在桌上,面色瞬间苍白。十一顾不上规矩,立刻扶住了卫翙,可她没那么大的力气,没扶住人,反被卫翙往下拽。两人重重地跌在了地板上,沉闷的声响被厚厚的地毯吸收殆尽。

十一的脸色比卫翙还白,她问道:"三小姐,您怎么了?"

卫翙声音很轻地道:"没事。"又道,"药在包里。"

十一之前帮她找过药,目光立刻在房间里搜索起来,很快就看到了挂在衣架上的包。她跑过去,从包里拿出药瓶,倒了两颗药递给卫翙。见她吃下去后,十一半跪在她身边,表情依旧紧张,手触摸到地上的毯子后,忍不住低头看了一眼。

之前十一一直以为这毯子是因为想要舒适才铺的,现在却觉得自己错了。这分明是卫翙不想让别人知道自己生病,也不想发病时弄出声响,才会铺上了厚厚的毯子。

也不知道她之前是怎么熬过来的。十一看着卫翙苍白的脸色,突然难受得无以复加。

卫翙吃了药之后,脸色好转了不少,身边,十一正半跪在地上紧张兮兮地看着她,那双明媚的眼里满是着急和担心。

卫翙看着这样赤诚的目光有些不习惯。

除了苏子彦、裴天和程家,其他的人都巴不得她早点死吧。尤其是洛洲平,他每每看向自己的探寻的目光,似乎要将她的身体看个透彻,好找到一点能证明她生病了的蛛丝马迹,以便立刻接管公司。至于其他的合伙人,也恨不得她早点去世,好瓜分卫天。

这么多年,别人看她的目光里都是畏惧、敬仰、探究,从没有过一个人用如此清亮干净的眼神看着她,毫不掩饰情绪地担心着她。

卫翊不习惯地别开视线,说道:"我没事。"

十一依旧不放心:"要不我给苏医生打个电话?"

"不用。"卫翊拒绝道,"他很啰唆。"

此话一出,十一也笑了,她立刻歉疚道:"对不起。"说着,她抬起头,"我扶您起来。"

卫翊没拒绝,伸出手,让十一搀扶她起身。

卫翊的睡袍在刚刚摔倒时有些松散了,十一一低头便看到她胸前隐约可见的可怕伤痕,一时僵在原地。

卫翊用手拢了拢睡袍的领口,见十一没动,转过头来看着她。十一回过神来,小声问:"您也会受伤吗?"

卫翊素来不喜欢别人过问自己的私事,但今晚却出奇地配合,十一问什么,她就答什么。

"做手术留下的。"

十一顿了好久才道:"那您一定很疼。"

卫翊没料她会突然这样说,一时无言。整个房间很安静,十一扶着卫翊坐到床边后,又折回去将牛奶杯放在茶几上,用面纸吸干了毯子上的牛奶。一切收拾妥当后,十一没有立刻离开,还是卫翊催促道:"出去吧。"

"我……"十一咬了咬唇,"我可以留下来照顾您吗?"

见卫翊看过来,十一立刻解释道:"我只是想着万一您又像刚刚那样,我可以……"

"十一。"卫翊打断了她的话,"出去。"声音依旧平静,但添了冷意。

十一鼓起的勇气在她凉薄目光中逐渐消散,她低下头:"三小姐晚安。"

卫翊没再理会她。

十一打开房门走出去,看到门旁放着的生日礼物,便拿起礼物又折了回去,在卫翊不解的眼神下伸出手,将娃娃递了出去,小声道:"三小姐,生日快乐。"

生日快乐?小狗娃娃?

第八章 化妆

卫翙看着面前的十一,有种回到了小时候的错觉。那时候卫长远也会用这些小玩具哄她开心,可那是很久之前的事情了。

卫翙回过神来,道:"不用了,你带回去吧。"

许是今晚的卫翙实在过于好说话,又或许刚刚见过了她虚弱的样子,十一的胆子也不似以往那么小了,不仅没走,还硬着头皮问:"为什么?"

卫翙没发怒,只是轻笑:"十一,张妈没有教过你规矩吗?"

卫家的规矩:不准进三小姐的房间,不准近三小姐的身。

十一惊惶,她一晚上连破了两个规矩,现在,她还想破第三个。

卫翙见她没说话,缓了一口气,道:"出去吧。"

十一点头,头耷拉着往外走了两步,快走到门口时她又折回去,坚定地将布娃娃放了卫翙手上,认真而又郑重地道:"生日快乐。"

卫翙稍稍拢了拢眉。

十一抬头时脸已经涨红,她说道:"我没有父母,不知道自己的生日,以前婆婆都是在年十一给我过生日。我觉得过生日是一件特别特别好的事情,这一天应该收到特别好特别好的礼物。我没有什么钱,但是我想把心意传给您。我想祝您生日快乐,长命百岁。"

卫翙手上捏着装着娃娃的袋子,袋子发出"沙沙"的脆响。她抬眸,对上十一清亮的双眼,面前的孩子一张俏脸涨得通红,身体立得很正,双手紧张地抓紧裤子。

卫翙点点头:"谢谢。"

十一走后,卫翙起身换了睡衣,低头看到胸口处的伤疤,她拨开睡衣,原本还有遮挡的丑陋疤痕在灯光下无所遁形,暴露得清清楚楚,一道、两道……

卫翙耳边蓦地响起那孩子问的话。

疼吗?

手术做了很多次,病也发作了很多次,刚开始因为生病带来的惶恐和疼痛逐渐变成麻木,现在的她,一点儿都不疼。

她的手摸上胸口的位置,看到床头摆放着的娃娃,扣好睡衣,走过

去,将娃娃放在一旁的地上,闭上眼准备休息,眼前却一直浮现出那孩子赤诚的目光。卫翙翻坐起身,将娃娃从地上拿起来,打开了包装袋。

浅灰色的娃娃不大,抱在怀中刚刚好,随着娃娃一同被带出来的,还有一张卡片。卫翙低头将卡片捡起来,看到上面歪歪扭扭写了几个字——

祝三小姐,生日快乐。

字迹实在算不得好看,歪歪扭扭,宛如小学生写出来的,字迹落在精美的卡片上,有些格格不入。卫翙捏着卡片,唇角略微扬了扬,她打开床头柜,将卡片放了进去,转头看着娃娃。

狗的双眼黑溜溜的,就好像那孩子盯着自己一样。卫翙到底没那么决绝,还是将娃娃放在了床上。

夜里,卫翙是被风声惊醒的,窗外雨打风吹,窗户被敲得"砰砰"响。不知道是不是晚上没喝牛奶的缘故,她睡得不踏实,被吵醒两次后,她起身披上衣服站到窗户前。

楼下的路灯发出昏黄的光,雨水直直地落在地面上,砸起一圈又一圈涟漪。她看了几分钟,忽然见楼下出现了一个熟悉的身影。

那人身形瘦弱,穿着宽松的淡青色运动衣,正举着伞站在雨里疾步前行,身形一度被狂风吹歪,很快她又继续往前走。

卫翙秀眉微微拢起,那不是十一吗?这孩子夜里出去干什么?还是在这样的雨天。

她盯着那抹纤细的背影看了几秒,转身下楼,从门旁拿了一把黑色的雨伞出了门,走到大门口时已经看不到十一的身影了。

"人呢?"她清冷的嗓音划破黑暗。

"十一小姐去那边了。"面前保安指了指不远处的小道,"我陪您——"

卫翙冷冷地打断他:"不用。"

她说完,走出大门,顺着保安指的方向往前走。

第八章 化妆

这条小路鲜少有人经过，此刻是深夜，风雨交加的，更显得路上空寂。她往前走了几步，四周黑黢黢的，这条小路上又没有路灯，她手机的灯光也照得不远，走了约莫几分钟，都没有见到那抹纤细身影。卫翙忍不住高喊："十一？"

没人回应，只有雨水落在伞面上的声音，清清脆脆的。

卫翙举着伞又往前走了几步，正准备返身回去，却见一抹亮光从不远处的树下传来。她定睛一看，正是十一。

十一举着伞蹲在地上，背对着自己。卫翙眉头拢得更紧，她几步走过去，站在十一背后，唤道："十一。"

被叫到名字的人一声惊呼，差点跳起来！

卫翙没什么耐心，问道："你在这里做什么？"

她的声线太独特，十一立刻就听出来了，她不敢置信地回头，果然见卫翙撑着伞站在她背后。雨水打湿了卫翙的睡袍，衣摆湿漉漉的，整张脸隐在黑色的雨伞下，看不到喜怒，但是听声音不是很高兴。

十一不知道卫翙怎么出来了，但她还是诚实地回道："我出来有事。"

卫翙定定地看着她："什么事？"

十一稍稍让开了一点距离，卫翙看到她怀中正抱着一只狗。狗不算小，但是刚刚有雨伞和十一的遮挡，并没有被看到，现在一人一狗两双眼正一瞬不瞬地看着她。

卫翙顿了顿："哪儿来的？"

十一摇头："我不知道，路上捡的。"她说完，双手依旧抱着十二，不肯撒手的样子，"我本来今晚想问您，我能不能把它带回去的……"

十一的话没说完，卫翙忽然想到她送给自己的礼物，也是一只毛茸茸的狗娃娃。原来是这样。

卫翙反问："你觉得呢？"

不用觉得了，听到这话，十一就知道卫翙肯定不喜欢，她的头耷拉着，肩膀垮了下来。因为抱着狗，十一胸前的衣服已经被蹭得脏兮兮的，雨水砸下来，衣服黏腻地贴在身上，整个人看上去要多狼狈有多

狼狈。

卫翔不耐地转身:"回家。"

一双小手怯生生地抓住她的睡袍衣摆,卫翔低头,见十一一双眼亮晶晶的,自己的身上都被淋湿了,还撑着伞给狗遮挡着,雨水肆意地顺着她的发丝往下,沿着精致的轮廓悬在下巴处,一滴一滴往下落。

当初在王家,她也是用这个姿势,像这样抓着自己。卫翔冷漠地看着十一的双眼,两两相望,卫翔不自觉地将伞往她那边靠了靠,妥协道:"就今晚,明天就送走。"

十一默默松了手,却仍不肯放弃,清脆嗓音在这样的暗夜中格外清晰:"我想养它,可以吗?我就养在后院,我保证不会让它弄乱您的任何东西,我就想让它有个可以睡觉的地方,可以不用这样淋雨。求您……"

十一说完,卫翔抬眸看了一眼十二,经过雨水的冲刷,十二身上的毛色逐渐显露了出来。这狗是长毛的,毛色偏灰,此刻,狗正歪着头,伸着舌头,一双眼看看卫翔,又看看十一。

卫翔不知怎么就想到了那日十一歪头的模样,记忆里模糊的片段渐渐清晰,卫翔没有立刻反驳,只是道:"回去再说。"

十一知道不能再得寸进尺,转身将狗的绳子松开,举着伞牵着绳子,脸上藏不住的高兴。虽然卫翔没有直接同意自己养狗,但是也没有很坚定地拒绝,还是有机会的。

十一牵着十二跟在卫翔身后,两人一狗快步往卫家走去。

到了大门口,保安吓了一跳,立马打开了门。十一不敢带狗进客厅,只是站在门口说:"我把它牵到后院去。"

卫翔沉默了几秒,说:"进来吧。"

十一大胆地看了卫翔一眼。此刻有灯光,她清晰地看到卫翔的神色中没有不耐烦,没有冷漠,没有严厉,只是很平静地看着自己,她这才放心地牵着十二进了客厅。

十二很规矩,不似一般的狗到了陌生地方就可劲儿地撒欢,它乖乖巧巧地坐在十一旁边,十一走一步,它就跟着动一步。卫翔看着面前宛

第八章 化妆

如连体婴儿般的一人一狗，彻底没辙了。

"先去洗个热水澡。"她说着，抬了抬下巴，"给它也洗洗。"

虽然她没明说，但十一还是从她眼底看到了嫌弃。十一低头看了看自己，满身脏兮兮的泥巴，鞋子上的最明显，只站了一会儿，地板上就留了一圈水渍。这样的她，卫翙给进门就已经是恩赐了，现在还准许她带着狗洗澡，十一满心满眼都是感恩，她低头郑重地道："三小姐，谢谢您。"

卫翙启唇："去吧。"

十一这才带着十二上楼。

十一先放水给十二洗了澡，杂乱污脏的毛色在水和沐浴乳的作用下逐渐显露出原本的颜色，是很好看的淡灰色，因为毛长，十一给它洗完澡后，用吹风机吹了十来分钟才吹到半干，接着她将十二拴在床头，抱着新的睡衣去洗澡，从卫生间出来已经是半个小时之后的事情了。

十二正趴在床边，见她出来立刻站起身。高大的身体，漂亮的毛色，一双圆溜溜的眼睛，十一看着，忍不住揉着它的头，轻声唤："十二。"

十二"汪"的一声叫起来，十一立刻捂着它的嘴巴，食指放在唇边，示意它小声。

这个点，不知道三小姐睡着没有。

十一想到刚刚她抓着三小姐的衣摆时，三小姐看着自己的目光中没有凉薄，她还陪自己一起走在雨里。

她咬了咬唇，起身下楼，泡了一杯牛奶端着到了卫翙的门前，轻轻敲门："三小姐？"

卫翙今晚是注定难以入眠了，回来刚冲完澡准备睡下，就听到了敲门声还有十一的轻声呼唤。她眉头皱得很紧，是不是给这个孩子太多特例了，才让她现在如此大胆？

她冷着脸打开门，就见十一笑得腼腆，手上还端着一杯热牛奶，热气袅袅升起，她那双藏了星星的眼睛看向自己，说道："三小姐，刚刚谢谢您，喝杯牛奶再睡吧。"

卫翙把准备呵斥的话咽了回去，面前的十一脸上带着讨好的笑，小

心翼翼地,生怕被她拒绝一般。卫翔顿了几秒,从她手上端过牛奶,仰头喝下去。

又暖又甜腻的味道滑过嗓子,再开口,声音不再那么清寒:"狗安顿好了?"

十一连忙点头,期盼从她嘴里说出能把十二留下来的话,但卫翔看了她几眼,道:"我以前也养过一只狗。后来我把它送人了。"

十一握紧杯子,听到她说:"所以,我不会同意的,明天我会让柳婶送它出去。"

像是被判了死刑,十一的脸顷刻间失了血色,她低下头,眼前一片模糊,开口带了鼻音,道:"我知道了,三小姐。"

卫翔见她瘦弱的小肩膀微耸,垂下眼,往后退了一步,合上了门。

次日,卫翔原本说要送走十二,但她还没来得及吩咐就被裴天接走了,公司出了点事情。不知情的十一提心吊胆到半夜,顶着一双熊猫眼醒来。十二正在床边走来走去,似乎很焦躁,看到她醒来立刻上去缠着她,十一没养过狗也不知道它怎么了,自己去卫生间洗漱时才反应过来,十二可能是要上厕所,于是简单冲洗完就牵着十二下了楼。

她不敢让十二在院子里随便上厕所,一直到了墙根处,她才松开十二。柳婶跟在她身后喊:"小小姐。"

十一转头,以为她是来牵十二离开的,很不舍地说道:"三小姐有没有说送去哪里?"

柳婶一愣:"什么?"

十一咬了咬唇,道:"不是要送走狗狗吗?"

柳婶笑了笑:"没有,三小姐没有吩咐。"

十一不解地看着柳婶:"她真的没有说吗?"

是不是忘了?十一心怀小小的侥幸,听到柳婶道:"三小姐一早就被裴助理接走了,说是公司有急事。"

原来是这样,十一心中的侥幸破灭了。

柳婶看着十二,饶有兴趣地问道:"这狗是您养的?"

十一摇头:"这是捡到的。"

第八章 化妆

柳婶笑:"还是品种狗呢,小小姐运气真好。"

十一不太知道什么品种狗,听了柳婶的话,她笑了笑,没吭声。她运气一点都不好,没办法留下十二。

十二似乎察觉到她心情不好,用头在她的裤子上蹭了蹭,仰头伸着舌头,黑不溜秋的眼睛一直看着十一,模样乖乖巧巧的。十一看它这样,更加舍不得送它走,她抱着十二道:"我可以先把它拴在后院吗?"

柳婶点头:"当然可以,我帮您牵着。"

十一拽着绳子:"还是我牵着吧。"

十二跟在她身后进了后院,后院很大,有个很大的游泳池,绿油油的草坪,还有几条石道,石道两边种了好些树。十一之前来过这里,远远地看过几眼。

今天的天气和昨晚不同,晴空万里,阳光和煦,洒在身上添了暖意。十一走到后院最角落的树下,将十二拴在旁边,小声道:"你乖乖地待在这儿好吗?"

十二冲着她"汪汪"叫了两声,柳婶笑:"小小姐不用担心,我会照顾好它的。"

十一点头:"谢谢。"

柳婶一伸手:"我们回去吃早点吧。"

十一依依不舍看了十二一眼,一咬牙,跟在柳婶身后回了客厅。早点已经放在桌上了,虽然只有她一个人,但也很丰盛。十一边吃边想,昨晚卫翔倒下的时候,自己都没有力气扶着,要多吃点才行,多吃点,她就能长得更强壮,以后就能扶着卫翔不让她倒下了。

吃完早点,柳婶给她端来牛奶,十一喝完后闲着没事,又溜到了后院。十二正在啃骨头,十一没打扰它,独自坐在不远处的凳子上看着十二。昨夜卫翔的话在她脑中回荡,十一眼底的光一点点熄灭,她趴在桌子上,微微闭上了眼。

公司里,卫翔坐在会议室,面前的几个股东振振有词。

"空着一天就是浪费一天的钱,翻新可以节省资金,为什么我们还要重新建游乐场?"

"就是啊！卫总，先别说建游乐场能不能盈利，就说这成本，是不是过高了？"

"翻新多好。"

卫翙看向这些老头，平时他们光等着吃红利，很少管公司的事情，她的决策也没有遭过如此强烈的反对，今天这一出，不用想，肯定是有人在背后搞事情。看来洛洲平没办法和沈浩合作，就打起了这些老家伙的主意，偏偏还真让他找准了，这些人光想着赚钱，又舍不得投资。

"卫总，这方案可不是你一个人说了算的，我们现在都觉得翻新比较好。"

洛洲平笑着打圆场："各位别着急，坐下慢慢说，卫总到底年纪小，考虑不周全，大家给她点时间好好想想。"

他话音刚落，裴天凑到卫翙身边轻声道："三小姐，沈总说有事，来不了了。"

卫翙点头："知道了。"

她听洛洲平和几个股东唱完双簧，启唇道："这样吧，投票决定。不过今天沈总没空，等下次董事会投票决定，大家意下如何？"

几个董事看向洛洲平，面面相觑。

洛洲平一副笑面虎的样子："当然好，你们觉得呢？"

"也可以。"

"那就等下次董事会。"

卫翙点头："散会。"

洛洲平带着股东离开后，卫翙的脸色彻底冷下来，裴天站在她旁边道："洛副总似乎笼络了不少股东。"

他以前跟卫长远争卫天集团时，就开始不断地拉拢关系了。那时候有老爷子坐镇，股东们都不会向着他，可今时不同往日，卫翙毕竟刚上任没几年，年纪又小，在他们看来，做事始终不够严谨成熟。最重要的是，她还是个女人，哪怕她已经创下不俗成绩，在很多人眼里，她也不过如此，这才是导致不少股东倒戈的真正原因。

卫翙问道："沈浩在哪儿？"

裴天低头："他说……"他看了一眼卫翙紧绷的侧脸，硬着头皮道，

第八章 化妆

"他说，在酒店等您。"

这是在威胁她。

卫翙点头："杜家那边约好了吗？"

裴天道："安排好了，杜老爷子刚回来，知道您要过去，还很高兴呢。"

卫翙和杜月明同岁，小时候也经常互相串门。那时杜家和卫家关系不错，她小时候没少给杜老爷子端茶递水，刚上任那阵子她还亲自拜访过杜老爷子，很得老爷子欢心。不过现在杜家掌权的已经不是老爷子了，很多事情都是杜月寒在把持。

卫翙站起身，说道："既然老爷子高兴，那就提前过去吧。"

裴天不解："现在吗？"

卫翙点头，洛洲平和股东已经在逼她做决定，而沈浩那边随时可能倒戈，她懒得和沈浩周旋，所以只能先从杜家下手，她边走边道："备车。"

裴天打了电话给司机，又询问道："直接去杜家吗？"

卫翙想了几秒，道："先回家。"

到了卫家，卫翙没有在客厅和房间找到十一，柳婶告诉她十一在后院。卫翙想到十一昨天牵回来那只狗，便吩咐裴天去书房拿些资料，自己则往后院走去。

还没走近，卫翙就听到了笑声。

卫翙站定，看着不远处的十一正抱着狗，脸上洋溢着满足的笑容。这是卫翙从没见过的一面，在她的印象里，十一从来都是胆小懦弱的，怯生生的，小心翼翼的，没料到这孩子也会这样放声大笑，会笑得如此开怀，面如桃花。

她只觉得眼前一亮，半晌没挪开眼，就这么静静地看着。十一察觉到身后有异样，转过头，见卫翙在，她立刻敛起笑容迅速起身，站得笔直。

身边的十二不知道她为什么突然就不和自己玩了，用舌头舔着十一的手，爪子扒了扒十一的鞋子。

十一往前走了两步，道："三小姐。"

卫翙见她没了刚刚明媚的笑，恢复了规矩的站姿，一副低眉顺眼的模样，道："回去换身衣服，和我出去一趟。"

十一不敢多问,没有迟疑地跟在卫翔身后,快出后院时,她悄悄往后看了一眼。卫翔走在她旁边,将她的小举动瞧得清清楚楚,启唇:"很喜欢狗?"

听到卫翔的声音,十一抬头,对上卫翔稍显清冷的目光,她咬了咬唇,道:"也不是。就是觉得,我和它很像,都是没家的人。"她说完,低着头,神色落寞,双眼黯淡无光。

卫翔不知道她在想什么,只是听了她的话后有片刻不舒服,不由得转头看了十二一眼,见那条狗正歪着头看向这边,一双眼睛乌溜溜地转。卫翔垂下眼,带着十一往里走。

回到客厅,十一上楼换衣服化妆,昨天卫翔教她的化妆手法她还记得,上妆不难,难的是要记住那么多瓶瓶罐罐,还不能用错。折腾了约莫半小时,十一才下楼,卫翔坐在沙发上,见她化了淡妆后,五官更显俏丽,明眸善睐,唇红齿白。

十一穿着浅色长裙,细看,和卫翔身上的衣服颜色一致,两人站在一起,宛然一道亮丽的风景线。裴天看着十一,刚进卫家时还缩着肩膀说话弱气的女孩,此刻挺直了腰板站在卫翔身边,除了身板依旧瘦弱,气质还不够出众外,其他看着倒是挑不出问题了,尤其是这张脸,端正精细,很是漂亮。

"车备好了吗?"卫翔清冷的嗓音打断了裴天的思绪,裴天回道:"都准备好了。"

卫翔看了十一一眼:"上车。"

十一踩着平底鞋跟在她身后,上车没多久,卫翔就靠在椅背上开始闭目养神。昨晚没休息好,她眼下有淡淡的黑眼圈,十一没打扰她,依旧靠在车窗边,也不似现在的年轻人喜欢抱着手机玩儿,就这么定定地看着窗外,一声不吭。

卫翔睁眼便见十一的侧脸对着自己,双目微微失神,不知在想什么。想到十一那双黯淡无光的眼,和她轻声说那狗和她一样无家可归时的样子,卫翔皱了皱眉,重新闭眼时,说道:"你想养就养吧。"

耳边乍然响起声音,十一愣了几秒,听清楚卫翔说的话后,她立刻

第八章 化妆

转头，原本失神的双目添了光彩，晶亮璀璨，似有水波荡漾，她激动地追问："三小姐，您真的同意了吗？"

卫翊依旧双手环胸，神色冷冷的："嗯，管好就行。"

十一连连点头："我会管好的！"她激动得想去抓卫翊的手臂，手伸到半空又觉得不妥，便缓缓缩了回来，声音带着笑意道，"三小姐，您真好。"

听到这句话，裴天狐疑地看了一眼后视镜，方向盘差点打歪了。

杜家宅子和卫家相距并不远，开车也就一刻钟的路程，卫翊闭上眼，刚休息没多久，就听裴天说道："三小姐，到了。"

大门打开，黑色轿车缓缓开进去，裴天下车后打开后车门，卫翊踩着高跟鞋下车，杜家的管家立在她身侧，恭敬地道："卫总，里面请。"

卫翊微微点头，看了一眼十一和裴天，往里走去。

客厅很大，装修奢华，和卫家冷清的感觉不同，这里处处彰显着富贵感。进了玄关，一眼看到一台电视机占了半个墙壁，此刻正在播放综艺节目，客厅里满是电视机里传来的欢笑声。

十一跟在卫翊身后，听到她对沙发上的人道："杜爷爷。"

沙发上的人转过头，只见已是两鬓微白，额头的皱纹深深浅浅，虽然保养得很好，但依旧看出苍老的年迈感。

他笑道："三儿来了？"声音洪亮，笑起来很是和蔼。

卫翊往前走了两步，见杜老爷子站起身，她启唇："杜爷爷身体可还好？"

"老啦。"杜老爷子摆摆手，"不中用了，来找月寒的吧？去把月寒叫出来。"

管家点头："好的，老爷。"

杜老爷子笑眯眯地看着卫翊："这都两年没见了，你这孩子是越长越俊俏了。"他说完向卫翊身后的女孩，"这个小朋友是？"

卫翊见拐角处杜月寒已经露出半个身影，她笑着拉过十一，对杜老爷子道："这是卫家新来的小朋友。"

第九章
杜家

卫家和沈家一直牵扯不断，之前卫长远还在世时两家走动频繁，要不也不会有卫翙和沈浩定娃娃亲的事情。纵然卫长远去世后，卫天由卫翙一手把持，和沈家也断得七七八八，但在外人看来，两家依旧关系匪浅，所以这么多年，杜家始终是局外人。

之前，卫翙不在乎外界的目光，也不在乎是不是和杜家合作，因为她能处理好所有的事情。但是洛洲平回国打破了这个平衡，让她不得不借助杜家的势力。

她知道杜家的心结是什么，自从烂尾楼项目沈家横插了一脚后，不少人说这是沈家给卫家的聘礼，是想向她示好，甚至还传出她和沈浩即将要订婚的话，这消息是谁传出来的，不言而喻。她知道这趟来杜家没诚意可不行，所以她带来了十一。

她明明白白地告诉所有人，在她之后，卫天集团始终是卫家人的。

聪明如杜月寒，岂会不懂卫翙的意思？他笑着走进客厅，到底年长卫翙十岁，加上一身西装革履，看起来十分成熟："卫总，好久不见。"

两人上次见面还是在年节的宴会上，一晃又是一年。

卫翙颔首："杜总。"

第九章 杜家

杜老爷子扭扭腰:"哎呀,我这个身体真是一年不如一年了,老了,坐一会儿就想动动。你们聊,我出去走走。"他说着,看向十一,"小朋友,不介意陪我这个老人逛逛吧?"

十一原本因为被卫翙牵着,脑子嗡嗡的,现在听到老爷子的话,一时没反应过来,就这么傻傻地看着他。

卫翙紧了紧她的手,笑道:"当然不介意。十一,你陪杜爷爷到附近走走。"她说着,用眼神示意十一跟在杜老爷子身边。

十一对上她的眼,紊乱的心跳奇异地平静下来。那双眼仿佛有镇定效果,让她能短暂地忘了身份,忘了规矩,她小声道:"杜,杜先生。"

"诶——"杜老爷子笑道,"那么生疏做什么,三儿叫我'爷爷',你也叫我'爷爷'吧。"

十一瞥了卫翙一眼,见她轻轻点头,内心更加平静,乖巧地叫:"杜爷爷。"声音清清脆脆的,宛如出谷的黄莺,悦耳动人。

杜老爷子很满意:"人我带走了。你们聊完再过来。"

十一见卫翙目光平静,微微点头,会意道:"杜爷爷,我陪您出去走走吧。"

"这孩子。"杜老爷子笑呵呵的,"真乖。月明要是有你一半,我就开心咯。"

月明?这个名字怎么如此熟悉?十一陪老爷子走到门口才想到,之前在宴会上和她搭话的人,好像就叫杜月明。

难道她就是——

"爷爷!"

十一刚理清关系,就听到有声音传来。她抬头,见几米外,一个女人身着风衣,戴着墨镜,挎着米黄色的包,踩着七八厘米的高跟鞋走了过来,长发被风扬起,露出妆容精致的五官,明艳张扬。

杜月明下车后就看到老爷子身边站着个小姑娘,长相娇俏,乖乖巧巧的,正是她那日在沈家宴会上见过的十一。她快步上前,将包递给管家,站在老爷子面前笑道:"好巧啊,你怎么来我家了?"

老爷子看着两人："你们认识？"

杜月明对老爷子说："上次沈家宴会，卫总带她去的。"说着，她冲十一眨眨眼，道，"是吧，十一？我们还聊了好久呢。"

十一对上她热情的目光，笑了笑："嗯。"

老爷子看到杜月明这样，来了脾气："行了，别把外面那套拿到家里来，既然知道是三儿带来的人，你就给我好好招待。整天疯疯癫癫没个正形，也不知道什么时候能成事。你看看人家三儿，都接手卫天这么些年了，什么大问题都没有，公司还……"

杜月明背地里翻了个白眼，搂着老爷子撒娇："哎哟爷爷，我这不是有哥哥嘛，您再说，我的耳朵都要起茧子了。"

老爷子对她是又爱又恨，摇摇头，一副没辙的样子。

杜家从他这辈起就想要个女孩，但是他只有三个兄弟，后来他生了杜月明的爸爸，之后又是几个兄弟，到了杜月明这一代，一家子都有了执念，就想要个软绵绵的小姑娘。杜月明出生后，可算是众星捧月，杜家是含在嘴里怕化了，捧在手里怕摔了。因为杜月明和卫翔同岁，在家里的地位也相同，当初还有人戏言，说他们杜家和卫家可算是"花开并蒂"。

杜月明从小到大就没受过委屈，要什么家里给什么，就是她想要天上的星星，家里人也会想方设法让她得到，结果把她养成了一副玩世不恭的样子。整个杜家都拿她没办法，索性也就随她去了，只要她觉得开心，那便够了。人生在世几十年，不就图个开心吗？

不过心里虽然这么想，但是看到别人家的孩子个个独立，甚至能撑起家业，还是不免难受，所以老爷子跟着儿子媳妇搬去了国外，希望杜月明自己一个人可以踏实一些。

可这孩子却始终没个定性，所以老爷子见到杜月明，是气不打一处来，但又舍不得责备，最后摆摆手："不管你了。"

杜月明不肯罢休地缠着他："爷爷。"

"说不管你就是不管你。"他说着气恼话。

"管嘛管嘛，我明儿就去哥哥的公司。"

第九章 杜家

十一看着杜月明和老爷子的相处模式，不免有些羡慕，这才是家人该有的样子，多好啊！不知道三小姐，会不会也对家里人撒娇？

可她好像没见过卫家的其他人。

两人陪着老爷子在花园逛了一圈，老爷子想休息，就让杜月明继续陪着十一走走。十一原本是想陪着老爷子的，没料杜月明一把拉住她的手腕："走，带你去那边看看。"

十一对老爷子抱歉地笑笑，跟着杜月明去了花坛的另一边。十一没看到什么新奇的，正疑惑着，听到杜月明问："三小姐真把你留在卫家啦？"

见杜月明一脸期待加八卦，十一张了张口，没回答。

杜月明拍拍她的肩膀："姐妹，这不是我一个人想知道的问题，这是所有人都想知道的！"她说着，拿出了手机。

十一见到她手机屏幕上正在不断跳着信息，她眼尖地看到了"三小姐"的字眼。见杜月明还看着自己，十一摇头："我不知道。"

杜月明皱皱秀眉："不知道？我懂了，那就是没有。"

十一听不得别人说三小姐的闲话，忙道："不是！"

杜月明点头："就是。"

十一不知道怎么解释，索性低下头，不理会杜月明。

杜月明见把她逗生气了，便笑道："对了，上次让你给我联系方式，你还没给我呢，有空一起出来玩啊，三小姐不会门都不让你出吧？"

杜月明纯粹是为了满足自己的好奇心，那尊佛平日里是什么样的，可是她们这个圈子里每天都在八卦的事情，现在有幸请到卫翔身边的人，还不得扒拉清楚了。

十一不太会拒绝人，况且对方还是杜月明，她虽然不聪明，但还看得出来，今天三小姐来杜家是有要事，自己万万不能得罪杜月明。思及此，她从手提包里拿出手机。

杜月明问："号码是多少？"

十一摇头："我不知道。"

杜月明看了她一眼，拿过她的手机，输入一行数字然后拨出，音乐

声随之响起。她对十一道:"这是我的号码,以后有空找你玩啊。"

十一:"嗯。"

杜月明又问:"微信呢,有吗?"

十一又摇头,低头看着手机,杜月明指着屏幕上一个图标说:"就这个,点开。"

十一听话地点开微信,输入号码,折腾了好一阵子才登上微信。

杜月明笑着说:"你怎么和远古人一样,穿越过来的吗?"

直白的话让十一有些不好意思,一张俏颜微红,杜月明看她如此表情,心里啧啧两声。她帮十一摆弄好后,对十一道:"拉你进个群,都是我的姐妹。"

十一低低地"嗯"了一声,见屏幕跳转了下,似乎进入了某个群,然后便看到一阵鲜花图案——

"哟,来小妹妹了啊?"

"是月明新认识的?"

"小妹妹,说句话。"

"什么小妹妹,没准人家比我们大呢?"

"那就是小姐姐咯!"

十一捏着手机不知道怎么回复,她有些懵懂地看着杜月明,见对方拿过自己手机,噼里啪啦地打了字发送出去,接着将手机塞给她。十一低头,看见了刚刚发送出去的消息——

"你们好,我是卫翙的朋友。"

"小妹妹,给你机会再说一遍,你是谁的朋友?"

"怎么又来一个想抱卫翙大腿的?"

"月明,这小姑娘哪儿来的,一点不懂规矩,排队不知道吗?"

"……………"

十一看字没那么快,消息却一条接着一条地刷上来,她看了上一条刚准备回复,字才打好,她们已经聊到下一个问题了。半晌,她举着手机,看向杜月明。

身边的杜月明看着她纠结的小脸,不由发笑:"十一啊,你真的不是穿越过来的吗?"

手机不会用,打字也这么慢,真的不符合常理!

十一咬了咬唇,说道:"以前没用过手机。"

杜月明惊讶:"为什么?"

十一低下头:"很穷,买不起。"

杜月明挂着笑的嘴角顿住,她没想到是这个原因。在她的世界里,从来没有为钱发愁过,就连她的朋友也都是差不多的家世,她还真没有接触过穷到买不起手机的人。

这要是搁平时有人这么和她说,杜月明肯定以为别人在和她开玩笑,但面前站着的是十一,她觉得,十一没有说谎。

"你……"为什么没钱?家里人呢?

各种话在舌尖绕了绕,却发现哪句都不太妥当,杜月明索性岔开了话题,说:"你现在会用就好。刚用手机都这样,不习惯,慢慢就会了。有什么不懂的你就问我,很简单的。"

她说着,有些别扭地拿起了自己的手机,也不知道自己在说什么,从来都没心没肺的她什么时候这么会安慰人了?

杜月明说完正觉得尴尬,见群里还在因为十一那句话七嘴八舌地乱说话。这群姐妹平时八卦惯了,见有人自称是卫翊的朋友,自然立马就沸腾了。

杜月明打字——

"瞎闹什么!她真的是卫总的朋友!"

群里肉眼可见地安静了下来,接着又是前所未有的热闹,就连平时不说话的几个小姐妹都撒起欢来——

"你说什么?"

"我才不相信!"

"月明一天不骗我就不舒服。"

杜月明看着群里这些小姐妹不相信的样子,不由失望地摇摇头,原本她还想让她们帮自己问更多的八卦出来呢。

十一有些担心地看着群里的消息,虽然在大家看起来,卫翊和她是

有关系的,但是自己知道和传播出去是不一样的,她怕消息散出去,自己这样的身份,会对卫翔的名声有损,所以拽着杜月明的手臂道:"杜小姐,我还是退了这个群吧。"

杜月明以为她不高兴了,立马安抚道:"没事儿,她们就是闹惯了,等会儿我和她们说说。"

"不是——"十一的话还没说完,就听到有人叫自己:"十一。"

声音清冷,一听就知道是卫翔。果然,她转过头,见卫翔正看着自己。她走过去,乖巧地低头:"三小姐。"

"晚上一起吃个饭吧。"卫翔身边的杜月寒说,"爷爷也很久没见你了,不要扫了老人家的兴。"

两人刚刚已经商量好了烂尾楼的后续合作事宜,杜家决定出手,所以卫翔现在的心情不错,听到他的话,略微点头:"那就麻烦杜总了。"

杜月寒俊秀的脸上带着笑,对卫翔道:"不麻烦,那我先去爷爷那边。"他说着看向杜月明,"你跟我来。"

和刚刚对卫翔的态度不同,他看着杜月明,板起脸来,颇为严厉。杜月明从小不怕爹不怕娘,就怕两个哥哥,现在看到他如此模样,头皮发麻,道:"来就来,这么凶做什么!"

"你刚刚和客人聊什么?"

"没有啊,就闲聊,那个十一啊,我朋……"

断断续续的聊天声传来,卫翔侧头看了一眼,没吭声。她知道杜月明的为人,以前上学的时候就爱和人聊八卦,还建了一个姐妹群,甚至想拉她进去,被她冷脸拒绝几次后才收敛了些。

她难得主动开口:"刚刚聊什么?"

十一没料她会主动问,思绪纷乱,仰头看着卫翔,对上她清冷的双目,十一咬了咬唇,道:"没什么。"刚说完,手里捏着的手机还不断传来振动声,应该是群里正在聊天,她小声道:"三小姐,刚刚杜小姐说了些话。"

卫翔略微点头,迎风站着,长发被吹起,露出白净的额头和漂亮脸蛋,侧脸却冷淡:"说什么了?"

十一站在她身侧,想了会儿,还是将杜月明刚刚做的事情说了一遍,末了道:"对不起,我不知道她……"

一切发生得太快,她根本来不及阻止。

卫翙听完后,唇角扬起漂亮的弧度。她笑起来时嘴角微微扬起,笑容很浅,完全不似刚刚杜月明那样肆意张扬。

十一看着卫翙这样的表情,更加不知所措,她盯着卫翙,只听到对方说道:"不碍事。"

卫翙既然带十一去了沈家的宴会,如今又带来了杜家,就说明她是有心想让人知道十一的存在的,也根本不会担心别人说什么。见这孩子因为这小事纠结,耿耿于怀,卫翙继续道:"如果你介意,我以后少带你出来。"

"我不介意。"十一立马回她,说完才有些面红地低头,"我只是怕自己给您惹麻烦。"

卫翙轻轻拢眉,摇了摇头,顿了几秒,开口道:"没事。"

十一乖巧地"哦"了一声,终于卸掉了心里的重担。

晚饭是在杜家吃的,杜家人俨然给了她和三小姐同等待遇,饭桌上对她照顾周到。杜月明虽和卫翙是同龄人,却偏偏没话聊,吃饭也只顾着找十一说话。

"周末呢?你周末干什么?"

"我……没什么事。"

"来玩啊,我和你说,我最近找……"

卫翙坐在十一旁边,原本正在和杜月寒商量烂尾楼的事情,听到杜月明絮絮叨叨的声音从身侧传来,她略微分了神,半响没开口,还是杜月寒喊道:"卫总?"

卫翙抬眸:"嗯,杜总说的我都记下了,回头让裴天给你送来。"

杜月寒笑道:"那就麻烦卫总了。"

一顿饭宾主尽欢,快结束时,十一看到管家匆匆进了客厅,在杜月

明耳边轻声嘀咕了几句,接着杜月明站起身,道:"又不吃?"满眼不高兴。

杜老爷子呵斥:"月明,干什么呢?这么没有规矩!"

杜月明没了下午的高兴样子,一脸沮丧:"爷爷,我的丝丝又不吃饭了。"她冲众人点点头,"不好意思,我出去一趟。"

杜老爷子顿了几秒,朝管家挥挥手,接着对卫翙道:"三儿啊,让你看笑话了,月明这孩子就是没规矩。"

卫翙摇头笑笑:"没关系。"

直到离开杜家,十一都没有再见到杜月明。她跟在卫翙身后上了车,一路无话。快到卫家时,十一的手机传来振动,她看了一眼卫翙,悄悄打开手机,见是杜月明发来的消息——

"你们走了?"

十一微微侧头,想了会儿,慢慢回复——

"我回家了。"

"这么早啊!"

十一垂眼,想到离开前杜月明匆匆离开的背影,打字——

"您还好吗?"

"不太好。"

"怎么了?"

"也没什么,不说了,周末有空出来吗?"

话题又绕了回来,十一下意识地看向卫翙,正对上她看过来的目光,清冷的眸子让十一立马自动交代:"是杜小姐发来的。"

卫翙神色冷冷的,声音也添了寒意:"她又有什么事?"

十一不假思索地将手机递给卫翙,满眼的信任,卫翙看了一眼就推开了她的手机,问:"想去?"

"不想。"十一没有丝毫迟疑地回她。

卫翙皱了皱眉:"为什么?"

十一关上手机,轻声道:"因为我不想给您带来任何麻烦。"

她现在的一切都是卫翙给的,杜月明约她出去,她也知道是因为卫

第九章 杜家

翔，所以她才不想。

卫翔没料到是这个原因，一双美目微微失神，几秒后才说道："你不需要有这种困扰。"

十一抬头看着她的侧脸。车内很暗，车窗外的路灯照进车里，摇曳不定，她听到卫翔嗓音稍低地道："如果想交朋友，你随时可以交。"

十一小脸有些茫然："您的意思是，我可以去吗？"

卫翔转头看着十一，墨黑瞳孔在暗色下更显清亮，她道："我的意思是，你是个独立的人，我不会干涉你的自由，去或者不去，你自己拿主意。"

车里陷入沉默。

十一认真思考了很久，下车时才对卫翔郑重道："想清楚了，三小姐，谢谢您。"

卫翔盯着面前低着头的十一，问："去吗？"

"我——"

卫翔打断了她："算了，不用告诉我。"

十一默了默。

周末，十一并没有出门，倒不是她不想交杜月明这个朋友，只是她现在寄人篱下，什么都依附于卫翔，如果有一天她从卫家离开了，杜月明还愿意和她做朋友，她不会抗拒的，但现在不行，她还没那个能力交杜月明这样的朋友。

她不出来，杜月明就不高兴地在群里使劲喊她——

"@十一，来嘛！那人看你看得这么紧吗？你是故意疏远我们的吧？"

群里的小姐妹立刻附和——

"就是就是！"

"小妹妹，出来玩啊！"

"十一是吧？卫翔平时温柔吗？"

几天的时间，她们俨然把十一变了八卦生产机。听说杜月明约了十一周末出来，这群人一个都没少，全来了。

杜月明正看着手机,身边的小姐妹穿着性感,戳着她的手臂:"来不来啊?"

杜月明摇头:"估计不来。"

"什么来历啊?这么大架子。"说话的女孩微微不高兴了,她旁边穿红衣服的女人看了一眼道:"我知道是什么来历。听说以前是王家的用人。"

"你疯了吧?"

"什么鬼!"

"卫翙怎么可能把一个用人带在身边……"

各种声音传来,杜月明有些不高兴,她呵斥道:"都别吵了。"

十一是她拉进群里的,算是得到了她的认可,这些人现在这样讨论,无疑是让杜月明下不来台,明面上大家都是差不多的家世,但实际上,杜家的势力是远远超过其他人的,所以她们平日里喜欢和杜月明在一起,除了喜欢这个朋友外,更多的是想要巴结杜月明,现在看到她不高兴,众人都有些悻悻的:"乱说什么呢,怎么可能是用人?"

"就算是用人又怎么了?"被指责的女人撇撇嘴,冷哼。

杜月明顿时觉得十一不来这里是对的,她这些狐朋狗友,会让十一沾染上不好的习气,所以她没犹豫,直接给十一单独发了消息——

"算了,不来就不来了。"

十一收到杜月明的消息时正准备去后院,手机上的消息跳出来,她看后有些心慌,半晌回复——

"对不起,您是生气了吗?"

看到这条信息,杜月明仿佛能想象十一在自己面前怯生生说话的样子。她起了逗弄的心思,唇角笑意加深——

"如果我说是,你来吗?"

十一很诚实——

"谢谢您,杜小姐,但是我现在还没能力交您这个朋友。"

这么老实啊!杜月明交朋友还从没想过身份的问题,她身边的人哪个不是巴结她的,像十一这样的,还真是头一回。

第九章 杜家

交朋友还要看有没有能力，你这么封建呢？

十一拢了拢眉，没回复。

杜月明看着自己发出去的消息，想到十一不经逗的样子，她隔了几分钟又发了消息——

"没生气，刚刚逗你玩呢，真觉得愧疚，下次约我啊。"

十一再次收到她的消息，缓缓松了一口气，笑了笑。

身后传来柳婶的声音："小小姐，裴助理来了。"

她转过头，裴天西装革履地站在她身后，他戴了金丝框眼镜，长相颇为俊秀，唇角噙着笑，彬彬有礼。十一觉得自己很奇怪，明明裴天和众人打招呼时总是带着微笑，对任何人都格外有礼，但她总觉得裴天是那种凉薄的人。而在大家心目中冷冰冰的三小姐，在她眼里反而格外的有温度。譬如今天，说好不会管她和十二的三小姐，还是抽空让裴天送她带十二去打针。

"十一小姐，可以走了吗？"裴天看向十一和那只洗干净了正摇着尾巴的大狗。

十一解开拴在树上的绳子，对裴天道："可以了。"

裴天伸手："我帮您。"

十一摇头："不用，我自己牵着就行。"

裴天没有坚持，他笑笑便转身往大门口走去。今天开的车不是卫翔常用的那辆，换了一辆灰色的轿车，十一对车的型号和款式都不太懂，她只是觉得这个车的空间更大一点。

上车后，十二乖巧地趴在她脚边。它其实并不胖，但是毛又长又多，就显得臃肿，此刻匍匐在她脚边，缩成一团，说不出的讨喜和可爱。十一揉了揉它的头，满眼都是笑意。

很快到了宠物店，裴天跟在十一身后进去，前台看了一眼裴天，愣了几秒道："裴助理？"

十一没料到他们是认识的，她见到裴天略微点头，问："赵医生在吗？"

前台摇头："赵医生今天休息，今天是陈医生在。"她说完，看向

十一和那只狗,问,"卫总又养狗了?"

裴天睨了她一眼,没回话,前台很识趣地转移了话题:"先来缴费吧,狗有什么问题?"

"没什么问题,做个详细检查。"裴天说完看向十一,"我先去缴费,你在这儿等会儿。"

十一点头:"好。"

她看着裴天跟在前台身后离开大厅,手中牵着的十二突然站起身,直直地往里走。十一没在意,差点被它拉得跌倒,快走两步,稳住身形后才喊道:"十二!"

在家里乖巧无比的十二在这里反倒不听话了,仍旧往前冲,十一的力气没那么大,被硬拽了几步才呵斥道:"十二!"

似乎察觉到她不高兴,十二停下脚步,乖乖地往回走,但是抬头看十一的小眼神说不出的可怜。十一正准备说话,就听到身后传来声音:"丝丝?"

十一转头,见到身后的男人穿着白大褂,留着板寸头,年纪不大,笑起来很阳光。他见十一转头,先开口:"你好。"

"你……你好。"十一握住他伸过来的手。

男人蹲下身体:"这是丝丝吧,都好久没见了,杜小姐呢?"

十一听到他的话有片刻茫然,眨眼道:"什么杜小姐?"

男人见她不解,也愣住了:"这不是杜小姐的狗吗?"

因为十一没来,杜月明就和小姐妹在酒吧里畅快地玩,刚喝了几杯就听到手机响,她身边的小姐妹推她:"月明,接电话。"

杜月明放下杯子看了一眼屏幕,口齿不清地接起电话:"陈医生啊。"

电话那端叽里咕噜地说了一大堆,她脑子自动过滤掉废话,只剩下一句,她重复道:"是丝丝吗?"

电话那端给了她肯定的答复,杜月明终于有了两分清醒:"我马上过来。"

身边的小姐妹看她接了电话就要走,纷纷道:"去哪儿啊,月明?"

第九章 杜家

杜月咬咬牙："去抓盗狗贼！"

"盗狗贼？丝丝找到了？"

杜月明的狗三个月前不见了，她的用人不敢告诉她实话，就买了一只一模一样的狗放在家里。当时杜月明还在国外度假，回来后就发现不对劲了，用人这才大着胆子告诉她丝丝被人偷了。她气急了，立刻让人去找，但找了两个月都没找到，她现在养着的这条狗还是小姐妹们一起送她的。

杜月明想到刚刚电话里的消息，不想多耽搁，说道："你们继续，我出去一趟。"

"要不要我们陪你？"

杜月明挥手："算了，不用。"

她出门招来司机，报出一个地址后就靠在后座椅背上，头还有些昏昏的。刚才喝了几杯酒，她有点上头，按着太阳穴，看着窗外疾驰而过的风景，满脑子想着她的丝丝。都三个月了，也不知道是胖了还是瘦了，正想给陈医生打电话，司机说道："小姐，到了。"

杜月明踩着高跟鞋下车，怒气冲冲地走进宠物店，推门就喊："谁偷了我的丝丝？"

拔高的声音从门口传来，十一抬头看去，果然见杜月明站在门口。

杜月明往里看，正对上十一清亮的双眼，表情带着几分迷茫，她愕然道："十一？你怎么在这儿？"

陈医生笑着接话："就是这位小姐'偷'了你的丝丝。"

杜月明下意识反驳："不可能。"

也说不上来为什么如此信任，她就是觉得十一不是那种人。十一听到她脱口而出的话，心生感慨，以前主人家里丢了任何东西，其他人都会说肯定是十一拿的，久而久之，她就成了众人眼里的惯偷，明明很多东西是她们私下变卖了，但一旦追究起来，就都由她背了锅。这么久了，除了三小姐，杜月明是第二个如此相信她的人。

十一突然觉得，这个朋友，她想交。

她冲杜月明笑了笑，道："杜小姐，十二……丝丝是我捡到的。"

杜月明听到她的话，酒也醒得差不多了，点点头，问："到底怎么回事啊？"

十一将前因后果简单说了说，一直坐在十一身边的裴天猛地站起身，说道："三小姐来了。"

第十章
打算

卫翔是裴天通知的,最近卫翔为了烂尾楼的事情和杜家来往频繁,他不希望发生任何一个意外,所以才通知了卫翔。

十一见到门口出现的人,恍了恍神,很快反应过来,走到她身边唤道:"三小姐。"

卫翔刚从车上下来,身后寒风呼啸,连带她的嗓音都添了冷意:"怎么回事?"

十一低声道:"十二是杜小姐养的狗。"

卫翔的眉头轻轻皱起,看向远处站在一起的杜月寒和穿着白大褂的医生,还有立在一边的裴天。她的眼神太过锐利,杜月明首先败下阵来,主动招认:"一场误会而已。"

医生虽然不知道卫翔的来历,但看她气势非同一般,当即附和:"对对对,都是误会。我先给丝丝做检查吧。"承受不了如此压抑的气氛,医生牵着狗对杜月明说,"你们在外面等。"

杜月明点头,前台很快领着他们去了后面的休息室。

休息室很大,前台给众人各自倒了一杯温水,卫翔没接,只是坐在沙发上对十一道:"既然是误会,那就把狗还给杜小姐吧。"

十一仰起头,双手捧着杯子,笑道:"好啊。"

语气没有任何不舍,只是眼底有些落寞。卫翊想到那日晚上下着暴雨,她溜出门,就为了给那只狗挡雨,沉默下来,没再说话。

杜月明凑过来:"十一,谢谢你啊。"

她喝了不少酒,刚来的时候还晕着,现在才差不多清醒了。

十一闻言摇头:"没事。"

"那不行,该谢还是要谢的,这样吧,就当我欠你一个人情,以后有事你找我。"

"杜小姐,我——"

"那就先谢过杜小姐了。"十一的声音被卫翊打断,"十一,谢谢杜小姐。"

十一有些疑惑地看着她,但还是顺从地接下了话:"谢谢杜小姐。"

杜月明笑道:"别客气。"

几个人干坐在休息室里,十一怕耽误卫翊的工作,主动说:"三小姐,要不您先去公司吧?这里也没什么事,我自己回去也可以。"

"那怎么行?我送你啊。"杜月明插话,"反正你等会儿也没事,我们可以逛一逛再回去,你说呢?"

这话听着,俨然是把她当朋友了。十一不似初识时那么抗拒,轻声道:"会不会太麻烦你了?"

杜月明摆手:"完全不麻烦。"

听着两人交流,卫翊侧头看了一眼十一,见她和别人说话时如同正常的孩子般,谈笑举止不似之前那样唯唯诺诺,姿态放开了,也大气了。卫翊垂了眼,也没说离开。

卫翊不走,十一也不敢赶她。很快,医生就牵着十二敲了敲门,他对杜月明吩咐了一些事情后说道:"这次别再弄丢了。"

杜月明搂着狗的脖子,说不出的喜欢,语气甜腻:"不会了不会了,把我弄丢也不会弄丢它了。"

狗狗仰着头舔杜月明的脸颊,前爪还一个劲地往她身上爬。和在十一面前不同,它对着杜月明格外调皮和熟稔。

第十章 打算

杜月明叫了一声"丝丝"，狗就兴奋地围着她打转，十一看着这一幕，眼圈突然红了。

卫翎站在她身边，声音压低，道："舍不得吗？"

十一转头看着卫翎，见她定定地看着面前的一人一狗，目光清冷，双眼凌厉依旧，摇摇头道："没有，替它高兴。"

卫翎回过头道："高兴什么？"

十一想了想，说道："高兴十二和我不一样，它有家人。"

她说完，露出释怀的笑。原本心里还有些难受，在亲眼看到狗和杜月明相处的情景后，这种情绪就消散了。卫翎听了她的话，有些失神，耳边蓦地回想起苏子彦的话：

"如果不行，到时候十一该怎么办？"

卫翎闷咳了一声，头有些晕，身边的十一见她脸色微白，立刻扶住她的身体。卫翎眼前黑了两秒，很快又恢复了正常，好在十一及时给了她支撑，让她不至于失态。

两人身后的裴天刚准备往前一步，见十一扶住了卫翎，脚步顿住，随后退了回去。出宠物店时，十一很担心卫翎的身体，频频看向她。阳光下，卫翎的脸色略微有些苍白，其他倒是和平常无异。

上车时，杜月明道："卫总去公司吗？那我送十一回去吧？"

十一眼巴巴地看着卫翎，眼看着她刚刚发了病，十一很想跟她一起走，但自己之前又答应了杜月明，反悔不得，所以只能看着卫翎。

卫翎对上她清亮的眸子，顿了会儿，说道："我正好要回去拿文件，十一跟我回去就好，不劳烦杜小姐了。"

杜月明努嘴："小气。"

听到她的话，十一垂了眼，只听杜月明又说："那下次见吧，丝丝，和十一阿姨说再见！"

狗冲着十一叫了两声，十一揉揉它的头，说道："再见。"

十一和卫翎上了车，离开前，她从后视镜里看到杜月明牵着十二，车一开动，十二突然挣脱了牵引绳，追着车跑。十一立刻打开车窗，往后看去，十二冲着她"汪汪"叫。她笑了笑，小声道："再见。"

合上车窗时,卫翙咳嗽了两声,十一回神道:"三小姐,您没事吧?"

卫翙摇头:"没事。"

十一依旧有些不放心:"要不我陪您去苏医生那里看看吧?"

"用不着。"卫翙不假思索地拒绝,"休息一会儿就好。"

十一见状也不好再说什么,两人坐在车后座上,中间隔着卫翙的包,车子在马路上行驶得并不快,窗边景色掠过,卫翙道:"很喜欢那只狗?"

十一双手紧握在一起,点头:"喜欢。"说完,她想起在宠物店前台说过的话,不由得问:"三小姐,您说过您之前也养过狗对吗?"

卫翙脸上没有丝毫不耐烦,轻轻点头:"嗯。"

十一见她神色如常,便追问:"那您为什么要把它送走?"

卫翙转头看了她一眼,回道:"因为我很喜欢它。"

"喜欢为什么……"十一说话间看向卫翙,见到她侧头看着窗外,阳光打在她的脸上,长而卷的睫毛落下阴影,为她平添了几分柔软。十一看不到卫翙的双眼,但是她想,此刻那双眼应该不似往常那般锋利。

原来三小姐也会有这样的一面。十一有些触动,她将这一幕深深嵌入心里,再回神,卫翙已经合眼休息了。

到了卫家,卫翙率先下了车,柳婶往车里看,对十一道:"十二呢?"

经过这几天的相处,十一和柳婶也熟悉了,当下道:"送人了。"

柳婶诧异,十一笑了笑:"骗您的。"

卫翙一转头,就看到那孩子浅笑嫣嫣的样子。十一笑起来很好看,但是她不常笑,卫翙见过最多的也只是勾勾唇角腼腆地笑,像这样笑到眼里带光的,还真不多。她多看了两眼,转身离开了院子。

回了书房后,她拿了一份文件对裴天道:"送去给杜总。"

裴天点头:"您要不要休息会儿?"

卫翙站在窗前:"不用,快去。"

裴天还想多关照两句,但他也知道卫翙的脾气,软硬不吃,无奈,他只好夹着文件离开了卫家。

第十章 打算

院子里，十一正独自坐在长椅上，寒风从她身边吹过，长发在她背后张牙舞爪，柳婶看了几眼，走过来说道："小小姐，进去休息吧，外面冷。"

十一搓了搓手，笑道："好。"

回到客厅没见到卫翔，十一抬头，见书房的门是开着的。卫翔在家里很少办公，她的作息很规律，一般回家之后就是吃晚饭，然后在附近逛一圈，回来之后就洗漱睡觉，活得像个退休的老年人。

十一站在客厅里，见柳婶端来一碗姜汤，她对十一道："小小姐，您的在饭桌上，等会儿稍微凉些了再喝，我先给三小姐送去。"

十一见状喊住她："柳婶，我送去吧。"

柳婶看看她，又看了楼上一眼，会意道："好。"

十一端着姜汤上楼，在门口时，她低头看着姜汤里自己的倒影，觉得很奇怪。刚来卫家时她恨不得躲着卫翔，有多远躲多远，不让她发现自己的存在最好。现在自己不仅不想躲，还总是找机会出现在她身边。倒不是贪图什么，就是觉得，看到卫翔，自己就莫名安心。

十一对自己心里的转变觉得奇怪，但也没有深究，她端着姜汤站在门口轻声道："三小姐。"

卫翔头也没抬："进来。"说完，又咳嗽了两声。

十一有些担心地看着她，问道："您没事吧？"

卫翔想摆手却突然岔气，又是一阵剧烈的咳嗽，手伸在半空中轻微颤抖。十一站在她身边，一时不知道该怎么办，最后大着胆子拍了拍她的背，不住地问："三小姐，要吃药吗？我去拿。"

十一刚准备走就被拽住了手腕，卫翔掐得紧，疼得十一皱了眉，却没吭声。

"不用。"良久，卫翔才平缓了呼吸。

她讨厌冬天不是没理由的，这样的天气极易感冒，她的体质又容易受影响，所以每逢过冬，她几乎小病不断。

十一低头看着卫翔，刚刚那样咳嗽，她脸上却丝毫不见红意，脸色反而更加苍白，双眼泛起水光，整个人没了精气神，病恹恹的，虚弱

得很。

十一低声道:"您休息会儿吧。"

卫翙经过刚刚剧烈的咳嗽,头晕得很,却还想强撑。明天就要开股东大会了,每一步都不能出差错,所以她刚刚正在核对方案。十一看她依旧想要坐正身体,咬咬牙,道:"您不想休息,起码喝了这碗姜汤吧。"

话音刚落,门外传来声音:"三小姐,小小姐。"

十一正要应声,见刚站起来的卫翙踉跄了一下,她急忙伸手将卫翙扶稳,让她坐回椅子上头靠着自己。十一不敢动,就这么全身僵硬地站着,双手无措地放在卫翙的肩上。

过了一会儿,见卫翙缓了一些,十一才小声道:"三小姐,走了。"

卫翙轻轻"嗯"了一声,十一放在卫翙双肩上的手也不知如何安放,干脆落在半空中。

直到卫翙开口:"十一,走吧。"

十一这才慢慢挪开身体,道:"那我先下去了。"

"等会儿。"刚到门口,十一又被叫住,"过来。"

嗓音依旧清冽,掺杂着明显的虚弱,却少了锋利和锐气。十一大着胆子看向卫翙,见她脸色发白,额头布满细汗,立刻敛起心思,问道:"三小姐,您还好吗?"

卫翙摇头:"不太好。"

"我……"要去找苏医生的话还没说出口,就听卫翙说:"不要告诉子彦。"

自己的身体自己最清楚,现在告诉苏子彦,肯定是要被拖到医院输液的,很可能明天一天都抽不开身。她明天还要参加董事会,万万不能在这个时候掉链子,所以她不能让苏子彦知道。

十一不明白她为什么这样做,皱起眉头道:"三小姐,您不舒服,为什么不去苏医生那儿呢?"

卫翙深吸一口气,抬起头看着她,瞳孔深幽:"十一啊,你知道什么是责任吗?"

第十章 打算

生在卫家,享受着这样的待遇,就要承担同等的责任。卫天是她爷爷一手创立的,是她卫家的,断不能在她手上白白送给了洛洲平,这就是她的责任!

十一似懂非懂。这一刻,她突然讨厌起自己的笨拙来,如果她聪明一点,是不是就能明白三小姐的意思了?

她瞪着一双眼,茫然地问:"我能做什么吗?"

卫翊苍白的脸上浮现出一抹笑,红唇轻启,道:"过来把文件整理好。"

散乱在办公桌上的文件很多,十一压根儿分不清楚哪份是哪份。卫翊微微合了合眼,让她把所有文件都抱上,然后率先起身往房间走去。

这不是十一第一次到卫翊的房间,但和上次不同,这次她没有过多地打量,而是直接问:"放在桌上吗?"

"放床上。"卫翊回她,"我下午可能下不了床。"

十一听着她的话,心里很难受。如此严重的病情,被她轻飘飘地说出来,更让十一心痛,嗓子里像堵了一团棉花般,开口含糊不清地说:"那我放床上。"

她将所有的资料都放在床上,又转身想去扶卫翊,却见她已经挨到床边坐下了。

十一看着她,喃喃道:"还要我做什么吗?"

卫翊挥手:"下去吃饭。和柳婶说一声,我要工作,让她别上来吵我。"

"那您呢?"十一垂眼,"您不吃吗?"

卫翊轻轻摇头,不出意外,她下午会发低烧,过多地摄入食物会引起胃部不适,她道:"不了。"

十一依旧担忧:"那我等会儿上来,给您带杯牛奶,可以吗?"

卫翊现在完全不想吃甜的食物,但看着这孩子晶亮的目光,一张俏脸满是担忧,拒绝的话就说不出口了。从第一次带她回家到现在,自己破的例越来越多,卫翊有些想不通自己在想什么,抬头,道:"随你吧。"

不是"不可以",而是"随你",十一松了口气,轻声道:"那我先下去了。您休息一会儿,过会儿我再上来叫醒您,可以吗?"

卫翔答话:"好。"

说完她就愣住了,自己怎么变得如此听话了?

还没等她细想,十一已经打开房门出去了。卫翔低头看着文件,刚刚被十一一顿胡乱收拾,文件早就乱糟糟的了,她从里面抽出几张,略微看了一会儿,眼皮子有些酸涩。想到十一说的话,她放下文件,往后躺下,头靠枕头上,开始闭目休息。

算了,听那孩子一次又如何?

十一下楼后,柳婶看到只有她一人,问道:"三小姐呢?"

"三小姐不饿,午饭不吃了。"

柳婶不似张妈那样,听到这种话就碎碎念,她只是点头道:"那好,我给您盛饭。"

没有过多地被问为什么,十一便"嗯"了一声,然后坐到饭桌旁吃饭。她抬头看了看卫翔的房间,门紧闭着,静悄悄的。

过了一会儿,十一站起身:"我吃饱了。"

柳婶问道:"不喝点汤?"

这些汤都是卫翔吩咐单独给十一熬的,因为她的身体实在瘦弱,所以卫翔特意叮嘱她每天中午、晚上都要喝一碗汤。十一刚刚起得急,忘了汤的事情,她接过柳婶递过来的碗,仰头喝下去。柳婶看着笑了笑。

十一放下碗,走进厨房里,自己倒了一杯牛奶,端着上了楼,又吩咐了柳婶下午就别上来了。柳婶点了点头。

"进来。"夹杂着困意的嗓音响起,十一端着牛奶走进去。窗帘只合起了一半,细碎的阳光从另一边跃进房间里,洒在床上。卫翔正靠在床头,脸色似乎比之前更白了。十一将牛奶放在床头柜上,对卫翔道:"您要不要喝点牛奶?"

卫翔点头:"拿过来。"

刚刚有了点睡意,现在喝杯牛奶好好休息,等会儿精神应该能好一点。十一递上牛奶,见卫翔喝完后用面纸擦拭了唇角,末了道:"帮我

第十章 打算

把文件收拾好。"

十一错愕道："我？可是我不会。"

卫翙垂眼，道："看到这上面的数字了吗？"

文件名有中文也有英文，她指着道："你把这些都归纳在一起，按照上面的数字，整理成一份……"

十一听她有条不紊地吩咐着，低下头，神色认真地问道："这样就可以吗？"

卫翙咳嗽了两声，面上带了微红，她指着文件右上角的字，道："还有这些，把有这几个字的单独拿出来。"

十一略微看得懂，她点头："我明白了。"

卫翙"嗯"了一声，靠在床头，道："整理好叫我。"

十一抬头，刚准备回答，就见卫翙已经靠在枕头上合上了眼，显然是累极了。她看了几眼，低头继续整理文件。卫翙解释过后，倒是不难了，四五份文件，没一会儿她就找到了规律，各份归置，还用夹子夹好。收拾妥当后，她看了一眼手机上的时间，又看了一眼卫翙，终究还是没叫醒她。

让三小姐再睡一会儿吧，再过半个小时，她就叫醒三小姐。十一心里这么想着，目光却离不开卫翙的脸。刚开始认识这个人时，只觉得她锋利又尖锐，让人只敢远远地看一眼，不敢细瞧。但相处下来，十一发现卫翙其实并不是那么可怕，她也有柔软的时候，比如现在。

许是生病的原因，卫翙的脸色一直微白，这么斜斜地靠在床头，双目紧闭，平添了几分虚弱感。十一觉得，她仿佛看到了婆婆给她讲过的故事里的病西子。十一伸出手，给卫翙将薄被往上拉了拉。

卫翙睡得很熟，十一收拾好后就坐在了床边的凳子上，她不敢乱走动，怕发出声响打扰卫翙休息。干坐了几分钟后，手机突然振动起来，十一一惊，下意识看向卫翙，见她依旧在睡觉，这才放下心。

消息是杜月明发来的，是几张图片，都是她和十二的合影，还有一个小视频。十一点开，房间里立刻传来杜月明的声音，她忙看了一眼卫翙，调低声音。

"来,丝丝,和你的救命恩人十一阿姨打声招呼,告诉她你回家了。"

视频里,十二正在撒着欢跑,忽然整个头凑到屏幕前,十一看了不禁莞尔。卫翙睁开眼就看到十一对着屏幕浅笑的样子,眉梢弯起,眼里有星光,嘴角边还有个浅浅的酒窝,明明没化妆,唇瓣却透着粉,唇角往上扬起弧度。两人隔得不远,她还能听到十一手机里传来的声音:"丝丝啊,叫十一阿姨。"

是杜月明和那只狗。

卫翙不知想到了什么,她定定地看着十一的手机,良久后垂下眼,闷闷地咳嗽了一声。十一听到声音,转过头,边放下手机边说道:"三小姐,您醒了?"

"嗯。"卫翙见她如此乖巧,忍不住多说了一句,"被你的手机吵醒了。"

出乎卫翙的意外,下午她没有发烧,精神也还不错。十一担心她饿,问她要不要吃饭。卫翙摆摆手,让她下楼给自己倒杯热水上来。消瘦身影在房间里进进出出,一阵忙碌,卫翙突然发现,房间里多个人,似乎也不是那么讨厌。

卫翙其实没有洁癖,只是素来好静,又因为身体原因不想让人近身,索性就说自己有洁癖,好让别人对自己退避三舍,久而久之,连用人都认为她有洁癖。之前的用人,除了张妈,其他人连她的房间都没有进过。

卫翙看得出来,十一已经知道自己并没有洁癖了,但是她没说。也是,如果真的有洁癖,怎么可能在她睡着的时候把自己的毯子给她盖?怎么可能频繁地接受她的触碰?哪怕是在生病的情况下,真正有严重洁癖的人也是忍受不了的。

虽然十一已经知道,但她却从没问过。十一总是这样,除非必要,不会逾矩。

卫翙乱想了一会儿,发现十一已经端着热水进来了。

十一将水放在床头柜上,对她道:"有点烫,您等会儿喝吧。"

第十章 打算

"嗯。"卫翎不轻不重地应着话，开始着手看床上的资料。

虽然十一没接触过这些，但是依照她之前给的顺序，文件一张不错地摆放在一起。卫翎抬头看了十一一眼，唇角动了动，终究低下了头，什么都没说。

十一不知道卫翎现在身体怎么样，见她没赶自己离开，就在床边的椅子坐了下来。没事干，十一就用余光偷看卫翎。

卫翎的皮肤白得近乎透明，虽然刚刚睡了一觉，长发却不显凌乱，而是柔顺地散在身后，只有几缕垂在胸前，落在文件上。卫翎时不时将头发往耳后拨，神色始终淡淡的。

就在十一打量卫翎的同时，房间里突然响起声音："以后有什么打算？"

十一回过神，听到卫翎的问话。以后有什么打算？

十一蒙了一会儿，刚走出王家时，她只想着能有处安身之所，不再颠沛流离就好。但是来了卫家后，她出去了几次，发现自己对这个世界太陌生了，陌生到让她有些恐惧，所以她诚实地摇头："没什么打算。"

卫翎转头看着她，细碎阳光下，五官更显深邃，目光幽深。没什么打算，对十一而言是个好事，这样十一或许就能接受自己的提议。

可偏偏，她心里开始抵触这个念头了。

卫翎又开始头疼了，她启唇："没什么事你就先出去吧。"

十一站起身，想了会儿说道："您明天有很重要的会议吗？"

卫翎笑道："嗯。"

十一低头，对上卫翎的双眼，道："我想，我在家里没什么事情，您的身体不太好，我想陪着您去公司，您觉得可以吗？"

她担心卫翎会有什么突发情况，就像今天在宠物店那样，她在的话好歹可以帮点忙，毕竟现在知道她生病的人也没几个。

卫翎深深地看了她一眼，没说同意，也没说不同意，只是道："先出去。"

十一不敢违忤，低着头走了出去。

门合上，卫翎靠在床头，伸手揉了揉太阳穴，十一趴在车窗边对十二说再见的样子,在她的脑子里挥之不去。也许以后送她离开卫家时,她也会是如此姿态,抑或会哭得更厉害。想到这儿,卫翔不由得就心烦,她低头继续看文件,却一个字都没看进去。

十一出了门回到自己的房间,左思右想,还是想找唯一的朋友说说话——

"杜小姐,你在吗?"

杜月明很快回她——

"什么杜小姐,叫我月明就好。"

十一咬了咬唇——

"月明小姐。"

"再叫小姐我生气了!"

十一只好改口——

"月明。"

"嗯,什么事?想看丝丝?我现在不在家。"

十一抿唇,快速回——

"不是,我就是想问问,你有没有什么办法,让人变聪明。"

"……"

十一看着她发过来的省略号,有些茫然,然后杜月明一个电话打了过来:"十一,你是在和我开玩笑吗?"

"怎,怎么了?"突然的质问让十一有些困惑,开口时语气不免添了小心。

杜月明听出她声音里的胆怯,笑道:"没有,我以为你在逗我呢,你怎么突然问这个问题?"

十一不知道怎么解释刚刚的事情,只好道:"没有,我就是觉得自己很笨,什么都不会。"

杜月明原本想安慰两句,想到她确实连最基本的手机功能都不怎么会用,不免起了好奇之心,问道:"十一,你有家人吗?"

十一回答得干脆利落:"没有啊。"

杜月明虽然做好了准备,可呼吸还是窒了窒:"你是孤儿?"

第十章 打算

十一听到这两个字,并没有任何不适,声音脆生生的:"嗯。"

杜月明反而更难受了,她又问了一些十一以前的事情。十一第一次和朋友相处,知无不言,除开以前被冤枉是惯偷的事情,其他的七七八八都告诉了杜月明。

那边抽了抽鼻子:"十一,你太惨了。"

十一从没这么想过,她能遇到婆婆,能活下来,现在能遇到卫翙,还有杜月明这个朋友,她觉得自己很幸运了,杜月明却粗声说:"幸运个屁,你应该早点遇见我。"

随后她想到自己的混蛋性格,要是早遇见十一,没准就把人给带坏了。自己整天无所事事没关系,十一却只会更可怜。她摇摇头:"算了,你还是先遇到那尊佛比较好。"

十一听到她对卫翙的称呼,笑了:"为什么是'那尊佛'?"

"哦,那是上学时候我给她起的绰号。"

杜月明说起卫翙上学时候的旧事,十一听得认真,想象着当时的画面。这一刻她才觉得卫翙有了一种真实感,没那么高高在上,也没拒人千里之外了,仿佛触手可及。

她很喜欢这样的感觉。

两人没说太多,杜月明那端有点吵,十一听到有人叫她,不想耽误她的时间,就推说有事挂了电话。挂断之前,两人约好了下次见面的时间,十一没推托,现在她已经当杜月明是朋友了,所以应下:"好啊。"

杜月明挂了电话还眉开眼笑的。

"月明,什么事这么高兴啊?"

众人齐刷刷地看向她。

杜月明看着自己的一众姐妹:"交了个新朋友而已。"说完,离开了聚会。

晚上,卫翙下楼吃饭,十一见她穿着宽松的休闲服,虽是素颜,脸色却比之前好看了很多,几乎瞧不出异样。十一稍微放了心,坐在卫翙身边一起吃晚饭。

晚饭还没吃完，卫翔就接到了一个电话，面色很是严肃："沈总怎么说……没关系……嗯，等会儿我传给你。"她说着，站起身，对上十一的目光，墨色渐深，转身道，"不用，等我两分钟，杜总那边都说好了吗？对了，帮我买套衣服……"

声音渐行渐小，十一见卫翔上了二楼进了房间，合上了门，她低下头继续吃饭。

晚上，柳婶手上拎着个袋子，找到十一，道："这是三小姐让我拿给您的。"

十一眨眨眼："这是什么？"

柳婶笑道："可能是衣服吧，您看看。"

十一放下牛奶，打开袋子，里面装的确实是衣服，还是一套职业装，浅粉色的，她有些不解地拿着衣服，道："三小姐还说什么了？"

柳婶摇头："没了。"

十一将衣服放在床上，挠挠头，正不解时，手机屏幕亮起，卫翔的消息随即出现——

"明天陪我去公司。"

原来她同意自己跟她去公司了，十一瞥了衣服一眼，打字回复——

"好的，三小姐。"

收到回复后，卫翔站在窗边，放下了手机，目光沉沉。

次日天气不错，十一穿着崭新的工作装站在镜子前，她上了淡妆，长发扎成了马尾，干净利落。十一从没见过这样的自己，有几分陌生，手不自觉地摸上脸颊，不真实感袭来。

在房间里磨蹭了好一会儿，十一听到敲门声，她打开门，是柳婶。

"小小姐，三小姐等您吃早餐呢。"她说完，打量着十一，笑道，"您这样穿，也很好看。"

十一不自然地笑笑，低着头，跟在柳婶后面进了饭厅。

卫翔转头，只觉得眼前一亮。十一的肤色本就偏白，淡粉色的小西装里面是白色衬衫，衬得她皮肤似玉般有光泽。小西装的版型很好，窄肩细腰，十一穿起来刚好合身，虽然说不上凹凸有致，但也曲线玲珑。

第十章 打算

十一被她打量得有些不自在,对着卫翙笑了笑。

卫翙垂眼:"过来坐,吃饭吧。"

十一乖巧地坐在她身边。

吃完早餐,裴天也到了,他看到十一的装扮也是微怔,但并没有多问,只对卫翙道:"三小姐,车备好了。"

卫翙启唇:"十一,走吧。"

十一跟在卫翙身后。快上车时,卫翙道:"等会儿。"

她打开包,拿出一个小瓶子,对着十一喷洒了两下,又凑近一点闻了闻,这才点头:"上车吧。"

十一在她靠近时屏住了呼吸,直到卫翙上了车才狠狠缓了口气。此刻,十一身上满是香味,和卫翙身上的味道一模一样。

第十一章
责任

十一上次来卫翔的公司是在傍晚,那次她直接跟着裴天去了休息室,然后就迷路了一晚上。在她心里,公司是黑暗狭窄的,和现在看到的宽敞亮堂完全不同。

地板拖得很干净,十一低头就能看到自己的倒影——从没穿过的衣服穿在身上,倒也没有刚开始看到时那么突兀。她站在卫翔身边,一行人正在等电梯,裴天还在报告工作,卫翔不时地点头或者轻声回应。十一侧头看着,昨天还病恹恹的人,此刻上了淡妆,厉眉冷眼,丝毫瞧不出病态,只是一双手紧紧攥着,手背上的筋脉隐约可见。

电梯很快就到了,里面已经站了几个人,为首的是个略为富态的男人,板寸头,身形宽大,很胖,穿着西装也挡不住凸出来的肚子。那人见到卫翔,笑道:"卫总。"

卫翔启唇:"洛副总,早。"

洛洲平打量了她一番,又转头看向她身边的女孩。不高,挺瘦,文文弱弱的,像个没长大的孩子,低着头,洛洲平只能瞧见大致的五官,他开口问道:"这位是?"

卫翔顺着他目光看向十一,笑了笑:"朋友。十一,和洛副总打个

第十一章 责任

招呼。"

她话音刚落,十一就抬头看了一眼洛洲平,嗓音清脆地道:"洛副总好。"

看着身形瘦弱,没料到五官却很端正漂亮,脸色白皙透红,一双美目顾盼生辉,鼻尖秀挺,唇瓣涂抹得红艳艳的,气质清纯可人,虽然妆容稍重,搭在一起,竟有种异样的融合感,让人一时分不清楚面前的人到底是刚成年的小女孩,还是已成熟的女人。

洛洲平收回目光,笑着和十一打招呼:"你好。"

十一握住他伸过来的手,一触即分,她只觉得面前的男人笑起来十分油腻,眼神也让人浑身不舒服,她不喜欢。十一放下手,往卫翊的身边靠了靠。

卫翊瞧见了她的小举动,身体纹丝未动,只唇角扬了扬。

很快,电梯就到了指定楼层,卫翊的办公室在顶楼,洛洲平在她的下一层,所以是洛洲平先到,他大步走出电梯,转头道:"卫总,等会儿董事会见。"

卫翊点头:"等会儿见。"

洛洲平的眼睛笑得眯起,电梯门慢慢合上,十一余光看到卫翊缓缓呼出了一口气,身体也放松了几分。到办公室后,卫翊就开始忙碌工作。十一被安排坐在沙发上,秘书过来给她倒茶时看了她好几眼,十一仰头对秘书笑笑,秘书也回以淡笑。

出了办公室,秘书才按捺不住激动的心情,和众人聚在一起分享八卦。

"聊聊聊!整天就知道聊天!马上就要开董事会了,皮都绷紧一点!"秘书长的一句话让围在一起的众人四下散开,各自继续工作。

十一坐在办公室里往外看,只觉得她们都很忙碌,有的坐在电脑前认真打字,有的正在核对文件,有的在讨论什么,神色严肃。

她看了几秒,身边传来嗓音:"看什么?"

十一转头,见卫翊不知何时走到了身边。她笑笑:"看别人上班。"眼底有星光,"我觉得她们好厉害。"

卫翔端着杯子的手顿了顿,顺着她的目光看出去。她想,如果这孩子生在普通家庭,也许会和外面的人一样,有份安稳的工作,不至于……

她回神,觉得自己最近越来越爱胡思乱想了。

不久,门被敲响,裴天的声音响起:"卫总,沈总来了。"

沈浩依旧一身笔挺的西装,俊秀的脸上带着笑意,身后跟着秘书。

他进门后便笑道:"卫总,上次实在抱歉,我赶不及——"话还没完说,就看到了站在她身边的十一,他不动声色地继续道,"我赶不及过来,今儿先来赔罪。"

卫翔示意裴天出去,自己对沈浩道:"沈总客气了。"

沈浩倒不是客气,先来赔罪当然不仅仅是为了私人原因,更重要的是如今杜家也参与进来了。昨儿他回去听到消息后当即就发了脾气,烂尾楼的项目一直都是他跟进的,他爸和杜家合作居然都不通知他,为此他爸还狠狠地说了他一顿。

杜家现在在商场上确实没那么有实力,但是人家在其他方面有人脉啊。这个项目如果杜家能掺一股,那以后的利润肯定是翻倍的,傻子才会拒绝这样的好事,所以他爸一口就应下了。

这可让沈浩犯了难,原本他拖着进度就是为了想要听卫翔对自己说说软话,没准两人还能多接触接触,顺便发生点别的,没想到卫翔居然愿意让出利润拉着杜家入股。这女人,真够狠的!

也因此,沈浩才先一步来"赔罪"。

两人扯了一阵,沈浩将目光再次放在了十一身上。聚会那次他只是扫了一眼,并没有将她放在心上,但表面功夫还是要做的,他主动开口:"你好,又见面了。"

十一是认识他的,点点头:"您好。"

姿态端正,目光平静,不似在家时那么胆小懦弱,反而多了冷静,让她看起来不卑不亢。其实十一是在强撑,她不知道卫翔为什么要带她过来,但是既然站在卫翔身边,她就不想折了卫翔的面子,所以一直在强撑。

第十一章 责任

沈浩不再似第一次见面那样忽略她，反而跟她唠起嗑来："不介意我坐下吧？"

十一看了卫翙一眼，见她点了头，笑道："不介意。"

两人坐下后，沈浩闻到了一阵香味，是从十一身上传来的，和卫翙的香水味一样。

沈浩的脸色沉了沉，眼神也深了几许，很快门又被敲响，裴天的声音传来："卫总，杜总来了。"

杜月寒不是一个人来的，他身后还有个跟屁虫，跟屁虫一进办公室就叫道："十一！你怎么来了？"

十一没料杜月明也来了，她瞥了卫翙一眼，道："三小姐带我来的，你怎么来了？"

杜月明没好气地瞪了杜月寒一眼，开口："我哥拉我来的。"

杜月寒对上她嫌弃的目光，无奈地摇头，对卫翙道："卫总，沈总。"

沈浩天生就不爱和杜家的人打交道，许是因为杜家大部分人都有种与生俱来的正气，偏生沈浩最是看不惯这种正气，以前上学时就没少和杜月寒闹矛盾，现在见面更是如此。

他皮笑肉不笑地打招呼："杜总。"

杜月寒的目光从他身上冷冷地掠过。

很快，裴天就通知他们董事都到了，三人往会议室走去。十一站在原地，正踌躇着不知道该做什么，只听卫翙唤道："十一。"她抬头，见到卫翙站在细碎阳光下向她招手，"跟着我。"

十一愣住，其他几个人仿若没看见，兀自往会议室走去。身边的杜月明推了她一下，嘴边哼了一声，然后迅速往杜月寒那边跑去。

十一顺着人流跑向卫翙。身体里有陌生的情绪在喧嚣，十一形容不来，只觉得万分愉悦。

众人进了会议室，卫翙让裴天安排十一坐在杜月明身边。会议还没开始，杜月明抱着手机，见她坐过来，立刻说："十一，你是什么妖精转世吗？"

十一蒙了:"什么?"

杜月明上下打量着她:"我还是头一次见到有能让那尊佛停下来等的,连开会都带着你……"

十一听着她的话,看向卫翙。卫翙坐在主位上,落落大方,厉眼扫过所有人,向立在她身侧的裴天低头吩咐着,神色认真而严肃。半响,她抬头,对众人道:"开会吧。"

声音不大,却轻而易举地镇住全场,会议室立刻安静下来。

十一看向卫翙,双手悄悄握紧。

会议上,洛洲平频频向卫翙发难,她的神色一如既往,语气不紧不慢,但十一还是发现她的眉头微微拢起。三小姐现在一定很不舒服吧?她不舒服却还强撑着。这一刻,十一恍然明白了卫翙所谓的责任是什么。

她的责任就是护住公司,不落入洛洲平的手里。

那自己呢?十一反问自己,自己的责任又是什么?

开会的内容十一听不懂,但是她能看明白气氛。做用人这么多年,她很会察言观色,所以到了会议后期,她看到洛洲平的脸色很是难看,阴沉着,早上那双还会笑的眼睛此刻微垂着,周身被低气压笼罩,被卫翙压得死死的。

三小姐是占据上风的,这个念头蹿出来,十一便放下心来。

"还有其他的事情吗?没有的话散会。"卫翙淡淡地开口,清冽嗓音响彻整个会议室。

其他人左右看看,最后都摇头,起身离开了会议室。

十一见他们离开,忙不迭地走到卫翙身边,听到杜月寒说道:"卫总似乎并不需要我帮忙?"

今天这场仗,卫翙打得很漂亮。这是他第一次和卫翙合作,来之前还做好了各种盘算,没想到自己完全没用武之地,这也让他对卫翙刮目相看。

卫翙却笑道:"我这个人做事,比较喜欢先买保险。"

第十一章 责任

谁也不知道沈浩会在什么时候倒戈，若是今天杜月寒不过来，没准这场会议就是另一个局面了。从某种意义上来说，杜月寒不仅仅是她的保险，更是威慑沈家的存在。杜月寒听到这儿也明白了其中的意思，当下感叹："谁说女子不如男，卫总这招，高！"

给他利润却不要他做什么，这是存心让他在心里记下一笔，之前还真是小看她了。

杜月寒想到已经先一步离开的沈浩，就凭他也想和卫翙斗？真是找错人了。

卫翙听到他的话，只是摇头："杜总谬赞了，我让裴天准备了午饭，杜总请。"

烂尾楼的方案已经是板上钉钉，刚刚在董事会上众人都签了合同，所以卫翙的精神松懈了不少。刚刚注意力一直保持着高度集中，现在放松下来，她这才察觉到头疼，脸色隐隐发白。站在她身边的十一最先看出了她的异样，赶紧往前走了两步，用肩膀抵着卫翙，让她半靠在自己身上。

旁人看来，还以为两人正在说悄悄话，杜月寒刚准备开口，就被杜月明拖着离开，道："你会不会看脸色啊？亏你还是个老总呢，这点眼力见都没有。"

被妹妹教训了的杜月寒丝毫没有恼意，这丫头从小就娇惯得很，做事说话向来都是随心所欲，他还是头回听到她嘴里说要有眼力见，不免好奇："这个十一，是你朋友？"

提到十一，杜月明当即点头："当然啦。"

说不上来是为什么，明明身边好友无数，奉承的有，一起闹的也有，十一既不会奉承她，也不会和她一起闹，但她偏偏就喜欢这个朋友，觉得十一气质干净，十一以前遭遇的那些事，也让她心疼。

她看得出来，十一很依赖卫翙。

到了酒店后，卫翙去了洗手间，杜月寒在接电话，十一和杜月明坐在一起，然后就听到杜月明直白地说着十一依赖卫翙的话，呛得她连连咳嗽。

"干吗这么激动？"杜月明不解地看着她，凑过来问道，"难道我说错了？"眼底有浓浓的打探意味。

十一没忘记自己之前被她搭话的经历，如果自己说不是，杜月明肯定会追根究底地追问吧？十一摇头："没说错。"

杜月明看着她，目光添了笑意："十一，你怎么这么老实啊？哈哈哈！"

十一听着她放肆的笑声，皱了皱眉，还没说话就听到杜月寒问："聊什么呢？"

话音刚落，卫翊也回来了。十一扯了扯杜月明的袖子，杜月明不明所以，说道："没什么啊，女孩家的悄悄话，你要听吗？"

杜月寒失笑地摇摇头，卫翊看向和杜月明待在一起的十一，她的手拽着杜月明的袖子，似乎正在哀求对方，卫翊的心头涌上淡淡的不悦，没吭声。

很快菜上桌了，饭桌上，杜月寒和卫翊聊了几句公司的事情，卫翊垂眼，假装漫不经心地道："听说乔特助最近身体不好，现在好些了吗？"

杜月寒吃饭的动作微顿，抬头笑："卫总怎么知道的？"

卫翊吃饭的动作很优雅，慢条斯理的，她放下筷子道："听洛副总说的，前两天他们见了面，吃了顿饭。"

杜月寒点头："我也有几天没见到乔特助了，回头问问我哥。"

乔特助是他哥的特别助理，平日里经常来杜家，一来二去，他也就认识了。在他的印象里，乔特助是个特别严肃正直的人，可卫翊不会平白无故地提及，更何况还是和洛洲平有关，杜月寒将这事放在了心里，想着回去问问他哥。

闲聊结束，饭局也差不多了，杜月明意犹未尽地和十一道别，之后就被杜月寒拎上了车。身后三人并排站着，十一听到裴天小声道："三小姐，杜总会去查吗？"

卫翊神色漠然，目光凉薄，声音被风裹着吹进十一的耳朵里："不需要他查，只需要他将这话带给杜先生就行。"

第十一章 责任

虽然洛洲平现在在公司还没露出什么马脚，但是依照他一贯的作风，不可能走正规途径。毕竟如果真的要走正路，那也没必要特意约乔特助见面了，只是这些事，她没那个精力去查，索性就交给杜月寒了。

寒风阵阵扑来，卫翔看着已经离开的黑色轿车道："我花高价买来的保险，只用一次怎么行？"

十一实在听不懂这些弯弯绕绕，但是裴天却笑了："三小姐，我明白。"

两人聊完后，卫翔偏头看着十一，问道："我让裴天送你回去？"

不是直接安排的语气，十一仰头，在骄阳下，她俏颜如花，肌肤细腻泛着光泽，明眸璀璨，闪闪发光，她道："我能跟您一起去公司吗？我回家没事，万一您有需要……"

卫翔沉默了几秒："走吧。"

没直接让她回去，反而默许她跟在自己身边，裴天看了十一好几眼，最后低头跟着卫翔进了公司。

回办公室之后，卫翔就忙着处理公事，整个办公室静悄悄的。十一坐在沙发边缘，手撑着下巴，目光在卫翔的办公室里四处打量，最后落在后面一排的书架上。十一不会分辨书的种类，她只能凭封面的颜色来辨别有多少书，结果数来数去都没数明白，反倒把自己逗笑了。

卫翔听到她低低的笑声，抬头看了一眼，见她的目光看向自己这边，便顺着十一的目光看过去，看到了书籍满满的大书架。

这个书架是她爸爸的，上面的书都是专业性很强、内容晦涩的书，她平日看得并不多，此刻见十一看过来，她问："想看书？"

十一回神，歉疚道："对不起三小姐，我是不是打扰您了？"

语气谦卑，恭敬有礼。卫翔见她这样，没来由地想到她在饭桌上和杜月明相处的场景，那时的她和现在正正经经的样子判若两人。

卫翔抿唇："没有，这里都是专业书，如果你想看，我让裴天给你找些书来。"

十一忙道："不用，我……"

"你不需要这么拘束，有需要你可以和我说。"说完，见十一一副

愣怔的表情，卫翙也僵了几秒，自己的人设里什么时候多了个"善解人意"？

好在十一并没有愣怔太久，沉默了几秒便道："谢谢三小姐。"

卫翙不轻不重地"嗯"了一声，刚低下头继续看文件，就听到敲门声响起。

"进来。"

裴天捧着一沓文件进来，走到卫翙办公桌前，道："三小姐，这些是下半年的报表，金额都核对了。"

卫翙抬了抬下巴："放那儿。"

裴天将文件放在桌上，低头道："还有件事。刚刚听到消息，洛副总准备下周办部门团建。"

卫翙握着笔的手顿住，抬头："团建？"

裴天点头："他说是因为烂尾楼的方案定了，又正逢年底，想带大家一起出去玩两天。三小姐，我查了，下周您没有特别的活动，他是故意选了这个日期。"目的是试探卫翙生病是否属实。

从洛洲平回来的那一刻起，卫翙就有收到消息说他在查自己，但是一直没有证据。每次在公司见面，他的目光都犀利得好像要把她看穿，甚至还私下和苏子彦联系过，为此苏子彦还吐槽过洛洲平，说他不知道哪里来的勇气，竟觉得自己会背叛卫翙和他结盟。

卫翙知道洛洲平的性格，他不会就此善罢甘休。

"要给您安排其他活动吗？"裴天问。她现在的身体，去参加不是好事，卫翙却摇头道："不用。"

她要避开确实有办法，但是避开一次，洛洲平就会找第二次机会，与其让他来回试探，还不如趁着她现在身体还没到最糟糕的时候，直接打消他的怀疑。

裴天虽然觉得她这个决定过于大胆，但是也没反驳，只是道："那我给您做好安排。"

卫翙轻轻点头，对他道："让子彦晚上来一趟。"

裴天道："好。"

第十一章 责任

等办公室的门合上，十一才看向卫翔。刚刚卫翔和裴天聊天的声音并不大，她听得不太真切，只依稀听到"活动"，最后还提到了苏医生。裴天走后，十一紧张地道："三小姐，您不舒服吗？"

卫翔抬起眼看着她，目光深幽，回道："没有，不过有些小麻烦。"略微思虑了一会儿，最后说道，"这几天好好休息，下周跟我一起去参加团建。"

十一还想问团建是什么，就看到她再次低头看起了文件，透过落地窗投射进来的细碎阳光落在她身上，将她整个人都照得仿佛在发光。

十一的眼睛被照得刺痛，她眯了眯眼，低下头，琢磨了会儿，拿起了手机。既然三小姐没空，那她问杜月明好了。

团建那天是个艳阳天，这周的天气原本一直都阴沉沉的，裴天还一直期望能下场雨，这样团建就没办法做户外活动了，哪料天不遂他愿，团建那天不仅没下雨，还是个晴天。

十一月末，天气骤寒，江城素来冬暖夏凉，算是个宜居的好地方，但出了江城就不是了。这次洛洲平安排的地方是与江城相隔两个省的佛陀山，为此还特地包了专机。卫翔知道他的目的，一方面是为展现自己的大方，一方面想证明自己的能力，烂尾楼的方案失败了，他总得从别处找点存在感。这种小事她懒得计较，索性就让洛洲平安排了。

上了飞机，好几个秘书嘀嘀咕咕地议论：

"洛副总真是大手笔。"

"谁说不是？我还是头一次坐飞机去团建，够牛！"

"是专机，谢谢。"

"卫总她们呢？"

"在那儿。"

说话的秘书抬了抬下巴看向前方，几个人看过去，卫翔坐在最前面的沙发上，身边跟着个娇娇弱弱的女孩，她们收回目光互相看了一眼，心照不宣。

这次团建，只去了秘书部，没其他人。快要出发时，十一听到了熟

悉的嗓音:"让让,让让!"

她抬头,见到杜月明正拎着包走进来冲她笑:"十一。"

十一讷讷开口:"你怎么来了?"

杜月明晃动手上的邀请函:"我哥让我来的。"

这次团建原本还邀请了沈浩和杜月寒,沈浩推说没空,杜月寒原本没打算来,被杜月明知道后就抢走了邀请函。免费出去旅游,傻子才不来。十一听完她的解释,笑了笑没吭声。

杜月明坐在她们对面的沙发上,一抬头就见卫翊正闭着眼靠在沙发上,她问道:"睡觉了?"

十一顺着她的目光扭头看去,卫翊双眼紧闭,长睫毛落下一片阴影,她点头:"嗯,睡着了。"

杜月明冲她调皮地眨眼:"昨晚玩得太嗨了?"

十一有些无语:"没有。"

杜月明看着她"啧"了一声,真是诚实又可爱,可她现在没多少精神逗她。昨天她和小姐妹们玩了一夜,现在困顿至极,她拿过抱枕靠在沙发上:"到了叫我,我也睡会儿。"

十一只得点头:"好。"

其实她昨晚上也没睡好,但是现在却不困了。十一看了一眼四周,这边的沙发上只有她、卫翊和杜月明,听说洛洲平在后面的休息室里,很多秘书也因为卫翊在这儿不敢过来,纷纷坐在了后面。身边没了人,飞机起飞后,十一的心思才活络起来,她担心卫翊就这样靠着沙发睡会不舒服,便凑到卫翊耳边轻声道:"三小姐?"

卫翊没理她,呼吸绵长平稳。十一手心出汗,想了会儿,还是扶着卫翊的肩膀,将她整个人平放在沙发上,头下垫上抱枕。卫翊身材高挑,睡下来后双腿刚好搭到沙发边缘。十一原本就坐在沙发边缘,干脆将她的双腿放在了自己的腿上,好让她睡得更舒服一点。

刚弄好,对面传来两声哼哼,十一仿佛做坏事被发现的孩子,立刻转过头,见到杜月明翻了个身,差点摔下来,她立刻托着杜月明的腰往里面推,一阵忙碌后,她头上出了细汗,坐下后微微喘气,还没歇一会

第十一章　责任

儿，耳边传来声音："十一？"

十一抬头，见到洛洲平手上端着两杯酒站在她面前，她道："洛副总。"

洛洲平笑得很和蔼："什么副总不副总的？卫翔叫我'叔叔'，你也可以叫我一声'叔叔'。"他说着，给十一递了一杯酒。

十一忙摆手："谢谢您，我不会喝酒。"

洛洲平眯起眼，面前的小姑娘气质温软，嗓音不大却清脆，犹如出谷的黄莺，一张俏颜没化妆，显得肌肤白皙似玉，细腻有光泽，一双明眸大眼，瞳孔墨黑发亮。他那日在办公室见过她后，让助理小小打听了一番，才知道原来是个用人。

十一不知道洛洲平有什么企图，她只觉得面前的人让她不舒服，从第一次见面到现在，那种不舒服的感觉逐渐加重，尤其是他盯着自己的时候，就好像盯着猎物，她难受得忍不住动了动身体。

洛洲平道："既然不能喝酒，那没事到后面坐坐，那儿有不少甜品。"

十一低头："好的，谢谢您。"看起来乖巧又懂事。

洛洲平笑容加深，他的目光从十一身上扫到浅睡的卫翔身上，肥胖的身体一抖："那我不打扰你了。对了，这是我的名片，有什么事情，你也可以联系我。"洛洲平说着，从口袋里掏出一张片名，递给十一。

十一接过后低声道："谢谢。"

洛洲平端着两杯酒走过来，又端着两杯酒走回去，不远处的助理见到，忙贴上来接过他手上的杯子，道："洛总，那是卫总的人。"

助理虽然跟着他的时间不长，但熟知他的脾性，从来不会无缘无故地打招呼，想必是对那个小姑娘有了别的心思。若是其他人，他还能看眼色办事，但这个十一可是卫总的人，他有再大的胆子也不敢私自做什么。

洛洲平抿了口酒："打个招呼而已。"随即，原本带笑的神色敛起，目光变得阴鸷扎人，语气都冷下来，"你是在提醒我？"

助理立刻低头："不敢。"

洛洲冷哼一声："我做事不用你操心，你做好吩咐你的事情就行。"

见他真动了怒，助理才小心翼翼地抛出自己查到的消息："我查了，卫总今年都没有出国，不过经常去找苏子彦，两人……"

声音渐小，在他们走后，裴天从一旁的挡板后走出来，目光落在已经走远的洛洲平身上，又转头看了一眼前舱，末了垂眼离开。

一个小时后，飞机到了目的地，十一先唤醒了杜月明，听着她抱怨怎么飞得这么快时，转头去唤卫翙。卫翙不似杜月明话那么多，听到十一的声音，她只是缓缓睁开眼，从沙发上坐起身，接着看了看放在一边的抱枕，还有盖在身上的薄被。

这孩子倒是很细心。

一行人下了飞机后又坐上了客车，摇摇晃晃半个小时，其他人早就因为舟车劳顿靠在座椅上睡着了，只有十一瞪着一双大眼睛频频看着车窗外，眼底是浓浓的好奇。算起来，这是她第一次出江城，也是第一次看外面的景色，虽然是枯枝秃树，但在她眼里，分明是和江城不同的景色。要不是怕开窗冷风吹进来冻着别人，她还真想嗅嗅这里的空气是不是也和江城的不同。

她丝毫不掩饰脸上的神色，卫翙不经意地转头，问："很好看吗？"

听到声音，十一转头，见到身边原本浅眠的卫翙已经睁开了眼，她的脸微红："三小姐，我是不是打扰您休息了？"

"没有。"在飞机上已经睡了一觉，下车后就睡不着了，她又道，"看什么呢？"

十一用手贴着车窗："看这里的风景，和我们家的不一样。"

"我们家"，语气实诚率直，卫翙没来由地想笑："那你喜欢哪里？"

十一认真想了一下："喜欢我们那里。"

卫翙问："为什么？"

十一仰头，目光清亮干净："因为那里暖和，这里好冷，三小姐不喜欢冷的地方。"

卫翙听到十一的话，失笑："你怎么知道我不喜欢冷的地方？"

十一对上卫翙的眼睛，脆生生地道："我感觉得到。"

第十一章 责任

卫翔没再回话，她确实不喜欢冷的地方，尤其讨厌冬天，身体原因占了一大部分，另一部分是她本身就怕冷，一到冬天就手脚发凉，也是因为如此，她才容易生病，她以为自己平时掩饰得很好，没料到被十一发现了，这孩子还真是敏感。

十一咬了咬唇："三小姐，我是不是说错话了？"

卫翔偏头："没有，休息会儿吧，下午还有活动，很累的。"

十一松了口气，道："好。"

她是困了，在飞机上就想睡了，但一直撑到上车。刚上车她确实激动了一小会儿，现在放松下来，闭上眼就睡着了。车里很安静，卫翔扭头看着窗外，她这两年极少出江城，刚接手卫天时也曾频繁出差，导致她身体得不到良好的休息，病情加重。后来苏子彦勒令她一个月只能出一次差，还让她在钱和命里选一个，她没辙，只好听从医嘱，这两年除非必要，已经不出差了，外地的工作一直都是由裴天替她出面。所以算算，她也很久没出江城了。

眼前的景色倒是和江城别无二致，只是十一说得对，这里很冷。卫翔蜷缩起手指，指尖冰冰凉凉的，她咳嗽了两声，身边已经睡着的十一——歪头靠了过来。

十一是不怕冷的，以前婆婆在世时总喜欢说她是小暖炉。她们住的条件没那么好，没空调没暖气，所以十一睡时总喜欢挽着婆婆的胳膊，偶尔还会给她暖手。

卫翔的手臂冷不丁地被人挽住，卫翔蹙眉，想挣脱开，却听到她小声嘀咕："婆婆。"

声音如猫一般，细细的、软软的，卫翔掰她手指的动作顿住，对上十一浅睡的面庞，眼底尽是无奈。耳边又传来一声轻轻呼唤，卫翔喟叹一声，手上改了动作，拍了拍十一的手背，任由她的温度传来，暖暖的。

第十二章
团建

到佛陀山时刚好十一点，洛洲平先一步走到卫翙身边，笑道："卫总，马上就到了。"

他说完，端详着卫翙的脸色——和平时无异，一双眼依旧清亮有神，眉梢微垂，角度锋利。

卫翙点头："知道了，谢谢洛副总提醒，不过麻烦洛副总先安排她们下车，我这边不太方便。"她说着，歪头看向浅睡的十一。

洛洲平笑："自然，自然。"

不过十一还是被吵醒了，快下车时，月明直接冲到了两人的座位旁，喊道："十一！"

嗓音清脆，足以让浅眠的人醒过来。十一好不容易才梦到一次婆婆，正想和她好好说两句话，蓦然听到有人叫自己，紧闭的眼皮动了下，缓缓睁开。

杜月明说："到了，别睡了。"

十一刚被吵醒，还有些蒙，转过头，目光看到卫翙清冷的侧脸、紧绷的下颌，低头，看到自己正挽着卫翙的胳膊。

耳边，杜月明还在絮絮叨叨地说话，十一什么都没听进去，只觉得

第十二章 团建

耳边轰鸣,她甚至不敢抬头看一眼卫翙的脸。

她是不是做梦将卫翙当成婆婆了?

十一心底还在犯嘀咕,站在两人旁边的杜月明在车停下后就喊道:"走了,下车!"

"下车吧。"清冷嗓音在十一耳边炸开,卫翙说完,站起身,十一跟在她身后下车。

这次团建是洛洲平策划和安排的,下车后,十一吸了口冷空气,被呛到咳嗽了几声,白皙的皮肤染上了绯红,一双漂亮的眼睛润了水光,倒是比平时更生动了。

杜月明看到她这副样子,忍不住道:"十一啊,你这样可太呆萌了!"

十一扭头问:"呆萌?"

杜月明笑道:"就是可爱,傻乎乎的啊。"

可爱到爆炸了!

"来来来,分配一下任务。"几步之外的洛洲平笑眯眯地看着众人,"这可不是单纯出来玩的,我们要劳逸结合,要运动起来!你们说对吧。"

秘书们都附和着:

"洛副总安排吧。"

"洛副总,我们要做什么?"

洛洲平看向大家:"很简单,我在半山腰给大家准备了烧烤宴,先到的人年终奖翻倍,我自掏腰包!"

一句话说完,众秘书高呼:"洛副总万岁!"

小本小利笼络人心,洛洲平惯用的手段,但不可否认,很有效果。

洛洲平说完,看向卫翙:"对了,让卫总也给大家说两句?"

众秘书满脸期待地看着卫翙,平日里她大多待在办公室里,和大家开会时也是严肃正经的样子,往年的团建她也不会参加,所以众人没什么机会和她这样相处,心里对她的敬畏更多一点。现在难得有个能亲近的机会,大家自然都很积极。

卫翙站在众人前,想了会儿,说道:"好好玩。"

不过短短三个字,气氛比刚刚更热烈了,洛洲平的嘴角噙着一抹冷

笑，带头道："既然卫总都发话了，那我们出发！"

佛陀山是个旅游景点，春秋是旺季，夏冬是淡季，有条水泥修筑的小路一直通到山顶。秘书室的女孩们打扮得都很靓丽，穿着优雅，和偶尔从身边擦肩而过的路人不同，一看就是小团队。

作为团队的领头，洛洲平每走几步就喘一会儿，悔不当初！他真是脑子坏掉了，才会想到来爬山，卫翔有没有事他不知道，但要自己爬上去，估计够呛！

洛洲平转头看着卫翔，眼神发狠，很快移开了视线。

卫翔走在最后面，前面的秘书团体正兴高采烈地聊天。公司团建一年一次，往年都是首席秘书带着秘书们随便找个地方凑合，从来没有过这么大的阵势，老板和副总都跟着，大家的情绪都很激动，频频看向身后的卫翔。

十一走几步就看卫翔一眼，不过她和别人探寻的目光不同，她的神色很是担忧，但四周目光灼灼，她也不知道该怎么询问，只得巴巴地看着卫翔。

仿佛知道她心中所想，卫翔转头："水给我。"

十一立刻递上矿泉水，还顺便将盖子打开了。卫翔瞧见她的小举动，只是勾勾嘴角，末了道："别担心。这点运动量还没事。"

虽然生了病，不能剧烈运动，但是平时的锻炼并不能少，不过多数都是在医院进行，需要随时做测试，所以十一并不知情，在她眼里，自己仿佛就是个随时会被风吹走的病人。

听到她这么说，十一并没有放心，反而小声道："不然这样吧，三小姐，我们等会儿再走。等会儿我背您上去。"

她生怕被人听到，说话时声音很小，两人靠得又近，卫翔一偏头就见到她脸颊旁滑落的汗珠，亮晶晶的，和她的眼神一样透亮。

卫翔胸口一阵暖意，但她拒绝道："不用。"

走到前面的杜月明一回头看到掉队的两人，忙噔噔噔地跑回来，站在十一面前道："怎么走不动了？身子这么弱？"

十一忙道："没，没有。"

第十二章　团建

杜月明瞧她脸红的样子，轻笑："还不承认呢！"语气满是调侃。

卫翙淡淡地瞥了杜月明一眼，眼底有不悦。

杜月明天生就怕强势的人，她两个哥哥都是这样的，现在还多了个卫翙，当即耸肩："聊聊天嘛！小气鬼！"她说着，冷哼一声，加入了不远处的秘书大队里。

十一有些尴尬。

卫翙轻笑："她性格就是这样。"

卫翙始终神色淡淡地走在前头。

最先扛不住的是洛洲平。

他走了十几分钟就瘫在了台阶上，身后的特助一个劲儿地说："洛总，还有十分钟就到了。"

秘书们也笑嘻嘻地看着他，私下嘀咕：

"才走几步就不行了啊。"

"胖了呗，你看他那身材。"

"缺少运动。"

"你们懂什么？那是虚！"杜月明一句话让众人笑开了，众人看向她，这里也就只有她敢这么说了，其他人谁不怕被打小报告啊。

正闲聊着，卫翙和十一也走了上来。卫翙见洛洲平坐在台阶上，满脸都是汗，胸口起伏很大，肥胖的肚子一收一放，说不出的滑稽搞笑。

作茧自缚，说的大概就是他了。

卫翙难得发好心，关怀道："洛副总这是怎么了？实在爬不上去，不如先下去吧。毕竟下坡路更好走。"

洛洲平仰头，卫翙一身轻装，长发束在脑后，脸上化了淡妆，精致又好看。明明是一起爬上来的，她的脸上却没有丝毫狼狈，依旧云淡风轻的样子，哪里有半点生病的迹象。

如果给他递情报的不是自己人，他都要怀疑自己是不是被耍了。还有卫翙刚刚那番话，一语双关，明着在说爬山的事情，实则在说他的公司。洛洲平调整好状态，站起身拍拍屁股上的灰，道："让卫总担心了，不过我这个人就喜欢挑战，更喜欢走上坡路。"

秘书室的人听到他们俩的对话,都噤了声,饶是自认最不聪明的十一,此刻也琢磨出了两人的对话别有深意。

空气冷冽,寒流直窜,洛洲平说完之后,周边一阵低气压,杜月明最先受不了了,问道:"你们还上不上去?"

一句话打破了凝重的气氛,卫翙笑道:"十一,我们走。"她说完,就带着十一往上走。

被落下来的洛洲平眯起眼,一瞬不瞬地看着卫翙,咬紧了牙根!

没过十分钟,一行人就到了半山腰。说是半山腰,其实只是山的三分之一处,酒店就在这里,还有洛洲平安排的烧烤宴。从山脚一口气爬上来,大家都累了,三五成群地聊着天走在一起。原先领头的洛洲平,已经成了队伍最后一个,卫翙和十一则走在最前面。

送他们来的车正停在酒店门口,司机是个挺和蔼的人,笑呵呵地对她们道:"辛苦了,先过来拿行李吧。"

十一刚想动,卫翙拽住她:"裴天会拿,你站着别动,让我靠一会儿。"

她平时有锻炼是不假,但走了这么久还是很累的。刚刚秘书们都围在身边,她一直在强撑,现在人群散开,她才察觉到自己的心跳已经快到不正常。

十一任她靠在自己身上,小声道:"三小姐,不如我先送您去房间休息吧?"

卫翙轻声道:"缓一缓。"声调不似平常。

十一怕有人起疑,主动往卫翙身边挪了挪,在外人看来,就好像是她在拖着卫翙说悄悄话。

杜月明刚拿完行李,还准备找十一说话,一看这场景,"啧啧"两声,一副"你真弱"的表情。

裴天拖着三个行李箱走过来,神色如常道:"三小姐,都拿好了。"

洛洲平还没上来,已经有酒店的服务人员给大家分配好了房间。轮到卫翙和十一时,服务员分别给她们递上了房卡。

杜月明笑:"大小姐要人伺候的。十一,你的房间给大家放多余的

第十二章 团建

行李吧。"

四周有笑声,十一手上的房卡被抢走了,她歪过头看着卫翙,似乎在征求她的意见。

卫翙垂眼,将手上的房卡递给十一,轻声道:"走吧。"

在两人身后拖着三个行李箱的裴天眼底一阵惊愕。三小姐居然愿意和人睡一间房?

卫翙靠着十一休息了片刻后,体力恢复了不少,心跳也逐渐平缓,十一站在原地僵直了身体。

裴天将行李箱送到两人房门口才说话:"三小姐,您先休息会儿,估计洛副总还有其他的安排。"

卫翙点点头:"你也回去休息会儿。"

裴天打开房门,十一看了卫翙一眼,见她没什么大碍,才拖着两个行李箱进了房间。房间挺大的,进门就是一个大沙发,对面墙上挂着电视机,房间还带阳台,此刻阳台的门半开着,凉风吹进来,卫翙立刻咳嗽了两声。

十一走进去,先把阳台门给合上,又看了看四周。

她正看着,听到卫翙的声音:"十一,给我把包拿出来。"

卫翙说的包是放在行李箱里的,十一忙打开她的行李箱。这箱子看着挺大,但是装的东西没几样,包就放在最上面。十一将包递给卫翙后,见她从里面拿出药瓶,倒出药。仿佛本能反应一般,十一立刻从茶几上拿了透明的杯子,用开水冲刷两遍后,才兑好温水递给卫翙。

杯子四周还有透明的水珠,卫翙接过后喝了一口,水温刚刚好,她将药咽下去后笑道:"谢谢。"

不是惯常的似笑非笑,而是眼底能见到笑意的那种笑。十一讷讷地低头轻声道:"不用。三小姐,您现在身体好点了吗?"

卫翙放下杯子,道:"好多了。"

两人刚聊完,门口传来敲门声,接着杜月明清脆的嗓音响起:"卫总。"

十一看了卫翙一眼,见她颔首,才跑去开了门。

杜月明漾着笑道:"行李都放下了还磨蹭什么呢?她们在外面都吃

起来了!你们都不饿的吗?"

不说还没发现,一说十一就觉得有些饿了。她用余光看着卫翔,卫翔刚刚体力透支,此刻胃部正翻腾,其实并不能吃下去什么,更何况是油腻的烧烤,但是不去洛洲平肯定起疑,她起身:"一起走吧。"

十一坐在沙发上没动,杜月明戳了戳她的肩膀,十一抬头道:"我不想吃烧烤。我能不能不去啊?"

杜月明不解:"怎么了?"

十一难得做出讨厌的表情:"我不喜欢那个味道。"

杜月明笑:"没事,等会儿下楼我让经理给你单独准备一份午饭,咱们带过去,吃烧烤嘛,最重要的是气氛。再说了,这是团建,卫总不参加,合适吗?你就是不想去,也得考虑下卫总啊⋯⋯"

十一正是担心卫翔的身体才说不想去的,如果卫翔也能留下,再好不过了。

卫翔似乎看出她在想什么,主动说道:"走吧,一起去。"

十一这才站起身,跟在她身后出了门。

下楼后,杜月明让酒店的服务员打包一份午饭,十一跟在后面叮嘱:"口味要清淡。"

卫翔只是站在两人身后,看着十一面色微红但坚持强调的样子,她抿着唇笑了。午饭很快就做好了,十一拎着到了烧烤宴上,秘书们已经围坐在一起,见到领导来了,她们纷纷让座。

"卫总这边请!"

"卫总,这边还有位子。"

洛洲平坐在众人中间,对卫翔笑道:"平时请卫总吃饭都请不到,今儿大家努努力,争取都和卫总喝一杯。"

其他人都兴奋地拍起手。

卫翔扬唇:"你们先吃,我去喂猫。"

众人有点蒙:"喂猫?"

卫翔没有理会他们,径直向十一走去。

十一被卫翔拉着坐在椅子上,十一打开包装盒,用身体挡住后面的

第十二章 团建

目光道:"三小姐,您吃点吧。"

卫翙看着面前的炒饭:"给我点的?"

虽然在房间时就已猜到,但是现在见十一将饭盒推过来,卫翙心里还是略有触动。裴天想过来,卫翙垂下的手做了个手势,阻止了他。他有些不解,但是没说话,继续坐在同事身边,听杜月明吹牛皮。

吃喝得差不多了,有人提议玩游戏。

杜月明看到不远处的十一和卫翙也收拾好了饭盒,忙叫:"十一!"

卫翙道:"走吧,过去看看。"

十一跟在她后面来到众人面前。

"盒子里有几个游戏,咱们抽到哪个就玩哪个,怎么样?"洛洲平的助理笑眯眯地问众人。

其他人纷纷道:"没问题。"

本就是来玩的,她们怎么可能介意?

助理看了一眼洛洲平,见他唇角扬起笑才继续道:"请卫总抽,怎么样?"

"好!"

盒子被放在卫翙面前,身边的几个秘书用期待的眼神看着她,一脸兴奋。她没迟疑地伸出手探进盒子里,从里面抽出一张纸,摊开后,上面写着"过河"。

十一没玩过这个游戏,杜月明就给她解释。所谓过河,就是在地上画十道线,然后一个人背着另一个人一道一道地跳过去,十道过后再跳回来,非常简单的一个游戏,作为开场活跃气氛的游戏很合适。

"既然是卫总抽的,就让卫总打个头阵,你们说好不好?"

十一听着,心里满满的不高兴。当然不好,她才舍不得卫翙背人呢!可她说不好没用,毕竟这么多双眼睛看着。

卫翙点头:"好。"她说着,向十一伸出了手。

助理原本还想说抽人做同伴,但看到这个动作,他沉默了会儿,对其他人道:"还有没有要参加的?"

秘书室一共十个人,分成了五组,首秘和杜月明一组,洛洲平想和

裴天一组,奈何人家要做裁判,于是他只能和自己的助理一组。刚刚还兴致高昂的助理听到自己要和洛洲平一组,当即面如土色。

裴天举着发令旗走到卫翙身边,轻声道:"三小姐,您可以吗?要不然我和您一组?"

卫翙摇头:"不行。"

她和十一一组,旁人不敢说什么,她和裴天就不同了。为了不闹出太大动静,卫翙对十一道:"辛苦了。"

十一还没反应过来,卫翙就站在她背后,双手搂住她的脖子,上身压在了她的背上。十一双手往后,却不知道该放在哪里,还是卫翙主动将她的手放在了自己腿上,十一才托住她。

"开始!"裴天吹响了口哨,身边的人嘻嘻哈哈地跳出去,十一也急急往前蹦。到底背上多了个人,她的身体又不是很健硕,还是有点吃力的,但因为背着的人是卫翙,十一又觉得自己身体里充满了力量。这是种很矛盾的感觉,就好像身体在说"我不行了,撑不住了",但是精神还在叫嚣着"你可以的"。最后精神赢了,十一背着卫翙迅速跳到另一端,在所有人还没到达时已经往回跳了。

杜月明惊叹:"十一,你开挂了吧!"

十一听到这话,笑了笑,卫翙低头就看到她带着浅笑的侧脸,微垂的眼漂亮精致,神色柔软,但是透着韧性,就像是她这个人,看似纤细柔弱,但是身体里蕴藏力量。她能背着自己跳过去,已经让卫翙十分意外了,没想到她还能跳回来。

其实游戏而已,她要是实在没力气,完全可以放下自己,就好像有的组那样选择弃权。但十一没有,她很坚持,就像当初她曾经一家一家地流浪,却从没有放弃希望。哪怕希望很渺小,哪怕遍体鳞伤,她也不会放弃。

十一背着卫翙率先跳到了终点,弃权的几个人带头鼓掌,给她们递上矿泉水和干净毛巾。十一站在众人面前喘着气,却笑得十分开心,卫翙对上她清亮目光,也笑了笑。

没一会儿,洛洲平背着助理回来了,他气喘吁吁地一屁股坐在凳子上,卫翔主动给他递了干毛巾和矿泉水,语气凉薄,道:"洛总还是要多注意身体啊。"

洛洲平接过她递来的水,打开后笑道:"卫总说的是,不过卫总啊,你这样折腾小丫头,良心不会过不去吗?"

"为什么良心过不去?"卫翔轻描淡写地道,"我们一直是这样的啊。"

"咳咳咳……"饶是无赖惯了的洛洲平,听到这话也忍不住喷了!身边来来回回走动的秘书们见状也是一阵沉默。

洛洲平动了动身体,轻咳,打破了尴尬:"来来来,我们继续下一轮。"

十一正抱着矿泉水喝,肩膀被杜月明拍了下:"可以啊十一,看不出来啊,原来你这么生猛!"

她身后跟着的两个小秘书,看十一的目光也是陡然增加了崇拜,其中一个还献上自己的零食:"多吃点补充体力。"

十一很感激地回她:"谢谢。"然后从里面抽了一块巧克力。

卫翔忙着和洛洲平周旋。自从烂尾楼的方案定下后,洛洲平就一直揣着其他心思,他自己的公司刚步入正轨,想用卫天集团做担保筹资。卫翔看着他贪得无厌的样子,轻笑:"洛副总,就是我同意,其他董事也不会同意的。"

"卫总,我洛洲平在卫天待了二十几年,不说功劳,也有苦劳,这点小忙,都不需要经过董事会,卫总您自己就可以处理,您说对吧?"

卫翔笑了笑,没吭声。

洛洲平也知道这事不能急于一时,他道:"来来来,今天不谈公事,咱们尽情玩儿!"

其他的秘书已经围了过来,坐在两人身边,就连十一都凑了过来。

"玩什么?"首秘说道,"不来运动了,爬山都累个半死,还跳来跳去,我的骨架都要散了,玩其他的怎么样?"

"不如,真心话大冒险?"其中一个秘书刚说完,就被另一个捶了一下:"这有什么好玩的?上学的时候都玩腻了!"

"也是。"

"玩腻了就不能玩了?"杜月明对身边的几个秘书挤眉弄眼,视线

看向十一和卫翙。

众人会意,立刻道:"玩!"

十一挠挠头,问身边的卫翙:"三小姐,什么是真心话大冒险?"

她的目光清澈动人,晶亮璀璨,像坠了两颗星星进去,色泽漂亮到不可思议。两人坐得近,卫翙偏头看着那一双眼睛,里面盛着自己的小小倒影。她的呼吸窒了窒,回道:"就是冒险游戏,想玩吗?"

十一很担心会消耗体力,于是更小声地道:"还是跑跑跳跳?"

卫翙从不会说谎话,更很少逗弄人,这一刻却生了心思,逗着她道:"是的。"

十一小脸一垮:"不想玩。"

喜怒哀乐全表现在脸上,表情丰富生动,完全不似刚到卫家时那副怯弱的样子。这才过来一个多月,十一就恢复了点孩子心性。卫翙垂眼,低声道:"玩玩吧。"

十一对她的话从来不会怀疑,她说什么就做什么,点头:"好。"

完全信任的态度,一点都不怀疑她的话,卫翙的唇角扬起,她听到首秘问:"卫总也来吧?"

她想了想,道:"好。"

大冒险是杜月明提出来的,原本是为了探听更多卫翙的八卦,谁料几局下来,反倒是她自己的老底都要被扒完了。初恋在什么年纪,未成年时有没有做过出格的事情……全都抖了出来,她这才求饶:"快,下一个游戏!这游戏对我不友好,专门针对我!"

十一是头一次玩,刚开始时还有些抵触,后面渐入佳境。因为每次被提问的都是杜月明,光是看她的反应都能笑半天,所以渐渐地,她也放开了玩,不过从头到尾,她都没有被提问。当然,卫翙也没有,她就更高兴了。

接下来的几轮也是娱乐性比较强的游戏,因为爬山实在太累了,众人都没什么体力再去折腾,索性就坐着玩了一下午,饿了就烤点儿东西吃,也算惬意。

晚饭是在酒店吃的,也是洛洲平安排的。众人一起收拾后就往酒店

第十二章 团建

走去。从始至终,十一的注意力都在卫翔身上,此刻见她面色如常,也放下心,跟在众人身后。

一下午的时间,秘书们都和十一认识得差不多了,还有几个追着要和她做朋友。十一感受到她们的热情,却没有回应。她们和杜月明不同,她分辨得出来。

到酒店后,服务员领他们进了一个大包厢,众人鱼贯而入。十一被安排坐在卫翔身边,她坐下后,准备把卫翔的杯子洗一洗,反被阻止:"没事,就这么用。"

十一没问为什么,只是点头:"好。"她说着,给卫翔倒了杯茶。

大家一下午都坐在外面吃烧烤,不算太饿,晚饭就成了酒会。不过因为女孩居多,所以点的酒度数并不高,众人不敢向卫翔敬酒,只能频频向十一举杯。十一看了卫翔一眼,见她没反对,便站起身,轻轻碰个杯,仰头喝下去。

淡黄色的酒没入喉中,香甜中带着些烧灼感,不过那种感觉很快就被酒的香气淹没。十一喝了两杯,觉得挺好喝,便有些贪杯。趁着没人注意,十一悄悄给自己倒了第三杯,却冷不丁被人攥住手腕。她转头,见到卫翔轻轻摇头:"这酒后劲大,少喝点。"

十一仿佛做坏事被抓个正着,羞愧地回她:"我知道了。"然后放下了杯子,"我不喝了。"听话得让卫翔的眉梢都染上了笑意。

卫翔还没开口,就听到洛洲平道:"你们也真是的,就知道自己喝,都不知道敬卫总!来,卫总,我敬您一杯。"

卫翔滴酒不沾,这是众人都知道的,进卫天这么多年,从没有破过例,只是不知道洛洲平能不能让她破例。

两人在公司一直都是博弈的状态,这点众人心知肚明,所以气氛陡然就僵住了。还在夹菜的几个人不由得放下了筷子,都想看看卫翔会怎么回应。

卫翔看了看面前的杯子,刚准备说话,旁边传来声音:"洛总,这就是您的不对了。"

杜月明态度凉凉地道:"所谓来者是客,我是代替我哥来的,怎么

说,卫总这第一杯酒,也该是我敬,您说对吧?"

洛洲平恼怒地瞪了杜月明一眼,也不知道她是有心还是无意,自己又怎么得罪她了,今天下午她坏了自己不少好事,现在又插手,真是气死人了!

杜月明却没有将他涨成猪肝色的脸放进眼里,她端起杯子,道:"卫总,于情于理,这第一杯酒,我该替我哥敬您,但是吧,我和十一又是朋友,这样,我喝两杯,十一替您喝一杯,怎么样?"

话音刚落,其他人纷纷附和。

这次不需要任何人解释,十一也能知道月明的意思了。她看向卫翙,却见对方抿唇一笑,举起杯:"好啊。"

十一还没反应过来,卫翙就主动托起她的手,将杯子放在了她的手上,她听到卫翙清冷的嗓音:"喝吧。"

十一闭了闭眼,怀着虔诚又敬重的心情,抬手将杯中酒倒入口中。一滴酒溅到手指上,十一舔了一下,太甜了。

十一不知道这个饭局是怎么结束的,脑子懵懵的,整个人仿佛踩在云端。她糊里糊涂地跟在卫翙身后,进房间前肩膀被人拍了下,她转头,见到杜月明放大的笑脸:"晚上玩得愉快!"

十一晃了下脑袋,愣愣地看着她,讷讷地回:"好。"

杜月明见她迷迷糊糊的样子,笑道:"对了,送你个礼物。早就想送你了,一直没机会。"她说着,从口袋拿出一个褐色的小瓶子,眨眼道,"我最好的私藏品了,送你。"

十一握着瓶子:"私藏品?"

"使用方法很简单,洗完澡擦一点就行。"

十一明白过来,这应该跟三小姐送给她的护肤品差不多,她点头:"好,谢谢您,我会用的。"

杜月明看着她捏着瓶子进了房间,眯起眼睛笑了!

第十三章
醉酒

十一进房间时,卫翙正坐在沙发上吃药。卫翙以前也喝过几次酒,但代价比较大,后来才有了滴酒不沾的习惯,一般也没人敢向她敬酒,今天要不是洛洲平搅局,那杯酒她是不会接的,虽然十一能替她喝。

她接下这杯酒,不是给杜月明面子,而是给整个杜家面子,这点,杜月明应该很明白。

卫翙仰头喝下药,听到身边十一清脆的嗓音问道:"三小姐,您还好吗?"

卫翙放下水杯,轻笑:"还好。你早点洗漱休息吧,今天辛苦了。"

十一仔细地看了看她的面色,脸颊带着丝丝红晕,不似平日发烧时那种不正常的红,她略微放下心,点点头:"好,那我先去洗漱。"

她抱着自己的衣服进了卫生间,关上门之后才犯了难。这间酒店的装修实在太大胆——卫生间的门是玻璃的,而且只有中间的部分有磨砂,上下都是透明的。

十一有些害羞,她抱着衣服站了几秒,最后挨着门,尽量躲在门后。刚脱了一件外套,想将衣服挂在旁边衣架上,身体没站稳,一下扑在了衣架上,发出"哐当"的声音。

　　十一晚上多喝了几杯酒,卫翔担心她现在酒精上头了,所以听到动静就看了过来,喊道:"十一?"

　　"嗯……嗯。"回答她的是两声不自然的回应。

　　卫翔站起身,将卫生间里的景象看了个大概。十一干站着,转头看过来,眼底还有几分惊慌,楚楚可怜的。

　　卫翔记得这样的眼神,刚带她进卫家时,她也是用这种眼神看着自己,当时的自己是什么样的心情?卫翔已经忘了,但现在心底却透着怜惜和无奈。

　　她敲门:"十一。"

　　十一左右看看,然后轻轻打开了门,很不好意思低着头。她见到卫翔没吭声,只是跨一步走了进来,不由道:"三小姐!"

　　卫翔走到门后,指着一个盒子道:"按一下。"

　　十一侧着头看了看她,又看了看盒子里面的一个绿色按钮,听话地按下去,只听到"嗡嗡嗡"的声响,她仰头,只见天花板上缓缓降下浅蓝色的布,紧贴在玻璃上,整个卫生间瞬间和外面隔绝了起来。

　　原来是这样,她好笨。

　　卫翔见她按下了按钮,又替她打开了灯,轻声道:"洗吧。"

　　十一刚弱弱地说了句"谢谢三小姐",就听到了门合上的声音,她抬起头,卫翔已经走出了卫生间。

　　卫翔从卫生间出来后打开了电脑,烂尾楼的项目已经确定了开工的日子,就在下周五,到场的除了各方媒体,还有董事和合作的几个老总。卫翔这次没特别通知沈浩,反倒先收到了他的消息,说有空,肯定提前到,还问有没有什么需要帮忙的。她冷笑,这见风使舵的手段,沈家从来都用不腻。

　　不过沈家毕竟还是大头,面子还是要给的,卫翔亲自打电话给沈浩定了个时间。

　　十一穿着睡衣走出卫生间时,见卫翔正坐在沙发上打电话,她谈公事时神色很冷漠,声音不大,却透着威严,说的话就像是下达指令,不容许任何人无视和反驳。十一想,大概也没人敢反抗。

第十三章 醉酒

纵然面前这个人是个病人，还是个病情严重的病人，但十一就是觉得卫翔很强大，强大到没有任何东西可以压垮她，就连她的病也不可以。

三小姐会好起来的，十一在心里默默地想。她等卫翔挂了电话，走到卫翔身边，软声道："三小姐，我洗好了，您进去洗吧。"

卫翔放下电话，抬起头看了她一眼，点头："洗好了就去休息吧。"

十一站在茶几旁问："您还要工作吗？有没有什么我能帮上忙的？"

"没有。"卫翔低头，"我还要看会儿文件，你先去休息。"

十一拗不过她，只好应下："好。"

她转身爬上床，这个房间的床是放在窗边的，在房间最里面的位置。客厅的水晶灯开着，卫翔在她上床后，特意将吊灯关掉了，打开了柔和的虚光灯带。

十一确实累了，但是不远处卫翔翻阅文件的轻微声响还是影响了她，不会让人难以入眠，却让她忍不住想要帮卫翔分担一些。

十一翻了个身，不再多想。

卫翔低头看着文件，刘海微垂，挡住了锋利的眉眼，鼻尖秀挺，唇瓣殷红，长发遮挡住半边脸颊。灯光是暖色的，将她整个人都照得柔软了。

直到闹钟响起，到了九点，她才合上文件去卫生间洗漱。再出来时，十一已经睡着了，上半身都露在外面。虽然有暖气，但卫翔还是走上前，想给十一盖下被子，结果刚靠过去，十一就突然搂住了她的胳膊，唇角还带着浅浅的笑意。

她是在做美梦吧。

十一迷迷糊糊的，连被子都掀开了，卫翔见状，一声叹息，抽出手将被子重新拉好。黑暗里，十一似是很不舒服，又掀开了被子，正好打到卫翔身上。卫翔沉默了几秒，打开了床头灯。

卫翔将被子重新盖在她的肩头，还没关掉灯，就见到十一又掀开了被子。三次下来，卫翔的脸色微变，她道："十一。"

睡着的人没理她，只是含糊地应了两声。

卫翔推了推她:"十一。"

十一睁开眼,眼神茫然,脸色微红,卫翔猜想她之前喝多了,现在后劲上来,才会这样。卫翔轻声道:"你躺好别动,我去给你倒杯水。"

她刚转身要走,就又被十一拽住了胳膊。到底是一个健康的成年人,卫翔被她反拉着跌坐在床沿,十一也不说话,只是用那双蒙眬的、水汪汪的眼睛盯着她。

她秀眉紧皱:"十一?"

十一还是仰着头,面上微红,双眼若水,抓着她的手心特别热。

卫翔垂眼,继续叫:"十一?"她拍了拍十一的脸颊,"十一,还认得我吗?"

十一笑道:"三小姐。"

卫翔的胸口骤然传来剧烈的疼痛,十一还不管不顾地靠了过来。卫翔一手捂着胸口,在快撑不住昏厥之前,用力推开了十一。

十一终于清醒过来,嗓音充满了惊慌:"三,三小姐。"

"拿药。"卫翔的手指一阵发抖,身体轻颤。

十一见状,顾不上其他,下床从包里找到药,倒了两粒递给卫翔,见她仰头就吃了下去,连水都没喝。

"您还好吗?"十一看着她虚弱的样子,这才意识到自己醉酒之后的行为有多可怕。

卫翔吃了药,靠在床头,慢慢地拉过被子盖在身上,末了道:"晚上喝了很多酒?"

十一听到她的问话,抬头,眼圈红透,水光点点,她摇了摇头:"没有。"

她也不确定喝的那些酒算不算多,总之就是有点神志不清,迷迷糊糊中感觉有什么人靠近自己,像是去世的婆婆,所以她下意识地想要死死抓住,不想放开。

十一见卫翔缓过来一些,不敢靠近,站在远处说道:"三小姐,您先休息吧。"

卫翔看着她,唤道:"过来。"

十一安静了一会儿，还是走过去，站在床边，低着头，双手拧着睡衣。

卫翔见状轻声道："我没事。"

"可是我刚刚——"

卫翔打断她的话："我说没事就没事。"

十一从来不敢违背卫翔的要求，这次却没照做。她立在原地，对卫翔道："对不起，三小姐。"

"坐下。"简短，凉薄，语气已经充斥着不耐烦，十一咬着牙坐到床沿边上。

卫翔睁着眼，歪头看向旁边，良久之后才道："有没有想过去找自己的家人？"

十一正在为刚刚的事情忏悔，满心满眼都是歉意，此刻听到她的问话，愣了几秒，回过神："没有。"

"不想找吗？"

十一摇头："不知道从哪里找起。"

卫翔沉声道："如果我帮你找到呢？你会回去吗？"

十一惊诧地转头："三小姐？"

卫翔又问了一遍："会回去吗？"

十一沉默了，父母对她而言，只是个称呼而已。十一是四岁时被婆婆捡到的，婆婆说那时候刚过完年，她回家探亲，路上见十一一个人蹲在雪地里，身上穿着破破烂烂的衣服。婆婆带她回家换了衣服，然后将她送到了警察局里。她的父母却始终没有找到。就这样，婆婆将她带了回去，给她取名"十一"。

她对父母是完全没有印象的。

她对卫翔轻声道："不想，我不想回去。"

她在经历了很多事情之后才发现，自己是依赖并信赖着眼前这个人的。

她想待在卫家，想待在卫翔身边。

十一看着面前的人。卫翔已经躺下，双手放在被子上，听到她说

"不想",皱皱眉:"你不想回家吗?"

十一回她:"我没有其他的家。"声音软软的,却很坚定。

卫翔看着她,正对上十一看过来的目光,昏暗中,那双眼睛十分明亮。两两对望,相顾无言。卫翔转过头盯着天花板看了一会儿,呼吸渐渐平稳,很快睡着了。

十一却怎么也没办法再入眠。她生怕卫翔再出现什么不适,所以一直睁着眼。一夜熬过来,她的眼下出现了淡淡的黑眼圈,精神不振,很是萎靡。

杜月明过来敲门时,被卫翔瞪了一眼,她缩着脖子找到十一,问:"怎么回事?她心情不好?"

十一软软地道:"可能是昨晚没睡好。"

杜月明还想说些什么,正在这时,手机响了,她对十一笑笑,转头出去接电话,迎面碰上回来的卫翔,两人打了个照面,杜月明冲她笑着眨了眨眼,卫翔的脸沉了又沉。

一早上就对上卫翔不善的脸色,十一有些心惊,她将换下来的衣服放在包里,对卫翔道:"三小姐,行李我都收拾好了。"

卫翔点头:"楼下有早点,下去吃吧。"

"那您呢?"十一看向卫翔,"您不吃吗?"

卫翔坐下:"我还不想吃。"

十一见卫翔坐在沙发上,侧脸淡然,她又想到了昨晚的事情,垂眼,很真挚地道:"三小姐,您是不是还在为昨晚的事生气?对不起,我以后会注意的。"

"昨晚?"卫翔抬起眼皮,轻声道,"昨晚什么事?"

接下来的半天,十一都属于愣怔状态,整个人魂不守舍的,总是不自觉地看向卫翔,看着她和别人沟通,和别人神色如常地讨论、打电话,思路清晰地吩咐事情。她总是这样,强大到让人看不穿,不像自己,一点点小事就会心神不宁一整天。

卫翔依旧沉稳内敛,看不出分毫不对劲。

第十三章 醉酒

洛洲平对筹资的事情还没死心，缠着卫翔想让她松口。卫翔和他打太极，不答应也不拒绝，离开时轻飘飘地说了一句"再想想"。

洛洲平明知道她是在拖延时间却没办法，气恼地转头找助理撒气。

十一原来坐在卫翔身边，看她镇定自若地和洛洲平你来我往地周旋，她插不上话，觉得这样坐着听也挺好的，但杜月明没给她这个机会，将她拉了出去。

秘书室的众人正坐在一起嗑瓜子，大家坐成一圈，中间摆放着很多零食。见杜月明拉着十一过来，她们迅速让开两个位子，殷勤地道："杜小姐，这边坐。"

杜月明拉着十一坐下，秘书室众人七嘴八舌地开口：

"十一，吃这个，这是进口的。"

"十一，你喜欢化妆吗？我这儿有刚代购回来的，还没用。"

"I国牌子的吗？那个超好用的！"

十一刚坐下，手上就被塞满了东西，她尴尬地笑笑，对众人道："谢谢。"

秘书们笑眯了眼。

"是我们谢谢你才对，要不是你，我们哪能看到卫总这么亲民的一面啊？"

"对啊对啊。"

十一低着头，语带疑惑："有，有吗？"

秘书嘀咕："怎么没有？你不知道她以前的做事风格，别说来参加团建了，就是一起吃个饭都不可能！"

"还有啊，她以前身边一个朋友都没有。"

"不过我真的很佩服卫总，刚成年就接手了卫天，要是我，卫天早就倒了。"

"那能怎么办？谁让老卫总走得早呢？"

十一听得心尖一动，小声问道："老卫总？"

秘书们相互看看。

其中一个秘书叹息道："说来老卫总也是个好人，可惜好人不长命，

祸害遗千年。"她说着，用鄙夷的目光看向洛洲平。

她在卫天待了快十年了，当初还是老卫总的私人秘书。卫翙进卫天时身边带着裴天，她就做了首席秘书。洛洲平和卫长远的事情，她多少了解一点，所以对洛洲平这次回国的目的心知肚明，也想提醒卫翙，不过她看得出来，卫翙并不需要。

"老卫总是真的好，当初扣奖金那次，他还给我们额外补贴了。"

"对啊，脾气也好，只是身体不太好，走得早。"

十一看着众人，问道："老卫总身体不好？"

"心脏病。"首秘想了一下，"听说好不容易找到一个心脏匹配的，人是出车祸走的，结果做移植手术时发生了意外，老卫总最后死在了手术台上。"

"太可惜了，要不是这样，卫总也不会小小年纪就要撑起卫天。"

众人一阵唏嘘，气氛沉重。

杜月明拍拍手："好了好了，我们是出来玩的，不是开追悼会的，开心一点好吗？"

十一被她拽着站起身。越过杜月明的肩膀，十一看到卫翙正在和裴天说话，侧脸清冷，细看下脸色微白。卫翙似乎察觉到了什么，转过头，正对上十一的目光，两两相望，卫翙淡漠地撇开了眼。

十一的心情霎时多云转阴了。

午饭过后，众人打道回府。和来时一样，卫翙和杜月明坐在前面，只是卫翙没休息，而是和杜月明说事情，似乎和什么项目有关。

十一发现今天的卫翙比平日里话更多，见两人谈得差不多了，她倒了杯热水递过去："三小姐，您喝一点？"

卫翙仰头看了她一眼，接过，轻声道："谢谢。"

十一坐到她身边，道："您要不要休息会儿？"

卫翙头转了回去："我和杜小姐说完就休息，你困了就先睡吧。"

态度比以往更温柔，但十一还是敏感地察觉到有什么地方不一样了。也或许是自己的错觉，是她想太多了。十一偏头，听着两人的聊天声入眠。

第十三章 醉酒

昨晚没睡好，困意上来，十一很快就睡着了，呼吸平稳绵长，她侧着身体抱着抱枕，头歪在沙发边。

十一一路睡到江城才醒，飞机降落的时候，杜月明叫了叫她的名字，她睁开惺忪的睡眼，身边没有卫翙，问："三小姐呢？"

"她啊，下去了。"杜月明不以为意，"我们也下去吧。"

十一紧跟在杜月明身后下了飞机。

一行人正在讨论晚上去干什么，也问了卫翙的意见。卫翙摆摆手："你们去吧，我要回公司一趟。"

杜月明看向十一，十一笑笑："我跟着三小姐。"

卫翙没说话，十一乖巧地站在她身后，等众人离开之后，卫翙才开口："我要去趟公司，裴天会送你回家。"

十一问："我能陪您一起去公司吗？"

卫翙想了几秒，道："不用了，你去也没事做，回家吧。"

十一就这么被送回了家，坐在车上时，她还在思考着卫翙态度的变化。分明和早上不一样，但是哪里不一样，她又说不上来，她拍了拍自己的头，都怪自己太笨了！

裴天将她送到卫家，帮她将行李放下。挺直的鼻梁上架着细框眼镜，目光温和："那我先走了，您休息吧。"

十一和他接触不多，虽然一起去了团建，但说过的话没超过十句，所以纵使想问，也不知道如何开口，只能点头："谢谢你。"

裴天低头："客气了。"

他转身上车，透过车窗向十一微微点头，然后驱车离开了。

江城的天气比佛陀山暖和不少，一路上依旧能看到红花绿叶。裴天将车直接开到公司的停车场。

卫翙的办公室门开着，他听到她正在打电话："现在？我在公司。"见他进门，卫翙抬手示意他关上门，末了对电话那端道："什么时候？"

苏子彦手上拿着文件，站在医院门口说道："现在吧，我刚下班，正好来你这儿一趟。"

卫翙点头："也好，我有些事想和你说。"

挂了电话,裴天说道:"十一小姐送回去了。"

跟了卫翙这么久,他也琢磨出了卫翙把十一留在身边的原因,所以首先就汇报了这个。

卫翙抬头看着他:"好,子彦一会儿来,你准备两杯茶。还有,帮我联系杜总,就说商量动工的事情。"

裴天记下:"好的,洛副总那边还会再提。"

洛洲平想让卫天作保,其实并不是不可能,也确实不需要经过董事会。如果他规规矩矩在卫天工作,这么多年了,这点小忙,她不会袖手旁观,可惜的是,他胃口太大,想要的也不仅仅是担保。再者,如果他将公司顺利发展起来,以后变成攻击卫天的利器,那才是最糟糕的。所以在这件事上,卫翙不会松口,哪怕和洛洲平撕破脸,她也不会遂了他的意。

"先放放,不用理会。"

裴天站直身体:"好,我知道该怎么做了。"

卫翙起身走到落地窗旁,转身道:"去泡茶吧。"

裴天出来时刚好和苏子彦打了个照面,他面带笑容,道:"苏医生,先进去吧,三小姐在等您呢。"

苏子彦"嗯"了一声,大步走进去。没一会儿,裴天端着两杯茶再次进来,将茶放在茶几上后,对卫翙道:"三小姐,你们慢聊,我先出去了。"

"等会儿。"卫翙叫住她,"裴天,你去帮我再核实下十一的亲属关系。"

她郑重地道:"要具体的。"

裴天愣了几秒,道:"好。"

他走后,卫翙坐沙发上看向苏子彦:"今天怎么过来了?"

苏子彦从茶几上端了杯茶,轻轻吹了吹,热气袅袅升起,他抿了口茶,说道:"听说你前两天去参加团建了,身体怎么样?"

卫翙任他打量,自然地道:"挺好的。"

"白医生那边我经联系上了,最迟这个月底我们可以去做个检查。"

第十三章 醉酒

他说完，看向卫翙，话题转了个弯，"你刚刚让裴天查十一的家里人干什么？"

卫翙郑重地道："想送她回家。上次拜托你预约的手术，取消了吧。"

苏子彦挑眉："你后悔了？"

卫翙没犹豫，点头："对，我后悔了。"

她后悔自己曾经有那个想法，后悔让十一进卫家，后悔让十一跟在自己身边。

卫翙轻叹，她没想到自己活了二十七年，一只脚都踏入棺材了，还能尝到后悔是什么滋味，老天爷待她可真是不薄啊。

苏子彦听到她这么说，皱眉道："你后悔也没用，人你也送不走了。我今天来就是想告诉你一些事，我查到了十一家里人的身份了。"

他的神色是前所未有的严肃，卫翙的心尖一跳，双手握紧杯子："是谁？"

苏子彦将随身带来的文件递给卫翙："还记得你以前找过一个孩子吗？就是她。"

卫翙手一哆嗦，杯子落在大理石地面上，发出清脆的声响！

第十四章
往事

卫长远半辈子都在寻找合适的心脏中度过，一次次给他希望，一次次让他失望，就在他快要放弃时，程家传来消息，说是找到了，配型已经做过，血型吻合，心脏个体吻合，所有数据都一致，是最佳供体。整个程家和卫长远都高兴疯了，就连远在国外的卫翔都接到了卫长远的电话，说让她赶快回来，有个天大的好消息要告诉她。

所有人都沉浸在高兴的气氛里，却忘了一件事。

这是个活人，且还是年轻的活人，尽管因为出了车祸生命垂危，但在对方仍有意识的时候期盼着他能同意死后移植，并不是一件容易的事情。

卫长远和那个男人在病房深谈了很久，没有人知道他们俩谈了什么，也没有人知道男人是心甘情愿的还是被威逼利诱的，总而言之，他答应了。

没过两天，男人病重，最终被确认脑死亡，医院就立刻给卫长远做了心脏移植手术。手术那天正赶上卫翔回国，她从机场直奔医院，在外面等了一天一夜，结果却是卫长远没能活着从手术台上下来。

卫翔怀着喜悦的心情回来，却被兜头浇了一盆凉水，从头到脚，没

第十四章 往事

有一处不透着寒意，冻得她直发抖！

后来她接手卫天，得到了一盒录像带和一份单独的遗嘱，才知道事情的始末。

那男人是个赌徒，年轻时欠了不少债，老婆被高利贷逼得自杀，他也不想活下去了，就抱着刚出生的孩子一起自杀。后来被人救下，他就将孩子送到了福利院，独自流浪，东躲西藏了好几年。被程家找到时，他刚出车祸，男人早就将自己的生死看淡了，孩子是他唯一的牵挂，所以他答应卫长远接受手术，唯一的条件是，无论什么时候卫长远都必须收养他的孩子。就算卫长远不幸没能从手术台上下来，他的后人也要把男人的孩子领进家门，当成卫家人。随后两人签了协议，按了手印。

卫翔遵从遗嘱，吩咐裴天和程家去找人，但是福利院那边给她的消息是，孩子被人领养走了。辗转几年，等到她找到领养的那户人家，才得知一家人在旅游时出了意外，全部遇难了。如此，她才放弃了寻找。

万万没想到，那孩子居然是十一。

"我也没想到。"苏子彦说，"那天给她做完检查，发现她是稀有血型时我就有种预感。"

但是他并没有立即告诉卫翔，而是自己反复求证之后才将结果告诉她。见卫翔没说话，苏子彦继续道："十一后来确实被人领养了，但是没过半年她就被人贩子给拐走了，还好后来她遇到了一个用人，对她还算不错。"

那个人就是十一说的婆婆吧。

卫翔的心阵阵抽痛，脸色煞白，摔碎的杯子还在地上，茶水蔓延到她脚下，蜿蜒扭曲。透过亮晶晶的水渍，她看到了自己的倒影，狼狈不堪。

"怎么会是她？"卫翔闭了闭眼，"怎么偏偏就是她？"

苏子彦闭了闭眼，他知道卫翔现在肯定不好受，起身走到卫翔身边，询问道："你打算怎么安置十一？"

卫翔脸色苍白如纸，此刻哪里还有一点镇定的样子？她做了两个深呼吸，如果按照遗嘱，那她现在无论如何都要将十一真正带进卫家，

但是……

卫翙咬了咬牙:"我再想想,你先回去吧。"

苏子彦拍拍她的肩膀:"有什么事直接联系我,别硬扛着。"

卫翙想说不用了,但是十一这件事,没准还真需要苏子彦帮忙,她点点头:"我会的。"

苏子彦离开之后,卫翙靠在沙发椅上,闭着眼,眼前一片黑暗。渐渐地,黑暗中有了光亮,十一清亮的双眼慢慢清晰,五官带笑,嗓音清脆地唤她:"三小姐。"

她心尖一抽,双手紧握。如果自己早点找到十一,是不是这孩子就不会遭这么多的罪?

她本应该享受富裕的生活,纵使那是她的父亲用命换来的,这就是她应得的!是卫家欠她的!可自己没有找到她,没有早一点找到她,让她受尽了苦楚。

卫翙闷咳几声,苍白的脸上浮现出不正常的红润,她做了好几个深呼吸。这时,办公室的门被敲响,裴天站在门口,恭敬地道:"卫总,洛副总找您。"

卫翙敛起复杂的心绪,起身去了卫生间,洗漱一番后,上了淡妆才出来。洛洲平已经坐在办公室的沙发上了,她道:"洛副总有事?"

洛洲平笑笑:"那倒没有,就是刚刚碰到苏医生了,我是怕卫总有事。"

卫翙对上他锐利的目光,笑得自然:"我很好。"

洛洲平眼睛眯起,好像要看透她淡妆下的伪装。那双锋利的眼睛如毒蛇般缠在卫翙身上,她抬起头对裴天道:"倒两杯咖啡来。"

裴天应下:"好。"

咖啡端进来时,洛洲平正在说年底股东分红的事情,卫翙紧皱着眉头,侧脸迎着阳光,面上一片苍白。裴天注意到她的双手正紧握着,手背上筋脉凸显。很明显,她在强撑。

"卫总,视频会议还有五分钟就要开始了,您要不要再核实一遍资料?"裴天站在她身后,低头问。

第十四章 往事

卫翙顺着他的话点头:"那好,你先送洛副总出去吧。"

裴天态度恭恭敬敬地道:"洛副总,请。"

洛洲平眯着眼,老神在在,半晌,笑道:"既然卫总要忙,那我先走了。"

裴天带着洛洲平出去,刚合上门,卫翙就忍不住紧紧按住胸口,细细碎碎的疼从心脏蹿出来。

想到十一,她的心忍不住更加疼了。

为什么偏偏是她?

如果自己当初再仔细一点,如果自己肯多放一点心思在这事上,如果自己当时就能发现不对,如果……

十一是不是就不用吃这么多的苦了?

错在她。

卫翙靠在沙发上,闭上眼,回想起十一说过的话:

"我没有名字,婆婆说是年十一带我回家的,就叫我'十一'。"

"三小姐,我要是离开,你会抓我回来打我吗?"

"小姐,您让我做用人吧,我什么都会做,什么都可以学,我会做得很好的,我一点都不怕苦。"

"三小姐,我没有偷东西的习惯。"

一字一句,锥子般戳在卫翙的胸口,她疼得脸色发白,眼睛微红。这个本应该享受一切的孩子,因为她的疏忽大意,因为她的不尽责,在外面流浪了这么多年,她甚至还想让十一背负起整个卫家。

她到底在做什么荒唐的事情?

荒唐,荒唐至极!

整个办公室静悄悄的,卫翙靠在沙发上,良久,她站起身,打电话给裴天:"备车。"

十一正在家里接待客人———一人一狗。

杜月明笑眯眯地道:"那你平时在家岂不是很无聊?"

她腼腆地点头:"也还好。"

杜月明轻轻摇头,叹息:"我要是你,一分钟都待不下去。"

十一听着,轻笑。刚回来没多久她就接到了杜月明的电话,问她在哪儿,她说出地址后杜月明就牵着狗过来了,还说是丝丝想她了。

十一问她怎么没和秘书们一起去玩,杜月明挥挥手,又不熟,玩什么?这一刻,十一有些羡慕杜月明,她将任何关系都处理得游刃有余。那些不熟的人,在团建时,杜月明也能和她们打闹成一团。这种交际能力,真的让十一很羡慕。

杜月明听了她的话,笑道:"羡慕我?你知道外面怎么说我吗?"

十一瞪大眼:"怎么说?"

"花蝴蝶啊。"杜月明丝毫不介意这个称呼,反而笑道,"知道是什么意思吗?"

十一瞪着圆圆的眼睛,直觉这不是个好词,她摇头:"不知道,也不想知道。"

杜月明闻言,看着她,伸出手狠狠拧了一下十一的脸颊,笑得开怀:"十一啊,你这么善解人意,我可真想把你拖回家。"

她总是这样,没个正经。十一笑着和丝丝打闹,不理会杜月明。

卫翊回家时,看到两人一狗正在后花园玩耍,阳光落在十一身上,连带她的笑容都温暖了很多。卫翊就这么站在不远处,身边的柳婶问:"三小姐,需要叫小小姐过来吗?"

"不用。"卫翊摇头,"你去忙吧。"

柳婶看看她又看看十一,低声应下,转身离开了。

卫翊看着十一举高了手上的食物,那只体形不小的狗立刻扑过去,将她扑倒在地,却没有抢夺她手上的食物,反而舔着她的脸颊。十一的笑声清脆悦耳,隔着老远都能听到。

原本这孩子就应该在这样的环境下成长,她应该肆无忌惮地、快乐地生活,享受生活,她应该接受良好的教育,这一切,是卫家欠她的,可是自己却没做到。自己没能及时找到她,让她尝尽苦楚,都是自己的错。

卫翊听着阵阵欢笑,心里难受得无以复加,她站在阳光下,腰杆不似以往直挺,而是微微弯着。

第十四章 往事

十一给丝丝喂完食物,转头,不经意一瞥,立刻从草地上爬起来,走到卫翙身边,道:"三小姐,您怎么回来了?"

这是她家,她怎么不能回来了?

十一问完才觉得自己问了个蠢问题。她挠挠头,听到卫翙淡淡地解释:"公司没事,我就先回来了,杜小姐什么时候来的?"

杜月明牵着狗走过来:"我来了有一会儿了,现在要回去了,十一,回见。"

十一错愕:"你不是说在这儿吃饭吗?"

杜月明冲她眨眼:"可算了吧,我怕消化不良。"

卫翙听着两人嘀咕,没吭声,一瞬不瞬地看着十一,目光不锋利,不尖锐,而是前所未有的温和。等杜月明牵着狗离开后,十一才仰头大胆地看着卫翙,勉强地笑道:"三小姐,外面冷,我陪您进屋吧。"

"十一。"卫翙双手背在身后,寒风呼啸着从身侧擦过,她轻声道,"对不起。"

许是风太大,吹散了声音,也或许是卫翙的声音压得太低,十一听不真切,问:"您说什么?"

卫翙对上那双清亮的眼睛,唇角动了动,最后低头:"没什么,回去吧。"

十一紧跟在她身后。进玄关时,卫翙侧头看了一眼镜子,里面的十一比自己矮一点,身形单薄消瘦,穿着样式简单的运动装,秀发刚刚在外面被风吹乱了,发丝贴在身后和脸颊上,一双眼睛璀璨有神,面带浅笑。

"卫翙,爸爸做了一件糊涂事,如果我能从手术台上下来,我会亲自去赎罪,如果不能,你一定要找到那个孩子,然后带回卫家。以后,她就是你的妹妹。"

想到爸爸说的话,卫翙站在玄关处没动,定定地看着镜子。十一见她站定,也没催促,就傻傻地待在她身后。卫翙盯着镜子看了很久才说话:"饿了没?我让柳婶做晚饭。"

声音温和,但是和中午、早上时又都不同。十一不知道卫翙到底怎

么了,一天内居然用三种态度对她,她很茫然,直接道:"三小姐,我是不是做错什么事了?是不是和杜小姐有关?您是不是不喜欢我和她待在一起?"

卫翙轻笑:"十一,你有没有想过,如果找到家人,该怎么生活?"

十一愣怔,继昨晚之后,这是卫翙第二次提到自己的家人,她不会平白无故地提及,那只能说明——

"您是要赶我走吗?"

是因为她考虑的时间太长了,所以卫翙不耐烦了,想要撵她走了吗?

十一心里难受得像是被人重重捶了一拳,眼底已经弥漫起水花。

卫翙伸出右手,想放在十一的肩头,手伸到一半,又缩回去。她轻声道:"没有,我就是问问,如果你找到家里人,你会做什么?"

十一喉中哽咽:"我不知道。"

卫翙的眼神变了变,神色莫测:"那如果,我是你的家人呢?"

十一诧异地仰头,一双大眼还充盈着水花,眼角猩红,鼻尖抽了抽:"您说什么?"

卫翙抿唇:"我只是假设。"

十一想了下,走到卫翙身边,伸出手抱住她。十一的心柔软到不可思议,她抱着卫翙,头埋在她怀中说:"如果……那,我想抱抱你。"

她用卫翙的假设,做自己想做的事情,生怕被卫翙看出端倪,头一直埋得很低,不敢对上卫翙的双眼。

卫翙没推开她,没呵斥她,也没有其他的反应,她只是任凭十一这样抱着自己,良久,她伸出手拍了拍十一的肩头:"晚饭该好了,吃饭吧。"

十一心头有一百万个问题,可松开卫翙后又什么都不敢问,她生怕多说一句话,卫翙就会立刻送她离开。她克制自己的举动,小心翼翼。

卫翙却不似以往那样,可以敏锐地看穿十一,或者说,现在的她,并不想看穿十一。那些隐藏不住的小举动,那些对自己的示好,卫翙怎么可能看不出来?

第十四章 往事

两人坐在饭桌上,柳婶做了好些菜:"瞧瞧你们都瘦了,没吃好吧,今晚好好吃顿饭。"

十一冲柳婶笑了笑:"谢谢。"

卫翙抬眼,看到她淡笑的侧脸,眨眨眼,低头吃饭。

饭后,卫翙没上楼,也没去书房,而是坐在了沙发上。十一从饭厅出来后,听到她说:"一起走走?"

十一的心瞬间又揪紧,她低低地道:"好。"

夜晚寒风起,簌簌冷风吹在脸上,十一忍不住打了两个喷嚏,她有些不好意思地揉了揉鼻子,低头,看到路灯将她们俩的身影拉得很长。

"下周我会很忙。"卫翙率先说道,"烂尾楼要动工了,我必须亲自看着,年底公司也有很多事情需要我处理。"

十一不明白她怎么突然这么说,瞪着眼睛道:"三小姐。"

"所以我没那么多时间陪你。"与其说是解释,不如说是陈述。卫翙从来没有向人报备过自己的行踪,颇为不习惯,好在夜色太黑,她的神情隐在墨色下,别人也看不见。

"我给你约了老师,从明天开始,你在家里上私教课。"

十一彻底蒙了:"上课?"

卫翙点头:"一、三、五上知识课,二、四、六学礼仪,周日你可以休息一天,不过我希望你尽快跟上老师的进度。"

十一还是没明白过来:"我要开始学习了吗?"

卫翙郑重点头:"对,你要开始学习了。"

十一皱眉:"为什么?"

卫翙轻声道:"你不想变得更好吗?"

十一沉默了几秒,她当然想变得更好,想能赶得上卫翙,想自己看那些数据的时候不再觉得头昏,而是能帮她处理……这些都是十一曾经想过的,可三小姐怎么会知道?

卫翙见她如此,又说道:"我想过了,从现在开始,让你学习怎么进入这个社会,你觉得呢?"

十一当然觉得好,但是一切都太过奇怪了。这两天卫翙说的话、做

的事,还有她刚回来时说的那个假设,让十一都有些蒙,她反问:"我能知道为什么吗?"

"当然。"卫翙垂眼,眼底暗沉沉的,"我想过了,我需要一个能担负起整个卫家的继承人,但我不能陪着你太久,所以我希望你尽快成长起来。最重要的是,我卫家的人不能没有名字,所以明天我会给你登记新的名字,可以吗?"

原来是这样,可是——

"新……新名字?"

卫翙抬眸,目光幽深:"嗯,既然你现在在卫家,那就跟我姓吧,年十一是初春,褪寒,乍暖,以后你就叫卫暖吧。"

十一讷讷:"啊?"

卫翙转头看着她:"可以吗?"

十一快要找不到思绪了,卫翙说得太多,她一时消化不了,只得跟着附和:"可,可以。"

卫翙松了口气,背在身后的双手松了松:"还有,老师教的我要你全部都学会。我想过了,我最多还有十年,我希望你这几年能多学一点东西,等我走后,公司就需要交给你打理了。"

十一听到她最多还有十年,心尖一跳:"三小姐……"

卫翙目光平和:"还有其他问题吗?如果没有,明天我让裴天拟份合同,你签个名。"

十一脑子乱糟糟的,仿佛一团线堵在里面,她理不清头绪。

三小姐想要给她新的名字,想让她学习,想让她继承卫家,所有的事情,都是因为那个交易,这看起来并没有任何问题,但十一就是觉得奇怪,很奇怪!她心里有种诡异的感觉,奈何说不出来,她真的好笨,笨到她想哭。

卫翙嗓音温和地道:"没什么其他的事情,就先回去休息吧,我再坐一会儿。"

"哦。"十一脑袋发晕地应下,垂着头走出去好几步,她倏地眼睛一亮,有个大胆的念头冲进脑子里。她立刻拔腿走到卫翙身边,急切地看着卫翔，语气快速地问道："三，三小姐，我有问题。"

卫翔坐在长椅上，抬头，路灯照亮了她一半的脸，另一半则隐在黑暗里看不真切。她语气如常："什么问题？"

"我，我，我……"十一咬牙，"我和您有血缘关系吗？"

卫翔被呛到，她没想到十一想歪了，轻笑，灯光下，神色温柔："当然没有。"

当然没有。

十一怦怦乱跳的心陡然恢复了平静，只剩下密密麻麻的疼。

她们没有任何其他的关系，三小姐刚刚所有的提议都是为了卫家，可她为什么要把一切交代得这么清楚？是不是因为她的时间其实并没有十年那么久？

十一想到这里，坚定地道："那我还有最后一个问题。"

卫翔笑道："什么问题？"

十一对上她幽深到看不到底的双眼，把那句原本要问的话压在舌尖下，换了一句道："我能抱抱您吗？"

卫翔眨眨眼，思忖了几秒，张开双臂："当然。"

十一闭上眼投进她的怀中，两人坐在长椅上，十一将整个人埋在卫翔的怀中，熟悉的香气充斥鼻尖，她身体轻轻颤抖。

卫翔的做事效率非常高，第二天十一就见到了老师——挺和蔼的中年男人，五十来岁，穿着朴素的羽绒服和休闲裤。他很爱笑，皮肤偏黑，牙却很白。见面后，他自我介绍："我姓元，你可以叫我元老师。"

十一握住他伸过来的手，乖巧地道："元老师。"

元树对她的态度很有好感，他出国进修回来后就一直在做私教，学生不计其数，各种刺头都有，不听话的居多，鲜少有十一这么乖巧懂事、见面就叫他老师的。看着她这样，元树多少从她身上看到了点卫翔的影子。

卫翔大学没毕业就回国接手了卫天，她当时就来找过自己，说要继续学习，并且给了他一大笔钱。他在上层圈子待得久了，对卫翔多少也

有点了解,再加上和她爸爸有点交情,当时就想着帮一把,不要钱,没想到卫翔不同意,还说公私要分明,她既然是学东西,就要付出酬劳。

现在,这孩子和她非亲非故,她却愿意花一大笔钱给这孩子上课,两人的关系还真是让人难以琢磨。不过他向来不喜欢探究别人的隐私,只管收钱办事,其他的不多问,这是他的原则。元树对十一笑笑:"你叫什么?"

十一想了下:"我叫十一。"

元树点头:"那我们开始吧,先给你做个基础的测试。"

十一很多年没握过笔了,知识点什么的也忘得差不多了,第一次测试做下来,就连元树都皱起眉头,不过他没说什么,只是笑道:"好像有点难,等会儿我再把课程做个调整吧。"他说完,拍了拍十一的肩头,"没关系,慢慢来,学习这种东西,急不得。"态度很和蔼。

十一原本还有点羞愧,在他温和的目光下渐渐放松,也逐步开始学着问问题。第一天课程下来,她能明白的知识其实不多,但觉得很充实,卫翔下班回来,看她漾着笑脸:"三小姐,老师说我今天还不错。"

卫翔深深地看了她一眼,点头:"好,明天继续。"

十一双手背在身后,昨天她大着胆子用毕生的勇气拥抱了卫翔,卫翔并没抗拒,只是拍拍她的肩头,让她回去休息。她不太明白卫翔是什么意思,是同意她靠近吗?应该是同意的吧,如果她不同意,当时就不会答应自己的要求了。

饭后,卫翔就去了书房,十一给她了端牛奶上去,见她正埋头看文件。那些晦涩深奥的数字、专业名词,对十一而言就像天书,不过只要三小姐需要,她就会去学,会努力地学。

十一垂眼:"三小姐,喝点牛奶吧。"

卫翔听到声音,抬头看了她一眼,停住笔,启唇道:"搁着吧,你先回去休息。"

十一咬了咬唇,顺从地离开了。卫翔在她离开之后,盯着合上的门良久才收回视线。

礼仪课要比知识课简单很多,因为十一从小就做用人,可以说是

第十四章 往事

看着那些有钱人长大的,很懂他们的规矩,现在只是身份做了调换,她从用人变成主人了而已,所以该注意什么,老师不说她也懂。很快,礼仪老师就找到卫翔,和她商量后将课程做了调整,周一至周五都是知识课,周六学礼仪。

十一当然没意见,她就像小海绵,在刚接触新知识时还懵懵懂懂,几天过后就开始迅速吸收,老师又是有针对性地教她,所以她成长得很快。

元树也很惊讶,她的学习能力很强,人也很聪慧,领悟力强,比他之前教过的很多学生都让他省心,他甚至还和卫翔开玩笑说,这样的好苗子,如果当初好好培养,怕是又一个精英。

卫翔听了,只是盯着十一的课程表看,没回应。

一周后,烂尾楼项目开工,有个动工仪式。十一原本担心卫翔想要她跟着一起去,却被卫翔嘱咐在家学习。这一周的时间,她除了学习就是学习,老师布置的作业虽然不多,但是她想让自己更快地成长,所以晚上也会偷偷学习。元树夸她领悟力强,其实是因为她晚上也在努力。

动工仪式她没去,家里反倒来了客人。杜月明听说卫翔给十一找老师上私教,大呼不可思议,一定要来看看,结果过来后差点吓死。元树以前也是教过杜月明的,还把她折磨得半死,杜月明兴奋地过来,灰溜溜地离开,还给十一留下了一句话:好好学习,天天向上。

十一见她如此,闷头笑笑。回去后,杜月明给十一发私信,问她怎么回事,都成年了还学这些,怎么像是被人当闺女养。

十一看着她发来的消息,咬了咬唇。

有些事情,她没办法对杜月明解释,干脆和她说是自己请卫翔安排的,因为以前很多事情不懂,怕以后要上班自己却什么都不会,才让卫翔帮自己找了老师。

杜月明脑子本就不灵光,这么一忽悠,还真就信了。临近过年时,杜月明给十一寄了礼物来,十一打开一看——高考冲刺必备一套!模拟试卷五份!四书五经一套!

十一觉得,杜月明的脑回路还真是异于常人。

临近年关，卫翙更忙了，烂尾楼项目动工之后，她凡事亲力亲为，不过早上和晚上她们还是一起用餐。卫翙再忙也会顾及自己的身体，九点前到家，十点上床休息，雷打不动地规律作息。只是两人之间的沟通少了很多，虽然原本就不多，但之前卫翙在家的时间长，每逢周末都是在家，现在能提前半小时回来，十一就觉得很好了。

她忙，十一也不遑多让。元树的教学手段是刚开始宽松，后面渐渐紧凑，环环相扣，要不然杜月明也不会说他是变态老师，容易让人崩溃。十一倒是觉得很好，这样的话，她就没时间胡思乱想了。

年二十九，苏子彦来了一趟卫家。十一很久没见到他了，上次陪着卫翙去过医院后，她就再也没见到苏子彦了。

乍一见，苏子彦盯着她半响才疑惑地道："十一？"

才短短两个月没见，十一的变化挺大的。

苏子彦不由多打量了她两眼。长高了一点，按理说她这样的年纪，不会再长个子了，但是她之前营养不良，再加上心理压力过大，得不到充分的休息，导致身体一直处于紧绷状态，所以始终瘦瘦弱弱的。

但是来了卫家后，十一反而长起来了，高了不少，也胖了不少，虽然和壮搭不上边，但是完全不见刚来卫家时的羸弱，现在的她才真正逐渐像个成年人了。

十一见到苏子彦也很高兴，她扬起笑容："苏医生。"

苏子彦摇摇头："女大十八变了。"

十一有些不好意思："您坐。"

苏子彦坐在沙发上问："她呢？"

十一仰头看着楼上："三小姐在房里，我去叫她。"

苏子彦点点头："这都快要过年了还闷在家里，也不出门逛逛。"

十一低头笑了笑，卫翙这段时间挺忙的，今天虽然休息，但是一直没出房门。十一在门口转悠了好几次，想敲门问问，但是估摸着卫翙在睡觉，所以没打扰。现在苏子彦来了，她终于可以敲门了。

"三小姐？"十一站在门口喊，"三小姐？"

房间里没反应，十一想，她应该还在休息，正犹豫要不要进门时，

第十四章 往事

里面传来声音:"进来。"

她握住门把手,打开门走进去。

卫翙一副刚睡醒的样子,坐在床边,睡衣有些乱,长发垂在胸前,发梢晃动,平添了几分柔软。

十一看着她,声音都小了点:"三小姐,苏医生来了,您要不要下去?"她说着,走到卫翙身边。

"子彦来了?"卫翙扶着床头,准备站起来,却觉得双腿无力,她抬头看着十一道,"你先出去吧,我换身衣服就来。"

十一挠头:"您的衣服……"她说着,帮卫翙将衣服理了理。

卫翙拢了拢衣摆:"先出去吧,我马上就出来。"

十一的嗓子仿佛被塞了一团棉花,她启唇:"好,那我先下去陪苏医生。"

卫翙轻轻点头,等十一离开之后,她才缓缓动了动腿。不是错觉,是真的双腿无力。其实,她是被疼醒的,十一敲门前她就已经在床边坐了半个小时。为了不让十一看出异样,在她进来前,卫翙刻意弄乱了睡衣,好在那孩子虽然机灵,但也没看出异常。

十一站在门外,手握着门把手,背靠在门上,眼圈泛红。卫翙刚刚想起身却又跌坐在床上的样子,她瞧得清清楚楚。她帮卫翙整理衣服时不经意碰到了对方的肌肤,冰凉透着寒意。很明显,卫翙并不是刚醒来,而是坐了很久了,但是她不想让自己知道。

十一在门口站了很久,听着门里微弱的声响,手紧紧攥着门把手,指腹疼到她鼻头发酸,疼到眼睛发胀,疼到她想哭。

这一刻,她突然希望生病的不是三小姐,而是自己。

十一来卫家前,卫翙每年过年都是在家看电影度过的。年初一那天,她会给所有用人放假,独自一个人坐在放映室里,一坐就是一整天。苏子彦通常会在下午过来陪她,今年……

他笑了笑:"明天我回趟老家,初一你就和十一一起过吧。"

卫翙神色无波:"今天过来有什么事?"

苏子彦将文件袋递给她:"能有什么事?不是因为你的身体,我能跑得这么勤快吗?"

卫翙接过他的文件袋,看了几眼后对苏子彦道:"上楼说吧。"她吩咐十一,"你倒两杯茶上来。"

十一点头:"好。"

卫翙带苏子彦进了书房,刚进去她就合上了门。

苏子彦问道:"不想让那孩子听到?"

"也没有。"卫翙坐在办公桌前,打开文件袋,将里面的文件拿出来,看了好几遍才问,"这是什么意思?"

苏子彦接过她手上的文件:"白医生发过来的。"

上个月,白医生给卫翙做了详细检查,但是报告还没出来,他时间紧张,国外还有两场手术,就先出国了,这个报告一直到昨天才传过来。

"你的病目前也不是完全没有办法。"苏子彦重复着白医生的话,"但是要做手术,风险太高,最好的办法还是移植。"

说完,他叹息。如果能移植,他早就给卫翙做了,但是她的血型特殊,万分之一的概率。光是这样的血型就已经很罕见了,更别说还要在这样罕见的血型里,再找到一个最佳的心脏供体,这希望太渺茫了,要不然也不会快十年了还没有半点消息。

卫翙听到他的话,沉默了几秒:"做手术能好吗?"

苏子彦面色沉重:"手术要做三次,第一次最危险,如果能挺过来,后面两次问题不大,但是……"

卫翙接下他的话:"但是风险太高,对吗?"

苏子彦捏着文件袋:"百分之四的机会。"

百分之四,卫翙听了,轻轻咳嗽一声,脸颊微红,她点头道:"我知道了。"

苏子彦咬着后槽牙,想劝卫翙尽快做手术,她的病情随时都有可能恶化,现在还有百分之四的可能,没准明天就只有百分之三了,时间越久,手术的风险就越大。

第十四章　往事

白沫是这方面的权威专家。苏子彦之前拜访过无数医生，别说手术，就连续命他们都觉得困难，现在白沫愿意接手，真的是再好不过。

但是他又舍不得催促卫翔做决定，毕竟只有百分之四的成功率。如果现在不做手术，她还能靠这颗虚弱的心脏活上几年，到时候再换上人工心脏，还可以再多活几年。

这是他们之前的计划，但是以她现在的身体，即便到时候换了人工心脏，也最多还有五年。

算下来，依照他们的方法，他还能保她十年左右，但也仅仅是十年。十年和百分之四，都太难选择了，别说是卫翔，就是他这个局外人都觉得难以抉择。

卫翔转过头："手术你来做？"

苏子彦苦笑："我哪里做得了？白医生亲自来。你……好好考虑。"

卫翔听了他的话，坐在办公椅上沉默不语，没一会儿，门被敲响，十一端着托盘进来，把泡好的茶递给苏子彦。

家里没人，柳婶回去过年了，苏子彦端着杯子道："自己泡的？"

十一本就会泡茶，虽然来卫家之后就没做过这些事，但手法没生疏，泡出来的茶香气四溢。苏子彦喝了一口，说道："手艺真好。"

卫翔笑着接过十一递给自己的杯子，发现里面是奶白色，眉梢瞬间耷拉下来，面色清冷了很多。十一却不怕她，反而道："苏医生说您要少喝茶，所以我给您倒了牛奶。"

苏子彦听到这话主动说道："对对对，我说的。病人嘛，就要听医生的话。你看过哪个病人整天喝茶喝咖啡的？一点都不听话，啧啧啧。"

卫翔看着面前的两人一唱一和的，有些无奈地摇头。自打开始学习后，十一大胆了许多，也更关心她的病情了。她和苏子彦虽然不见面，但是私下电话却没少，上周她核对报表的时间晚了点，还被十一敲了门，让她按时休息。

她总觉得这孩子现在管得越来越多了，偏偏她还奈何不了，也拒绝不了，一想到自己欠她的，卫翔就没辙。

苏子彦看她一副无奈的样子，冲十一看去，两人笑笑。

前阵子苏子彦给十一打了电话,让她平时多管管卫翔,尤其是临近过年,更要注意卫翔的身体。卫翔一到冬季就特别难熬,经常发烧感冒。十一听了心疼,但不敢直接过问。

苏子彦笑着在电话里安慰她,让她大胆地管,想怎么管怎么管,如果卫翔敢不听,就告诉他这个医生。听了他这句话,十一才闷头管起了卫翔,从一点点小事,到后面按时敲门让她休息,果然如苏子彦说的那样,她从没发过火。

十一给两人送上茶水之后说道:"三小姐,苏医生,我先下去做午饭。"

苏子彦看着她的背影,夸道:"全能人才。"

卫翔抬眼看了看他,眼底的警告意味浓重。她知道苏子彦在想什么,十一是她之前一直在找的孩子,是卫家欠十一的,她是要报恩的。

苏子彦对上她犀利的目光,道:"行了,你也别盯着我看了,该做什么不该做什么你心里不是很清楚吗?这么看着我做什么?难道我让十一做的那些事情打扰你了?"

卫翔狠狠地瞪了他一眼:"你在给她希望。"

十一太敏感,自己的一点小举动,她都能琢磨出其他意思,所以平日里自己都不敢过激地拒绝。可苏子彦的话,无疑是在给她希望,让她以为,自己是愿意接受她的管束的。虽然她确实不介意,但意义是不同的。

苏子彦摇头:"你啊,就是太固执。"

卫翔不想和他纠结这个问题,她低下头看着自己双腿,说道:"最近给我加些药吧。"

苏子彦皱眉:"怎么了?"他敛起其他心思,俊颜有些担忧,"身体出了其他症状?"

卫翔没瞒着他,也瞒不过他,反正下个月例行检查,什么都能查出来,与其拖到那个时候,还不如现在就交代清楚:"最近双腿无力。"

苏子彦走到她身边,蹲下身体,按着她小腿肚:"有感觉吗?"

卫翔动了动腿:"有一点。"

第十四章 往事

"明天来医院——"

"过完年吧,"卫翙打断他,"过完年去。"

苏子彦点头:"好。"其实他心里已经有了答案。

卫翙见他如此,道:"直说吧,我早就做好准备了。"

"腿无力、经常发烧,都是后期的症状,而且之后还会伴随听力下降、视力下降,之后……无法自行行走。"

卫翙的脸色沉下来:"什么意思?"

苏子彦诚实地道:"需要坐轮椅。"

"不行。"卫翙摇头,"绝对不行。"

如果她坐上了轮椅,洛洲平就会知道她生病的事情,到时候,卫天的股价、公司乃至整个江城,都会乱套的。十一还小,根本撑不起这个局面,她现在不能倒下,绝不能!

苏子彦沉声道:"卫翙,做手术吧。"

卫翙没吭声。

十一来叫他们吃午饭时,整个书房静悄悄的,她敲门喊:"三小姐,苏医生,吃饭了。"

卫翙和苏子彦对视一眼,她道:"什么都别和她说。"

苏子彦叹了口气:"走吧。"

三人相携下楼,午饭是十一做的。今时不似往日,她完全掌握了卫翙的喜好,饭菜口味没有一点偏差,和厨子做的没两样。

苏子彦刚想夸她,就听到卫翙不轻不重地说:"闭嘴,吃饭。"

苏子彦看了十一一眼,耸耸肩,开始吃饭。

午饭后,苏子彦没多逗留,他给卫翙做了简单检查之后,留下药准备走人,卫翙叫住他:"我送你。"

苏子彦对她点点头,冲厨房里面的十一喊道:"十一,我先走了,新年快乐。"

十一从厨房里探出头,娇俏的脸上带着笑:"新年快乐。"

她即将要和卫翙一起度过的第一个新年,肯定很快乐。十一看着卫翙露出甜笑,卫翙胸口一堵,低下头:"走吧。"

出玄关之后，卫翙披上了厚厚的羽绒服。年关已至，江城的温度再适宜也飘起了小雪，寒风嗖嗖地刮在脸上，疼得厉害，整个花园都很安静。

卫翙送苏子彦到了大门口，说道："子彦，我想拜托你一件事。"

"除了托付十一，其他的我都可以接受。"

卫翙说道："年后我想给十一上户口，我想……"

"上卫家的户口？"

卫翙沉默了数秒："我想上你们苏家的。"

苏彦盯着她看了又看，眼底有笑意，面上也挂着笑，半响他才开口："卫翙啊卫翙，你为什么不敢让她上卫家的户口？"

卫翙轻笑："你都猜到了，何必多问呢？"

她只是个人，普通的女人，有七情六欲，有喜怒悲伤，她当然知道目前的情况，将十一的户口落在卫家是最好的，届时她要是踏进棺材里了，十一管理卫天也名正言顺得多。可若是有一天十一知道了自己的身世，知道了自己父亲的死，知道了自己这么多年受的苦都是因为卫家，会不会恨上自己，恨上卫家？到了那个时候，卫家人的身份只为让她更痛苦……

苏子彦叹气："卫翙啊卫翙，十一很聪明，你这样瞒不住她的。如果你是因为她爸爸的原因，那完全没必要，当年你也尽了力，找不到她不是你的错。"

卫翙反驳他："怎么不是？如果我早点找到她，她不会过得这么辛苦。"

"所以你就把责任揽在自己身上？"苏子彦不认可地摇头，"卫翙，她爸爸当年没搞清楚她还在不在孤儿院就签了合同，说明他就没有回去过，这不怪你，纵然有错，也是她爸爸的错，还有你父亲的错，和你真的没关系。"

卫翙叹气："我到现在都没办法和她说出实话，子彦，你说她会恨我吗？"

苏子彦笑得无奈："她怎么可能恨你？她信任你、依赖你，这些我

第十四章 往事

都看得出来,我不信你看不出。"

卫翙抬头看着天空,雪花飘落在她的睫毛上,化成了水,凉凉的,她闭了闭眼:"她还小。"

苏子彦道:"小怎么了?不就比你小几岁吗?你刚成年那会儿不也接手卫天了?不要总是把她当成孩子一样。卫翙,我从没劝过你什么,虽然这么多年我总是说习惯了你的病,但我还是舍不得,我不想看到你走。从小我就当你是我的妹妹,所以我不想看到你痛苦。但遇到十一之后,我反而觉得,人生这么短,你该享受当下,哪怕只有一天、一小时、一分钟。如果什么都分得清清楚楚,那那些走在街上随时可能遇到意外的人,就不配过活了吗?"

卫翙声音带了寒意:"那不一样。"

"有什么不一样?"苏子彦反驳她的话,"他们和你有什么不同?书上说得好,谁都预料不到意外和明天哪个先来,你为什么不在那之前好好享受属于你的生活呢?不管十年也好,百分之四的概率也好,你难道不希望看着那个孩子好好长大吗?"

卫翙唇瓣微张,却没说什么。苏子彦拍拍她的肩头,掸掉她身上雪沫,声音温柔地道:"卫翙,新年快乐。"

苏子彦离开之后,卫翙坐在长椅上,寒风呜咽,吹得雪沫乱飞,十一举着伞走出门就看到卫翙在椅子上坐得笔直,似乎没受寒风影响,一脸漠然凉薄。十一走过去,替卫翙撑着伞,道:"三小姐。"

卫翙转头,敛起冷漠的神色,问道:"怎么出来了?"

十一低头:"你和苏医生出来很久了,我不放心,所以就出来了。"

卫翙笑了笑:"我和他聊了些其他事情。"她说着,起身,"走吧,回家。"

十一默默地跟在卫翙身后。

下午,雪下得越来越大,柳婶离开之前买了很多新鲜的菜放在厨房里,十一不用学习,闲来无事便在里面折腾,她做了好几道菜给卫翙尝鲜,看她吃了一点笑着说好吃,便跟着乐呵,心满意足。

晚上,十一给卫翙包了小汤圆,口味微甜。卫翙吃的面食不多,今

晚不知是心情愉悦还是胃口好，比平时吃得多，十一给她盛汤时浅笑着看她，一双美目顾盼生辉，会说话一般。

卫翙喝了汤，放下碗，对十一道："学习怎么样了？"

公司忙，她顾不上十一，不过倒是每周都能收到元树的消息，汇报进展。

十一放下碗，说道："老师说挺好的。"

事实上确实很好，虽然她根基浅，很多知识都不懂，但是她肯学、肯用心，再加上本就不笨，所以学起来进度还是很快的。

卫翙点头道："那就好，我吃饱了，你再多吃点。"

十一也放下筷子："我也吃饱了。"她说完，起身，"我收拾一下。"

卫翙看着她忙碌的身影在厨房和饭厅进进出出，自从卫长远去世后，从年三十到初一，家里都是她一个人过年。她不喜欢串门，也不喜欢别人来拜访，所以没感受过热闹是什么，但此刻，她突然觉得，多个人，多了很多的热闹，也多了很多的温暖。

十一收拾好一切，见卫翙正看着自己，她挠挠头，问："三小姐？"

卫翙回神："收拾好了？"

十一笑道："嗯。"

想到卫翙吃完饭总喜欢出门在园子里逛逛，十一主动道："要不要我陪您出去走走？"

卫翙想了几秒："也好。"

过年，连保安都全部放假了，院子里的灯没开，整个院子黑漆漆的。这条路卫翙和十一走过很多遍，早就熟记于心，倒也用不到路灯。卫翙披着羽绒服，身边的十一拢了拢领口，呼出一阵白雾。十一转头道："三小姐，您冷吗？"

卫翙摇头："不冷，你呢？"

十一回她："我也不冷。"

说完，她笑了笑。这么尴尬的对话，三小姐会觉得她很无趣吧？她用眼角偷偷看着卫翙。

两人上次像这样吃完饭一起散步，还是有次卫翙提前下班，吃完晚饭后卫翙说要出来逛逛,她也就厚着脸皮跟着。那天,路灯明晃晃地照在她们身上,让她很多话都不好意思说,今晚不同,没有路灯,也没有其他人。她张了张口,俏颜微红。

"三小姐……"

"十一。"

两人同时开口,十一连忙道:"三小姐,您说。"

卫翙好奇她想说什么话,但也没推辞,兀自道:"年后我给你安排了其他的公寓,你住过去,大概半年后,我会安排你出国进修,大概两年的时间。"

"为什么我要去其他的公寓?"十一原本雀跃的心情宛如被一盆冷水浇下来,透心寒,随着鼻息呼出来的白雾掩在夜色下,让她看不真切对方的表情,"是我做错什么了吗?"

"没有。"卫翙咳嗽了几声说道,"十一,明年你的课程会更紧张,安排你住在别的公寓,是因为我不想有人打扰你。"

"我现在也很好。"十一忙道,"没有人打扰我的。"

"十一。"卫翙的声音冷下来。

虽然看不清楚她的神色,但十一明显察觉到了她的气势变化。黑暗里,十一抬头看着卫翙,小声道:"我不想走,不可以吗?"

卫翙听着她微弱的声音,抿抿唇,说道:"听话。"一副哄孩子的语气。

十一听了,站着没动,仰起头,坚定地道:"这次,我不想听您的话。您让我读书,我读了;您给我改名字,我改了;您说这一切都是为了卫家,我相信了。可其实并不是。三小姐,您根本就是不想留下我了,对吗?"

卫翙愣怔在原地,她知道十一聪慧,但是没想到十一如此聪慧,从一点细枝末节,就猜到了她的打算。

黑暗中,十一的双眼亮晶晶的,这个猜想憋在她心里很久了,一直没机会证明,今晚她决定放肆一回,问清楚。

卫翙红唇动了动,她想到苏子彦说的那些话:

"人生这么短,该享受当下,哪怕只有一天、一小时、一分钟。"

"如果什么都分得清清楚楚,那那些走在街上随时可能遇到意外的人,就不配过活了吗?"

"不管十年也好,百分之四的概率也好,你难道不希望看着那个孩子好好长大吗?"

"十一。"卫翊斟酌着措辞,"我承认,我用卫家的名义让你做这些事情,是我不对,但我是为你好。"

十一点头:"我知道,我知道您是为我好,您是怕您走了之后我一个人生活不下去,我知道,我都知道。"

她说着说着,有了哭腔,她当然知道卫翊的好,她比谁都知道。

卫翊见状也不再瞒着,摊开说道:"对,你说得没错,我确实想要你离开……"

"三小姐……"

"听我说。"卫翊打断她的话,"我的身体状况你很清楚,我随时可能会死。你还小,我当初把你从王家带出来,本也没有安什么好心,所以你不用感激我。"

十一仰着头:"所以您就要赶我走?为什么您觉得我不会真心想要留在卫家照顾您,帮助您?就因为我小吗?"

卫翊对上她的双眼,憋着一口气没说话。

十一往前迈了一步,坚定地站在她面前,笃定道:"我没钱,也不懂什么大道理,还很笨,但我知道自己想做什么。我想和您待在一起,我想要留在卫家,我想要学习,帮您分担。之前您问我假如您是我的亲人我会怎样,我的回答是,我早就将您当作家人了,现在,我想和您成为真正的家人!"

卫翊心头撼动,她的双手背在身后,紧紧握着,身体僵直,寒风凛冽,吹不动她的身躯。墨色下,她声音沉沉地道:"你确定吗?"

十一眼前一片朦胧,眼底水光缭绕,她咬着唇,很坚定地回她:"是!"

卫翊背在身后的双手轻抖,心脏骤停了一瞬,接着疯狂跳动起来,

第十四章 往事

脑部仿佛有些缺氧。她做了两个深呼吸，稳住情绪，但巨大的欣喜还是冲击着她的头脑，让她的身体在寒凉四起的晚上燥热起来！

空中倏地升起烟火，"砰"一声炸开，火光闪耀，炫彩夺目。

十一抬头，眼角还挂着泪珠，透着晶莹之色，眼睛微红，水光潋滟。

烟火下，卫翙轻声道："新年快乐。"

第十五章
新年

十一激动得半夜睡不着，想了会儿，还是给自己唯一的好友发了消息——

"月明，我想告诉你一件事。"

杜月明刚和朋友玩够了回家，屁股刚坐在床边就收到了消息。

"什么事？"

她一脸贱兮兮地看着屏幕，那端冷不丁冒出一句话——

"我可以一直留在三小姐家了。"

杜月明翻了个白眼——

"废话，你不是早就在她家了嘛。"

十一被她的话堵住，愣了愣，又抱着手机笑开了。

对啊，她早就住进卫家了，可其他人不知道，直到刚刚她才算是真正地永远留在了卫家。从今往后，她和卫翔，就是真正的一家人了。

想到三小姐，十一心里就忍不住冒出喜悦。那么好的三小姐，居然接纳了她！

十一挂掉电话，还是压抑不住笑意，唇角一直上扬，心脏怦怦直跳，到现在都没放缓。眼一闭上，她仿佛就能看到刚刚在花园里，卫翔对她说"新年快乐"的样子，十一兴奋得想要尖叫！

她在床上翻来覆去，激动的心情平静下来之后，她又开始叹气，什么时候她能变得和三小姐一样聪明就好了。

握在掌心里的手机又发出清脆的铃声，十一以为是杜月明发了什么话过来，没料是卫翊，只有简短的两个字——

"晚安。"

之前她也经常给卫翊发消息，但是卫翊跟她道晚安，这还是头一回。

十一盯着两个字看得出神，刚刚才压下去的兴奋重新冒头，甚至比之前更激烈，让她无从招架。她太过兴奋以致没发现自己已经滚到了床边，就这么眼睁睁地看着自己的身体跌落！

"咚"的一声，床头柜上的充电器也被她扯着掉在地板上，发出沉闷的响声。十一抱着被子坐起身，刚要往床上爬，就听到门口有动静，是敲门声。

十一立刻将被子全部放回床上，整理了一下睡衣后走到门口，又做了两个深呼吸，确认自己看起来没问题后才打开门。外面站着的自然是卫翊，她穿着睡衣，长发披散着，眉目温柔地道："怎么了？"

十一没好意思说刚刚的事情，嘴巴张了张，发现自己不善说谎，干脆诚实地道："太激动了，我从床上滚下来了。"

卫翊听到她的话，轻笑出声，神色褪去了清冷，只剩下温柔。

十一盯着她柔软的表情，卫翊笑，她也忍不住笑，眉眼弯成了月牙，眼里盛满星河，璀璨晶亮。

卫翊笑着叹气，在十一诧异的目光中走进去，坐在床边："过来。"

十一挪动脚步，愣愣地向她走了几步。

卫翊抬眼道："我看着你，你好好睡觉。"

"啊？"

卫翊笑："我怕不看着你，明天你能滚到外面去。"

难得幽默，十一并没有体会到精髓，只是乖乖地躺在了床上。

十一晃动脑袋，乖巧地掀开被子，被子的温暖瞬间包裹了她。房间

的灯没关,卫翙想了会儿,轻声道:"十一。"

十一抬眼看着她:"嗯?"

卫翙伸出手,替十一掖了掖被角:"从前我做事就很有规划,不会关注学习、工作之外的人和事,感觉那些不在我的规划里,子彦之前还笑我,说我死了也没人惦记。"

她小半辈子都是这么过来的,一切按照规划走,做事很有针对性,不会去做自己觉得无聊的事情,更不会去认识新的朋友。

认识十一后,最初她只是想为卫家寻一个继承人,可渐渐地,十一在她心里的位置有了明显不同,也许是因为刚见面时她就肤浅地被十一那双眼睛吸引了,也许是因为十一遭受了那么多委屈依然保有的一颗赤子之心,也许是因为十一给她买的礼物、给她送的祝福。

记不清是哪个瞬间,这个孩子就这么在她心里扎了根,她没想过会对一个人有惦念和不舍,但事实就是如此,她无从逃避。

她待人待物一向拎得清,做出的决定,都是考虑过后果的,从不会后悔。唯独十一,让她犹豫不决。

十一默默地听着,没接话。

卫翙继续道:"所以我不知道该怎么样去安顿你,也不知道该怎么和你相处,更不知道我这么做到底是对是错,刚刚我在房里想了很久,也许⋯⋯"

"就这样。"十一压下不安的情绪,轻柔而坚定地道,"就这样,我觉得就很好。"

十一用她清亮的目光冲着卫翙笑,整个人如同小暖炉,温暖了卫翙的心。

卫翙喜欢这样的感觉。

房间里很安静,窗外寒风呼啸,砸在玻璃上,更衬得房间里静谧安逸。十一呼吸平稳,沉沉睡去。

十一是被吵醒的,她手机里的联系人除了卫翙、苏子彦,就剩下杜月明。这么早,卫翙有事应该会直接来找她,苏子彦不可能这个时候打给她，那就只有杜月明了。

十一拿起手机，果然见屏幕上显示着杜月明的名字，她接起电话低声道："喂。"

那端倒是中气十足："十一啊，你昨晚到底是什么意思？"

杜月明昨晚玩过头了，夜里做梦还梦到十一，早上把她发来的那句话反复琢磨，依然没理解是什么意思，所以一大早打电话过来问。

十一咬了咬唇："没……没什么意思。"

电话那端，杜月明还在咋咋呼呼："什么没什么意思？不对，肯定有什么意思，你突然奇奇怪怪的！"

十一被她吵得清醒了很多，轻咳了两声，回道："没有，你别乱想，我……我发错了。"

杜月明"啧"了一声，奈何脑子不够灵光，索性也就不纠结了，换了个话题："初五我家里聚会，你来吗？"

"你家里？"十一犹豫地问，如果只是和杜月明单独见面，她没什么好考虑的，肯定会去，但是既然是聚会，肯定还有其他人。十一和其他人见过两次，能感觉到有些人是不喜欢自己的，她没立刻答应，斟酌道："到时候再说吧。"

杜月明点头："那行，我先挂了，你来的话告诉我，我派车去接你。"

十一咬了咬唇，回道："好。"

挂了电话后，十一捏着手机，门口处传来声响："怎么了？谁的电话？"

十一转过头，见到卫翔缓步走进房间，往自己这边走来。她的手覆在额头上，秀眉微蹙，面色苍白。十一忙放下手机道："是杜月明。"

十一双手拧着被子，也不知道该说什么，卫翔见状，语气稀松平常地道："聊什么了？"

十一听到她嗓音平和，慢慢放松下来，低声道："她说初五她家里有聚会，问我有没有空。"

卫翔垂眼，道："想去吗？"

十一摇头:"不想,我想跟你待在一起。"

她孩子气的话逗笑了卫翙,清晨的阳光扑洒在两人身上,渲染了一室的温馨。卫翙想了会儿,说道:"去吧。"

卫翙伸出手揉了揉她的头,目光温和地继续道:"我陪你一起去。"

年三十,卫翙难得出门,带着十一在附近逛了一圈。街上人很多,两人漫无目的地走走停停,最后十一主动提出要去烂尾楼那块地看看,她想知道卫翙说的游乐场已经建成什么样了。卫翙对她笑笑,让裴天开车带两人过去。

已是年关,工人们全部放假了,只有一个看守的门卫在。门卫见到卫翙,立刻恭敬地道:"卫总。"

卫翙轻轻点头,带着十一走了进去。身后门卫一脑门冷汗,还以为出了什么事,趁着裴天还没进去,他问道:"裴助理,发生什么事了?要不要我现在打电话让负责人过来?"

裴天摆手:"不用,卫总只是过来看看。"

门卫松了一口气,又感慨:"卫总太敬业了。"

裴天被风呛得咳嗽了两声,俊秀的脸上难得出现了不自然的神色。敬业的人会带着一窍不通的人来施工现场?就为了看看进度?不,他发现三小姐现在越来越不敬业了。

真没想到,三小姐居然也会有这样的时候,简直不可思议。

裴天边摇头边走进去,和前面的两位刻意保持着距离。卫翙说的不多,倒是十一小麻雀似的叽叽喳喳的,裴天知道卫翙最怕吵,但是他抬头看过去时,却在卫翙脸上看到了笑,偶尔还点头浅浅地应一声,表情没有任何不耐烦,反而有着从未有过的耐心和温柔。

十一头一次来施工现场,虽然没什么危险,但卫翙还是给她戴上了安全帽,并仔仔细细地扣好,神色认真。十一盯着她严肃的五官看了又看,唇角压不住扬起,笑意明显。

卫翙蹙眉:"笑什么?"

十一也帮卫翙将安全帽戴好,正正经经地道:"不知道。反正见到你这样就想笑。"

第十五章 新年

真是越来越不怕自己了。卫翙没好气地瞪了她一眼,带着她往里走,给她讲了很多布局方面的问题。十一听得云里雾里,但不妨碍她理解,只是要花点时间。卫翙每说完一处就会低头问她:"听清楚了吗?"

十一想了一会儿才回她:"听清楚了。"

说完,她撇撇嘴,明明说好过来看看,她怎么感觉是来学习的?

卫翙她苦恼的样子,摇摇头笑了,也知道自己不能操之过急。午饭时间,她带十一去了一家她喜欢的酒店,大堂经理亲自招待了她们,服务周到。卫翙担心有别人在十一会觉得不舒服,便挥退了其他人。

十一刚坐下,手机便"嗡嗡嗡"地响了起来,她看了一眼,是杜月明给她发了消息——

"去哪儿玩去了?"

"没有。"

"狡辩啥呢?照片我都看到了。"

十一这才发现微信小群里发了她跟着卫翙进酒店的照片,聊天还在继续。

十一看着群里你一言我一语的一群人,有些头疼,她看了几秒,还是关掉了手机,卫翙看到后问:"看什么?"

十一举起手机笑笑:"月明的消息。"

卫翙听到杜月明的名字,面色微变,点头道:"吃吧,菜都上齐了。"

十一点头。

午饭吃完后,十一担心卫翙的身体吃不消,便想着回去,卫翙却说不着急,带她又去公司逛了一圈,给她解释了各个部门的位置和职责,直到下午四点多,两人才回去。忙碌了一整天,十一早早就做好晚饭,和卫翙吃完就各自休息了。

初一,两人都没出门,在放映室看了一天的电影,午饭都没出来吃。卫翙一动就被十一"勒令"坐下,凡事都是十一来,端茶递水、削水果、做午饭,卫翙被服侍得妥妥帖帖。她看着十一消瘦的身影忙忙碌碌的,心里慢慢被温暖覆盖,驱散了冬日的寒气。

接下来几天，江城难得下了大雪。大雪从初二早上就开始洋洋洒洒地下，一直下到了初四晚上。她们不出门，就窝在家里，卫翔看报表工作，十一就努力学习，将元树留下的作业题做了两遍，最后还找了两本书，守在卫翔的书房里陪着她。

直到十一出门下楼，卫翔才捂着胸口闷咳了两声，刚起身就听到手机铃声响起，是苏子彦打来的。

苏子彦今年过年没过来，倒是发了两条消息，一条祝她新年快乐，一条关照她的身体。卫翔接通后，听到那端风声呼啸，苏子彦的声音都听不真切了，她蹙眉："什么事？"

苏子彦左右看了看，选了个背风的位置，很快手机里的风声小了很多。

"白医生问你考虑好没有。"

卫翔听到这个问题，沉默半晌："能不能再等等？"

苏子彦叹气："卫翔，我是能等，但是白医生等不了，他在国外还有个研究项目，那边正等着他回去。你也知道当初白医生是不肯接手你的治疗的，我跟在他后面念叨了三年，他才说给你看看。"

这些，卫翔自然是知道的。三年前子彦联系到了白医生，也告诉她说有机会，这句话她听了无数遍，早就麻木了。后来苏子彦又出国了几次，都是为了见白医生，直到今年，白医生才抽空见他，约好了时间给她做检查。上次见面，白医生还说没见过这么执着的人，也许就是被苏子彦的执着打动，白医生才冒着职业生涯可能会添上败笔的风险，接下了这个病例。现在，就等着她做决定。

卫翔握着手机，指腹生疼。

苏子彦听到那端沉默无声，叹了口气，开口道："这样吧，我向他争取再给你两天时间考虑，你好好想想。"

风声呼啸着再次袭来，卫翔的唇动了动："好。"

挂了电话，卫翔起身出了房门，楼下的灯亮着。她下楼，听见厨房传来了动静，十一正在忙碌着。卫翔走过去，见她泡了两杯牛奶，奶香在饭厅漫起。十一低着头，不知道在想什么。

第十五章 新年

她走过去,道:"十一。"

十一的身体僵了几秒,她抹去眼角的泪珠,转头:"你怎么下来了?"

卫翙看到她眼圈微红,轻声道:"看看你在做什么。"

十一看着面前的杯子:"我在泡牛奶,你先上去吧,我马上就上来。"

卫翙定定地看着她,点头道:"好。"

进了房间后没几秒,十一就端着牛奶上来了。十一将牛奶放在卫翙床头边,拉开窗帘,转头道:"雪下得好大,要不明天我们就不去了吧?"

卫翙站在她身后,看着窗外乱飞的大雪,思考了几秒道:"没关系,明天说不定就停了。"

十一闻言,无声地点头,目光依旧看着窗外。

窗外的大雪变成了雨丝,淅淅沥沥,连绵不断。

次日,如卫翙所说,雨雪真的停了,但是因为半夜下起了雨的关系,路上结了冻,开车并不是很顺畅。好在路上的积雪已经全部被处理了,所以没妨碍她们出门。

车是裴天开的,他就住在江城,年后还来了两次卫家,见卫翙没事才放心离开。路上,车辆很少,人影匆匆。十一和卫翙坐在后座,她的脸上还有些后悔,启唇道:"要不我们回家吧?"

天凉,卫翙出了门手就很冷,她察觉到十一小心翼翼的态度,摇头道:"不用,我去杜家正好也有事。"

十一抬头:"找杜月明吗?"

卫翙笑笑:"找她哥哥。"

十一顿了顿,说:"嗯。"

她知道卫翙这段时间很忙,虽然每天都在家里,但是公事几乎没断过,还有远程会议。她之前一直知道卫翙忙,但是没料到她会如此忙,难怪她的身体总是经常发病,十一是又担心又心疼,但是也没办法。她

只能拼命地学习，拼命地努力，拼命地变好，这样就能早早地帮卫翙分担一点。

卫翙知道十一的小心思，可她并不能做什么，她想让十一慢一点成长，可时间不允许。

十一没有继续之前的话题，如同以往那般关心地问她："冷不冷？"

卫翙轻轻摇头："不冷。"

身边就是个小暖炉，卫翙心里暖暖的，怎么会冷。

十一听到她的回话也弯了眉眼，眼底有星光闪烁。

很快她们就到了杜家。杜月明善于交际，朋友很多，所以卫翙和十一到的时候，看到门口已经停了很多车。

十一刚下车就听到杜月明喊："十一！"声音清脆。

她看过去，见到杜月明穿着小礼服站在门口，手上端着高脚杯，盘了发，整个人神采奕奕的，身边还跟着个女伴。

十一和卫翙互相看一眼，走过去。

杜月明道："没想到卫总也来了。"她说着，冲十一眯着眼笑。

让卫翙来参加她的宴会，放以前，杜月明是想都不用想，肯定是不可能的事情，但因为十一，她来了。杜月明先前还有点担心情报错误，现在看到她的身影才放下心。卫翙肯定不知道，她的小姐妹在里面都快把嘴皮子说秃了，就等着见本尊呢。

十一不认识杜月明身边的女伴，只觉得有两分眼熟，好像在电视上看到过。她站在杜月明身边，听到她介绍："这位是萧竹，我朋友。这位是卫总，她朋友，十一。"

萧竹眨眨眼，面上还有两分诧异。她早就听杜月明和她小姐妹说今天卫翙会过来，当时她还不相信，毕竟卫翙和杜月明压根儿就不是一个阶层的。

萧竹之前接过卫天的广告，也想趁那个机会接近全江城都敬仰的人，可惜的是，从头至尾，她连卫翙的面都没见到，事情都是她的助理裴天负责的。萧竹听说她不喜欢交际，更不喜欢交友，行踪神秘得不行，谁知道今天居然出现在了这里！太不可思议了！

第十五章 新年

许是她沉默的时间过长，杜月明轻咳："萧竹？"

萧竹回神，颇为不好意思地道："抱歉，看到卫总太惊讶了，还请您别见怪。"她说完，对卫翙伸出手。

卫翙秀眉蹙了蹙，抬眼看着她，眉梢锋利。

杜月明当即道："走走走，进去吧。"

卫翙有洁癖，整个江城都知道，这萧竹是脑子抽了吧？还想握手？先前看她还挺机灵的，现在看来，自己还真是看走眼了。

杜月明的脸色有些沉了下来，隐隐透着不高兴。

卫翙和十一被她请进客厅，沙发上坐着的几个人顿时都瞪大了眼睛，有好几个还揉了揉眼，表情很是错愕。

"那不是卫翙吗？"

"她怎么来了？"

"我的天哪，这是谁请来的？"

"杜月明太牛了，这尊佛都能请得动。"

"啊，突然想拍个照纪念下！"

卫翙旁若无人地和十一走进去，在众人诧异的目光中，她偏过头道："我先上楼找杜总，你和杜小姐玩一会儿。"

十一见她要走，也要跟着去，卫翙拍了拍她的肩："一会儿就回来。"

卫翙踩着高跟鞋上了二楼，去了杜月寒的书房。

在她走后，楼下呈现出诡异的沉默，谁都没出声。众人用一种艳羡的眼神盯着十一看，杜月明看着她们的眼神，心里别提多嘚瑟了，刚刚在萧竹那里受到的憋屈得到了缓解。平日里她对这些小姐妹说起一些与卫翙的交集，她们还说自己吹牛皮，现在亲眼看到卫翙来，自己别提多畅快了！

要不是时机不对，杜月明还真想大笑三声！

"都愣着干什么？该吃吃，该喝喝，该玩玩，动起来！"短暂的安静过后，杜月明招呼起众人。

十一立刻被当成稀有国宝一般招呼着：

"姐妹,坐这里!"

"坐我这里!"

"这儿这儿这儿!"

十一颇有些尴尬地看着她们,好在有两个眼熟的,是平日在群里视频过的,她走过去,坐在了她们身边。热情的款待不用多说,几分钟后,她的手上已经全是首饰和各种化妆品了。

"这是我刚从国外带回来的,超级好用,十一,你试试!不过你的皮肤真水嫩啊!"

虽然有夸大的成分在,但十一的皮肤确实比在场的人都更水嫩细腻有光泽。她的肤质一贯很好,再加上她极少化妆,现在用的还是高价保养品,皮肤想不好都难。

坐在她身边的人颇为羡慕地看着她:"年轻就是好。"

十一满手礼物,她低头笑笑:"谢谢。"

身边的人立刻姐妹长姐妹短地叫着,不远处几个女孩相互看看,嗤笑一声,别开了眼。其中有个穿红色礼服的女孩问道:"沈姐还来吗?"

"说是快到了。"

几个人看向门外,刚刚说话的女孩面容带笑:"来了来了。"

沈素清身着淡蓝色长裙,姿态摇曳地走了进来。刚刚还嘈杂的客厅有片刻安静,紧接着有人喊道:"沈姐!"

杜月明看到沈素清,也面带微笑地走过去,规规矩矩地唤道:"沈姐。"

沈素清比她们大几岁,小时候就是她们的领头人,带着一帮小姐妹,去哪儿玩都是她说了算。杜月明和她不算太熟,但也算一个圈子的,所以每次聚会都会邀请她,只不过她结婚后就没再参加过聚会了。今儿还真是巧了,卫翊前脚刚来,她后脚就到了。

十一身边的女孩悄声道:"她怎么来了?"

另一个女孩耸肩:"谁知道。"

十一转头,正看到沈素清对众人点头淡笑,她垂在身侧的手握紧了,下意识地看向二楼杜月寒书房的方向。

第十五章 新年

书房里，杜月寒和卫翔坐在沙发上。杜月寒泡了一壶茶，给卫翔倒了一杯，道："今天怎么有空过来陪月明瞎闹？"

卫翔咳嗽了两声，接过他手上的茶，袅袅白雾升起，她垂眼道："有点事，想找杜总。"

杜月寒笑："还没过完年呢，让我休息会儿，别总算计我好吗？"

卫翔听到他耿直的话，摇摇头，抿了口茶说道："我听说杜总正在给杜小姐找学校进修。"

杜月寒喝水的动作微顿，杜月明也老大不小了，不能整天这么迷糊地过日子，虽然家里有他们宠着，但是二老那关过不去。杜月明之前也闹过，这次他们也包庇不了，所以他最近正在积极找学校，想送她过去，但这件事，知道的人并不多。

"卫总怎么知道的？"杜月寒晃了晃手中的杯子，看向卫翔。

她红唇轻启，道："我最近也在找，碰巧知道了。"她说完，抬头看着杜月寒，"我可以帮你联系威斯。"

威斯的金融系，在国内外都是排行靠前的，杜月寒之前托人找了很多次，都碰了壁，这才放弃了。卫翔却突然说要帮他联系，杜月寒笑："条件是什么？"

"条件很简单，拿我卫天百分之五的股份，换你启茂百分之五的股份。"

杜月寒愣怔，卫天这几年的发展那都是火箭式的，卫天百分之五的股份，别说拿启茂百分之五的股份换，就是用百分之十来换都是他赚大了！

"你确定这是条件？"

卫翔点头："我确定。"

杜月寒彻底蒙了："为什么？"

卫翔想会儿，回他："我想让你作为卫天的股东，帮我保一个人。"

杜月寒狐疑地道："十一？"

卫翔不假思索地点头。

杜月寒举手："等会儿，你该不会要把换来的股份放在这孩子名

下吧？"

卫翙再次点头。

杜月寒蒙了："你是认真的？不是和我开玩笑？"

这割肉般的交易，真不像卫翙会做出来的事情，杜月寒都怀疑自己是不是耳朵出问题了。

卫翙见他神色有些不相信，继续道："杜总不用怀疑，如果你同意，过几天我们就可以签合同。"

杜月寒之前和卫翙合作过一次，虽然了解不算特别深，但总还是有一些的。他没立刻答应，反问道："我总得知道理由吧？"

卫翙点头："理由很简单，传言是真的。"

杜月寒的杯子从手上滑落，掉在了地板上，发出清脆的声音。

传言是真的？那就是说她和她爸爸一样，得了心脏病，命不久矣？之前这个传言从来没得到证实，现在却……杜月寒的表情顿住，身体僵直，半晌才找到自己的声音："什么时候的事情？"

小时候卫翙还来过杜家好多次，他年纪比她大不了多少，还依稀记得她抱着自己叫"哥哥"的场景，眨眼间，她就变成现在这样了。

杜月寒的心情有些复杂，反倒是卫翙神色淡淡地道："很久了，我也没几年了，希望杜总能帮我保密，我暂时还不想对外公开。另外刚刚股份的事情……"

"百分之二吧。"杜月寒从愣怔中回神，咽了咽口水，艰涩地道，"拿你公司的百分之二，换我的百分之五。"

卫翙摇头："不行，百分之二太低了。"

"那就百分之四。"杜月寒不是趁火打劫的人，更何况，面前的人将软肋给他看了，也给足了诚意，别说百分之二，就是百分之一，都是他赚到了。

"百分之四，换百分之七。"

"杜总！"

杜月寒捡起杯子，脸色恢复了平静："同意吗？"

卫翙点头："谢了。"

第十五章 新年

　　杜月寒深深地看了卫翙一眼,叹息道:"为了这个孩子,你这般算计,值得吗?"

　　卫翙闻言,轻笑出声,杜月寒肯应下,她心里的大石头总算放下,神色轻松了很多。她道:"容我反驳两句,杜总,她成年了,今年十九岁了,不是个孩子了。而且,她是卫家人。她值得!"

第十六章
打脸

杜月寒和卫翔谈完公事又聊了两句私事,他们不算熟,之前不过点头之交,要不是卫翔突然找来杜家让他参与烂尾楼的项目,恐怕他们现在还不可能坐在一起喝茶。不过人与人之间的气场就是如此奇妙,他和卫翔相处得越多,就越觉得这人并不是传说中那样冷漠无情、不择手段。至少几次合作下来,她从来没让自己吃一分亏,这点就很难得。

许是带着欣赏,许是有几分惋惜,他对卫翔的态度也不似以往那般,反而添了几分对妹妹般的怜爱。他主动道:"还有什么我能帮忙的?别忘了,我还欠着你的人情呢。"

卫翔知道他在说烂尾楼的事情,笑道:"杜总肯接受交易,就是帮我了。"

杜月寒摇头:"我想,你这样的交易没有人会拒绝,傻子才会不接受。就没有其他办法了?"

卫翔垂眼,端过杯子抿了口茶,茶已经冷了。她突然想念在家里时的状态,端在手心的杯子永远都是温热的,十一将她照顾得仔仔细细,面面俱到。

"有办法的话,我就不会来找你了。"

第十六章 打脸

　　这种无异于自杀的合作也就卫翙干得出来,她亲手送上卫天百分之四的股份,也明明白白地把自己底牌亮给杜月寒,如果杜月寒有什么小心思,那她真的会万劫不复。但是她相信自己的眼光,她从没看错过人,从当年的裴天到十一,再到杜月寒,她相信自己不会看走眼,有的人骨子里的性情是不会变的。

　　杜月寒听到她的话,哭笑不得:"你真看得起我。"他看卫翙喝完了,继续给满上,问道,"洛总那边你打算怎么安排?"

　　杜月寒还记得上次参加董事会时洛洲平咄咄逼人的态度,在卫天,最想卫翙出事的人就是他了,卫翙最要防着的人也是他。

　　卫翙闻言想了几秒,说道:"不太好做。"

　　洛洲平是只老狐狸,不仅在公司有人脉,而且牵连很深,在外也有自己的势力。她上次用杜先生阻挡了他和乔特助的合作,却并没有完全阻止他的公司的发展,毕竟在商场游走快三十年了,他肯定有后手,所以不太好办。

　　杜月寒对她公司的事情不好过问太深,只是道:"有什么问题,你可以随时联系我。"

　　卫翙端起杯子,冲他举杯:"谢了。"

　　两人聊完,杜月寒问道:"要不要下去玩会儿?"

　　底下都是杜月明的朋友,杜月寒平时不参与,要不然他何必早早就躲到楼上。卫翙虽然也不想参与,但十一还在楼下,所以听了杜月寒的话后稍稍点头:"也好。"

　　她站起身,刚准备走出去,又折回身,对杜月寒道:"借个地方打个电话。"

　　杜月寒伸手示意后面有休息间,卫翙点头走进去。休息室不大,很安静,她进去后走到窗边,伸手推开窗,凉气裹着飘散的雪花吹进来,她眯了眯眼。

　　电话刚接通,苏子彦的声音传来:"怎么了?考虑清楚了?"

　　卫翙闭上眼,感受着凉风从耳边刮过,她打了个寒战,越发想念十一陪伴在身边时的温度,她暖暖的手心、带笑的俏脸、盛满星星的

眸子……

卫翔轻咳:"考虑清楚了。手术我不做了。"

苏子彦讶异:"不做了?为什么?我知道百分之四的概率是很小,但是白医生被誉为医学界的奇迹,他创造过很多奇迹,卫翔,我们也许可以……"

卫翔轻声打断他的话:"风险太大了,子彦。十年对我太有诱惑力了。"

如果是认识十一之前,她也许会放弃一切尝试一次,但是现在,她胆小了,退缩了。百分之四的概率太小了,小到她怕看不到十一成长起来,她宁愿守着不确定的十年,看着十一一步步变坚强,她愿意用这十年,看着十一独当一面。

苏子彦的嗓子仿佛被棉花塞住,咽不下去,也吐不出来,一个大男人,眼睛竟然泛了红:"你真的考虑清楚了?错过这次,就没有下一次了。你就只有十年了,也许……"

也许,他都没办法保证她还有十年的时间,如果她的病情突然加重,如果到时候换人工心脏不成功,如果有后遗症……太多的可能性了,他真的没办法保证。

卫翔轻笑,声音透过手机传到苏子彦的耳朵里:"够了,没有十年也够了。子彦,谢谢你。忘了说,新年快乐。"

快乐个屁!苏子彦挂断了电话,狠狠攥着手机,眼圈红透。他死死咬着牙,没发出一丝声响。

卫翔做了两个深呼吸,眨眨眼,合上窗,半晌后,转身离开了休息室。

楼下依旧热热闹闹,十一身边已经换了好几批人,她们看着十一的目光或艳羡或嫉妒或好奇。

萧竹坐在杜月明身边,注意力却不似众人那般放在十一身上,她频频看着楼上,小声道:"卫总怎么上去了这么久?"

杜月明刚刚就对她生了气,此刻听到她的话,嗤笑:"怎么?你难道还想和卫总聊天?"

第十六章 打脸

萧竹没听出她声音里的不悦，小声道："没有，这不是难得看到嘛，我就是觉得好奇。"

"好奇也轮不到你。"杜月明朝十一的方向抬了抬下巴。

其他人听到这话纷纷笑了，萧竹的脸色有些难看。

萧竹就是这样的人，别人看她的目光不由更加嘲讽。

她恼怒道："我去洗手间！"

到了洗手间门口，她才愤愤地跺脚，里面正走出来一人，见到她招呼道："萧小姐？"

是沈素清。

沈素清今天是带着任务来的，自打结婚后她就没有再参加过任何聚会了，原因很简单，她嫁的人没钱没权，她没脸见这帮姐妹。最近这两年，王永顺的生意有了起色，眼看靠着烂尾楼能狠赚一笔，没想到又被卫翔截了胡，所以她对卫翔是恨之入骨，但又无可奈何——就连沈家都动不了卫翔，她更加动不了。

今天过来，她是奉她妈妈的命令过来看看。沈浩已经到了可以成家的年纪，之前和卫翔有婚约，所以一直不着急。自打被悔婚后，沈浩就每天在外面浪，有时候都不回家，所以她妈受不了，让她看着点，尽快给沈浩找个对象，让他安定下来，沈素清这才把目光放在了这次聚会上。

这次来参加聚会的都是有家底的名媛，和沈家门当户对的也多，她已经盘算了好几个，正想回去，没料到会撞见萧竹。

萧竹是娱乐圈的新宠，拍过戏，拿过奖，之前王永顺想请她代言一款产品，但是被婉拒了。这事沈素清记在了心上，现在见到萧竹，她问道："萧小姐有没有空喝一杯？"

最近王永顺有新的产品，没准她能谈下来这个代言。

萧竹看了沈素清一眼，虽然现在满心不悦，也做着样子笑笑："不用了，我经纪人在外面等我呢，下次有机会再和王夫人约。"

沈素清看她低着头准备进去，不由开口："十一……"

萧竹站定，转过头问："什么？"

沈素清道:"萧小姐不就是因为十一而不高兴吗？我让你高兴一次，咱们出去喝一杯，如何？"

萧竹想了几秒，问:"怎么高兴？"

沈素清笑笑，大步离开了卫生间，萧竹也紧随其后。

客厅里，众人还围在十一身边说话，各种阿谀奉承都有。沈素清浅笑着走过去，坐在十一身边笑道:"十一啊，好久不见。"

十一听到这个声音，腰杆立刻挺直了，双手握紧，面上有些不自然。整场宴会她都在祈求沈素清别过来，之前也真如她祈求的那般，沈素清没找她说话。可眼看宴会都要结束了，她反而过来打招呼了。

十一扬唇笑道:"王夫人。"

沈素清挑眉:"我的戒指，你戴得还习惯吗？"

十一面上僵住。

一边传来窃窃私语:

"什么戒指？"

"戒指？"

"她什么时候拿过沈姐的戒指？"

杜月明皱着眉刚准备说话，就听沈素清继续道:"差点忘了给你们介绍，十一啊，以前是我们家的用人，因为偷东西被我赶出去了，卫三小姐好心收留了她，没想到她手段高超，都会笼络人了。"

十一听到她的话，咬紧了唇，额头受伤的那处早就好了，疤都没有了，但此刻却火辣辣的。她的脸涨得通红，听到沈素清笑着道:"其实我也挺好奇的，你到底是怎么得到三小姐的青睐的？要不然你和我们说说？"

整个客厅沉默了几秒，鸦雀无声。

杜月明刚准备说话就被十一握住了手，十一抬头看着沈素清道:"我——"

"说什么？"

众人身后传来声音，她们纷纷回头，见卫翔正面色清冷地站在她们身后，红色长裙艳丽无比，却也寒意森森。

第十六章 打脸

低气压袭来，众人很自觉地分站两边。卫翎眉梢挂着锋利，定定地扫过众人，她走到十一身后，手搭在十一的肩头，重复道："说什么？我来说。"

沈素清没敢看卫翎锐利的目光，撇开了眼。

卫翎道："王夫人说错了，主动的是我，是我看中了十一，主动拉拢，这个答案，你还满意吗？"

沈素清每听她说一句话脸色就白一点，最后冷汗顺着额角滑落，她想坐正身体，以显示自己的气势，奈何在卫翎面前，只一个眼神，她就理不直气不壮了。她闷闷地道："满，满意。"

"满意还不道歉？"语气轻柔，沈素清却觉得难堪至极。

让她对十一道歉？！对一个用人道歉？！对一个小偷道歉？！她抬头看着十一，愣是说不出一句"对不起"。十一不似刚刚那般低着头，她抬眸，正对上沈素清的双眼。两人相视几秒，沈素清咬牙："对不起。"

卫翎转头道："十一，你接受她的道歉吗？"

十一咬了咬唇，卫翎点头："不接受也没有关系，你打过人吗？"

十一顿了顿："没有。"

卫翎笑道："没关系。"她把手放在十一的手背上，抬起她的手，轻轻地在沈素清的脸上扇了一巴掌，"你不会，我教你。"

沈素清被打了！

众人目瞪口呆地看着面前的一幕，沈素清更是满眼不可思议。她的手慢慢放在自己脸颊上，刚刚虽然只是轻轻触碰，并不疼，但是这比狠狠扇她一巴掌还要痛！卫翎她怎么敢？！她居然敢让十一这个贱人打她！

沈素清的神色有些疯狂，从小到大，她还没受过这样的委屈！当年她要和王永顺结婚，沈家的人也没舍得说半句狠话，只是让她好自为之，更别说打她。她活到这么大，还是头一次有人敢打她！

沈家在江城也是有头有脸的人家，今儿这事要是传出去了，让她沈素清和沈家的面子往哪儿搁！

"卫翙!"沈素清咬着牙,"你不要欺人太甚!"

在沈素清心里,卫翙固然不好惹,但好歹是曾经和沈家有过婚约的,她现在居然在这么多人面前下了自己的面子,还只是为了一个用人!太过分了!实在太过分了!

卫翙神色平静地看着她,冷眼道:"王夫人,欺负人这样的把戏,不是你的拿手绝活吗?要不要我提醒你,十一为什么会偷你的戒指?啊,都不能说是偷,应该说是你故意塞给她,好撵她出去。为什么呢?我想想,可能和你的先生有关?"

她先生,那不就是王永顺吗?王永顺大家还是知道一点的,结婚后也没多老实,经常出入娱乐场所,有几次还被沈素清逮了个正着,也因此,沈素清才没脸见这群小姐妹。

原来是这样,怕王永顺看上十一,所以才诬陷十一偷东西,好赶她出去。

众人看她的眼神变了变,她们也不是第一天认识沈素清了,她是什么样的性格大家心知肚明,别说,这种事,她还真做得出来!

沈素清刚刚才被打,现在又被冤枉,再加上众人嘲讽的眼神,她原本就因为王永顺在这些姐妹面前觉得没脸,现在更是失去了理智,歇斯底里地喊道:"卫翙,你胡说!"她说着,扬起手,掀起一阵风。

众人眼见她的手掌就要往卫翙脸上扇去,有几个胆小的都已经闭上了双眼。没有预料中的声响,沈素清的手被十一紧紧攥着,她的神色不似以往唯唯诺诺,板着脸,眼神清亮。

也许是在卫翙身边待久了,十一和她竟有了两分相像。十一的目光一瞬不瞬地盯着沈素清,攥着她的手很是用力,仿佛要折断沈素清的手腕,疼得沈素清额头冒出了细汗,身体发抖。

十一见状也没松开手,反而问:"你想干什么?"眼神恶狠狠的。

杜家惊现这样的转变——刚刚在她们面前不发一言,连笑起来都柔柔弱弱的小白兔,此刻却一反常态,变得尖锐无比。

十一的逆鳞是卫翙,谁都碰不得!沈素清居然还想动手?十一自己悉心照顾都来不及,怎么可能允许别人碰卫翙!

第十六章 打脸

十一神色执着，非要问出一个结果来："你想干什么？"

沈素清右手被她攥得很紧，抽不出来，也没办法动弹。

十一仿佛将全部的力气都集中在手上，颇有不问出个结果就不松手的架势，沈素清的手腕传来钻心的疼。

"放……放开我！"

疼痛让她说话的声音变了调子，十一却没有放手，还是卫翙拍了拍十一的肩头，轻声道："十一。"

十一这才乖乖松开手。

沈素清怨毒地看着两人，正对上十一从没有过的狠戾眼神。这个在她家里时说话都不敢抬头，任打任骂的女孩，被卫翙养成了小狮子，都敢咬人了！

客厅的气氛冰冷，作为主人的杜月明看看卫翙，又看看沈素清，最后喊道："阿源，送客！"

阿源忙不迭地走过来，左右看看，不知道该送谁，最后，他站在了卫翙身边。

杜月明狠狠地赏了他一个爆栗子："不想干了？送反了！送王夫人离开。"

沈素清的脸始终阴沉沉的，瞪了一眼卫翙和十一后，她转头离开了。客厅依旧保持着寂静，杜月明讪笑："大家继续。"

哪里还能继续下去！沈素清离开后，众人的目光都落在十一和卫翙身上，今天这场闹剧，真是平生难得一见，奇观啊奇观！

杜月明也叹了一口气，她就是办个聚会而已，怎么会闹起来呢？还闹得这么僵！不过她也觉得沈素清该打，那张嘴，真欠扇！

十一站在杜月明面前，有些内疚地道："抱歉啊月明，你的聚会被我搞乱了。"

"说什么呢！"杜月明翻了个白眼，"又不是你的错。"

"是我眼瞎看错了人。"杜月明补充道。

卫翙听完两人的对话，低头道："还玩吗？"

十一摇头，她原本就不想来，进来后一直等卫翙下楼。这些人她都

不熟悉，她也不太喜欢人多的地方，所以答道："我们回家吧。"

杜月明跟在两人身后说："十一啊，对不起啊，明儿我上门请罪！"

十一被她夸张的姿势逗笑，摇头："不用。"

"用的用的，三小姐不介意吧？"杜月明自问自答，"那肯定不介意的。"

论厚脸皮，谁都没有杜月明厉害……

两人上车后没立刻回家，卫翊让裴天开车去了附近的商场。年味正浓，商场门口的红灯笼还挂着，喜气洋洋的。卫翊牵着十一下了车，在她不解的目光中解释："难得出来，逛逛吧。"

商场并没有什么人，很冷清，偌大的地方只有几个人走动，地板光亮，玻璃上映照出一双倩影。卫翊牵着十一走进去，说道："给你买两身衣服。"

十一有些难为情："不用了吧，家里的衣服还没穿完。"

卫翊转头："没关系。"

商场四、五楼是卖衣服的，她们刚进门店，服务员就面带笑容迎了出来。十一被招呼着换了好几身衣服，她的身材还有些瘦弱，但底子好，所以衣服穿起来都很漂亮，店员一个劲儿地夸她是衣服架子，长得好看，气质又好。十一被夸得脸红，眼神躲闪，很不好意思。卫翊看她小兔子一样的神色，恍然想到刚刚在杜家她抓着沈素清的手的样子，和现在截然不同。

心里又添了暖意，卫翊启唇："都包起来吧。"

那边店员还在卖力推销，听到她这么说，愣了一下，当即点头："好嘞！"

两人从休闲区往里逛，身后，裴天手上的卡就没停下过，从衣服到包包再到鞋子、首饰，他不怕刷爆卡，只担心十一穿得完吗？这是准备多少年不买衣服啊？

十一也觉得买多了，她拉着卫翊道："够了吧，这些都穿不完。"

卫翊越过她的肩膀看向她身后的店，是专卖职业女装的，笑道："走吧，进去看看。"

第十六章 打脸

十一跟在她身后,从刚进来时任人摆布,到现在她已经不愿意试衣服了。

卫翔将衣服放在她手上:"听话,去换衣服。"

十一仰头,有些无奈地看着她,最后摇摇头,走进更衣室。

她再看不出来卫翔要做什么,她就是傻子!

这哪是逛逛"买两身衣服",这怕是要给她添置几年的衣服,她心头堵得慌,难得地攥紧了衣服,眼圈微红,但还是乖乖换上了。出来后,店员笑眯了眼:"真不错,就是有点大了,我给你拿小一码的。"

"不用了。"卫翔站在十一面前,伸手替她将长发拨至耳后,低头垂眼,神色认真地将她的衣领整理好。小西装穿在十一身上,衬得她身形笔直,就是有点宽松,卫翔偏头:"就这套吧。大一点儿好,把你养肥一点就合身了。"

十一双手握紧,眨眨眼,硬生生将泪逼了回去,再抬头,她笑道:"那就这套吧。"

店员想说什么又不敢说,最后点头:"那行,我给您包起来。"

裴天跟过去结账。

两人逛了两三个小时才结束,离开前,十一道:"都是你选的,我也给你买一身吧。"

给她买衣服?卫翔笑:"你确定?"

十一点头:"嗯。"

几分钟后,两人站在一家专卖运动装的店门口,十一挽着卫翔的手臂:"走吧。"

卫翔在裴天惊诧的目光下走了进去,任十一挑了一件浅黄色的卫衣,里面是加棉的,很厚,穿在身上暖暖的。卫翔换下红裙,穿上十一选的衣服,整个人都年轻了好几岁。

十一还买了一件同色小一号的给自己。钱是十一付的,花了她一小半积蓄,卫翔没拦着,她低头数钱,一张一张放得整整齐齐的样子,很认真,认真到有几分可爱。

卫翔的手放在唇边,轻声道:"好了吗?"

十一侧头看了她一眼:"好了。"

两人并肩走出门,裴天跟在她们身后。

卫翙道:"还想逛吗?"

十一看到不远处有人正在卖糖葫芦,她点头:"你等我一会儿。"

卫翙站在原地,看着她小跑过去,没几秒后又小跑回来,裴天始终默默站在她们身后。

十一举着糖葫芦问道:"三小姐,你以前有没有和别人穿过同样的衣服?"

卫翙认真想了下,摇头:"没有。"

十一眼底有笑意,她依旧笑着:"那你有没有和别人吃过同一串糖葫芦?"

卫翙接过她递来的糖葫芦,咬下最上面的一颗,甜丝丝的味道从舌尖蹿入心坎,又酸又甜,她继续摇头:"也没有。"

十一站在她面前,靠近一步,目光清亮道:"那你有没有试过和别人穿同样的衣服,还吃同一串糖葫芦?"

卫翙微怔,十一举着糖葫芦咬下第二颗,清甜的香气袭来,身边嘈杂声远去,卫翙听到十一唇间逸出的话:"现在有了。"

身后,裴天吓得差点把下巴掉地上,好在他很快回神,别开了眼。

初八,十一陪着卫翙去做检查,苏子彦站在医院门口望了好几眼才敢确定:"十一?"

十一抬头笑道:"苏医生。"

苏子彦将目光从她的脸上挪到了卫翙脸上,卫翙神色清冷寡淡,眉梢淡漠,和从前无异,但怎么看怎么别扭。违和,太违和了,这还是卫翙吗?

两人身后,裴天看着苏子彦不可置信的样子,心有同感。这两天,他一直是这样的表情。总算找到同道中人了!

真没想到三小姐有时候和普通人也没差别,裴天想到这儿,皱皱眉,三小姐不就是普通人吗?

第十六章 打脸

他摇头，说道："三小姐，我先出去了，您有事叫我。"

卫翔点头，和十一跟在苏子彦身后进了检查室。

年前她经常腿无力，年后反倒没有这种症状了，十一照顾得周到，今年她连感冒都没有得过，更别说发烧了。苏子彦给她做完检查，放下了心："还好没恶化，不过还是不能大意，注意事项我已经交代给十一了，你只需要乖乖听话就行。"

另一边，十一看着卫翔，笑着点头，卫翔没辙了："知道了。"

"烂尾楼那边少费点心，方案都定了，别那么记挂，多照顾自己的身体才是真的。其他项目也是，能让别人分担的就交出去，命只有一条。"苏子彦啰唆地重复。

卫翔按着微疼的头："我知道。"

"你知道最好。"

卫翔现在是在家听十一叨唠，出门听苏子彦絮聒。以前她最讨厌别人碎碎念，觉得吵，现在却觉得很温馨。

她从病床上起身，道："我去趟卫生间。"

十一扶着她："我陪你去。"

卫翔笑了："我又不是三岁孩子了。"

苏子彦点头："就是，她对这医院，比咱们都熟。"

卫翔没好气地瞪了他一眼，哪壶不开提哪壶，明知道十一担心她的身体，还故意说这种话，真当她现在不发火，说话就可以肆无忌惮了？

苏子彦在她不怒而威的目光中站直了身体："行了，我说错了，快去吧。"

十一看着卫翔的身影消失在走廊，她低下头，咬了咬唇，道："苏医生。"

"知道你想问什么。"苏子彦收拾好病历，将笔合上，"她的事情我不好告诉你太多，要想知道什么，最好去问她。"

苏子彦不是不想告诉十一关于手术的事情，但有些事不该他来说，卫翔的脾性他再清楚不过，如果她想说，会主动告诉十一的。现在她不

说,自己也没权力代替她说。

十一撇了撇嘴,低头等着卫翙从卫生间出来。有了苏子彦的医嘱,十一管起卫翙来就更严格了:按时上床休息,固定时间做运动,什么时间该补充营养,就连她杯子里也必须都是温水。不管大事小事,只要有关卫翙的事情,十一都亲力亲为,如果不是因为学习时间很紧张,只怕她能跟到公司去管。

卫翙倒是不介意带着十一上班,只是时机还没到,现在带她进公司,为时过早。

二月末,威斯那边有消息传来,愿意接收十一和杜月明。听说杜月明在家里大闹了一次,坚决不肯出国深造,还闹了一次离家出走,被杜老爷子亲自拎回了家,关起门来管教了很久。

十一倒是没有什么异样,她听到卫翙的话之后只是点点头:"知道了。"

没问什么时候去,没问去多久。自那之后,时间就好像是禁忌话题,谁都不愿轻易提及。

晚上的时候,卫翙对十一道:"不想知道什么时候去吗?"

"七月。"十一抬头,目光很平静。

卫翙讶异:"你怎么知道?"

元树的课程安排就在七月初结束,十一只要稍加联想就能猜到。

卫翙看着十一越发清亮的双眼,抿抿唇,那个刚带回来时她一眼就能看透的十一慢慢转变了,现在的十一,都有些让她看不透了。

十一低下头,顿了顿,低声道:"能缓缓吗?"

卫翙揉了揉她的发顶,问:"缓到什么时候?"

十一声音闷闷的:"想陪你过个生日。"

她的生日?那都要年末了。卫翙没说话,十一原本还有两分希冀的目光黯淡下去,轻声道:"我知道了,我会去的。"

卫翙轻声道:"没关系,生日你还是可以回来的。"

十一低低地"嗯"了一声,有些哽咽。

生日她是可以回来,可万一见不到卫翙怎么办?

第十六章 打脸

这两个月,卫翔每次去苏子彦那里做检查她都跟着,她知道卫翔其实并不想她去,但是她忍不住,她就是想知道一切,好的,不好的,都想知道。幸而这段时间并没有任何异常,就连苏子彦都感慨,人一旦有了软肋,就会变得坚强,卫翔的状况居然比之前还好,他每次都笑说,肯定是十一精心照顾的原因。

如果她走了,谁来照顾卫翔?

十一心里难受却也没办法,半夜惊醒了几次,后来干脆不睡了,跑到卫翔的房间,看着她安稳的睡颜,焦躁不安的情绪才得到缓解,整个人平静下来。

接下来的几个月是十一最忙的时候,虽然这次是和杜月明一起去深造,但是就杜月明那不靠谱的性格,别说是帮她了,没有每天拖着她玩、不让她学习都是烧高香了。十一尽可能地将元树教的全部都学了,但她到底不是天才,要学的知识越到后面越晦涩难懂,卫翔害怕她出国什么都不会,还给她找了个外语老师。十一又是咬牙死撑着的性格,这么一撑,就撑病了,大夏天的发烧到四十摄氏度。

苏子彦穿着衬衫过来,后背都是湿的。"怎么回事?"他拿出体温计,"你怎么发烧了?"

十一脸上因为发烧变得红润,眼前晕晕的。卫翔去邻市参加会议,今天赶不回来。十一意识到不舒服后,原准备打车去苏子彦的医院,可惜身体撑不住,还是病倒了,所以才让苏子彦过来。

苏子彦量了体温,惊讶道:"三十九度五,怎么烧成这样?"他用手搭在十一的额头上,"我先给你开点退烧药,打个点滴……"

十一听着他说话,轻声道:"好。"

苏子彦将药和水放在床头边,问:"卫翔还没回来?"

十一仰头吃下药,"嗯"了一声:"三小姐说明天早上回来。"

苏彦沉默数秒:"吃下去睡一觉,我给你打个点滴,退了烧就没事了。"

十一听话地闭上眼,药里有安眠的成分,她很快就睡着了。

苏子彦坐在床边,低头看着十一。半年的时间,她长高了,也更瘦

了,许是跟在卫翙身边时间长了,她和卫翙越来越像,不爱说话,目光深幽,也不似以前那样见到他就缠着他问卫翙的病情。更多的时候,她总是盯着卫翙看,好似什么都知道。

药水滴完后,苏子彦给她拔掉针,见她还在睡觉,轻手轻脚地离开了房间,出门时正碰上行色匆匆的卫翙。他愣了下:"你怎么回来了?"

卫翙蹙眉:"怎么回事?她怎么了?"

"发烧了。"苏子彦摇摇头,"谁通知你的?"

卫翙往前走了两步,打开门,见十一睡在床上,她松了口气,回道:"柳婶说的。"

她给十一打电话没人接,就给家里打了电话,柳婶告诉她十一发烧了,她立刻就赶回来了。

苏子彦拎着医疗箱说道:"走吧,下楼说,让她休息会儿。"

卫翙跟在他身后:"她怎么发烧了?"

"没什么大事。"苏子彦实话实说,"我给她吃了退烧药,也打过点滴了,醒了就没事了。"

卫翙点头,还是想不通好好的人怎么就发烧了。

苏子彦想了会儿,回道:"心病吧。她是不是知道手术的事情了?"

卫翙怔住,手术的事情,她之前担心十一会自责,所以没说,但是想想,好像两个月前,一直问能不能做手术的十一突然就对手术的事闭口不提了。她当时以为十一忙着学业没在意,所以,十一是知道了?她怎么知道的?

卫翙房间里所有的机密文件,连同那份手术通知书一起,都放在保险柜里,她的脸上突然有些懊恼。两月前,十一打开那个保险柜拿过资料,钥匙还是她给的。

一时间,卫翙又气又心疼,气的是自己,心疼的是十一。

苏子彦看了她好几眼才说道:"那没什么事我先走了。"

卫翙送他出了大门,折回房间时十一还没醒,依旧在睡觉。卫翙想到这段时间十一每次看到自己都欲言又止,她总以为十一是不想这么快离开,所以狠心不去看她,原来并不是。她是想和自己说手术的事情吧。

自责涌上心头,卫翙走到床边,一只手握住十一,另一只手探上她的额头。十一闭着眼道:"三小姐,等我……"

声音很低,仿若梦中的呢喃。

卫翙小声道:"好,我等你。"

等你长大,等你回家。

第十七章
进修

　　十一夜里醒来,发现床边守着个人,她眉皱了皱,还以为自己没睡醒,小声道:"三小姐?"

　　旁边的人还闭着眼睛。卫翔近半年在十一的照顾下,睡眠质量有了明显提高,十一见她没醒也没再叫她,只是将头靠近她的心脏处,听了几分钟心跳,"怦怦怦"的跳动让她感动到想哭。

　　但她没哭,和卫翔待在一起久了,她越来越会控制自己的情绪。十一侧着头看向卫翔,卫翔气色很好,脸上不见以往的苍白,睫毛又长又卷,在眼下落下一小片阴影。房内的灯没关,暖色的,照在卫翔脸上,把她衬得越发温和。

　　十一刚刚弯起嘴角就听到耳畔有声音:"醒了?"

　　卫翔刚醒来时的声音有些沙哑,她缓缓睁开眼,刺目的灯光让她有些不适。十一见状,用半个身体挡住灯光,等卫翔睁开眼才问道:"怎么回来了?不是说明天才回来吗?"

　　"你都发烧了,我怎么可能不回来?"卫翔睁眼后,眼底有淡淡的血丝。在十一的照顾下,她很久没有失眠的症状了,今晚一直守在十一床边,好不容易睡着,十一又醒了。

第十七章 进修

十一看着她困顿的样子，歉疚道："我是不是吵醒你了？"

卫翙撑起身体，摇头："没有，我今晚没睡好。"

十一立马问："牛奶是不是没喝？"

卫翙看她紧张的样子，笑道："没。"

十一刚准备碎碎念就被卫翙打断："你是病人，还是我是病人？"

房间里有片刻沉默，十一轻声道："我们都是病人。"

卫翙是身体病，她是心病。她们都是病人。

卫翙沉默了会儿，轻声道："手术的事情，你都知道了？"

十一身体明显一僵，片刻后转过头，诚实地道："嗯，之前看到了。为什么不做？"

卫翙笑："舍不得。"

认识十一后，卫翙越来越不吝啬自己的笑，尤其是每次看到十一，她总忍不住弯起眉眼。只要看到那人，她的心情就无端地很好，想笑，那种从心底蔓生出来的情绪，是压抑不住的。

房间里很安静，卫翙继续道："十一，百分之四的概率堪称奇迹，我怕我没有那个运气。不做手术，这件事和你无关，你不用自责，更不要放在心上。"

她鲜少对别人解释，也很少说这么多的话，但面对十一，似乎再多的话都说不够。卫翙没想过有天会成为自己眼中那种喜欢碎碎念的人。真是风水轮流转。

十一话少了，她反而话多了。

"你不后悔吗？"十一仰头看着卫翙，"百分之四也是机会，也许你会痊愈，可十年……只有十年。"

"够了。"卫翙垂眼，"我觉得有这十年已经很好了。"

十一摇头，声音闷闷的："不好，一点都不好。我们做手术好不好？求求你了！我想你好好的，我要你好好的。我们以后还可以去很多地方，我们可以做更多的事情，我舍不得，我舍不得！"

十一说到最后崩溃得哭出声！

这半年，她在卫翙面前极力忍耐，就算当初看到手术通知单也没有

半分失态,但是今晚,也许是生着病,身体软弱,情绪软弱,也许是因为卫翔提到了手术,她忍不住了,也许是内心的恐惧到达了极限,她开始撒泼,开始无理取闹,开始发泄。

卫翔听着十一的哭声,心尖泛痛,她没说话,没安慰,只是抱着十一,双手放在她的肩膀处,察觉她的身体微颤,卫翔用掌心揉了揉她的肩头。

房间里哭泣的声音持续了很久,十一仿佛是要把这半年来的泪水都哭完,她抽抽噎噎地,一边哭一边说:"我想你去做手术。"

做手术,百分之四的概率,虽然她也舍不得卫翔冒险。可是不做手术,卫翔只有十年,她更不舍。

这种生死攸关的选择题,她真的一个都不想选。

十一难受得死死咬住唇瓣,牙齿间有生锈的味道,腥味刺鼻,她狠狠咽下去,和着心酸和苦楚!

"十一。"卫翔见她发泄够了,才轻声道,"当初你是怎么答应我的?你说能留下来,哪怕一天,也足够了。现在还有十年的时间,不是更好吗?"

好个屁!

十一头一次想说脏话,她默了默,低声道:"真的不做手术了吗?"

卫翔坚定地摇头,在这件事上,不管十一还是苏子彦来劝,她都不会改变自己的决定,不仅仅是她还想陪十一几年,最重要的是,十一现在还没有能力独当一面。她素来不是个相信奇迹的人,也不认为自己会创造奇迹,所以最稳妥的办法就是不手术。

她必须要看着十一成长起来才能安心。

十一拗不过她,虽然卫翔很多事情都会依着自己,但是在某些事情上,她有自己的原则,不会轻易改变。

两人就这么沉默着,半晌没出声。卫翔知道她难受,主动开口说:"威斯那边,你可以迟一个月去。"

十一想了下,摇头:"不用,我七月份去。"

卫翔诧异:"你不是想缓缓吗?"

第十七章　进修

十一也很自觉地岔开先前的话题，开口道："早点走，早点回来。"

卫翔对上那双泛红的双眼，眼角还有泪水，她低声道："也好，早点回来。"

卫翔请了一周的假陪十一，刚入夏，天热，她们也没地方可去，最后跟着杜月明去一个避暑山庄玩了几天。

杜月明被老爷子管教了几天也规矩了，答应跟着十一去深造，至于结果是什么，她就不能保证了。杜家也不指望她能突然开窍懂事，只盼着以后不被人蒙骗、不被人欺负就行。杜月明在临走前被批了假，这才带着十一和卫翔来了避暑山庄。

山庄背靠山，不远处就有湖，十一白天趁天不热拉着卫翔去爬山，晚上带着她游湖。杜月明来的第二天就不跟着她们了，说是太悠闲了，她要自己去潇洒。十一随她去了，偶尔晚上才能见到她。

离开避暑山庄前的最后一晚，山里下了大雨，十一没能带着卫翔出去游湖，她坐在房间里，听着外面"噼里啪啦"的雨声，有些恍惚。明天回去后她就要出国了，也不知道什么时候才能回来。威斯是全封闭式教学，很多人进去后直到毕业才能出来，她不怕苦，也不怕累，她只怕卫翔在她不知道的情况下发病，在她看不到的地方承受病痛，这比苦累还要让她难受，光是想象，就好像有锥子扎在她的心口！

十一做了个深呼吸，听到身后有动静，她回头，卫翔披着单薄的外衣走了过来。因为生病，在她眼里，卫翔总是柔弱的。十一握了握手，低声道："洗好了？我进去了。"

卫翔点头。

等十一赤脚走出卫生间，站在吸水垫子上，床上的被子已经鼓起，里面躺了个人。

十一疑惑道："你睡了？"

卫翔低低的嗓音传来："嗯，你没事也早点休息。"

确实没事，外面下着这么大的雨，她什么都做不了。十一解开浴袍，穿好睡衣坐在床边："那我关灯了？"

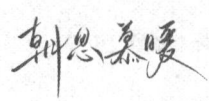

"好。"

十一关掉灯后房间里漆黑一片,她转头,闪电的光正好亮起。卫翔躺在床上没有睡,她偏过头说:"给我唱首歌吧。"

十一想了下:"好。"

第二天,天空放晴了。

吃完早餐她们就打道回了江城,十一和杜月明是下午四点的飞机,回去后,卫翔让裴天送十一回卫家,十一却说想离开前陪陪她,卫翔也默许了,两人一道去了公司。

过年的时候,十一打了沈素清,让沈素清成了江城的笑话,因此沈浩经常过来找碴,还想和洛洲平联手。这人之前就和沈浩联系过,他原以为很快就能和洛洲平达成协议,却没想一直被拖着。

之前洛洲平想和沈浩合作,是因为他手上有烂尾楼这张底牌,现在烂尾楼都施工了,还有杜家撑腰,他吃饱了撑着,才想不开和沈浩合作。

沈浩频频示好却没得到回应,不禁对卫翔更恨了,但又没办法,所以最近几次关于烂尾楼的会议,沈浩都是让另一个副总代替自己参加。他不来,卫翔也懒得管他,小丑一个,不值得她花费精力去对付。

她不在意的样子更像是无形的巴掌,狠狠打在沈浩的脸上,让他觉得难堪,所以他最近都很少出席其他活动。

整个江城都在看沈家什么时候和卫翔摊牌取消合作,但是都快半年了,沈家都毫无动静。越是这样,大家就越笑话沈家,挨了一巴掌还要伏低做小,真是丢人。

丢人也没办法,烂尾楼项目的盈利太高,他们不可能意气用事,说丢掉就丢掉。现在别说卫翔只是让十一轻轻打了沈素清一巴掌,就是卫翔下了狠手,他们也只能把沈素清另一边脸给送上去,让她继续打。

强者为王,从古至今,都是这么个道理。

卫翔到办公室之后就看到了积得很高的报表,她还没上手,十一就道:"先处理急件吧。"

第十七章　进修

裴天站在办公桌前，原想汇报这周公司的状况，瞥了一眼卫翙和十一后，他低头："三小姐，那我先出去了，您有事叫我。"

卫翙点头，等裴天离开之后问道："真的不回去收拾行李？"

十一垂眼看着她的报表，之前的天文数字现在看也不是那么深涩难懂了。她"嗯"了一声："行李都收拾好了，我三点回去，你就不要送机了。"

卫翙的眉头蹙了蹙："你不要我送机？"

十一看了她一眼："你去送机，我估计就走不了了。"

卫翙唇角动了动，终是没说话，低下头翻阅文件。

安静的办公室里，十一给她整理文件，端热水，午饭也是在办公室吃的。两人不像是要分别的样子，一切如常，直到下午两点半，十一才给卫翙端上一杯温水，轻声道："那我走了。"

卫翙签名的手顿住，沉声道："好。"

十一冲她笑："你继续工作。"

卫翙站起身，双手背在身后："有话要说吗？"

十一想了下，说道："以后每天都要按时吃饭，按时锻炼，去苏医生那里的时间是每个月二十号，时间别记错了。还有，你体寒，每次来月事光喝热水是不够的，要让柳婶给你煮红枣鸡汤……"

她说得有些口干，吐了口气："暂时就这么多，想到了我会发消息给你的。"

卫翙听她碎碎念了这么久，点头："好。"她只有一句话，"早点回。"

十一鼻子一酸："嗯。"

她大步离开办公室，杜月明已经在楼下等了，两人回卫家拿了行李后，杜月明问道："三小姐不送你去机场吗？"

十一偏头："她工作忙。"

"十一啊，你知道你现在这样像什么吗"杜月明拍了下方向盘，笑道，"怨妇！我是真的搞不懂，现在你还要去进修。"

十一没好气地瞪了她一眼，用目光阻止了她的话。

两人回卫家拿了行李后就直奔机场。和她不同，杜月明这边，杜家

255

所有人都来了,包括杜月明的大哥杜月星。

和杜月寒始终带笑不同,杜月星脸上没什么表情,他将杜月明仔仔细细打量了一遍,说道:"到了那边好好照顾自己。"

杜月明天生就怕他,点头:"知道了。"

杜月寒刚想说话,杜月明不想听他啰唆,干脆道:"十一快点,我们要登机了。"

十一手上攥着机票,四周看看,轻轻道:"好。"

在她转头的刹那,机场的柱子旁,一个人往后退了两步。她站在柱子后面,透过人群,看到了十一清瘦的侧脸、纤细的后背。她双手背在身后,听到裴天问:"三小姐,真的不过去吗?"

卫翎摇头,看到十一过了安检往里走。十一像是有心灵感应,转头看向了这边,卫翎先一步侧过身体,用柱子挡着自己。她背靠在柱子上,手捂着心口,面色微白,裴天站在她身侧,听到她压抑的嗓音:"快扶我上车。"

她的心脏正不正常地抽痛,应该是要发病了。

卫翎在十一离开后不久就被裴天送到了苏子彦的医院,因为送得及时,没造成什么大的问题。苏子彦给她做检查时摇头道:"看你这样,我都有点后悔了。"

卫翎笑:"我不后悔。"

苏子彦见她清冷的脸上挂着淡笑,目光柔和。从前只让人感觉锋利尖锐的卫翎,现在很平静地说"我不后悔"。

他叹了口气:"好了,人都不在这儿,还强撑呢。"

卫翎咳嗽了两声,没回他。

苏子彦问:"真不告诉她?"

"也没什么事,还是别说了。"

她前脚刚走自己就发病,十一知道了,肯定会不顾一切地回来,然后寸步不离地跟着自己。

在某些事上,十一和她一样固执不听劝,这次要不是苏子彦保证保她两年没事,十一也不会放心地离开。

第十七章 进修

卫翔强忍着,没告诉十一自己发病的事情,只是问她在那边情况如何,消息直到次日才有回复,说她一切挺好。

收到这个消息,卫翔蹙了蹙眉,十一虽然话越来越少,但对她却从不会这样,是有什么其他的事情?

她正胡思乱想,准备打个电话过去问问,就收到了一篇小作文,洋洋洒洒的全是对她的叮嘱还有不舍。她看着熟悉的念叨,放下心,挨个回复十一的问题。

两人隔着时差,十一这边正是深夜,她还没放下手机,门就被敲响了。杜月明拎着白粥进来,见十一抱着手机,没好气地道:"发烧还看手机,真不怕眼瞎!"

十一笑笑,来这儿的当天下午她就发了高烧,送到医院检查后才知道是水土不服引起的身体反应。杜月明就没见过这么快水土不服的,奈何十一生病是事实,她没辙,忙前忙后,半夜知道十一醒了,还亲自出去买粥,跑了两条街才买到。

她将粥放下,说:"你该谢谢我的好心,我对我爸妈都没这么照顾过。"她说完低头,撇撇嘴,"这么一说,我怎么觉得自己这么不孝呢?"

十一扬起眉梢:"月明,谢谢你。"

杜月明听她如此真诚地道谢,鸡皮疙瘩都起来了。杜月明这人吃软不吃硬,十一不说话时她还能调戏两句,十一开口,她就绷不住了。

"谢什么谢?快点好起来,我是来上学的,可不是来做护士的。还有,要不要我帮你联系三小姐?"

十一当即摇头:"不要。"她缓缓说道,"我没事,现在烧都退了,明天就可以去学校了,还是别告诉她了。"

杜月明"啧"一声,不再说话。

十一看了看时钟,说道:"你先回吧,不早了。"

"哪回得去啊!"杜月明靠在另一张病床上,"学校都关门了,明儿一起回去吧,今晚就在这儿凑合着过一晚。"

看着她疲倦的样子,十一点头:"也好。"

两人坐了很久的飞机,到了这边还没来得及休息休息。十一还好,打点滴的时候还睡了一觉,杜月明精力旺盛,直到现在才觉得有困意,闭上眼就睡着了。

十一侧过身体,对着窗户,仰头看着天上的月亮。刚来第一天,她就有些想家了。

她捏着手机,将刚刚卫翙发来的消息翻来覆去、仔仔细细看过几遍了,直到睡意袭来,她才闭上眼休息。屏幕还没暗下去,显示着卫翙的名字还有她发来的消息——

"好好照顾自己。"

次日,十一醒得早,杜月明还在抱着被子睡觉,护士给十一做了检查后说可以出院了,她起身收拾完随身物品,杜月明才迷迷糊糊地睁开眼,问道:"你醒了?"

十一点头:"醒了,你也收拾下吧,我们该走了。"

杜月明边打哈欠边起身,去卫生间洗漱,半小时后两人收拾妥当离开了医院。

虽然两人昨天已经来过学校了,但十一还是有些摸不准方向。杜月明倒是熟门熟路的样子,她天生爱玩爱乱跑,之前也有朋友是威斯出来的,所以对这个地方一点都不陌生。

她带着十一回了学校寝室,和她们同住的是一对双胞胎姐妹,西方人,平时说话十一听得半懂不懂,当然,她们也听不懂杜月明和十一说的话,所以四个人每次聊天都要用手势比画半天。

十一还好,不爱说话,可杜月明快要憋死了。她觉得杜月寒送她来这里是来遭罪的,她天生就是个爱玩爱闹的性格,可来这里深造的无不是用功刻苦的人,毕竟威斯的门槛高,而且学费不菲,谁都不愿意糟蹋钱,既然进来了就要好好学习,所以也没有陪杜月明一起玩儿的人。

这也就算了,杜月明和大部分的人沟通也很困难,威斯的学生来自世界各地,她的外语又不好,手舞足蹈地比画半天,人家都不明白她什么意思。所以来威斯没到一个月,杜月明就瘪了,她经常抱着十一的胳

第十七章 进修

膊道:"完了完了,我抑郁了,我真的抑郁了。"

十一听着她的话,摇头失笑。和杜月明的无所事事不同,她到了这里后,仿佛打开了新世界的大门。之前元树教给她的只是冰山一角,来了这里她才真正了解到知识是什么。她每天光是学习的时间都不够,更别说和别人交流了,平时也就和杜月明聊两句,久而久之,班级里的同学都说她是冷美人。人漂亮,话不多,待人虽然和善但保持距离,从不与人深交。

十一越是埋头刻苦学习,众人就越是对她感兴趣。有几个男人想要和她约会,十一收到邀约时,摇头淡笑,一一婉拒。

十一每天除了教室就是寝室,两点一线,平时也不爱和同学们交往,也就和杜月明走得近。

杜月明是个风风火火的人,接触的人多。有一天,杜月明撑不住了,跑来诉苦:"怎么我就成了你那些追求者的传话筒了?"

十一诧异:"什么?"

杜月明递过去手机:"看啊,有人给我发消息,问我能不能把你约出来。"

十一哭笑不得。

杜月明想了想,道:"我要回击了。三小姐不在,我要保护你!"

十一被她逗笑,摇摇头:"还是我来拒绝吧。"

杜月明哀号:"别啊,我来这儿都三个月了,快憋死了,你就让我乐呵一下吧。"

刚来这边时十一对很多事都不习惯,还是杜月明一直在照顾她,现在她能有如此舒适的学习环境,也多亏了杜月明帮忙,所以她对杜月明始终心存感激。现在听到杜月明这么说,十一只好道:"那行,你别乱来。"

杜月明冲她眨眨眼:"OK!"

十一和她刚说完,手机铃声响起,杜月明拍了拍她的肩膀:"去和你家三小姐聊天吧。"

十一扬唇微笑,她和卫翔聊天的时候其实并不多,一来是有时差,

二来她也怕耽误卫翔工作,所以平时都是给卫翔发信息,看到对面回复说不忙后才会打电话过去,但这样的机会并不多,因为十一自己也很忙。

电话接通后,十一问道:"今天去做检查了吗?"

卫翔汇报:"做了,子彦说没什么问题。"

十一松了一口气:"那就好,最近天冷了,你多穿点衣服——"

才说了两句,那端传来轻咳,十一关切地道:"你感冒了?"

卫翔忍着咳嗽的冲动,说道:"嗯,感冒了,没事,子彦已经给我打过点滴了。"

卫翔其实前两天就已经感冒了,但尚能忍住,和十一打电话时也尽量不表现出来。今儿早上起床后,卫翔开始咳嗽,这才瞒不住了。

十一亲自照顾她的那半年,伺候得实在太精细了,换了别人,没有能做到那样的,所以在十一离开后,卫翔时常伤风感冒。本来这也是常事,但卫翔总怕她担心。

为了避开这个话题,卫翔问了问十一学习的情况。十一听着她微哑的嗓音,强忍着内心的不舍和想要回家的冲动,一一回她:"我在这边一切都挺好的。"

挂电话之前,十一又说道:"对了,下个月我请了一周的假。你过生日,我想回去一趟,学校已经批了。"

为了这一周的假期,她补了很多天的课,晚上的时间基本都用来学习了。威斯的学习节奏特别快,平日的课程已经让十一有些吃力了,如果再落下一周的课程,还不知道什么时候才能补上,所以她趁着现在有空,就全补了。卫翔是知道威斯的制度的,毕竟她也是从威斯出来的,可越是了解,她就越是心疼。

卫翔垂下眼,听到手机那端响起杜月明的声音:"气死我了!"

十一看了一眼风风火火闯进寝室的杜月明,她对着手机那端的卫翔小声道:"等会儿,我出去说。"

卫翔听到一阵脚步声,随后耳边恢复了清静,她轻笑:"怎么了?"

十一将学校的事情简单说了说,末了说到杜月明,她笑道:"可能是憋坏了，刚刚去和人吵架了。”

“吵架？”卫翙想了想，还真是杜月明做得出来的事情。

十一走出寝室后，心情放松了不少，或许是因为下个月就能见到卫翙了，她心情舒畅，话也多了：“都是瞎说的，他们就爱开玩笑。”

卫翙很正经地道：“你下个月别回来了。”

十一顿了一下，还没解释就听到卫翙继续道：“我过来找你。”

第十八章
心病

　　威斯经常有成功人士回校讲课，多数都是学校请的，也有一部分是和学校有合作的，在毕业前夕过来演讲，之后顺便带几个精英离校。

　　卫翙之前就收到过邀请，只是她工作太忙，再加上身体不适，就推了，但她和威斯的教授一直保持着来往，要不然也不会有推荐十一和杜月明入学的机会。

　　挂了十一的电话，卫翙就给老教授打了电话，问他近期学校有没有回校演讲的机会，如果不介意，她愿意回去演讲。

　　老教授快要退休了，他这辈子带过无数学生，有成才的，也有不中用的，但唯独对卫翙记忆深刻。卫翙太聪明了，同样的知识，别人需要学一周，她三五天就懂了，不仅如此，她的性格也不骄不躁，沉稳内敛，是他所带过的学生当中最突出的一个。

　　当初得知卫翙提前退了学，教授还觉得很是惋惜，可只要是金子，到了哪里都会发光。卫翙接手卫天后，公司势力迅速扩展，开了很多分公司，国外自然也有。学校曾邀请卫翙好几次，想让她回威斯做一次演讲，还是托老教授的关系去说的，但都没有成功。老教授眼看着都要退休了，没想到卫翙会主动联系自己，他当即就将事情敲定，日子由卫翙

第十八章 心病

定,随时可以回来。

十一再次见到卫翙是在教室,她换了以前爱穿的红裙子,换了浅蓝色的小西装,长发随意散在身后,上了淡妆,眉梢锋利依旧,气势不怒自威,目光所及之处,众人纷纷噤声,整个教室静悄悄的。

十一愣愣地看着台上的人,有些恍神,手臂被杜月明戳了一下,问道:"那尊佛怎么来了?"

十一也不知道。

昨晚十一还发消息给卫翙让她别过来了,她身体不好,经不起折腾,反正自己都已经请过假了,自己飞回去就好。卫翙不知道是在忙还是没看到,一直没回消息,十一就当她默许了。十一刚刚还想着下课后去向教授要请假单,没想到居然在这时候见到了卫翙。

相较于两人的错愕,其他人反而很自然地小声讨论着。

"是卫总?"

"哪个卫总?"

"威斯第一个在 AER(《美国经济评论》,世界公认的经济学领域最具权威的顶级刊物之一)发表了论文的就是她。"

"你确定?"

"我都看过好多遍了,她本人的采访我也看了很多遍,不过她很低调,不怎么接受采访。"

她们是用外语交流的,十一来这儿短短几个月就已经能熟练用外语交流了,所以听着并不吃力。她正听得认真,手臂突然被人戳了一下。

杜月明问道:"怎么样,现在是不是很高兴?"

十一神色和平常无异,眉微微蹙起,诚实地道:"不是。"

杜月明道:"别装了,我的朋友要是这么牛,我做梦都能笑醒。你听听,别人都在夸她呢,你还不高兴?"

十一确实不是很高兴,卫翙的身体她再清楚不过,演讲至少要两三个小时,中途不休息,卫翙的身体怎么撑得住?她真是胡来!

卫翙的外语极好,十一之前从没听过她说外语,现在听着她流利的

口语,有种说不上来的舒服感,这可比自己那蹩脚的口音好听太多了。

两个半小时后,演讲结束,学生提问,多数问题都围绕着她曾经发表的论文和如何更好地管理公司、运用资源这方面展开。

台上的人气质沉稳内敛,目光平和却有威严,嗓音清清冷冷,声音不大却很有穿透力。她听别人提问时会微微侧头,十一看着她的侧脸,只觉仿佛是用画笔勾勒出来的一样精细,大气又漂亮,只是她比之前瘦了点。

没好好吃饭吗?还是晚上休息不好?十一原本还怨她这样折腾自己的身体,现在只剩下满满的担心。

十一微微垂了眼,身侧杜月明噌一下站起来,笑道:"卫总,我有问题!"

全班级的人都看着她,这种课是可以旁听的,今儿得知老教授请人过来演讲,所以教室里坐得满满当当的,还有不少人在走廊上来回走动。众人探着头看着杜月明,好奇她能问出什么问题。

这个在大家心里从来都不爱学习的人张口就道:"卫总,您成家了吗?"

整个教室一阵哄笑。十一扯了扯杜月明的袖子,让她坐下,杜月明却站得笔直,神色比平时上课还认真。

卫翙摇头,在所有人好奇的目光下开口:"没有。"

她不应话还好,一应话气氛顿时沸腾了。老教授坐在台下,听到她们因为这个回答而尖叫,又是摇头,又是无奈地笑。

十一没跟着一起闹,只是坐在凳子上看着卫翙。杜月明也被十一拽着坐了回去,看着班级里其他年纪稍小的女孩起哄。

老教授看她们笑闹着,也没辙,摇摇头,对卫翙道:"我先出去了,午饭……"

卫翙恭敬地道:"午饭我能带个人吗?"

老教授心知肚明:"没问题。"

卫翙褪去清冷神色,唇角扬起笑:"谢谢。"

老教授离开之后,班里的人顿时撒了欢,有好几个大胆的直接围在

第十八章 心病

了卫翔身边。

"卫总,关于您发表的那篇文章,我还有不懂的地方。"

"卫……"

卫翔抬手:"下课了。"

众人嬉笑着,原本还抱着笔想问问题的几个人也挠挠头坐了回去,卫翔在其他人的注视下,一步一步往杜月明那个方向走去。

十一听到身后的嘀咕声,心里有些不舒服。杜月明笑得没心没肺:"快点收拾东西,那尊佛来接你了。"

十一刚想开口,卫翔已经站在了两人面前。她在大家诧异的目光中问道:"卫小姐,有空一起吃饭吗?"

众人瞬间跌破了眼镜。

卫翔牵着卫暖出了教室,老教授正等着她,见她走过来便笑道:"我还说你怎么突然答应我了,原来是别有用心啊。这卫暖可是……卫暖……"他迟疑片刻道,"也姓卫……"

卫翔看了老教授一眼,点头道:"是我卫家人。"

老教授顿了几秒,点点头:"走吧,他们该等着了。"

卫翔和十一跟在老教授身后出了学校,十一话少,多半都是听着卫翔和老教授聊天,偶尔问到她,她才会说一两句,面色始终平静,目光深幽。

到了酒店门口,十一见到了老熟人裴天。裴天往前一步,说道:"三小姐,都准备好了。"

卫翔点头:"先和教授进去吧。"

说完,卫翔和老教授打了招呼,裴天带着教授先行进入酒店,门口只剩下卫翔和十一。

"怎么了?"卫翔问。

十一见四下无人,便问道:"你怎么都不和我说一声就来了?你知不知道演讲至少要两三个小时?你是不是刚飞过来?你这样的身体怎么吃得消?你这么不把自己的身体放在心上,简直就是胡闹!苏医生知道

你来吗？药都带了没有？万一发病……"

轻笑声打断了十一的质问，卫翙满眼都是笑意，眉梢敛去了锋利，只剩下柔和。十一听到她笑，不由气恼："你笑什么？"

卫翙在她面前站得端正，神色淡然道："我笑小姑娘长大了，会训人了，也会发脾气了。"

卫翙说得没错，十一确实长大了，她的成长非常明显。从前的她虽然也是话不多，但总低着头，想要压低自己的存在感，不想被人发现，对着别人也是唯唯诺诺的。现在的她与以往截然不同，腰板挺直，不怕被人盯着看了，也不怕那些异样的目光，神色自然，举止得体。

改变最明显的是她的气质，刚进卫家时她怯生生的，说话也不敢大声，现在却变得稳重了。从学校到酒店，一路上，她的神色看不出分毫不悦，眼神透着平静，看到老教授先行离开，她这才绷不住了。

在卫翙面前，她不需要伪装。

十一听到卫翙的话，顿了顿，面上难得露出几分羞赧，脸色微红，道："你……你别想岔开话题。"

每次都这样，一提到她的身体，卫翙就转移话题岔过去。

卫翙见计划不通，不得不交代："我昨天就来了。"

昨天？那岂不是自己昨天发消息给她时，她就已经过来了？怎么都不说？

十一心里憋着气，觉得委屈，她刚想说话，卫翙的手就落在她的肩头："但是我需要休息。十一，我昨天下午到的，在酒店休息了一晚上才去演讲的。我怕你担心，就没告诉你。"

十一瞪着清亮的双眼看向她，目光满是不高兴，卫翙咳嗽了两声，用不自然的声音道："我想给你一个惊喜。"

卫翙这辈子都没有做过这样的事情，没有想过要给谁什么惊喜。来之前，裴天和苏子彦知道后都觉得惊讶，这完全不符合她的做事风格，不说他们，她自己都觉得不可思议，但她偏偏就这么做了。

她想让小姑娘高兴。

可很明显，没达到她想要的效果。

第十八章 心病

十一听了卫翔的话,胸口犹如漫过温水,暖暖的。她突然意识到,站在她面前的人是卫翔,是整个江城都想讨好的三小姐,给人准备惊喜这种事情,想必卫翔以前都没做过。

十一咬了咬唇:"也没有不高兴。"

杜月明说得没错,这么厉害的人,是她的朋友,是她的家人,是她可以信赖的人,她怎么可能不高兴?但她太过于担心卫翔的身体,所以压下了心底的喜悦。

"下次不许这样了。"她抬着头,目光清亮,神色认真,"你能来,就是给我最大的惊喜。"

卫翔对上那双眼,伸出指腹点了点十一的眉心,默默地道:"好,下次来我提前和你说。"说完,她无奈地摇头。

在十一面前,自己的说一不二似乎都成了笑话。卫翔垂眼,算了,只要十一开心,笑话就笑话吧。

十一点点头:"下次换我回去,你不要过来,我不想你这样折腾。药都带了吧?刚刚说了那么久,有没有哪里不舒服?要不然吃完饭我陪你再去检查一下?"

她嘀嘀咕咕地说了一通,卫翔听着熟悉的念叨声,心头漫上久违的满足。

两人进入酒店已经是几分钟之后的事情了,校内的几个领导都在,还有刚刚和她们一起过来的老教授,他们看到卫翔带着十一一起进来,没有表现出任何异样,依旧谈笑风生。

席间卫翔被频频劝酒,都被十一以她刚到这边水土不服为由挡下了,但这些人到底是学校的领导,也不能不给面子,所以卫翔还是喝了两杯。

十一看着滴酒不沾的卫翔为了自己破戒,心头难受得紧。她想要变得更厉害、更强大,这样就不需要卫翔再为她做这样的事情了。

十一心里变强的念头越发坚定。

饭局过后,卫翔和几个校领导正在说话,十一出去给她要了杯温牛奶,回包厢时人都走得差不多了。十一将杯子放在卫翔面前,问道:

"他们呢?"

卫翔酒量一般,再加上身体问题,几乎不碰酒,现在喝了两杯倒也没有明显的不适,只是觉得有些头晕。听到十一问话,她回道:"学校有事,先走了。"

老教授还没离开,他见十一回来,问道:"你的假期……"

十一想了几秒,道:"教授,我不请假了。"

老教授愣一下,点点头:"那好,我给你销假。"

老教授离开之后,十一低头看向卫翔,见她双颊微红,眼里水光点点。那个在外向来严肃锋利、气势迫人的卫翔,喝了酒之后也和平常人无异。

十一将牛奶放在她手上:"喝一点暖暖胃。"

卫翔端着牛奶杯,还是热的,她突然想到十一在家里时,她手里的杯子永远都是这个温度。十一出国后,她还不习惯了很久。

"怎么不喝?"十一摸了摸杯子,"不烫了。"

卫翔笑弯了眼,端起杯子仰头喝了一口,带着甜意的牛奶入口,奶香味浓郁。

卫翔已经乏了,上午的演讲到底是耗尽了她的体力,再加上晚上的饭局,她勉强撑着,还是抵不住沉沉困意。

十一强制她立刻休息。

她的房间在酒店二楼,十一端着牛奶跟在她身后。途中,十一说了几句学校里发生的趣事。两个人不像是很久没见,反倒像朋友一般话着家常。

进了房间,十一扶着卫翔往里走了几步,坐到沙发上。四个月的分别,对两人而言更像是渡劫。十一在这边时时刻刻惦记着卫翔,挂念着她的身体,害怕自己离开前还好好的卫翔等不到她回去。而现在人就在眼前,她怎能不好好感受一下这份真实?

两人坐了一会儿,十一问她:"还好吗?"

卫翔笑道:"十一,我没么脆弱。"

十一见她面色红润,凤目水光点点,不见任何病态和虚弱,她这才放下心。

第十八章 心病

两人良久没有说话。

十一开口,沙哑的嗓音打破了安静,她道:"如果人生可以重来,该多好。"

卫翔听到这话,反问她:"如果重来,你想做什么?"

十一垂眼:"我想早点认识你,我想好好学习,我想学医,我想做医生,我想治好你的病。"

她们本来是应该早点相遇的,在十年前,可是卫翔错过了。

因为她的错过,所以十一受了这么多的苦难,更别谈什么梦想了。

她欠了十一那么多。

靠着床头,卫翔的面色变了变,先是闷咳一声,继而急促地咳嗽起来,牵连到全身,五脏六腑都开始泛疼。

卫翔在十一出国那天就发病去了医院,没想到两人再见面的第一天,她又差点进了医院。

十一给她吃了药之后仍旧不放心,死活都要带她去医院看看,被卫翔阻止了,于是两人闹起了别扭。

卫翔脸色苍白,神色疲倦,十一也沉着脸:"去不去?"

卫翔摇头:"十一,我没事。"

十一坚持道:"你又不是医生,刚刚都差点晕过去了!怎么可能没事?我就知道不能折腾,你坐了这么久的飞机,还坚持讲课,还喝酒,还……"

说到后面,她已经隐隐带了哭腔。

见不到卫翔的这几个月,她从没哭过鼻子,哪怕再想家也是咬牙坚持,但刚刚那一幕着实吓到她了,情绪怎么都绷不住,泪水随之而来,她自己都控制不住。

卫翔见她如此,坐起身:"这样吧,我给子彦打个电话,他说的话,你总该放心吧?"

十一咬着唇低下了头,闷不吭声。

卫翔语气柔和地对她说:"我这就打。"她边说边拨出号码。

那边苏子彦刚走出病房,手机铃声响起,他接起电话:"怎么了?"

卫翔没好气地道:"我让十一和你说。"

卫翔知道无论自己怎么说十一都会担心,至少苏子彦的话她还能听进去。十一闷头接过电话,抱着手机絮絮叨叨,她平时不啰唆,一说到卫翔的身体就话特多。卫翔见她这样,无奈地摇头,起身去了趟卫生间,再出来时,十一已经挂了电话。

卫翔轻声道:"子彦怎么说?"

十一将手机递给她,说:"苏医生说,最好做个检查。"

卫翔蹙眉:"他是这么说的?"

十一有些心虚,其实苏子彦说了很多安抚她的话,但是她不放心,最后苏子彦松了口,说白医生就在威斯附近的医院做研究,他可以帮忙联系下。

几分钟后,苏子彦给十一发了消息,说他已经联系好了,白医生还没离开医院,她现在就可以过去。十一收到消息就催着卫翔换衣服,卫翔眉头紧皱:"十一,我不能去医院。"

"我知道。"十一默了默,"我们去找白医生。"

卫翔眉头松开:"白医生也在这边?"

十一将苏子彦的话复述了一遍,末了道:"走吧,白医生还没下班。"

卫翔见她一副不达目的誓不罢休的架势,无奈地道:"好。"

车是裴天开的,半小时后,两人到了医院门口,十一扶着卫翔通过内部通道,直接去了白医生的办公室。半夜两点多,整个医院都很安静,白医生的助理出来接她们。助理是个挺年轻的小伙子,二十来岁,见人就笑,很和气。

"卫总,你们来得挺巧,白老师明天就要出国了。"

他是白医生的得力助手,之前就见过卫翔,态度不免熟稔。

十一听着他的话,心思略动,问道:"白医生经常出国吗?"

助理笑道:"对啊,他一年待在这边的时间合起来也就两个多月吧。"

除了做研究,白医生大部分时间都是满世界地飞,但做研究时是不让任何人打扰的,所以那些看病求医的人只能等他从研究室出来。这么一排队,人就多了。

第十八章 心病

他是这方面的权威,很多疑难杂症到了他这里都能找到办法医治,名声越大,他就越忙,现在已经忙得基本见不到人了。

卫翔的病他原本根本不打算接,他之前看过卫翔的病历,她能活这么久已经很不容易了,再做手术,只怕她下不来手术台。但是架不住苏子彦天天跟在他屁股后面烦他,他这才答应看看,这一看,倒是来了兴趣。可他的兴趣,卫翔却不感兴趣,她不同意做手术。

居然还有患者不愿意让他看病,不愿意让他做手术的!

全世界的心脏病患者都迫切地等他一个回信,哪怕只是看看病历,提供一个诊治思路,但卫翔却把他往门外推。

她推开的不仅仅是一个医生,还是生命最后的希望,所以白医生对卫翔一直挺好奇的。这种好奇让他打破了自己的规矩,他素来不会在做研究期间见患者,这次却想见她一面。

十分钟后,助理带着卫翔和十一进了白医生的办公室。办公室很大,光书柜就有两三排。白医生站在最前排的书架下,戴着黑框眼镜低头看着书,气质很儒雅。

助理小声道:"老师。"

外面夜色渐深,办公室里却灯光透亮,白医生转头,见是卫翔便笑道:"卫总。"说完他看向十一,目光顿住,"这位是?"

卫翔介绍:"这是我的家人,十一。"

白医生略略点头:"你好。"

十一忙应下:"您好。"

助理见他装客套,一时没忍住笑出了声,被白医生瞪了一眼,他立刻规矩地站在一侧,听到白医生问诊:"今晚什么情况?"

卫翔的脸色一直没怎么好转,手心也冰凉,暖了很久都没有热乎的迹象,也因为如此,十一才坚持要她来医院看看。

听了她的话,白医生沉思了几秒:"先做检查吧。"

卫翔跟在白医生身后进了诊疗室,十一在外面担忧地看着。

助理站在她身边,见她俏丽的脸上满是担忧,不由自主地安抚道:"放心吧,老师医术很高的,卫总不会有事的。"

他并没有资格看卫翔的病历,所以一直不知道卫翔得什么样的病,但先前看她能走能动,神色也和平常人无异,想来也不是什么大病,所以语气很是轻松。

十一听完,神色更加落寞,她过来威斯的这段时间,和苏子彦联系过几次,自己也偷偷看了很多医学方面的书,每搜索一次就心惊一次。

治不好、概率小、奇迹、无生存希望……这些词语单个出现就已经让她心慌不已,更遑论一起出现,这个病太难治好了,也不怪卫翔会选择十年。

十一设身处地地想,如果生病的是自己,或许也会选择十年吧。

可她就是舍不得。

百分之四……哪怕只有百分之一的概率她都想试一试,这么好的三小姐,应该拥有奇迹。

助理在她身边小声安慰了半天,见她的脸色依旧阴沉,他便说道:"肯定没事的,别担心。"

十一这才转过头,声音很轻地道:"谢谢。"

"不客气。"助理想了几秒,道,"要不要给你倒杯水?"

十一摆手:"谢谢,不用了。"

助理挠挠头,笑笑,继续坐在十一身边,两个人一起看向诊疗室的方向。

诊疗室里,白医生一边给卫翔做检查一边问道:"刚刚那位就是你不愿意做手术的原因吗?"

卫翔感觉仪器从身体上方经过,她开口:"对。"

白医生见她如此诚实,面上微诧,很快回过神:"苏医生应该和你说过,越到后面,你手术成功的概率就会越低,再过几年,只怕我也束手无策。"

卫翔闷咳一声:"我知道。"

白医生看着打印出来的报告,看了卫翔一眼,头一次语重心长地和她说:"虽然做什么决定是你的权利,但你是我的患者,我还得说一句,你的情况并没有恶化,现在手术,还有百分之四的概率,是很低,

第十八章 心病

但是……"

"但是我选择十年。"卫翔抬头，认真地看着白医生，咳嗽了一声后喘着气道，"子彦应该和您说过我的情况，百分之四太低了，我不敢冒险。"

苏子彦确实和他说过她的情况，但只说了她不愿意手术，选择几年后移植人工心脏，所以他并不知道真实的原因，他完全没想到会是这样。

他做医生这么多年，形形色色的人看过太多，在病痛面前，他见过太多丑陋的人，他们为了治病，会做各种极端的事，卫翔这种主动弃权的，不多见。

他从来不会左右患者的想法，和卫翔说这么多已经不符合他的做事风格，他拿着报告对卫翔道："你再休息一会儿，我去给苏医生打个电话确认下情况。"

卫翔目光沉静，声色清冷："麻烦了。"

白医生打开门走出去，十一见他出来，立刻就准备跟上去，却被助理拉住："老师如果有话说的话会过来的。"

十一满心焦急却被拉住，不自觉地冷了脸。助理对上她的侧脸，松开手，挠了挠头。这姑娘看着温软，怎么这么凶？

助理被她这么无意识地一凶，做事都勤快了，当即拔腿往白医生的办公室走去。没一会儿，他走出来，对十一道："白医生让你进去。"

十一的心跳快了两拍，她做了个深呼吸，走进去。

"没恶化，没见并发症，情况还算稳定……"

十一听到白医生的话，缓缓吐出一口气，悬着的心总算放了回去，眼底激动得漫上水花，嗓音哽咽地道："谢谢您，谢谢。"

白医生说："再过十五分钟，你可以进去看她，最好观察一晚再走。"

十一不住地点头："好，我知道了。"

助理在两人说完后说道："老师，您是要回去休息了吗？"

十一听到这话，咬了咬唇，道："白医生，我有些事想问您。"

白医生看了一眼身后的助理，说道："出去等我。"

助理态度恭敬地应下。

门合上，里面很久都没有动静，助理在外面等了约莫半个小时，门

才重新打开。十一低着头,眼角红透,她身后跟着的白医生面带惋惜。助理站起身,听到十一道:"谢谢白医生,我去趟洗手间。"声音沙哑,带着哽咽。

助理在她离开后问道:"老师,卫总病得很严重吗?"

白医生看着他,摇头道:"你知道什么病最难医吗?"

助理道:"癌?"

白医生敲敲他的头:"是心病。"

助理摸了摸被敲的地方,嘟囔了一声。两人往外走去,快到长廊尽头时,白医生突然顿住步伐,几秒后他又折了回去,脚步很快。

助理跟在他身后,充满了疑惑:"老师?"

白医生径直走到诊疗室门口,让助理守在外面,他推开门进去,卫翔正盯着窗外看,听到开门声,她以为是十一,声音柔软地道:"我都和你——"

话没说完,发现进来的是白医生后,卫翔收了声。

白医生走到她面前,对她道:"我和苏医生确认过了,给你添了新药。"他说到这里,神色变了变,想到刚刚十一和自己说的话,他又说,"你应该知道,我今晚给你看病是开了特例,那我今天就再开一次,三年内,如果你有想动手术的想法,随时联系我的助理。"

他说完,转头就准备走。

卫翔道:"白医生,你不怕砸了自己的名声吗?"

他这样的学者,每接手一个病人都要经过深思熟虑,不说要有万全的把握,至少也得有百分之三十。越是德高望重,越是被众人盯着,一点小动静就能掀起狂风。

白医生背对着她笑了笑:"医生哪有挑患者的权利?你既然做了我的患者,我的责任就是治好你的病。"他说完,转头看着卫翔,又加了句,"再说,名声哪有命重要。"

第十九章
底线

十一在医院陪了卫翔一整夜，几乎没休息，卫翔从诊疗室出来后就打了点滴，整个人沉沉睡去。十一坐在床边，握着她的手，凉凉的指腹贴着她的肌肤，终于有了几分真实感。

卫翔睡得很沉，夜里一次都没醒，次日天明才缓缓睁眼。刺目的阳光从窗户洒进来，看来是个晴天。

"十一。"她顺口唤道，手往旁边的床铺摸去，却什么都没有摸到。她睁开眼，见十一正趴在床边，头枕在手臂上，一只手还握着自己的手。

房间里暖气开得足，十一的手心传来暖意，卫翔深深地看着十一。这个已然完全蜕变的女孩，真是和两人刚认识时一点都不一样了。

刚进卫家时，她总是怯生生地跟在自己身后，做什么都小心翼翼的，叫"三小姐"时，还会用余光偷瞄自己，生怕自己不开心。到卫家的第一晚，她胆怯地用手拽着自己的衣摆的样子，仿佛就发生在昨天，可一切都不同了。

现在趴在床边的十一已然变得成熟稳重，眉目间的稚嫩逐渐褪去，看不出曾经跟在她身后低着头茫然无助的样子。现在的她就像是羽翼逐

渐丰满的鹰,随时可以展翅高飞。

她想看看十一飞起来的样子。

卫翔侧过身体,用另一只手将十一颊边的头发拨至耳后,露出清丽的脸蛋和已经长开的五官、白皙细腻的皮肤、长长的睫毛。许是哭得久了,她的眼尾还泛着红晕,落在白皙的肌肤上,格外刺目。卫翔用指腹轻轻抚摸着那处红晕,目光温柔。

十一做了个梦,梦里,她说服卫翔同意做手术了,手术室外,她就坐在那里等着。一分钟过去,她想到还没有和卫翔好好说几句话,万一她出不来怎么办;两分钟过去,她开始懊恼;三分钟过去,她开始走来走去,有些绷不住了;四分钟过去,她走到门口,头抵在门上,内心拼命祈祷;五分钟……六分钟……

每一分钟她都像身处炼狱那般煎熬,她受不了地来回踱步。终于,门开了,白医生穿着大褂走出来,和他身后的助理一样,脸色都很难看。

"对不起,手术失败了。"

这声音犹如惊雷炸在她的耳边,把她一下惊醒了!

"卫翔!"十一噌地坐起来,握着卫翔的手很是用力,满头都是细汗。她睁开眼,眼底有着惊慌失措和后怕。

卫翔放下平板电脑,道:"十一?"

十一听到这熟悉的叫唤,抬眸看着卫翔,害怕的情绪席卷全身,她立刻起身抱着卫翔,嘴里还在不断地念叨:"我们不手术了,不手术了……我们回家,卫翔,我想和你回家……我们回家好不好?"

卫翔估摸着她是做了噩梦,拍拍她的后背,轻声安抚:"没事了十一,只是做梦而已。"

"不是做梦。"十一固执地摇头,"不是做梦。"

她有种强烈的预感,她会失去卫翔。

十一咬着唇,不断地重复:"我们走吧,不做手术了。"

卫翔原本观察一晚就可以回去了,见她如此不安,两人索性立刻回了酒店。十一没了假期,怀着不安的心情去上课,一休息就给卫翔发消

第十九章 底线

息打电话,听着那端如常的声音,她不安的情绪才慢慢被安抚下来。

　　白医生给卫翙开了新药,很苦,中午卫翙本就没吃多少东西,这下全部吐了出来。她问苏子彦是不是一定要吃,苏子彦回她必须要,药虽苦,但作用大。他说完,忍了忍,没告诉卫翙,这药一般到了后期才会用,是拿来续命的。

　　苏子彦的短暂沉默意味着什么,卫翙心知肚明,她没再说什么,挂了电话。她吃了药后睡了个午觉,醒来,十一已经下课了。晚饭两人就在酒店里吃,十一亲自下厨。

　　卫翙也有几个月没吃到她做的饭了,有些怀念,贪嘴多吃了一点,晚上吃完药,就闹起了胃痛,她趁十一出去买水果,将胃里的东西悉数吐了出来。

　　十一回来时,卫翙已经躺下了,房间里只亮着一盏昏黄的床头灯。十一将削好的水果端到房里,见卫翙已经睡下,轻声问道:"你睡了?"

　　卫翙揉揉太阳穴,装作被吵醒的样子:"你回来了?太困了,想眯一会儿,没想到睡着了。"

　　十一见她想起身,忙上前两步,坐在她床边:"睡吧,水果明天吃也是一样的,我去给你泡杯牛奶。"

　　卫翙笑笑:"好。"

　　房内灯光黯淡,十一没看见卫翙苍白的神色,端着牛奶进房时,卫翙正靠在床头看平板电脑,见她进来,卫翙便说道:"明天下午我就要回去了。"

　　"这么快?"十一错愕,"可后天才是你的生日。"

　　她把生日礼物都带过来了。

　　卫翙将她懊恼的神色尽收眼底,笑道:"没关系,礼物你收着,明年一起送给我。"

　　十一心里闷闷的,有些不高兴:"公司出什么事了吗?这么着急走?"

　　卫翙没隐瞒:"洛洲平那边出了点事。"

　　洛洲平趁她出国期间在新项目上动了手脚,裴天跟着她一起过来

了，公司没人坐镇，所以才会让他得逞。十一听到"洛洲平"三个字，咬咬牙，又是他！

卫翔喝下牛奶后对十一道："你明天还有课，就不要送我了，回江城后我给你打电话。"

十一深知卫天对卫翔的重要性，没有迟疑地点头："好。"

分别前夜，十一执意要留下来，她就守在卫翔床边，卫翔夜里动了下，她立刻就惊醒了，抬头见卫翔依旧闭目沉睡，才松了一口气。折腾了一夜，次日醒来时，她的眼睛下面挂着大大的黑眼圈。她怕卫翔看到，早早就去卫生间上了妆。卫翔没睁眼，她听着卫生间里"哗啦啦"的水流声，紧闭的眼睛湿润了。

八点多，十一叫醒卫翔，陪她吃了早饭，饭后十一没走，就赖在客房里。

卫翔笑："不是要去上课吗？"

十一抬头看着她："我和教授请假了。你下午才回去，我陪你到下午。"

卫翔看着她发红的眼尾和微肿的眼睛，不免心疼："好，你今天想做什么？"

十一想了会儿："先去看个电影吧。"

两人在家里看过很多电影，但是在外面，连电影院都没进去过。十一知道威斯附近就有个很大的电影院，她经常听同学提起，环境不错。卫翔不太喜欢人多的地方，奈何十一双目晶亮，眼巴巴地看着她，拒绝的话怎么都说不出口，索性道："好，我换身衣服。"

卫翔和十一换了休闲装。卫翔身材高挑，气质出尘，穿着简单的休闲装也掩盖不了贵气。她就像是耀眼的星星，走到哪里都犹如发光体，让人无法忽视。

光是一个卫翔回头率就足够高了，更别说还有漂亮的十一。十一年轻有活力，穿着和卫翔同色系的休闲装，长马尾随意扎在脑后，又上了淡妆，整个人靓丽又朝气。

两人边走边说笑，一路引来无数注目，奈何两人都不是在意这些目

第十九章 底线

光的人，举止自然优雅。

到电影院后，十一问卫翔的意见，她表示随意。十一左挑右选，选了部文艺片。不是周末，电影院的人很少，十一选了靠里的位置，又买了爆米花。电影并不是很有趣，都是老梗，时长整整一百二十分钟，十一看到后面，忍不住打起了哈欠。

十一问卫翔："为什么他们就不能诚实一点呢？"

卫翔咬了口爆米花，认真参与讨论："这样才能增加戏剧性。"

"如果是我，才不要戏剧性。"

卫翔听到她的话，轻笑："散场了，走吧。"

散场之后前排的人三三两两地都走光了，整个放映厅只就剩下她们两个。偌大的屏幕上正在播放电影的片尾曲和男女主结婚场景的花絮。

十一没动，她拉着卫翔坐在凳子上，说："以前婆婆给我过生日，都是按年十一过，我也不知道自己的生日究竟是哪一天。"

卫翔想到资料上看到的日子，抿着唇道："十一。"

十一笑笑："婆婆走后，我就没有过过生日了，但是今年，我想过一次。明天是你的生日，那我就今天过吧。好不好？"

卫翔嗓子微哑，她咳嗽了两声，凤目微红，道："可以。你想怎么过生日？"

十一挽着她的胳膊笑："也不想怎么过，就想许个生日愿望。"

卫翔眼揉了揉她的发顶："和我有关？"

十一认真而虔诚地点头："有关。"

卫翔没说话，十一继续道："我的生日愿望就是，希望你答应我，以后如果我做了错事，你也不要生气。"她双目泛起水光，"好吗？"

卫翔脸上的笑容隐去，双唇紧闭。

卫翔是下午离开的，十一原本说好了不送她，可又忍不住，她知道自己肯定会偷偷去，还不如大大方方地跟在卫翔身后。

十一看着她一路过了安检，准备上飞机前，卫翔转头，清冷脸上添了笑意，口型模糊可见。十一也抬手，轻轻说了一句："再见。"

那天在医院,十一问了白医生一个问题——

"她的手术真的只有百分之四的成功率吗?"

太小,小到她自己都不能说服自己。

白医生点头:"真的,所以你们要好好考虑。"

"如果不手术,还有几年?"

白医生道:"最多五年。"

五年。

十一的心如坠寒窟,冷得她整个人直哆嗦,她声音颤抖着道:"就没有其他办法了吗?一定有的,对不对?"

她哀伤的目光让白医生的呼吸窒了窒,开口,有些遗憾:"心脏移植是最稳妥的办法,其次就是手术,其他没有了。"

心脏移植。

可卫翙的血型非常特殊,万里挑一,这么多年,苏子彦为了给她找匹配的心脏,几乎搜遍了整个世界,奈何没有就是没有。

十一不想接受百分之四的可能性,她对白医生说:"我能求您一件事吗?"

白医生听着她沙哑的嗓音,有些感触,点头:"你说。"

十一抬头:"我想让您给我做个配型。"

白医生愣愣地看着她,良久没有说话。

送走卫翙后,十一折回了学校。身旁行人三三两两,有几个看到她还会打招呼,她也点头带笑回应。满世界的阳光,只有她心底盛满荒凉。

她本就无依无靠,是卫翙带她回了卫家,是卫翙教她何为做人,教她什么是尊严,什么是爱。卫翙是这世上她最后留恋的温暖。

十一拿出手机,盯着屏幕上卫翙浅睡的脸庞看了又看,心底的荒凉被温暖覆盖,顷刻间开满鲜花,变得绚烂。

若是她这颗心脏能在卫翙的胸口跳动,也未尝不是一种幸福。

十一收起手机,目光笃定。

第十九章 底线

送走卫翔后,十一学习得更刻苦了,但给卫翔发消息、打电话一次也不落下。有时候实在忙得没时间,也会趁上厕所的时间给她拨个电话,那端沉稳的嗓音,总能安抚到十一。

卫翔回江城后,病情一直控制得不错,不仅没有出现苏子彦说的要坐轮椅的情况,精神也好了不少。

苏子彦每次给她做完检查都要偷偷问:"白医生是不是做了什么?"

白医生什么都没做,倒是十一让她放心不下,她觉得自己不该这么倒下,至少要等十一回来。

也许是信念,也许是骨子里的倔强,她的身体反而比之前健康了很多。年末时,十一给她打电话,说学校要组织优秀学员进公司实习两个月,所以她不回来了。卫翔挂了电话后摇头失笑,十一现在越来越成熟,倒是自己越来越幼稚了,一到放假,自己就恨不得飞过去找她。

十一不回来,苏子彦怕她一个人待着寂寞,年初一就带着食物来找卫翔,还让她发视频刺激十一。视频里,卫翔穿着深红色的毛衣,唇红齿白,笑起来眉眼弯弯,十一眼底漫上满足。

身边的杜月明抱着双臂哆哆嗦嗦:"你也真是的,放假不回去,非要待在这边,好受吗?"

不太好受。

但是为了更快速地成长,十一不得不逼迫自己待在这边,其实今年并非学校推荐优秀学员进公司实习,而是自由报名。十一是优秀学员,在老教授面前提了这件事后,老教授就给了她一个名额。

她不回去,杜月明就更不可能回家了。反正过年回家也是吃吃喝喝外加到处玩,她在这边也交到了很多新朋友,其中一个也在这批实习生里,所以才自荐,让十一带着自己一起。

两人这是第一次进公司,国外不过国内的春节,该忙碌依旧忙碌,该上班还是上班,但多多少少还是有点喜庆气氛的,每个办公室旁的花盆里都挂了两个小灯笼,看起来红艳艳的。

十一和杜月明被分在同一个部门,市场调研部。

杜月明不似十一,她不是专门来实习的,而是来解闷的。在十一还

沉浸在学习公司规章制度时，她已经屁颠屁颠地溜到其他部门去了。当然，她也不是一无是处，刚来一周，她就和各个部门都搞好了关系。

十一看她在江城还是个大小姐，来了这里却仿佛一个小报记者，无奈地笑："你能不能认真一点？"

"那么认真干什么？我又不用继承家业。"她回答得理所当然。

十一摇头，杜月明的两个哥哥把她当成掌中宝一样宠着，刚来威斯那半年，她二哥经常借着出差名义过来找她，送这送那的。要不是杜月明甩脸子，只怕她二哥能把整个杜家都搬过来。

送她来学习的是他们，不放心的还是他们。这就是家人吧！

十一笑着笑着就想到了卫翙，送自己来的是卫翙，不放心的也还是她吧。思念一生就有点一发不可收拾，非要听听她声音才肯罢休。

晚上八点，十一和卫翙开了视频，那端一片漆黑。十一小声问："你在哪儿？"

卫翙靠在床头，穿着单薄睡衣，脸明显消瘦了很多，锁骨明显，她笑道："在房里，你下班了？"

身边的人不断和十一打着招呼，她一一回应，对视频那端的人道："刚下班。"

卫翙拨了拨秀发："累不累？"

十一摇头："不累。"说完她看着屏幕，"就是有点想家了。"

卫翙失了声，几秒后才扬唇："知道了。"

十一有些脸红，她眨眼："那我到了宿舍再给你打电话。"

那端应下后，十一挂了视频。

宿舍是卫翙安排的，杜月明偶尔会来住，不过这阵子她总跟在别人屁股后面跑，不怎么回来。十一在路上买了份晚饭匆匆回到宿舍，和她离开前不同，宿舍的灯光亮着，她诧异地喊道："月明？"

没人回应她。

十一蹙眉，再次喊道："杜月明？"

依旧没有人回应，但是厨房有声响，似乎有人正在做饭。十一怀着疑惑的心情走过去。杜月明十指不沾阳春水，今儿怎么想起来做饭了？

第十九章 底线

等到她见到厨房里的人时，才错愕地僵在原地。那做饭的人不是卫翔是谁？

刚刚在视频里还穿着单薄睡衣靠在床上的人，此刻系着围裙，睡衣袖子卷到手肘处，长发随意地用夹子固定住，侧脸认真。她正在翻炒着菜，纤细的手腕在火光下更显白皙。阵阵香气从厨房传来，十一眼底雾蒙蒙的，她连包都没来得及放下就上前两步。

"卫翔。"十一哽咽，"你怎么来了？"

卫翔一怔，手上还举着勺，听到身后熟悉的嗓音，她转过头："不是你说的想家了？"

十一心头满满的感动，她边哭边笑："又不告诉我，你又不告诉我，上次你还答应我，说不折腾自己的身体……"

卫翔放下勺子，转过身，看着她喋喋不休的唇，笑道："你好啰唆。"

十一满腹的怨气顿时都消散了，她看着卫翔盛汤的样子，不由得问："什么时候会做饭的？"

"刚和柳婶学了两手，尝尝？"

十一用筷子夹起素菜，不腻，很清淡，吃起来还很脆，她点头："好吃。"

卫翔看她肯定地点头，也跟着笑。

晚饭后，十一洗了碗筷，两人窝在沙发里看电视。卫翔打开综艺频道，电视里不时传来爆笑声，十一将洗干净的水果放在茶几上，走到卫翔身边的沙发上坐下，自然而然地靠着她，问："几点到的？"

电视机的声音很吵，但十一还是清晰地捕捉到了卫翔的声音。

"下午到的。"

十一点点头："来几天？"

"明天上午走。"卫翔说完，从盘子里拿起水果咬了一口后，低声道，"我过来是有件事想告诉你。"

十一抬眸："什么事？"

卫翔盯着电视机，神色沉稳，目光平静，声调不疾不徐："配型结

果出来了,你是最合适的心脏供体。"

十一刹那间变了脸色,她身体绷紧,脊背出了细汗,小声道:"卫翔,我……"

"十一。"卫翔声色如常,"你想做什么我都知道,我不会给你做错事的机会。"

"我只是……"十一心乱如麻,万千理由在卫翔面前都像是狡辩。

她想让卫翔活下去,卫翔又怎么舍得她这样做?可如果一定要在两人之间选一个,她希望卫翔能好好活着。

卫翔嗓音轻细:"如果下次再起这个念头,你就不会再见到我了。"

十一心惊,转头看着卫翔,那双温柔的眼睛,此刻隐约可见凌厉尖锐,还有一丝不容置喙。

卫翔是她的底线,同样的,她也成了卫翔的底线。

十一第二次送卫翔上飞机,和第一次的心情完全不同。她知道卫翔说的是真的,如果她有这个打算,卫翔不仅会让她离开,而且死也不会用自己的这颗心脏。在某些是非上,卫翔总是非常固执,哪怕她信任自己,在乎自己的想法,也不会没有底线。

她现在,成了卫翔的底线。

十一不知道该哭还是该笑,她多希望卫翔能自私一点,能为自己多考虑一点,能像很多为了活下去而不择手段的人一样——可她不是。

她是卫翔,是世上最好的三小姐。她怎么可能接受自己的心脏?

十一看着卫翔登上飞机后,落寞地往回走。回到宿舍时,十一见阳台上还挂着卫翔没带走的衣服,她拿下来抱在怀中,痛哭出声。

狠狠发泄过后,十一顶着红肿的眼睛,回到房间补了个午觉,下午又没事人一样去上班。

杜月明一脸八卦地凑过来,笑眯眯地说:"猜猜我去哪儿玩了?"

十一转头看着她,一双眼还稍显红肿,杜月明脸上的笑意逐渐隐去,严肃正经地道:"你怎么了?哭过了?"

不说还好,一说十一又要绷不住了,她迅速摇头:"没有,睡多了,今天起来眼睛疼，揉的。"

杜月明掰正她的脸："你当我三岁孩子？到底怎么了？"

十一道："昨天三小姐来了。"

杜月明卸下担心，一脸了然："原来是激动的。"

十一和这种整天没心没肺的人永远聊不到一个频道上，不过她压抑的心情也稍稍得到了缓解。十一看着杜月明，明明和卫翔一般大，一个还像刚毕业的人一般天真烂漫，另一个却已久经商场。

卫翔身上背负得太多了，多到十一每次想到就忍不住心疼。

再努力点吧！再努力一点，自己就能帮到她了！

十一怀着这种心情努力工作，两个月过后，实习圆满结束，十一被经理留下单独谈话，问她愿不愿意毕业后直接来这边工作，如果她愿意，公司可以许她副经理的职位。十一浅笑着摇头，婉拒了。

再次回到学校，十一的心思纯粹了许多，她不再纠结配型的事情，但没放弃希望。每逢假期，她总是满世界地跑，希望能找到合适的心脏供体。十一也没瞒着卫翔，每次上飞机前都会告诉她自己的行程和目的地。卫翔见她如此执着，也没辙，只能随她去。

来威斯的第二年，四月，威斯有两个深造名额，老教授问十一的意见。老教授觉得她可以继续深造，十一原本是半路出家，能在一年半内取得如此优秀的成绩，实属难得，如果有机会再深造，前途不可估量。十一却不假思索地摇头："谢谢教授，我还是不去了。"

老教授拿下眼镜，和蔼地说："是因为卫总吗？"

十一想了会儿，道："是因为我自己。"

两年的分别，对她而言，分分秒秒都是一种折磨，她不愿意再接受任何离别，哪怕学无所成，她也要回到卫翔身边，这是她们的约定。

继续深造的事，十一并没有瞒着卫翔，大大方方地和她明说了，也说明了自己没同意，不会去。

卫翔听着电话那端稍低的嗓音，应下："好。"

两人仿佛回到了刚刚认识的那段时间，对之前心脏配型的事情只字不提。十一是不敢，她害怕从卫翔嘴里听到让她离开的话，这比杀了她

还要难受。至于卫翙,她是想断了十一的这个念头,所以才很有默契地不谈论。

四月末,有学员陆陆续续毕业,很多都已经找好了公司,就等着学校放人。从威斯出去的基本都是精英,各个公司争抢,十一也在这期毕业的学员里。至于杜月明,因为多门功课不及格,被留了下来,怕是到明年都毕不了业。

开完班会,杜月明抱着十一的胳膊:"不要丢下我啊,你个负心人,说好带我来,就要带我走,你怎么能抛弃我!"

她一哭二闹三上吊,借着酒劲任意发挥。

十一颇有些头疼地扶着她:"月明。"

"叫这么亲切干什么,你都要回江城了,完全不管我这个孤家寡人,我好可怜啊!"

周围同学的目光投过来,好似十一做了什么万恶不赦的大事。

十一无奈地抚着额头,小声道:"你男神来了。"

杜月明一听,立刻抬头,敛去刚刚还烂醉如泥的样子,瞪大双眼问:"在哪儿呢?"

十一瞧着她那紧张样子,不由得笑:"骗你的。"

杜月明气得捶了她两下。

和在江城不同,杜月明到了这边反而收了心,不到处跑到处玩了,做事也不再张扬。但学习,仍旧是她的硬伤。

毕业晚会上吃饱喝足,十一架着喝醉的杜月明准备回宿舍,恰好遇到了杜月明的合租室友,对方见状,道:"又喝酒了?"

十一捏了下杜月明,浅笑:"今晚有点事,她多喝了两杯。"

室友愤愤地瞪了杜月明一眼,转头看着十一,神色温柔了不少:"麻烦你了,我带她回去吧。"她说着,接过杜月明。

十一问道:"要我帮你送她回去吗?"

女孩笑道:"不用了,我司机就在外面。"

十一这才放心地点头,回她:"慢走。"

十一回到宿舍,打开门走进去,背靠在门上,咬了咬唇。这一

第十九章 底线

刻,她无比想家,想卫翙,想到眼圈发红,她忍不住蹲下身体,低声哭起来。

远在江城的卫翙闷闷地咳嗽了两声,捂着胸口坐起身。

柳婶敲门:"三小姐,该起床了。"

她按了按太阳穴:"知道了。"

过完年后,她明显感觉到身体不行了,以往都是一个月去一趟医院,现在已经半个月就要去一次,药量也增加了,苏子彦每次给她挂点滴总是一脸的欲言又止。

卫翙知道,他是想让她叫十一回来,他怕她什么时候说没就没了,怕十一见不到她最后一面。

但是十一还没有回来,她怎么能倒下?

卫翙在床边坐了很久,就着床头柜上的冷水咽下药,起身去洗漱。镜子里的人面色苍白,唇瓣没有丝毫血色,眼睛微肿,眼底有淡淡的乌青。她换下睡衣,将睡衣挂在架子上,看到睡衣后背处沾满了黑发。她伸手摸向自己的秀发,右手微抖,指缝里满是黑色的发丝,根根缠在她手指上,和她白皙的手指形成了鲜明对比。

她往后退了一步,闭了闭眼。

卫翙洗漱好,下楼,柳婶已经备好了早餐。

裴天也到了,他站在客厅,见卫翙下楼,恭敬地道:"三小姐。"

"嗯。"卫翙上了淡妆,瞧不出脸上的苍白,但隐约可见疲倦,她走到饭桌旁,喝了杯牛奶问道,"十一几点的飞机?"

裴天站得笔直:"上午十点。"

卫翙点点头:"等会儿先把公司的会议往后延,送我去个地方。"

裴天不疑有他:"好。"

半小时后,卫翙坐在理发店里,理发店老板娘摸着她柔顺的长发念叨着:"这么好的秀发,您真舍得剪了?"

这么多年,卫翙怕有人从她的外在看出她生病,在保养方面下足了资本。老板娘舍不得地对着她的秀发摸了又摸。

卫翙垂眼:"剪了吧。"

她侧脸绷着,语气不容置疑,透着寒意。

老板娘从镜子里对上她清冷的目光,浑身一冷,立马点头道:"好,您稍等。"

卫翔盯着面前的镜子,半辈子犹如走马观花一般从眼前掠过,最后定格在十一的笑脸上。

"卫翔,我回来了。"

卫翔惊醒,裴天从后视镜见到她坐起身,问:"三小姐,您又做梦了?"

从理发店出来后,卫翔就靠在车椅上闭目养神,没料到被梦惊醒,她转头看向窗外:"到哪儿了?"

裴天回她:"马上就到机场了。您要不再休息会儿?"

卫翔揉着头:"不用了。"

说话间已经到了机场附近,车刚停下,卫翔就打开车门走了下去。

裴天跟在她身后:"三小姐,还是我去接吧,您回车上等着?"

卫翔笑笑,轻声道:"没关系,我接就好。"

她想,十一下飞机后第一个想看到的人肯定是她,就像她此刻迫切地想见到十一,仿佛再迟一秒,就没有机会了。

第二十章
难关

十一见到卫翔,差点没认出来。她穿着红色长裙,踩着坡跟鞋,以往飘在身后的长发没了,换成了一头清爽的短发,整个人看起来更加利落干脆,也更显得五官棱角分明。有光洒在她身上,将她的身影拉得很长,身形单薄。

十一僵在原地良久,才讷讷道:"卫翔?"

卫翔见她出来,往前走了两步,裴天接过十一手上的行李,径直往外走。身后,两人相互对望。

十一也清瘦了很多,个子拔高了不少。十一刚进卫家时,只到卫翔的肩膀,现在已经到她的眉处了,再踩上高跟鞋,隐隐有超过卫翔的趋势。

"你的头发怎么……"

卫翔垂眼:"不好打理,我就剪了。"她说着,冲十一笑笑,"好看吗?"

十一哽住,咽下苦涩:"好看。很好看。"

卫翔点头:"走吧,先回公司吧。"

上车后,卫翔和十一坐在后座上。十一频频转头看着卫翔,目光深

幽,好似要将她这副样子深深刻进脑海里。

卫翔低头看着报表,无意间对上她的目光,蹙眉:"怎么了?"

十一摇头:"没事,觉得很不习惯。"

看惯了卫翔长发的样子,这一头短发让人感觉有些别扭。

卫翔笑道:"理发师说我适合剪短发,你觉得呢?"

十一心头一阵酸楚,记忆里在网上搜到的那些信息和面前的人的行为重合,她勉强地笑着:"挺合适的,很好看,你最近身体怎么样?"

卫翔继续低头看平板电脑,云淡风轻地道:"挺好。"

简短的两字让十一的心又揪起来,好个屁!她都从苏子彦那边知道了,卫翔的身体是一日不如一日,过完年就彻底垮了。

这两年洛洲平的公司发展得如火如荼,他没证据证明卫翔生病,但是仗着她现在不太能管事,把公司的很多事务都包揽了下来,甚至还拉拢不少股东去投资他的分公司。

洛洲平这是看没办法动摇卫天,就要一点一点挖空卫天,其心可诛。

车走到半路,碰上红绿灯,裴天将车停下,听到十一问:"洛洲平现在有什么动作?"

卫翔合上平板,神色凝重。

上半月,卫天和治华争一笔单子,洛洲平从中作梗,让卫天白白损失了三千万。虽然他们都知道是洛洲平搞的鬼,但没有真凭实据,只能咽下这口气。

近半年,卫翔对公司的事情明显力不从心了,裴天为了照顾她,也不能经常在公司坐镇。山中无老虎,猴子称霸王,洛洲平趁机几次打压卫天,壮大自己的分公司。

十一早先在电话里就知道一二,但没料到现在情形已经如此严峻。

卫翔道:"暂且还不能让他知道我生病的事情。"

如果让洛洲平知道,再宣传出去,卫天只怕真的过不去这道坎。这些股东对她近半年的所作所为原本就已经很不满了,若是再知道她生病的事情,不说倒戈,只怕他们会联手,直接推洛洲平坐上董事长的

第二十章 难关

位子。

十一点头:"我知道。接下来该做什么?"

卫翊沉默了几秒,叹气:"先去公司再说吧。"

十一拿过她手上的平板电脑,见卫翊诧异地看过来,她道:"我来看吧,你好好休息。"

看着曾经跟在自己身后的小姑娘现在做事沉稳,胸有成竹,卫翊不由地笑:"好。"她说着,身体向后靠了靠,闭上眼,"到公司叫我。"

卫翊闭上眼,眉梢不见了锋利,添了温和,鼻尖秀挺,唇瓣涂抹着精致的口红。她素来爱艳色,现在也不例外。

很快就到了公司,卫翊并没有休息多久,但许是十一的回来让她心情舒畅了不少,下车时,她的脸色好看了很多,白里透红,双眼清亮。裴天都不知道多久没看到卫翊露出这样的神色了,当下也不由地多看了十一两眼,目光有感激。

他跟在卫翊身边很多年了,对她的身体状况十分清楚。当初卫翊带十一回卫家时他还担心,没料到,卫翊却因为十一越发坚韧了,当真如苏子彦说的那般,人一旦有了软肋,就会变得坚强。

十一就是卫翊的软肋。

久而久之,裴天也认可了十一,对她的态度恭敬了很多。

到公司后,秘书匆匆迎上来,看了卫翊一眼,见她一头短发,诧异了几秒,很快回神道:"卫总,几个董事正在办公室里等您。"

卫翊点头:"知道了。"

她转头看向十一,还没开口,十一就将平板电脑递给裴天,气定神闲地道:"我陪你进去。"

卫翊见她如此淡然,不由笑道:"好。"

两人一同进了办公室。

几个董事见到卫翊进来也没起身,老神在在地端着杯子喝茶。

卫翊也不着急,带着十一坐在主位上。

一个董事率先发难:"卫总,这位好像不是公司的员工吧,适合听我们讨论的话题吗?"

"卫暖是启茂的股东,苏老先生觉得,她适合在这儿吗?"

上半年,沈家主动退出了烂尾楼的开发项目,沈家的空缺由启茂顶上,所以启茂现在不仅和卫天是合作关系,还是不能得罪的大客户,卫暖作为启茂的股东,坐在这里理所应当。

说话的老董事被卫翔的话噎住,半晌没吭声,其他人见他吃了瘪,开始发难。

卫天和治华竞标失败,损失了三千万,眼看年中就要分红利,他们平白无故少了这么一大笔钱,心里都不舒服。和洛洲平合作的几个股东还好,他们还能从洛洲平那边得到一点甜头。其余看不上洛洲平做小动作,但是又舍不得钱白白飞走的股东就来找事了,非要卫翔给个说法。

这开门做生意,有赚有赔,本就是再自然不过的事情,但卫翔上任将近十年,从没有让他们吃过亏,所以把他们的胃口养刁了,现在只要损失一点点,就开始来要说法。

卫翔问:"各位董事想要个什么说法?"

"这是什么话?"一个年纪颇大的男人站起身,"我们这是讨要说法吗?我们这是关心卫天的未来!外面都有传言……"

十一轻笑:"传言如果做得了真,各位董事就不会坐在这儿了。"

几个男人相互看了一眼。

先前说话的男人依旧气哼哼的,道:"我们这不是怕卫天走下坡路吗?我们老了,经不起什么折腾,就靠着卫天吃口饭。现在出了这样的事,我们能不着急吗?"

卫翔刚要开口,十一按住她的手臂,眉目带笑,道:"既然这样,我有个提议。"

几个董事面面相觑:"你说。"

十一坐在位置上,慢条斯理地道:"各位既然怕卫天走下坡路,不如趁现在抛出卫天的股份,我以双倍的价格从各位手上买入,如何?"

她的气势太沉稳,不过二十出头,却能气定神闲,和这些老神在在的董事相比,反而更加稳重。几个董事都不是傻子,他们原本就看不惯洛洲平的做事方法,但平白吃了亏总要讨个说法,今儿来也是想让卫翔

第二十章 难关

私人填补了这个空缺,却没想到被十一将了一军。

放弃卫天的股份?开什么玩笑?他们怎么可能放下这块香饽饽?只不过亏损三千万而已,就是亏损三个亿,他们的分红依旧有不少,怎么会把股份平白无故地让给其他人?除非他们疯了!

他们没疯,但也没法反驳,十一太过理所当然,仿佛他们再多置喙一句,她就能当场让他们签订股份转让书。

几个老董事相互看了一眼,调整好表情,笑道:"卫总,你应该知道,我们是真心实意想要卫天好。洛总几次约我们出去,我们都没有答应他,我们站在哪边,你应该很清楚。"

卫翙点头:"我知道。"

她和十一唱起了白脸和红脸。

几个董事见讨不到好处,只好站起身:"卫总,我们也不是给你压力,大家都是为了卫天好。我们当然更愿意你坐在这个位子上,但如果卫天再有亏损,我们也没办法支持你。"

卫翙想了几秒,道:"各位放心,我自有分寸。"

几个董事互相看了一眼,最后甩着袖子离开了。

办公室的门开了又合上,裴天走进来,恭敬地道:"三小姐,沈家近期投资了洛洲平的分公司。"

卫翙盯着面前的文件看了看,视线有些模糊,她抬手:"好了,你先出去。"

裴天低下头走出办公室。

裴天离开之后,十一从卫翙面前拿走文件,刚要低头看就听到卫翙低低的嗓音:"十一。"她转过头,看到卫翙脸色苍白地道,"扶我去后面的休息室。"

十一手微抖,嗓音轻颤:"你怎么了?哪里不舒服?"

卫翙抬头看着十一,眼前却十分模糊,看不真切。她伸出手用力抓住十一的手,喘着气道:"我心脏疼。"

十一搀扶着卫翙去了后面的休息室,喂她吃了药之后还不见好转,无奈之下,她只得给苏子彦打电话。等到苏子彦匆匆赶过来,卫翙已经

睡下了。

床上的人凤目紧闭,长长的睫毛投下一小片阴影,她脸色发白,额头止不住地冒汗。十一边帮她擦拭汗珠边问道:"苏医生,她怎么了?"

苏子彦给她测了体温,做完检查后说道:"发烧了。"

十一担忧道:"怎么会突然发烧?她刚刚还好好的。"

苏子彦见她着急,安抚道:"她现在身体的免疫功能太差,一阵寒风就能让她倒下,所以发烧是最正常不过的事情,我先给她打点滴。"

十一心疼到眼睛微红,目光一瞬不瞬地看着卫翙。苏子彦安顿好卫翙后转头看她,高了,瘦了,沉稳了。她穿着浅蓝色的小西装,笔挺有型,很干练,长发绾在脑后,整个人就像是在社会上唇枪舌剑炼过的精英,完全想象不出,三年前她进卫家时还是一副唯唯诺诺的样子。

卫翙成功了,她把这个孩子教育得很好。

苏子彦给卫翙挂上点滴后说道:"拔针你会的,打完点滴让她睡一觉,她现在不能折腾,下班后带她来我这儿,还要做个检查。"

十一点头:"好。"

苏子彦拍拍她的肩膀,想说什么,终是什么都没说,转头离开了。

十一等他离开之后才走到休息室的床边坐下,卫翙睡得很熟,这个在她梦里会哭会笑会亲切地叫着"十一"的人,此刻躺在床上,柔软,纤细,呼吸浅淡,似乎随时都有可能离开。

害怕的情绪紧紧锁住了十一,手指尖都在发抖,她紧紧握住了卫翙的手,放在自己脸颊上,轻声唤道:"卫翙,我回来了,我从威斯回来了。"

"你知道这两年我最累的时候是什么时候吗?不是学习的时候,也不是被教授批评的时候,而是惦念你的时候。卫翙,你不要走好不好?求求你,不要走好不好?"

十一泪眼蒙眬,几乎哭成了泪人。十一将卫翙的手攥得很紧,仿佛这样就不会失去她。手中的温度正在一点一点流失,药水瓶滴滴答答慢慢流动,卫翙始终紧闭着双眼,没有动过。

"卫翙……"十一轻声唤。

第二十章 难关

身后传来敲门声:"三小姐。"

是裴天的声音,很急迫,他鲜少用这么着急的语气说话。十一用床头边的面纸擦了擦眼角,轻咳一声:"进来。"

裴天却没进来,仍旧敲门:"三小姐,十一?"

十一心思微动,起身走到门口,打开门,对上裴天着急的神色,她道:"怎么了?"

"洛洲平带着股东要见三小姐。"

十一眉头蹙起:"在哪儿?"

裴天看了她一眼:"就在外面。"

十一眨眨眼,对裴天道:"你在这里等会儿。"

她说着,走进休息室里,迅速补妆,将眼尾处的红晕掩盖住。镜子里的女孩逐渐褪去青涩,变得成熟,她松了一口气,最后拿起卫翙的口红,涂抹在唇瓣上,红艳艳的。

几分钟后,裴天看到十一上了淡妆,穿着细高跟走了出来,精致漂亮的脸上清冷无比,很有几分和卫翙相似的气势,笃定又从容。

两人走到门口,洛洲平还在和秘书争吵:"我现在就要见到卫总!"

秘书着急得满头大汗:"洛总,卫总正在里面接待客人,说没有特别吩咐,不让任何人进去。"

"我有急事。"洛洲平同身后两个股东互相看了一眼,"事关烂尾楼开发项目,现在必须要汇报,如果出了任何差错,由你承担吗?"

"我来承担。"清脆的嗓音在众人耳边炸开,十一穿着小西装款款出现。

秘书见到她出现之后,松了一口气,低头问好:"十一小姐。"

十一挥手:"先下吧。"

洛洲平对上十一,嗤笑:"你这是什么意思?"

十一挑眉:"没什么意思,倒是洛总是什么意思?"

洛洲平丝毫没把她放在眼里,面上一阵讥讽:"我没记错的话,你不过是卫总家的用人罢了,什么时候公司的事情轮到你说话了?而且你现在出现在卫总的办公室,前阵子公司因为消息外漏亏损几千万,莫

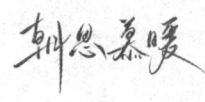

不是……"

话没说完,其他几个董事纷纷附和:

"就是,你是谁啊?"

"你在这里干什么?"

"卫总真是不知规矩,竟让一个陌生人随便进办公室!"

他们义愤填膺的样子着实可笑,十一出声:"洛总记性不太好,那我提点两句,第一,我是启茂的股东,烂尾楼的项目,启茂是投资人。第二,我是卫家人,于情于理,我站在这里,有问题吗?"

洛洲平错愕地看着十一,上次见面时还在他面前笑得腼腆的女孩,什么时候成长成这样了?

他是听说过卫翔将十一送出了国,但没有深想,谁知道是送去进修了。原本一个卫翔就够让他头疼的了,再来个十一,只怕他要掏空卫天的算盘会落空。

不行,不能再这样下去!

他必须抓紧点,不能让卫翔和十一有任何反抗的机会!

洛洲平的脸上带着破釜沉舟的决绝,他道:"我不管你为什么出现在这儿,是启茂的代表也好,是卫总的什么人也罢,我现在有问题,必须要见到卫总。"

这段时间,他密切地注意卫翔和苏子彦的动向,卫翔这边确实抓不到一点马脚,但是今儿有人告诉他,苏子彦来公司了。他一个医生来公司干什么?保不准就是给卫翔看病的。他这才召集了几个董事,兴冲冲地来办公室堵人,没想到遇到了十一。

十一依旧很镇静:"卫总正在里面和杜总开远程会议,有什么事情,我可以转达。"

洛洲平看着她:"这件事转达给谁我都不放心,必须要亲自见到卫总!"

十一丝毫不避让:"那我今天要是不让你见呢?"

"凭什么?!"

"我们有权利见卫总!"

第二十章 难关

"你个野丫头算什么东西?!"

"你哪里冒出来的?!"

各种攻击随之而来,十一面色依旧沉静,神色如常道:"好,既然各位都不欢迎我站在这里,那我现在就给杜总打电话,终止和卫天的合作。"

此话一出,洛洲平的脸色变了变,他还没有彻底挖空卫天,最重要的资源还没有搬走,若是卫天在这个时候倒下,对他也是极其不利的。再说他的原意是想逼走卫翙,可不是终止合同。其他几个董事也深知这个道理,刚刚还咄咄逼人的态度渐渐收敛。

其中一个董事做起了和事佬:"实话实说吧,我们是不放心卫总的身体,这段时间外面传得沸沸扬扬,都说卫总身体不大好,刚刚我们在楼下看到苏医生了,就想着过来看看卫总,你看……"

问题抛回到十一身上,她慢条斯理地道:"既然这样,各位稍等一会儿,我进去看看卫总的会议有没有结束。"

洛洲平不敢强逼,只好点头:"麻烦了。"

其他几个董事窃窃私语。

十一转身,脸上云淡风轻的神色敛去,眼底满是愁色。卫翙还在发烧,现在也不知道烧退了没有,万一没醒,这群人又执意要进去见她,肯定会露馅的。自己又刚回来,还没办法坐上卫翙的位子,绝对不能让他们知道!

十一怀着忐忑的心情大步跨进办公室里,没人,空荡荡的办公室只有风吹过纸张的"沙沙"声。十一快步走进休息室里,见卫翙还躺在床上,她凑上前,轻声唤道:"卫翙?"

睡着的人并没有理睬她,纹丝不动。十一想了几秒,扶正了卫翙的身体,拔掉了她的点滴,声音稍大:"卫翙!"

见卫翙依然没动,十一将她先抱到了外面的办公椅上,背对着众人,肩膀上搭上电话,从背后看来并没有什么异常。一切准备妥当,她刚准备去开门,就听到一声很低的叫唤:"十一?"嗓音沙哑低沉。

十一激动得差点哭出来,她立刻走到办公椅旁,半蹲下身体:"卫

翔,你醒了?"

卫翔点头:"怎么了?"

十一简要地将外面的情形说给她听,卫翔点头:"好,我知道了。"

"还撑得住吗?等会儿什么都不用说,让我说就好。他们只要看到你还清醒,就没办法。"

刚醒来的卫翔看着有几分柔弱,但骨子里的坚毅仍在,融合在一起,不似一般病人那样看起来病恹恹的。十一小跑到卫生间里,拿上化妆品给她重新补了妆。她的手指颤抖,卫翔握住她纤细的手腕,轻声道:"别怕。"

十一眼底猩红,她笑:"我不怕。"

只要卫翔还能醒过来,自己就什么都不怕了。

补完妆之后,十一问卫翔:"我去开门?"

卫翔想了会儿,道:"十一啊。"

十一扭头,对上卫翔明亮的双眼,听到低沉的嗓音:"等这关过了,你想个办法,弄伤我的腿。"她说着,低下头,丝毫没觉得自己在说一件残忍无比的事情。

十一愣在原地,整个脑袋都嗡嗡的,双手垂在身侧握紧。她死死咬着牙关,腥甜气息扑鼻,灌进她喉中,让她几欲作呕,脸色比卫翔还苍白。

卫翔的嗓音清冷独特,却又绝情。

原来,已经严重到这个地步了吗?

十一早就料到,卫翔的身体每况愈下,坐轮椅是迟早的事情,但她只要看卫翔还站着,她就抱着一份侥幸和希望。十一不愿意看到卫翔倒下,不愿意看到她坐在轮椅上的样子,不愿意那么高傲的一个人,向所有人露出软弱的一面。

十一泪眼蒙眬,卫翔还在断断续续地说话,她已经什么都听不进去了,耳朵嗡嗡的,脑袋昏沉,脸色煞白,仿佛有心脏病的人不是卫翔,而是她。

门外,洛洲平来回踱步。

第二十章 难关

卫翔见十一如此,唤道:"十一,去开门。"

十一精神一阵恍惚,愣愣地看着她。卫翔从凳子上起身,胸口剧烈的疼痛已经到达顶峰。她咬着牙,走到十一身边,想给她一个拥抱,却力不从心,最后手伸到十一腰部,又缓缓落下。她道:"听话,去开门,我撑不了多久。"

十一大梦初醒一般,立刻扶着卫翔坐到沙发上,又将她的手机递过去,做了两个深呼吸,眼角的红晕逐渐散去。她大步走到门口,打开门,嗓音如刚刚一般清冷:"洛总,卫总请您进去。"

洛洲平从门的缝隙里见到卫翔正举着手机打电话。他看着卫翔的侧脸,眉梢锋利,鼻尖英挺,唇瓣艳红,没有一点病人的样子。她凛冽的声音传来:"杜总请放心,不会耽误我们的合作,卫天还不至于这点小坎都过不去……不用……那说好了,下周竣工时还望杜总拨冗参加……"

洛洲平狐疑的目光看向里面,又看了一眼十一,身后的两个董事轻声道:"卫总好像很忙?"

十一笑:"当然忙,前阵子公司出了内鬼,卫总正忙着抓内鬼呢。"

一句话,洛洲平的脸色变了又变,他如鹰隼般看着卫翔,似乎要将她从里到外都看个透,奈何从这个女人接手卫天开始,他就没看透过她,更遑论现在。

他在十一平静的目光下扬笑:"既然卫总有事,那我们下午再来。"他说完,准备立刻离开。

十一轻斥一声:"站住。"

洛洲平转头,听到十一道:"洛总刚刚不是说有重要的事情要汇报吗?下周烂尾楼项目就要竣工了,任何差错都不能有,我作为启茂的股东,理应有监督之责,也想听听洛总说的重要的事情到底是什么!"

他能有什么事情?他不过想用这么个理由看看卫翔,现在被十一指着鼻子问,当下冷了脸:"这好像是我们卫天的事。"

"只要和烂尾楼项目相关,便也是启茂的事。"十一语气笃定,"还是洛总突然想到办法,不需要汇报了?"

洛洲平咬牙看着十一,没想到印象中的那个黄毛丫头,已经长得如此牙尖嘴利。

他愤愤地道:"对,我突然想到办法了。"

十一笑道:"洛总还真是厉害,不过我希望以后洛总遇到相同的事情,先自己想办法,不要什么事情都来麻烦卫总。这公司啊,也不养闲人。"

"你!"洛洲平被十一连着堵了好几次,气得脸都涨成了猪肝色。

十一气定神闲:"裴助理,以后洛总要找卫总,你得先问清楚什么事情,卫总很忙,没空处理小事。"

裴助理看着吃了瘪的洛洲平,低下头,露出了久违的笑意,他道:"好的,我记下了。"

听这两人一唱一和的,完全不把他这个副总放在眼里,洛洲平身后的两个股东也面上无光,三人气哼哼地离开了。十一看着他们离开的背影,脸上没有任何放松的神色,反而对裴天道:"不要让任何人进来。"

裴天重新用目光打量着她,半响,鞠了鞠躬,郑重地道:"好的。"

十一立刻走到卫翔的办公室里,卫翔已经放下了手机,手捂着胸口处,先前打点滴的那只手垂着,有血丝从里面冒出来,滑落在白皙的手背上,分外刺目。

十一走上前道:"卫翔。"

卫翔靠在沙发边,回了神,转头:"走了?"

十一点头:"走了。"

卫翔做了两个深呼吸,对她道:"去休息室把我的药拿来。"

"我给苏医生打电话吧。"十一急切地道。

卫翔摇头:"不能,洛洲平现在盯着子彦,不要让他随意来公司。"

刚刚就是因为欠缺考虑,让苏子彦来了公司,才差点露出马脚,要不是这次有十一在,她生病的事情只怕是要昭告天下了。

十一的眉头紧紧锁着:"那怎么办?我不想你坐轮椅!"她说着,有些崩溃,"我才刚回来,你怎么这么残忍?你让我怎么办?卫翔,我做不到!"

第二十章 难关

十一此刻哪里还有一丁点在洛洲平面前伶牙俐齿的样子,仿佛又回到了刚到卫家时的样子,她害怕卫翔的病,害怕卫翔突然倒下,再次变得畏畏缩缩、唯唯诺诺。

卫翔拍着她的后背,缓了一口气,说道:"十一,生死有命,我们强求不得。"

"我偏要强求!"十一定定地看着她,"我就要你好好的。"

"十一。"卫翔的脸色冷了下来,目光凉薄,五官锋利。

十一对上她那双厉眉,所有的情绪都偃旗息鼓,消散下去,她无奈地道:"好。你说什么就是什么。"

卫翔忍着胸口的疼痛道:"去给我拿药。"

十一依依不舍地起身,走进休息室里,给卫翔拿了药看着她吃掉后,见卫翔还想工作,当即夺过她手上的文件:"我来。"

卫翔坐在旁边,看了她几秒,笑道:"也好,我正好也有事要交代你。"

十一转头:"什么事?"

"我要养病,公司不能没人坐镇,现在让你坐我的位子,洛洲平肯定不会同意,所以我暂且让你坐副总的位子。"

原本卫天是有两个副总的,洛洲平为了只手遮天,就把另一个副总挤走了,到目前为止,另一个副总的位子还空着。

眼下,卫翔心神俱疲,已经压不住他了。

十一错愕:"洛洲平会同意吗?"

"由不得他不同意。"卫翔吃了药后,脸色缓和了很多,凤目添了温和,她道,"还记得我为什么要买下烂尾楼吗?"

十一想了几秒:"因为隔着一条街就是商业街。"

"没错。"卫翔说到正事,神色十分严肃,她继续道,"烂尾重建楼刚竣工,商业街还没完成,短时间内不会有太大盈利,公司刚刚又亏损了三千万,那些股东现在不会说什么,但年底肯定会要说法。我从杜月星那里得到消息,不只江城,怀城也要建商业街,地方我都看过了,下周有竞拍,我要你去把那块地买下来。"

十一蹙眉反问:"可是没有盈利,我们资金方面够用吗?"

卫翙摇头:"不够,所以你要去见杜月寒,让他帮忙。"

"这块地用来建什么?"

卫翙想了一会儿,看着十一:"转手。"

"现在这块地的用途还没人知道,等到有了消息,地已经是卫天的了,年底前转手卖出去,不仅能填补三千万的空缺,也算是你上任副总后给大家的一份厚礼。我相信,他们不会有异议的,就算是洛洲平也拿你没有什么办法。"

十一看着她运筹帷幄的样子,心头泛痛,她将一切都安排妥当,是因为她随时做好了要离开的打算了吧?

可自己还没做好这个打算。

十一咬着唇:"好,我会去的。"

卫翙招招手:"过来。"

十一到她身边的沙发上坐下,卫翙道:"十一,想个办法让我坐轮椅,一个月的时间,我希望你能进公司了解流程,然后去参加竞拍。"

她吩咐得干脆利落,每个字都宛如锥子扎在十一的心上,疼得她身体轻颤,面色发白,手指哆嗦。

十一嗓音沙哑地道:"没有其他的办法吗?"

卫翙幅度很小地摇头:"没有了,这是最稳妥的办法。十一,别怕,实在撑不住,我还可以移植人工心脏,我还可以多陪你几年。"

十一的嗓子仿若塞了一团棉花,所有的声音都卡在那里,她张开唇瓣,却说不出话。过了好半响,房间里响起压抑到变了音调的声音:"只有几年吗?"

卫翙垂下眼,笑道:"怎么了?总是哭哭啼啼的,你再这样,我会生气的。"

十一咬了咬唇,将心酸苦楚一并咽回去,眼圈通红,她深吸一口气,声音颤抖着道:"我没事。"

"没事就好。"卫翙继续说道,"我帮你约了杜月寒,半小时后见面,该说什么,你应该知道吧?"

第二十章 难关

十一脖颈处的青筋立现,她没有声嘶力竭地喊叫,只是很平缓、很温和地道:"我知道该说什么。"

卫翙用尽最后的力气,拍拍她的头:"好,小姑娘果然长大了。"

十一冲卫翙笑了笑,卫翙也笑:"去吧,我等你回来。"

十一似乎被安抚住,站起身走到办公桌前拿起报告,说:"那我先去了,你一定要等我回来。"

卫翙肯定地点头,眼里带笑:"好。"

十一怀揣着不安的心走出办公室,离开前她还不放心地又看了卫翙几眼,见她坐在沙发上对自己轻轻点头,这才大步离开。

办公室的门合上后,卫翙紧紧捂着胸口处,牙齿死咬着唇瓣,身体各处窜着剧烈的疼痛。她蜷缩起身体,唇瓣被咬破,腥甜的味道窜进口腔里。卫翙没忍住,猛地咳嗽出声,连带着血液喷洒在沙发上。她立刻用面纸擦掉血迹,只是血迹已经浸入沙发里层,留下一小块褐色的痕迹。

半小时后,裴天接到内线电话,卫翙嗓音低沉地道:"让程律师来一趟。"

裴天举着话筒,大夏天的,身体生出一股寒意,整个脊背发凉。他问道:"三小姐,您让程律师来做什么?"

卫翙没瞒着他,语气沉稳,声色如常地道:"让他过来吧,就说,我要改遗嘱。"

第二十一章
隐瞒

卫翙出车祸了,没等到十一回去。

十一还没从启茂走出来就接到了裴天的电话,手机坠落在地,"砰"的一声,重重地敲在她的心上。骄阳下,她全身泛起寒意,她忍不住打了个寒战,哆哆嗦嗦地从地上捡起手机,放在耳边:"你说什么?"

电话那端,裴天沉默片刻,继而缓缓地道:"三小姐去谈生意的路上发生了车祸,现在正在苏医生的医院抢救。"

刀绞般的心痛袭来,密密麻麻的痛直接蹿进脑海,十一的手颤抖着,几乎握不住一只轻巧的手机,她站在烈日下,咬着牙问:"什么时候的事情?"

裴天低头道:"半小时前。"

半小时前?半小时前她还浅笑嫣嫣地对自己说"我等你回来"。

就是这样等着她的?

她知道自己不可能动她一丝一毫,知道自己狠不下心伤她,她知道,她什么都知道。

所以她就选择用这种方式?

十一站在启茂公司大门口,背脊倏地弯曲,整个人颓然地蹲在地

第二十一章 隐瞒

上,抱着双膝痛哭失声。

杜月寒走出公司,看到十一失魂落魄的样子,向前走了两步,弯下身道:"十一?"

十一抬起头看着他,双眼被泪水模糊,眼角猩红,钻心的痛楚过后,她慢慢从地上起身,对站在旁边的杜月寒轻轻点头:"杜总。"

杜月寒不明所以:"发生什么事情了?"

十一咽了咽口水,双手紧握着,指腹抵在手机坚硬的外壳上,刺骨的疼再次袭来。她勉强露出一个笑:"没什么。我先走了。"

她说完,头也不回地离开了启茂。

身后的杜月寒蹙了蹙眉,盯着她的背影看了半晌。

十一到达医院已经是一个小时后的事情了,她在医院大门外徘徊了很久,一直不敢进去,她生怕听到苏子彦对她说"对不起,尽力了"。

她想象过一万种失去卫翙的可能,但是当事情真的摆在眼前的时候,她还是不可免俗地逃避了。

她害怕,她不想面对。

十一盯着医院的大门口,手机铃声突兀地响起,她颤抖着右手,缓缓拿起手机,见手机屏幕上显示着名字——三小姐。

她拔腿跑进医院里!

卫翙醒来后没见到十一,觉得有些奇怪,她转头问:"联系十一了吗?"

她知道十一不可能伤害她,之所以那么说,只是提前给十一打个预防针,只是她没想到,药效太猛,以至于十一承受不住,差点崩溃。

裴天看了一眼腕表:"一个小时前,我已经联系十一了。"

卫翙皱起秀眉,让裴天拿来自己的电话,电话刚拨出去不久,病房外就传来了急促的跑动声。门被打开,十一气喘吁吁地站在门口,她刚准备抬手让裴天离开,十一就不管不顾地冲了进来。

"卫翙。"十一的声音带着哭腔,"你怎么能这么做?你怎么敢这么做?你知不知道这么做有多危险?!"

一连串的斥责从十一嘴里蹦出来,裴天诧异地看着发着脾气的

十一,这还是他头一回见有人敢对三小姐发火,让他更意外的是,三小姐不仅没生气,反而还用柔软的语气说:"对不起。"

他站在原地,见卫翊躺在病床上抬了抬手,他点点头,退出了病房。门外,依稀能听到十一指责的声音。

十一是生气的、怒不可遏的,但也是后怕的、没辙的。

在和时间的争夺中,她从来就没有胜算,和卫翊能多待一秒都是上天的恩赐。她不会无缘无故地发火,但这次,真的吓到她了。

卫翊也知道这次自己做得太突进、太冒险,但是除此之外,别无他法,所以她任由十一发泄着害怕的情绪。她轻轻拍了拍十一,没想到摸到一手冷汗,卫翊蜷缩起手指,轻声道:"对不起。十一,对不起。"

十一的身体仍旧在哆嗦,双手颤抖着,双眼红透,眼底水光一片。

卫翊张了张口,却失了声一般,病房里只有十一哭泣的抽噎声。没过一会儿,苏子彦敲门进来做检查,见两人如此,也不知道该说些什么,离开前,他道:"十一,你跟我出来一下。"

十一看了卫翊一眼,跟在苏子彦身后出了病房。

"我知道你很难过,但是到了后期,她随时会面临心脏骤停,这些之前我就已经告诉你了。其实她早就撑不住了,但是怕你担心,就一直没说。年后,她做过一次手术……"

十一身体紧绷,不敢置信地看着苏子彦:"你说什么?"

苏子彦看着之前只到自己肩膀的孩子,现在已经能平视自己了。他没犹豫,继续道:"别担心,她已经挺过来了。她能挺过来,最关键的因素就是你。"说到这里,他轻笑,"我真没想到,有一天她会把你看得比卫天还重要。"

十一咬着唇,身体僵直,硬着头皮问:"她的病情,是不是又恶化了?"

苏子彦点头:"对,我不想瞒着你,卫翊也不会瞒着你,再这样下去,心脏移植手术需要提前做。你这个时候不能倒下,你是她的后盾,卫翊送你出国去深造,并不是真的希望你能帮她守住卫家,守住卫天,她只是希望在她走后,你能自己撑起一片天。十一,我要你不仅撑起自己的天,还要撑起卫翙的天。"

十一咬着牙:"我知道了。"

苏子彦拍拍她的肩膀:"坚强点。"

十一眼中酸涩,嗓子哽咽,眼前一片蒙眬。她才刚二十岁出头,才享受了两年的快乐生活,好不容易才找到点亮她人生的那盏灯,现在上天却说,不行,你的这盏灯没有灯芯了,随时都要熄灭。这一切,仿佛一个巨大的玩笑。

可这个玩笑,从始至终,她一直知道。

十一郑重地道:"苏医生,你放心,我知道该怎么做了。"

苏子彦见她镇静如斯,不由得点头:"辛苦了。"

十一苦笑着:"我没她苦。"

苏子彦看着她泪水顺着脸颊滑落,却咬着牙不发出一丝抽噎声的样子,心里也不好受,道:"你进去陪她吧,她现在身体很虚弱,需要静养,你别让她说太多的话。"

"好。"

十一仿佛机器人一般,一声声应话,只会重复"好""我知道了""我明白"。苏子彦不忍心看她这副样子,转头时眼角隐隐有了水光。他深吸一口气:"进去吧。"

十一用指腹擦去眼角的水迹,推开门走进去时,唇角带着浅笑,她唤道:"卫翙。"

卫翙抬起头,将她的神色尽收眼底,开口道:"子彦都和你说了?"

十一不再似刚刚那般大吵大闹,更没有声嘶力竭,只是很轻很浅地问道:"饿不饿?我让柳婶送点米粥来?还是喝点水?"

她说着,走到饮水机旁,倒了半杯温水,走到卫翙身边,插入吸管。卫翙吸了一口,说道:"是我让他别告诉你的。"

"我都知道。"十一刹那间成熟了很多,刚刚那个咆哮的人消失不见了,现在站在卫翙面前的十一很是沉稳。

十一将杯子放在床头柜上,低头道:"我知道你的身体越来越不好了,我知道你年后动了手术,我知道你怕我担心,所以不告诉我。但是卫翔,我想让你知道,你是这个世上我唯一亲近在乎的人,所有你的事情,我都不想错过,不管是好的还是坏的,哪怕手术,我也想坐在门外,等你出来。"

卫翔转头迎着光看向十一,阳光刺眼,她眯了眯凤目。

十一对上她清亮的双眼,道:"所以下次有任何事情,我希望你别瞒着我,好吗?"

卫翔双手捏着被角,唇角动了动,还没有说话门就被敲响,裴天的声音随即传来:"三小姐。"

"进来。"

病房门打开,裴天走进去先看了一眼十一,又看了一眼卫翔,低头说道:"三小姐,洛洲平知道怀城那块地的事了,他也想参与竞拍。"

卫翔面色一变:"什么?他怎么会知道?"

裴天没迟疑地回她:"乔特助给他的消息。"

卫翔的神色冷了下来,凤目添了厉色:"杜先生知道这件事吗?"

裴天点头:"知道,他已经找乔特助了,但洛洲平……"

这些年,洛洲平的分公司发展得如日中天,如果再让他知道这个消息,那他肯定会不惜一切代价拍下这块地,就算是转手,利润也非常可观,况且现在并没有其他人知道这个消息,所以竞拍的价格不会太高。

卫翔左右思量一番,听到十一说:"我现在上任吧。"

卫翔抬眸:"什么?"

十一对她勉强露出笑,轻声道:"你现在身子不便,公司的大小事务不能没人打理,我现在上任,虽然不够名正言顺,但洛洲平忙着竞拍怀城那块地,不会过多计较,一切等我坐上副总的位子再说。"

卫翔秀眉拢紧:"可是你对公司内部还不够熟悉。"

十一冲着她笑:"不是还有你吗?我不懂、不会,你可以教我。"

卫翔闻言,紧紧皱起的眉头放松了些许,她点头:"也好。"她转头对裴天道,"裴天,后天召开董事会,你去安排一下。"

裴天点头:"明白。"

他说完便准备离开,十一突然道:"裴助理。"

第二十一章 隐瞒

裴天动作一顿，立刻转头："十一小姐还有事？"

十一点头，她看着卫翙，思考了几秒，道："帮我联系一个人。"

裴天道："您请说。"

十一目光笃定地道："帮我联系沈浩。"

在利益面前，没有永远的敌人，也没有永远的朋友。沈家和洛洲平合作，不过是因为近两年他的分公司蒸蒸日上，再加上卫翙之前做了侮辱沈素清的事情，狠狠打了沈家的脸，在杜月寒的周旋下，他们才退出了烂尾楼的项目，但实际上，沈浩是不高兴的。

不，不能用"不高兴"形容，他是非常的不高兴。但是老爷子已经年迈，撑不起沈氏，早就撒手不管了，现在人都定居国外了，重担全落在他爸爸身上。他爸爸又是极其疼爱女儿的人，不仅没有将沈素清和王永顺赶出沈家，甚至在王永顺破产之后，还让他进入沈氏上班。这样一来，沈家原本只有沈浩一个公子爷，现在却变成了两个，公司近一年都在传董事长不知道该把职位传给谁。

沈浩是有顾虑的，他之前花天酒地惯了，认识的都是些三教九流的人，没有一个能撑起大局的，到时候要是想和王永顺争夺董事长的位置，保不准会吃亏；再加上烂尾楼的项目，原本他可以交出一份完美的答卷，结果被沈素清给破坏了，这让他对那对夫妻更加没好感。

可这只是他的想法，他没好感，他的父亲却不这么认为，当初王永顺既然能摸到烂尾楼的项目，在江城还没人知道消息的时候就拿下了烂尾楼，说明他是有人脉的。不管这人脉是怎么来的，光说实力，他就比沈浩强。

对他而言，沈浩和沈素清一个手心一个手背，不分上下，所以要他决定谁接替自己的位置，还真不容易。

沈浩知道他爸的想法，加上最近沈素清总是给王永顺吹枕边风，让王永顺多在他爸面前表现，和洛洲平的两个合作都完成得非常漂亮。之前他找洛洲平合作，洛洲平理都不理他，连面都没有见到，现在王永顺却一连谈下两个大项目，实属让人难堪。但没有人脉就是没有实力，没时机有实力就会被淘汰，所以沈浩也着急。

十一找他的时机非常好。

卡在这个点上,不差分毫。早一步,沈浩肯定不会同意见面;迟一步,说不定他已经没了斗志。所以,十一在这个节骨眼上约他见面,他只是稍作思考就欣然赴约了。

两人见面的地点是在茶楼,沈浩已经听闻了一些关于十一的事情,推开门,见到已经坐在包厢里的女人,他还是吃了一惊。短短两年的时间,十一仿佛变了个人,从前只会跟在卫翔身后的小可怜,现在摇身一变,姿态落落大方,气势沉稳。

十一抬头,清亮的双眼对上沈浩狐疑的目光,她扬唇笑了笑:"沈总请坐。"

不卑不亢,不疾不徐,却有种让人无法抗拒的气势。

沈浩越来越狐疑,这两年,十一是吃什么长大的,竟然变得如此不同?

十一察觉到他上下打量自己的目光,很是大方地任对方打量,末了道:"沈总是聪明人,应该知道我今天来找你的目的,大家都不是闲人,有话直说就好。"

沈浩仔仔细细地打量了她一番,轻笑:"如果我没猜错,现在是你在求我办事吧?"

十一挑眉,笑得不动声色,语气低沉地道:"沈总猜错了。"

沈浩一脸错愕。

十一继续说:"我想,沈总现在在沈氏的地位应该是非常尴尬的,上有董事长压着,没有实权;下有王永顺顶着,做不出成绩。董事会肯定也对你颇有怨言,责备你担着职务却不能给他们带来盈利。我说的没错吧?"

沈浩换了换姿势,十一的态度却一直很沉稳,胸有成竹的样子,光是气势上他就输了。但他不甘心就这么被牵着鼻子走,问道:"不管怎么说,沈素清是我姐,王永顺是我姐夫,我怎么可能和一个外人联手对付我姐姐和姐夫?"

"姐姐?"十一轻笑,眼神温良,说出口的话却透着寒意,"如果王

第二十一章 隐瞒

永顺和沈素清并没有把你当弟弟呢？如果他们把你当成弟弟，为什么还要进沈氏？为什么王永顺和洛洲平合作的时候不带着你？一个月。"

沈浩诧异："什么一个月？"

"一个月的时间，王永顺会再度和洛洲平合作，这次的利润是十四个亿，只要成功了，王永顺就会顺利地坐上副董的位子，而沈总你，一辈子都会被压得死死的。

"以后没有董事长在你背后撑腰，王永顺只要做些小动作，就可以将你贬去分公司，让你再也回不来。日后，沈氏恐怕是要改名换姓了。"

沈浩听得身上出了细汗，他做事向来都是听他父亲的，但自从王永顺进公司后，他父亲就几乎不怎么愿意把项目交给他了，说是给他也做不好，还不如给王永顺。如果十一说得没错，这十四个亿的项目拿下来，那自己在沈氏就真的没有立足之地了！

十一也不着急，她慢悠悠地等着沈浩思考，见他神色变化很大，一会儿纠结，一会儿烦躁，面前的水都喝了好几杯了。

十一的手机铃声突然响起，惊扰到了正在思考的沈浩，他抬起头，见十一拿起了电话："现在？好，我马上出来。"她说完就起身，"沈总，那您慢慢考虑，一个月……"

"我考虑好了。"沈浩咬着牙，"你要我怎么做？"

十一想了几秒，道："真的不需要再考虑了？"

沈浩双手紧握着，与其等着一无所有，不如现在搏一搏。洛洲平的事业确实如日中天，现在王永顺攀附上了他这棵大树，只要这棵树不倒，自己永远都会被压着，他怎么可能甘心！

沈浩摇头："不需要考虑了，说吧，条件是什么？"

十一喊道："裴助理。"

裴天推门进来，手上抱着一份文件，他将文件推到沈浩面前："沈总，这是合同，您过目，如果没有问题，请在这里签名。"

沈浩看了一眼十一，又看了一眼裴天，最后盯着合同看了几眼，想到沈素清和王永顺平日里的做法，他大手一挥，签上了自己的名字。

十一不着痕迹地松了口气。

下一战,就是卫天了。

卫天内部的情况要比沈浩这边复杂得多,卫翔出车祸的事情并没有隐瞒,所以公司上下都知道了,一时间人心惶惶。还有人在传卫翔是不是受伤严重,没办法回到卫天了。

十一带着裴天进卫天时,正碰上这样的局面。公司正在召开临时大会,没有请各个董事,只是各级经理和领导坐在会议室里,会议由洛洲平主持。

十一推开会议室的大门,看到洛洲平坐在主位上,体态似乎又发福了,头发稀少,大脑门都透着油腻,一双眼死死地盯着十一。

他问道:"你这是什么意思?"

十一走进去,没说话,裴天低头拿出一张薄薄的纸:"这是卫总请卫小姐担任副总的委任书。"

"什么?"

"副总?"

"什么副总?"

"卫小姐是谁?"

十一站在洛洲平面前,面对议论纷纷的众人,手撑着桌面,上身微微压低,目光望向众人,不怒而威,道:"第一次如此正式地见面,给大家做个自我介绍。你们好,我叫卫暖。"

整个会议室哗然!

十一仿佛没听到他们的议论声,径自将委任书放在了洛洲平面前:"卫总说了,在她养病期间,公司的所有大小事务都由我亲自过问。至于洛总,您手上还有几个大项目,就安心管好您自己的项目吧。"

"你!"洛洲平将那份委任书看了好几遍,光秃秃的脑门在阳光下有些反光,很刺目。

他气极反笑:"委任书?就凭这一份委任书,你就想坐上副总的位置?是不是有点异想天开了?我们在座的,哪位资历不比你老?哪位经验不比你深?你凭什么坐上这个位置?!"

面对他的斥责,十一的态度丝毫没变,依旧温和:"就凭这是卫总

第二十一章 隐瞒

亲自下的委任书。洛总,你现在是在质疑卫总的决定?还是你有私心,想趁卫总不在,吞了卫天?"

"你大胆!"洛洲平的野心虽然是司马昭之心,路人皆知,但被十一这么明晃晃地说出来,他面子上还是挂不住。

洛洲平深呼吸一口气:"小姑娘,这说话做事都要讲究一个能力,信口开河可不是什么好事。别说一个副总,今儿就算让你坐上总裁的位置,你能撑得起卫天吗?"

十一抬头,对上他那鹰视般的眼神,丝毫没避让。她目光温和,神色如常,开口却很坚定:"撑不撑得起,似乎不是洛总说了算。"

"确实不该我说了算。"洛洲平几乎咬断牙根,"但卫天是我们看着一步一步起来的,我不忍心看着它一步一步倒下去,如果出了任何问题,请问,谁来担这个责任?"

十一目光平静:"我——"

"我来。"会议室的门被重新打开,卫翙在轮椅上,面朝阳光,凉薄的目光一如以往,侧脸清冷,嗓音透着寒意。

卫翙的目光扫向在座的各个经理,她目光太锋利,针一般落在众人身上,大家纷纷低下了头,只有洛洲平不甘心地看着卫翙。

卫翙转动轮椅,来到主位旁,嗓音虽低,但掷地有声:"我用董事长的身份担保,如果她在位时出现任何问题,我自动卸任!"

有了卫翙的担保,十一上任轻松很多,洛洲平原本颇有意见,却突然一改态度,说给年轻人多点机会也好。卫翙岂会不知道这只老狐狸的心思?他先前不愿意让十一当副总,是怕自己的权力被剥夺,可现在有了她的担保就不同了,他只需要动动手脚,让十一做出让公司亏损的事情来,到时候一走就是两个。

她知道洛洲平的心思,自然不会如他愿,洛洲平对十一的印象只怕还停留在两三年前,纵然现在的十一变得伶牙俐齿,但到底没有做出实绩,他怎么会知道十一的能力在哪儿。

不过能顺利上任,还是让卫翙放下了心。

会议结束,十一推着卫翙回到办公室里,门合上后,卫翙问:"见

过沈浩了?"

十一将她推到落地窗前,阳光从玻璃上折射进来,洒在卫翔身上,添了五彩的光晕。她轻轻地说:"见了。合同也签了。"

卫翔偏头,两人对视一笑。

"十一。"卫翔的嗓音柔柔的,"怀城那块地,一定要拿下。"

这是十一在公司做的第一件事,也是奠定她地位的一个项目,必须要完成得漂漂亮亮。十一晒着太阳,欣赏着窗外的景色,听到她说这些,不免蹙眉:"你说过好多次了,我现在不想听。"

难得耍起了小孩脾气,十一成功逗笑了卫翔。十一半蹲着身体,卫翔平视着她的眼睛,手指点在十一的鼻尖上:"不想听我也要说,这是你打的第一仗,我希望你能赢。"

十一耍小孩脾气不过为了逗卫翔开心,现在见她笑了,自己也面带浅笑:"我知道。卫翔,你放心,该做什么,不该做什么,我都知道,我已经不是小孩子了。"

卫翔看着她沉稳的神色,点头,确实,她已经长大了,成熟了,不再是曾经畏畏缩缩地站在自己背后扯自己衣袖的小姑娘了,一恍神,都已经过了两三年了。时间过得真快。

十一说完,定定地看着卫翔,想了很久才道:"苏医生和我说,你会提前动手术,是真的吗?"

提前做人工心脏移植手术,一直是她们之间避而不谈的话题,因为提前换心脏,就代表卫翔的生命被提前定格。苏子彦说过,换了人工心脏,如果没有后遗症,最好的结果,也就能维持四五年。

四五年,这怎么够?

十一是真的觉得自己太贪心了,当初想好了哪怕再多一分一秒都好,但是如今她却渴望拥有再多一点的时间,哪怕是用自己的生命去换。

可卫翔是不会允许的。

卫翔见她目光陡然黯淡下来,笑了笑:"怎么了?提前动手术的事情子彦已经和我说了,还没定时间,别太担心。子彦手术经验很丰富,

第二十一章　隐瞒

不会出差错的。"

十一点头，不似以往那般缠着卫翔哭诉，反而很沉稳地道："我明白，你还要去医院吧？我让裴天送你去，晚上我去医院找你。"

刚接手卫天，她事情很多无法抽身，卫翔的身体并不能撑太久。

卫翔是收到了裴天的消息，知道今天开大会，也知道十一会面临困难，才不顾一切过来的。现在已经摆平，她也该去医院了。

两年了，她们对彼此的信任和依赖越来越深。越是在病痛面前，她们就越要坚定，越要团结。

十一轻声道："晚上等我，这次一定要等我。"

卫翔笑道："好。"她伸出小拇指，"绝不食言。"

十一表情僵了一瞬，而后破涕为笑，几分钟后，她才联系裴天进来送卫翔去医院。看着满桌子没处理的文件，十一深吸一口气，走到落地窗前，低头看着楼下，一辆黑色轿车正缓缓离开。

卫翔上车后咳嗽了几声，裴天剑眉皱紧："三小姐，需要帮您拿药吗？"

"不用。"卫翔深吸一口气，"走吧，去医院。"

这次来医院不似以往，在车祸的遮掩下，她大大方方地进了医院大门。苏子彦正在门口踱步，见她被推着进来，当即冷下脸，将她推进病房后才呵斥道："真是胡闹，你知不知道自己在做什么？你现在的身体随时都有心脏骤停的风险，你居然还敢外出？你是不是真的不怕死？！"

卫翔听到他的话，摇头："挺怕的。但我更怕十一应付不过来。"

苏子彦听了，不知道该气还是该笑。遇到十一后，他原本还想着让她多感受一下正常人的生活，但没想到，她整个人都变了样。两年了，他亲眼看着卫翔从一个孤傲冷漠、没心没肺的人，到现在变得处处为十一打算。

他真是不知道该说什么。

看着她消瘦的侧脸，再多的话也说不出来了。苏子彦轻声呵斥："算了，我也管不了你了。"他说着，给卫翔打上点滴。

病房里很安静,卫翙侧头看着窗外,阳光炫目,她贪恋这个世界的温度和柔软。好舍不得啊!

苏子彦给她扎上针之后说道:"我先出去了,你休息一会儿。"

"子彦。"卫翙抬头看着苏子彦,目光逐渐清澈镇静,"你帮我联系一下白医生吧。"

苏子彦错愕:"什么?"

卫翙想了一会儿,说道:"我和他有个三年之约,你帮我问下,他现在还愿意收我吗?"

苏子彦倒是知道三年之约,十一刚出国那年,他还频频让卫翙去找白医生做手术,但她执拗起来比谁都倔,说是十一还没长大,她不放心。那现在呢?

"十一长大了?"苏子彦问她,目光灼灼。

卫翙想到十一在会议室里的表现,点头,肯定道:"对,她长大了。"

起码是到了自己可以放心的阶段了。

苏子彦之前一直劝她做手术,现在她真的听了,他却又开始不舍:"你真的不再考虑了?没准儿现在连百分之四的概率都没有了,也许白医生已经忘了,也许——"

"子彦,"卫翙躺在病床上,说道,"三年前,我选择不做手术,是因为我不放心,怕手术失败,十一没有安身之处。现在我选择做手术,是因为我放心了,纵然我走了,十一也会坚强的。你说的,搏一搏,上天既然眷顾了我一回,我就祈求,希望它再眷顾我一次。"

"可是——"苏子彦还想劝说,卫翙道:"联系吧。"

苏子彦沉默了几秒,道:"要告诉十一吗?"

卫翙想了一会儿:"暂时别告诉她,等怀城的项目稳定了,我亲自和她说。"

眨眼间,苏子彦的眼底有了水花,他点头,声音哽咽:"好,我去联系。"

病房门轻轻关上,一室安静,只剩下药水滴滴答答的声音。

第二十一章　隐瞒

十一下班后到了医院，看到了病床上躺着的睡美人，点滴已经停了。卫翙的手背青青紫紫的，她皮肤白皙娇嫩，稍稍用力揉捏就惨不忍睹，十一心疼地将她的手放在薄被下。

想到苏子彦说的话，十一沉默了几秒，掀开被子，解开卫翙的病服，看着那块已经愈合的伤疤，她指尖颤抖，又慢慢替卫翙穿好病服，装作无事发生。趁卫翙还没醒来，她掉头跑进卫生间里，痛哭失声！

卫翙醒来时已经是晚上九点多了，车祸并不是很严重，最主要的就是伤到了腿，若搁到平时，都不需要住院，但卫翙的身体和常人不同，所以被苏子彦强迫住院观察。

醒来后，她和十一吃了晚饭。深夜，十一睡在另一张病床上，气氛难得的安宁。十一说了些在国外时发生的趣事，还说了最近杜月明联系自己也要回来，说在那边快待疯了。她絮絮叨叨地一直说着别人的事情，眼底微红。卫翙听着，时不时"嗯"一声，一直到了下半夜，十一还在不停地说话，还是卫翙说了句"好了，休息吧"，她才住了嘴。

等到卫翙睡着后，十一悄默下了床，凑到卫翙的病床上，靠近她，听了很久很久她微弱的心跳声，才折回自己病床上。在她离开后，卫翙翻了个身，眼底有晶莹溢出，落进枕头里，留下一片水渍。

卫翙在医院待了大半个月，出院那天，十一请了半天假过来接她，这大半个月的时间，她已经将卫天摸索得差不多了，各个项目也和卫翙核对过，没出过大问题。

洛洲平对怀城那块地心心念念，早早就过去了，十一舍不得卫翙，所以一直拖着没走。出院那天，卫翙回家之后，柳婶给她们煲了鸡汤，喝完后，十一带着卫翙在整个卫家逛了两圈。

七月末，天气渐热，卫翙只穿着单薄的衣服坐在轮椅上，将近黄昏时，她拍了拍十一的手："回房吧。"

十一蹲下身体："你累了吗？"

卫翙点头："嗯。"

十一不敢耽误，立刻推着卫翙回到房间。卫翙去卫生间洗漱，十一正在整理衣服，她边整理边说道："卫翙，我明天去怀城，上午八点的

飞机,和裴助理一起,你就在家里,不要送我了。"

卫生间传来低低的应话:"好。"

十一想了下,又道:"手术,等我回来再做好吗?我想陪你。"

这次回答她的是"哗啦啦"的水流声,卫翙也许没听到,半晌没回应。

十一整理好衣服后,走到卫生间外,敲门:"卫翙?"

门打开,卫翙站在十一面前,道:"好……"

第二十二章
竞拍

早上,天刚蒙蒙亮,十一就醒了,她刚打开门,卫翙已经站在门外:"时间到了?裴天到了?"

十一身体微颤,轻声道:"差不多了,七点多了,我们还要去机场。"

卫翙点头,笑道:"早点回来。"

十一拎着行李箱,不知怎么心头涌上莫名的情绪,她突然折回来,用力抱了卫翙一下,声音低低地道:"等我回来。"

卫翙拍拍她的发顶:"知道了。我哪儿也不去,等你回来。"

听到保证,十一才松开手。

卫翙面色微白,剪短的秀发这段时间长长了些许,散在肩膀上,黑发衬得她肌肤更白更透,五官漂亮大气,一双凤目布满温柔,嘴角噙着笑意,仿佛已等到家人归来。

十一发现,和卫翙相处的时间越长,就越是了解这个人面冷心软,一点都不强势,自己当初到底为什么会怕她?

十一盯着卫翙,失笑。

卫翙摸摸自己的脸:"怎么了?"声音清亮。

十一启唇:"没什么,觉得我以前好傻。"

卫翙不明所以:"嗯?"

十一道:"我应该见你第一面的时候就缠着你,耍赖说要留在你身边,我应该这样的。"

卫翙被她逗笑,半晌道:"如果你第一次见面就这样,我肯定把你扔出去。"

两人相视几秒,不约而同地笑了。房间里气氛静谧,十一的手机突兀地响了起来,她对卫翙道:"我先走了。"

卫翙盯着她的背影,深深地看了一眼,目光深邃,好似要将这个背影刻入心里。十一打开门的刹那,她道:"十一。"

十一转头,细碎的阳光从窗户跃进房间,照在卫翙身上,她见卫翙虚弱地笑笑,粉色唇瓣轻启:"我等你回来。"

十一突然哽咽,没再开口,点头后转身离开。

房间门再次合上,门外,十一背靠在门上,眼底陡然冒出水花,眼角红透,鼻尖酸涩,她狠狠地抑制住一声哽咽,大步离开卫家。

裴天站在外面等着,见到她出来,主动替她将行李放在车上,问道:"三小姐不送您吗?"

十一摇头:"她还要多休息。"

裴天看了一眼二楼的方向,点点头:"那我们出发吧。"

十一顺着他目光看向二楼,窗口站着一个人,看到她回头,那人挥手,十一也挥了挥手。

黑色轿车很快扬长而去。

怀城不似江城寸土寸金,这是三四线城市,位置较偏,发展得也不是很快,所以即便大家都知道这里有块地要竞拍,但是真过来的没几个,而且都是熟面孔。

洛洲平是最先到的,他到后先是考察了四周的环境,结合乔特助给的消息,越发确定这个地方是真的会开发。怀城这几年开发得一直不太顺利,但是明年将有高铁直达这里,并且地点就在要竞拍的这块地附近,所以才准备兴建商业街。

第二十二章 竞拍

乔特助给他的是秘密情报，是他花了重金求来的，肯定不会有假，所以在看完环境之后，他非常满意。这里位置偏，并不会有很多人参与竞拍，他可以用低价拿下，等到年底这块地的用途被公布出来，就更好脱手了。

他不傻，分公司业务虽然蒸蒸日上，但却是有赖于沈家在里面帮了很多忙，尤其是资金方面，沈氏占大股。现在只要他能拍下这块地，脱手后手上有了资金，就可以将沈氏踢出分公司了。

没有人愿意自己一直被人拿捏着，洛洲平也不例外，他不喜欢听从别人的命令，这分公司是他的，就该他说了算！

他里里外外看了好几天，等到十一到怀城时，他已经和各方都推杯换盏，有了来往。

到了怀城后，十一并没有立刻去勘察环境，卫翊已经提前来过，并和她说了大致情况，她不会再把时间浪费在这上面。所以，即便裴天不解，她也只是闷在酒店里，偶尔见杜月寒一面。

杜月寒也来了，和十一前后脚到的。这次竞拍，江城的杜家、卫家和洛洲平同时出动，原本众人对这块地还没什么想法，在看到这三人接连出现后，反而开始议论纷纷。

"怀城这块地是不是有什么用啊？"

"上面有消息没？"

"到底有没有啊？"

"有个屁，这就是人家玩的小把戏，为了哄抬价格的。你们还真去抢啊？抢到了脱不了手，亏死你！"

"也是。"

"可是我听说卫家也来人了，卫家人从不会做亏本的买卖。"

"天下乌鸦一般黑！"

十一到怀城的第三天，风言风语开始满天飞，她依旧不动声色，每天在酒店里吃吃喝喝。洛洲平倒是来过一次，只不过被裴天拒之门外，说十一还在休息，不见客。

洛洲平不知道十一这是打的什么主意，按理说卫家不该知道这块地

的用途，就算是知道，现在也应该赶紧联络怀城的各方人物，而不是来了之后就这么一直睡大觉。

难道真的如传言那般，只是为了来哄抬价格的？不太像。

这次杜月寒也来了，杜月寒近几年和卫翙走得十分近，他能得到关于这块地的消息，卫翙未必就不知道。卫翙知道，那十一肯定是知道的。

可到底为什么？

洛洲平百思不得其解，想去探探口风，奈何连面都见不到。他每天除了出去见各路人马，就是在房间里深思，最后下了决定，不管怎么样，这块地，他势在必得！哪怕十一要阻拦，他也有办法让十一退回去！

洛洲平对自己的底牌相当有信心，傍晚时，他给心腹打了电话："晚上你亲自把那份文件给我送过来。"

怀城正下着大雨，他的心腹举着伞走在路中央，点头道："我现在就给您送过来。"

为免夜长梦多，洛洲平想了几秒，便应下了："也好，过来吧。"

半小时后，门被敲响，洛洲平站在门口，心腹递给他厚厚的一沓文件，洛洲平阴沉了多日的脸上终于有了笑意。他接过文件后听到心腹道："我刚刚来时在楼下见到卫总了。"

"卫总？"洛洲平皱眉，"哪个卫总？"

心腹凑到他耳边轻声道："卫暖。"

终于舍得出来了。

洛洲平面色阴沉，点头道："你先回去，我去会会她。"

说完，他折回房间，将文件锁在了保险箱里，末了合上房门，往楼下走去。

十一正在喝茶，怀城地方小，但历史悠久，注重茶道和养生，她正想着，下次要带卫翙一起过来品品，冷不丁听到身旁有声音："卫总？"

十一转头，笑道："洛总。"

洛洲平站在她身后，抬了抬下巴："有约？"

第二十二章 竞拍

十一晃了晃杯子:"没有,洛总请坐。裴助理,斟茶。"

裴天给洛平添了一杯茶,依旧站在十一身后,宛如尽职的保镖。

洛洲平的目光从他身上掠过,曾经他第一个想拉拢的对象就是裴天,奈何这人软硬不吃,不管他怎么示好都无动于衷,他这才放弃,转而从其他方面下手。

十一抿了口茶:"这雨下得真大啊。"

洛洲平顺着她目光看出去,点点头:"确实很大。"

十一盯着玻璃窗外:"就是不知道下完雨会不会放晴。"

洛洲平说:"当然会放晴,总不能一直下雨。"

十一笑:"洛总说得对。"她说完,站起身,"我还有点私事,不陪洛总了,您慢坐。"

洛洲平皱眉,他还没开始问话,十一就准备走了,他当即喊:"卫总。"

十一转头,对裴天道:"裴助理,去结个账,洛总这杯茶,我请了。"

洛洲平略略点头,举着杯子:"那就提前谢过卫总了。"

十一听出他意有所指,秀眉拢了拢,上电梯后给卫翔打了电话。

电话那端咳嗽了几声,十一关切地道:"又感冒了?"

卫翔正躺在床上,示意苏子彦别发出声音,她道:"没有,被风呛到了,你那边怎么样了?"

十一说道:"刚刚见到洛洲平了,他似乎对那块地势在必得。"

卫翔笑了笑:"他可能已经见过怀城那边的人,拉拢好关系了。不碍事,竞拍这种事做不了太大手脚,价高者得。"

十一听到她说了这么多话,悬着的心放了回去:"我知道,我这边你不用担心,好好照顾身体。"

卫翔轻轻地"嗯"了一声,挂断电话后,她立刻翻身对着垃圾桶一阵狂吐,好似要将苦胆都吐出来,脸色煞白,身体止不住发抖。

苏子彦拍了拍她的背,立刻给她打上点滴,焦急地道:"都和你说了别管公司的事了!你怎么就不听呢!"

卫翔眼前一阵晕眩，耳朵轰鸣，她已经快要听不清苏子彦说什么了，只是依稀能听到几个字。她接过苏子彦递来的毛巾，擦拭了唇角，翻身躺在床上，缓缓吐出一口气。

苏子彦对她道："检查报告下来了，你——"

卫翔打断他的话："白医生回复了吗？"

苏子彦摇头："白医生在做研究，他的助理说不让任何人打扰。"

卫翔闭了闭眼："检查报告的结果是什么？"

苏子彦捏着病历，垂下眼："最迟后天就要动手术。"

竞拍那天，雨停了。自从十一来到怀城，天就一直下着绵绵细雨，当天雨过天晴，她走出酒店时还能看到天边悬挂着彩虹，色泽鲜明漂亮。十一顺手拍了下来，配上她的自拍，发给了卫翔——

"好看吗？"

卫翔插着鼻氧管，吃力地看着手机里的笑脸，手颤抖着打字——

"很漂亮。"

打完，她又加了句——

"和你一样漂亮。"

鲜活、旺盛的生命力，年轻，有朝气，无一不是自己向往的。真可惜啊，现在若是能见到她，该多好。卫翔这么想着，又发了一条——

"今天竞拍吗？什么时候回来？"

十一回复她——

"我争取今晚回来，最迟明天早上。"

今晚啊。

卫翔眉头紧锁。

"好。"

两人没再联系，十一收起手机，跟在裴天身后上了车，到达竞拍大厅时已经有很多人在了。今天不仅仅有那块地，还有其他要竞拍的物件。

十一刚到，就听到杜月寒道："卫总。"

第二十二章 竞拍

她走过去,见杜月寒手里端着咖啡杯,走近,十一还没开口,就听到一道熟悉的声音:"十一!"

是杜月明。

她诧异地转头,见杜月明穿着浅蓝色的过膝小裙子,正站在自己身后,笑得明媚:"回神了!怎么?这么快就把我给忘了?"

十一错愕:"你怎么回国了?不是没毕业吗?"

杜月明无奈地翻了个白眼:"没毕业就不能回国了?我告了病假。"

十一上上下下打量了她一番。自从卫翊生病后,她对生病很是敏感,立刻问道:"你哪里不舒服?"

"啧。"杜月明搂着她,"不愧是我的好姐妹,这么关心我!瞧这紧张的,脸色都变了!"

杜月寒拍拍杜月明,呵斥道:"自己过去玩儿,我和卫总有话说。"

杜月明仿佛被遗弃的孩子,不满地嘟囔着。

她哥和卫翊有话说,是要谈生意,她尚且忍了,谁让卫翊生来就不是平常人,脑子都比她们转得快,年纪轻轻就坐上了卫天董事长的位置。可十一可是当初和她一起去威斯学习的,怎么现在她哥都和十一谈起生意了,却还把自己当孩子?这还有没有天理了!好歹她还年长十一八九岁呢!

十一看着杜月明一副不高兴的样子,拍她的肩膀。两人现在差不多高,十一更显得成熟和理性,黑色小西装穿在身上,笔挺有型。

十一和卫翊不同。卫翊素来不爱穿正装,总觉得约束自己,谈生意时喜欢穿着鲜艳的裙子,毕竟卫翊气场强大干练,说一不二,一个眼神就能把人镇住,让人战战兢兢。十一因为年纪问题,穿正装反而能让自己看起来老成些,所以她偏爱穿小西装,现在站杜月明面前,倒也看不出年纪尚小了。

想到卫翊,十一无奈地摇头笑笑。

身边,杜月寒问道:"怎么了?"

十一抬头:"没事,杜总要说什么事情?"

"洛总来了。"杜月寒抿了一口咖啡,看向大门口。

洛洲平是同怀城这边的人一同到的，在场的人纷纷打起了招呼。洛洲平站在旁边，与有荣焉。十一将双手背在身后，唇角扬笑。

很快拍卖就开始了，从小物件开始竞拍。十一没什么兴趣，接过物件说明后，随意翻了两页。

身侧有人窃窃私语：

"听说边茌那块地了吗？"

"怎么了？"

"有大用。"

"你吹吧，能有什么大用？上面放弃开发了。"

"没用杜家能来？卫天能来？还一次出动了两个副总。"

"我听说卫家那两个副总不和，这次说不定是内部争斗，我们小企业别参与。"

十一低头看着说明，耳边听他们絮絮叨叨地讨论着，身侧的裴天小声道："十一，到那块地了。"

她抬头，听到主持人说道："下面开始竞拍怀城最有历史的一块地……"

一连串的介绍，十一听得蹙眉，几分钟后，主持人终于介绍完，开始放价格："起拍价三亿五千万。"

一个小年轻率先举起牌子："三亿六。"

很快，各家就如竹笋一样冒出来，这块地，七亿之内拿下都是能赚的，超过七亿，赚不赚钱另说，就算是在场的这些人，大多数也未必能一次性拿出这么多现钱，所以越到后面，报价增长的幅度就越小。

"三亿八！"

"还有没有超过三亿八的！"

十一直接举起牌子："七亿！"

话音一落，在场众人纷纷瞪大了双眼，窃窃私语随之而来。其他人现在都是一千万一千万地往上提价，十一倒好，直接封顶了，七亿！在场的除了几个大公司，谁还出得起这个价格？

"七亿一次！"

第二十二章 竞拍

洛洲平不疾不徐地举起牌子："七亿一千万。"

杜月寒紧接着举起牌子："七亿两千万。"

十一看了一眼身后的两人，对杜月寒笑笑，道："八亿。"

满座哗然，这块地到底有什么值得开发的？都飙到八亿了，这简直太疯狂了！在场的其他小企业纷纷开始打听，是不是上面有什么政策要下来，但他们只暗地里嘀咕，没人敢继续出价。

洛洲平继续举着牌子："八亿一千万。"

杜月寒始终高他一千万，态度也是不慌不忙。洛洲平有些着急，他的计划是在十亿之内拿下这块地，原因很简单，他现在能周转过来的资金只有这么多。若是价格再往上升，他不怕拿不到地，他只担心付不了款。这块地的利润至少十五亿打底，他可以只赚五个亿，但问题是他拿不出更多的钱了。

渐渐地，他的额头渗出了细汗。

启茂的资金他是知道的，是绝拿不出十亿的，卫天他更清楚，现在全面开发烂尾楼项目，所有资金都用在上面了，所以也吃不下。就是因为这样，他才信心满满，觉得自己肯定可以拿下这块地，但随着价格越来越高，他不免有些慌了。

主持人似乎没料想这块地这么抢手，已经抬到八亿一千万的价格了，他笑着问："还有没有加价的？八亿一千万一次！"

洛洲平整个心悬着，他听到主持人喊："八亿一千万两次！"

十一举起牌子："九亿。"

锤子尚未落下，报价仍在继续。紧接着杜月寒也再次出价。

洛洲平一咬牙："九亿五千万！"

十一笑着继续："九亿六千万！"

杜月寒没再出价，他将牌子反放，退出了这次竞拍。所有人都看着洛洲平和十一，猜测着他们的意图。这两人不都是卫天的副总吗？怎么还在这里抢着竞拍？

很快就有人说道："现在分公司是洛洲平的，他只是卫天的股东，所以拍这块地应该是给自己公司的。"

"原来是这样,那他和卫天抢地,不是忘恩负义吗?"

"他忘恩负义也不是一次两次了。"

洛洲平背后冷汗频出,相较于十一的淡然,他显然很不镇定。

"九亿六千万两次。"

他举起牌子:"九亿八千万。"

主持人眉开眼笑。

十一再次举起牌子:"十亿。"

洛洲平一咬牙,举起牌子:"可以暂停休息吗?"

主持人看向十一:"卫总,您觉得呢?"

在竞拍过程中,是可以休息的。如果休息时间超过半小时,那拍品就会由出价最高者获得。目前出价最高的是十一,所以主持人询问了十一的意见。

十一点头:"可以。"

洛洲平松了一口气,起身走到十一身边,笑道:"卫总,借一步说话。"

十一站起身,在别人诧异的目光中,跟在洛洲平身后,去了休息室。

洛洲平掏出烟盒,递了一支给十一,递到一半又收回手,笑道:"抱歉,习惯了。"

十一挑眉:"没关系,洛总是有话要说?"

洛洲平点头:"有话想跟你说。"

十一背对着他,走到休息室的窗户旁,推开窗。热浪袭来,她转头,眯着眼问道:"洛总有话直说吧。"

洛洲平点燃烟,阵阵白烟升起,他对十一笃定地道:"那块地让给我,我给你一个消息。"

十一轻笑:"什么消息能让我让出十五亿的利润?洛总未免狮子大开口了。"

洛洲平从随身携带的包里拿出一份文件,说道:"你知道卫翙为什么对你这么好吗?你知道她为什么送你深造,让你回国进公司吗?我猜

第二十二章 竞拍

你肯定不知道。"

十一神色微变:"为什么?"

洛洲平欣赏着她的脸色变化,将文件递交给她,笑道:"很简单,因为你的父亲是她父亲最佳的心脏供体,你父亲因她父亲而死。卫翀之所以对你这么好,是因为她愧疚啊!十一,你现在姓卫,若是你父亲泉下有知,该怎么想?你和她,可是有杀父之仇!"

十一脸色骤变,手中的文件仿佛千斤重,她有些承受不住,慢慢打开文件夹,看到照片上那个男人时,她倏地跌坐在地,面色苍白如纸。最下面的"配型成功"几个大字映入眼帘,鲜红刺目。她捏紧文件,死死咬着牙,一声不吭!

"我答应和你交易。"休息室里有片刻沉寂,很久后十一才从地上站起身,冷着脸,没再看手上的文件,她转过头对洛洲平说,"我同意。"

洛洲平一脸喜出望外,脸上有明显的悦色,他道:"我就知道卫总是聪明人。不,不能叫'卫总',十一小姐是个聪明人。"

十一道:"不过我来之前卫翀吩咐过,这块地最少十三亿拿下,所以……"

所以明面上,她也要争取到十三亿,否则回去不好和卫翀交代。

洛洲平这只老狐狸一听就懂了:"我出十三亿,这样够诚意了吧?"

十一依旧面色冷清,一只手紧紧攥着文件,神色悲痛。

洛洲平瞧见她这副样子,心底发笑。他会知道这个真相不过是个意外,没想到这个意外却给自己带来了如此大的利润,可真是好啊!

他又道:"十一啊,在卫天没有前途的,不如来我的公司,如何?"

洛洲平到现在还没忘记这块"肉",心心念念想要吃到肚子里去,他的目光越发放肆,笑容也越来越油腻。

十一仿若未觉,似乎满心满眼都在想着文件里说的事情,听了洛洲平的话后,她轻轻摇头:"我暂时不想进公司。"

"我懂,我懂。"洛洲平一脸"我明白"的表情,"走吧,我们可以回去了。"

他说完,扔掉手上的烟蒂,大步往前。

十一倏地喊道:"洛总,我希望我们刚刚的交易没有第二个人知道。"

"那是肯定的。"洛洲平笑,"这是我们之间的秘密。"

十一跟在他身边,手机铃声突兀地响起,是卫翔打来的。在洛洲平探究的目光下,十一轻轻按下挂断键,没接,她仰头:"走吧。"

竞拍还在继续,十一作为出价最高的人,从休息室出来后,就一直被众人盯着,就连裴天也不例外。他刚刚想跟进去,却被十一拦下了,所以他也不知道十一和洛洲平聊了什么,只知道回来后的十一很不正常,精神不正常,脸色也不正常。他唤道:"卫总?"

十一回神:"嗯?"

裴天道:"出价了。"

经由他提醒,十一才抬起头,价格表上还是她出价的十亿。

"十亿一次!"主持人喊着报价,每一声都重重落在所有人心上,在喊第二声时,洛洲平举起了牌子:"十三亿。"

直接压死,不再有还价的余地。

先前还好奇十一是否会出价的众人又纷纷看向洛洲平。

他一脸势在必得,笑得扬扬得意,身边的秘书拍着马屁,他更加高兴了。

十一这边没了动静,裴天有些着急,皱眉道:"卫总,我们还加价吗?"

来之前卫翔吩咐过,最高价就是十三亿,如果再加一两千万倒也不是问题,可十一的精神状态很不对劲。

众人研究完洛洲平,又转头看向十一,想看看从一开始就出价奇高的卫天,还能不能承受这个价位。

现在不太像是在竞拍,倒像是两家博弈,鹿死谁手,都还未定。

十一在众人瞩目之下,垂眼看向手中的文件,又看了一眼另一边的牌子,几秒后,她翻过了牌子。

"不出价了?"

"废话,十三亿啊,你以为十三块啊,哪是那么容易就出价的?"

第二十二章 竞拍

"卫天居然退出了。"

"卫天不是江城的龙头吗？"

"说不定是内部斗争，看戏就好。"

议论声纷纷传来，大家抱着看戏的态度看向这边。

裴天脸上难得添了着急："卫总？"

就连杜月寒都错愕地看过来，十一竟然放弃了？不可思议。刚刚他们在休息室里到底聊了什么，以至于她回来就放弃竞拍了？

十一在他们或好奇或不解的目光下站起身，对裴天道："先走了。"

裴天愣愣地看着她，这就结束了？边茬那块地就这么放弃了？他们不争取了？搞什么？！

他非常不解地给卫翊打电话，汇报这边的情况。

卫翊还吸着氧："放弃了？"

裴天对十一的做法颇有微词，当即道："对，卫总和洛总进去谈了一会儿，出来整个人都不对劲了，也放弃了竞拍。"

卫翊想到半小时前给十一打电话却被挂断，她咳嗽几声，忍着呕吐的冲动说："知道了，挂了。"

挂完了电话，她就抱着垃圾桶又吐了，早上刚喝了点粥，现在完全吐了出来。

苏子彦不敢大意，寸步不离地照顾着她，见她挂断电话，立刻问道："怎么回事？十一发生什么事了？"

卫翊叹息："她应该知道当年的事情了。你说过她不会恨我的。"卫翊眼角微红，"子彦，你错了。"

苏子彦愣在原地："这和你有什么关系？再说了当年也不是你父亲的错，这怎么能怪在你……"

"怪我没提前和她说。"卫翊叹气，"她不是恨我，也不是怪我，她只是怨我没亲自和她说，让一个外人告诉她真相。"

苏子彦还是不明白："就因为这事她就要和你闹脾气？她知不知道她放弃的是什么？十几亿的利润！还有你的身体！她知不知道……"

"暂时别让她知道我手术的事情了，其他的话你也别多说，电话里

扯不清。"卫翙轻轻喘息着，胸口疼得不行，她还是坚持道，"她说今晚就回来的，我等她。"

苏子彦没辙了，只要是卫翙决定的事情，总是没有商量的余地。他不是十一，没办法让她改变心意。

可那个能让她改变心意的人，此刻正在伤害她。

十一知道吗？

苏子彦离开病房后，卫翙看着窗外的树，翠绿茂密，投下一片阴影。她伸手挡住细碎的阳光，手背放在眼前，血管清晰可见，还有青青紫紫的痕迹。想到十一，卫翙垂下眼，转头看着枕边十一送给自己的狗娃娃，已经陪伴自己好几年了，都褪色了，她看着看着，有了倦意，沉沉睡去。

晚风吹进房间里，卫翙梦到十一给自己打了电话，说晚上回不来了，让她不要等了。电话里，她的嗓音坚决而冷漠，凉薄到一下子将卫翙惊醒了！

卫翙半坐起身，点滴已经停了，手上插着留置针，她看了一眼时间，五点整，十一还是没回来。她想了会儿，拨出电话，"嘟嘟"几声后，那端响起清脆的声音："喂。"

卫翙张口："十一，竞拍还顺利吗？"

十一看着落地窗外的景色，听到卫翙的询问，低头道："不太顺利，我把地弄丢了。"

卫翙没说什么，半晌道："洛洲平都告诉你了？"

十一捏紧文件夹，咬着牙："嗯，他都说了，我和他做了一场交易，对不起。"

这声"对不起"砸在卫翙心头，让她眼前一阵晕眩。卫翙的手指紧紧攥着枕头，另一只手握紧手机："没关系，今晚还回来吗？"

"不回来。"

三个字，很沉闷，让卫翙有片刻呼吸困难。她眉头紧紧皱起，咬紧后槽牙，握紧的手松了又紧，沉声道："好，我知道了，那你收拾收拾明天回来，我在家等你。"

第二十二章 竞拍

电话那端沉默了良久,十一倏地问道:"为什么不告诉我?为什么你不告诉我?"

卫翙张了张口,最后只道:"等你回来再说。"

十一咽下泪水和满心的酸涩,点点头:"好,明天等我回去再说。"

卫翙挂了电话,又将床边的协议书拿起来看了几眼,看着上面的签名,她沉默了几秒,末了按下床铃,苏子彦没一会儿就进来了。

"怎么了?哪里不舒服?"

卫翙脸色苍白,手背上的血管细细的,有些凸出,她将手上的协议书递给苏子彦,说:"这份是她爸爸当年签下的协议书,万一我不在了,等她回来,你交给她。"

"卫翙,你在……"

卫翙咬着牙:"听我说。"

"我没告诉她这份协议的存在,因为我不想让她知道,她父亲是什么样的人,也不想让她觉得,她从小就是被遗弃的。"

苏子彦颤抖着手接过协议,眼中湿润。

卫翙继续道:"这份是我的遗嘱,程律师那边也有一份,帮我交给她。"说着递给他另一个文件袋。

苏子彦眼前已经模糊,鼻子酸涩,一个大男人在病房里皱着眉,眼角湿润,一副似哭非哭的表情。卫翙却仿若什么都没看到,径自从枕头下拿出一封信:"这最后一封信,也麻烦你帮我交给她。"

"你到底……"

"白医生下午给我回电了,说今晚就接我走,子彦,我等不到她回来了。"

苏子彦面色煞白,差点握不住手中的文件:"你都没和我说!"

"你会告诉她的。"卫翙看着苏子彦,头一次用这么温和的语气和他说话,她的语气不复强硬,而是很柔软地道,"十一才二十出头,从小到大没有耍过性子,她也不敢耍性子,这次就由着她吧。"

从始至终,她的语气都很平和温柔,提到十一时,卫翙的眼里盛满宠溺。苏子彦却接受不了,他转身要走。

卫翔一声呵斥："站住！"

虽然她语气依旧温软，但目光添了锋利。苏子彦不怕她凶，却担心影响她的病情，他摇摇头："你确定要这样吗？"

"我不想她送我最后一程，她承受不住的。"

病房门被敲响，一个人探头进来，是白医生的助手，之前他们见过。他见苏子彦低着头，问："苏医生，卫总，准备好了吗？"

卫翔点头："准备好了。"

苏子彦手上捏着两份文件和一封信，听到卫翔低头整理着病服说："子彦，告诉她，别恨我。"

第二十三章
反击

十一晚上没回去,一直待在酒店房间里,也没出门。

洛洲平的秘书告诉了他这件事,他嗤笑:"她现在怎么可能回去?依她和卫翔的关系,没回去掐死卫翔都是好的了。"

秘书不知道文件里写了什么,但是听到洛洲平这么说,情不自禁地拍起他的马屁:"还是洛总会用人,能找到卫总的弱点。"

"什么卫总。"洛洲平斜斜地看着秘书,"以后卫天只有一个董事长,那就是我,明白吗?"

秘书忙不迭地点头:"那是,那是。"

两人说完话,门外传来声音,有人敲门,秘书去开门,听到刚刚竞拍的工作人员站在门口,恭敬地道:"洛总,该付定金了。"

洛洲平拍下了这块地,正准备和几个人出去潇洒一下,听到工作人员的话,他点头:"也好,杨秘书,准备文件,我们去付定金。"

杨秘书恭恭敬敬地道:"好的。"

两人跟在工作人员身后,出了房间,见杜月寒和杜月明兄妹俩刚回来,洛洲平主动招呼道:"这不是杜总吗?等会儿有个小聚会,有没有兴趣一起?"

这要是搁平时,他才不会主动招惹杜家,现在有了底气,就变得嚣张了。

杜月寒听着他那轻浮的语气,皱了皱眉,依旧笑着说:"不巧,我等会儿还有约。"

洛洲平耸耸肩:"那好吧,再会。"

杜月寒笑道:"再会。"

洛舟平离开后,杜月明才咋咋呼呼地道:"什么玩意?!真当自己脸上镶钻了?把自己当成个人物了?也不撒泡尿照照自己长什么样,和他吃饭,我能做一周的噩梦!"

杜月寒听到她这番话,当即斥责:"一个女孩子,说的这是什么话!"

杜月明近年在威斯没有人管,越发骄纵野蛮,说话自然也不会好听到哪里去,被训斥是家常便饭,她没放在心上,反而道:"十一呢?怎么拍卖结束就没见到她?"

听到她问起十一,杜月寒眉头皱得更紧了,启茂这次来怀城,就是为了那块地,当然,不是他们启茂要,而是卫天要,他不过是来送资金的。可现在资金到位了,十一却说不要了,他怎么想都想不通。

杜月寒思忖了几秒,道:"我去她房间问问。"

"还是我去吧,你一个大男人,说话不方便!"

杜月寒一个冷眼递过去,镇住了身后的杜月明。杜月明嘀咕道:"你去就你去嘛,这么凶做什么?我就是想找十一叙叙旧。"

杜月寒原本不想带着杜月明去,现在听到她这么一提醒,想着好歹她们曾经那么好,还同窗过,便点点头:"那好吧,你跟着过来吧。"

他也想知道十一葫芦里卖的什么药。可惜的是,他没见到十一。

裴天站在门口,对他遗憾地道:"卫总吩咐了,谁都不见。抱歉,杜总。"

杜月寒指了指自己:"我也不见?"

裴天摇头:"她说,暂时谁都不想见。"

杜月明使劲拍门:"十一,是我!你怎么了?不就是没了块地吗?"

别自责,别想不开啊!"

门内的十一听到外面的嘈杂声,一概没理,她兀自坐在沙发上,一直盯着手机。几秒后,手机屏幕亮起,显示一条短信——

"洛洲平付定金了。"

定金是交易金额的百分之十五,也就是将近两亿。十一看到这条短信,缓缓呼出一口气。她将手机屏幕朝下,走到窗台前,低头往下看。

刚从酒店走出去的男人意气风发,扬扬得意。他咬着一根烟,身边的秘书很是狗腿地立刻上前帮他点上火,招呼他坐进车里。

洛洲平享受着这样的服务,非常满足地坐进车里。身边的秘书道:"洛总,怀城这边的人我都请了,没有漏的。"

洛洲平点头:"好,这件事你办得不错,妥当。"

秘书被夸了之后,笑着道:"但是洛总,我有一件事不明白,我们的预估价只有十亿,沈氏那边投资了一半,剩下的三个亿我们去哪儿筹资?"

洛洲平将车窗半开,掸了掸手上的烟灰,笑道:"就凭我现在的身价,你觉得小小的三个亿能难倒我?放心吧,我已经向银行贷款了,明天上午就能放款。"

秘书听到他这么说,瞬间松了口气。竞拍有规定,必须要在交易后的二十四小时之内结清尾款,否则就不算拍卖成交。不仅如此,一旦成交失败,出价最高者将不再享受有标的物的购买权,而由出价第二高的买家直接拿下。

秘书担心的正是这点,如果明天他们筹不到剩下的三亿,就要被十一用十亿的价格拿下,这是他不愿意看到的,现在见洛洲平一副胸有成竹的样子,他也悄悄松了口气。

晚宴设在怀城唯一一家六星级饭店,各路人马纷纷到场,很多人都知道这块地的用途,也知道即将产生的利润之丰厚,现在洛洲平主动和他们套近乎,傻子才不来。至于其他人,自家领导都来了,他们不来实在不像话,所以也只好跟着来。

宴客厅里,众人手上端着酒杯,洛洲平被簇拥在人群中,宛如在世

界中心,高兴得频频向左右举杯。

"这次的利润可大了。"

"大也没办法,怀城哪个公司吃得下?"

"是这么个理啊。"

洛洲平听到他们讨论的声音,高兴得眉开眼笑,眼睛眯成了一条缝,嘴里不断地说道:"有钱大家一起赚,有钱大家一起赚。"

酒足饭饱,秘书去结了账,洛洲平喝得醉醺醺的,被秘书架着又到了下一个场所。晚上十二点多,众人尽了兴,洛洲平才坐车回来,秘书将他收拾妥当后才离开洛洲平的房间。

次日,洛洲平是被电话铃声吵醒的,手机铃声犹如催命铃似的一直响个不停,他睁开酸涩的眼睛,拿起手机,放在耳边,迷迷糊糊地开口:"喂。"

电话那端是秘书的声音,焦急且慌乱:"洛总,不好了!沈氏要撤资!"

洛洲平还没醒,对着手机破口大骂:"你在说什么屁话?"刚说完,整个人猛地瞬间清醒,"你说什么?!"

秘书话音急切:"我刚刚收到沈总打来的电话,说沈氏要撤资!"

洛洲平咬牙:"撤多少?"

杨秘书听出他的不悦,仍旧硬着头皮道:"全部。"

洛洲平咬牙切齿地说:"他们就不怕要付违约金吗?"

杨秘书提醒洛洲平:"违约金……违约金……"

洛洲平听到他连续提到违约金,反应过来后,不由恼恨地拍着自己的头。之前和沈氏合作得太愉快,为了表示诚意,他们之后签的条款中把违约金这条删掉了,也就是说,现在他们要撤资,一毛钱违约金都不需要付!

洛洲平开始慌了,他连滚带爬地从床上下来,说道:"我给沈总打电话。"

挂了电话后,他不停地给沈素清打电话。当初这件事就是沈素清牵线的。奈何人家不接,他没辙,只好给王永顺打过去,也是关机。洛洲平深思了几分钟,给沈浩拨了电话。

电话倒是有人接了,可沈浩的态度十分漫不经心:"原来是这样。我姐夫啊?他和我爸出差了,短时间内回不来,现在公司由我看着。你说的这事,我怎么没印象?我姐夫没和我说啊,要不然这样吧,我给我姐夫打个电话问问?"

一看就是在踢皮球,付尾款在上午十点截止,要等他这通电话找人,还不知道要等到什么时候。洛洲平咬着牙狠狠地道:"那就麻烦沈总了。"

沈浩笑道:"好说好说。"

当初自己求着洛洲平合作,他偏要一个劲儿地找王永顺,见都不见自己,现在呢,还不是得来求自己?沈浩笑得阴沉,现在来求他?晚了!

洛洲平挂了电话,也知道沈氏这边多半是没戏了,他让秘书过来房间。秘书一进门就看到洛洲平龇牙咧嘴的,因为刚起床,头发乱糟糟的,犹如鸟窝,睡衣扣子开了一半,露出肥大的肚子,脸上油腻得泛着光,他现在都没办法顾及自己的形象了。

杨秘书看他在房间里踱步,小声提醒道:"洛总,我有个主意,不知道该说还是不该说。"

洛洲平握紧手机,眸子鹰视般死死锁着他:"你说。"

杨秘书说道:"卖掉卫天的股份⋯⋯"话还没说完就被洛洲平打断:"不可能!"

他半辈子都在打卫天的主意,现在让他卖掉卫天的股份?那简直就是在挖他心头肉!想都不要想!

杨秘书安抚他:"您先别着急。您想啊,现在这块地,只要是我们拍下了,那卫天不就相当于损失了吗?当初卫总做出担保,只要卫暖做出损失公司利益的事情,她们俩就都得辞职,现在损失的这块地可有几个亿的利润,你说董事会会不会放过她们俩?我们现在卖掉卫天的股份,卫天没了卫暖和卫翙,还不是您说了算?到时候再买回股份,也不是不可以。最重要的是可以缓解现在的燃眉之急。这么大的利润,沈氏

这次不出钱,由我们全部拿下的话,比我们三年的盈利还要多啊!"

一席话说得洛洲平动了心,秘书说得不错,现在卫天就是卫暖和卫翙在和他作对,只要他拿下这块地,就有理由赶走卫翙和卫暖,到时候他再重新收购股份,那些老股东见钱眼开,不一定行不通。

现在最重要的就是要筹到十三亿,毕竟他定金都交了,如果违约,连定金都拿不回来。洛洲平在房间里来来回回地走,秘书提醒道:"洛总,早点下决定吧。再迟我怕赶不上付尾款!"

洛洲平一咬牙:"好。"

没过半小时,十一接到了一个电话。电话那端,男人嗓音低沉地说:"洛洲平开始抛售卫天的股份了。"

十一点头:"全部给我吃下,他抛多少,就吃多少!"

洛洲平在卫天干了半辈子,从来没想过自己有一天会抛售卫天的股份,毕竟这是他最后的底牌!但现在,在巨大的利益面前,他忍受不住诱惑,决定放出这张底牌。

抛售股份并不是很顺利,起先他想一点一点变卖,但是这样有个坏处,来钱慢,起码需要两天的时间他才能将手上的股份全部抛售掉。若是退一步,只将手上的股份卖给同一个人,而能吃得下这块肉的还真没几个。

上午九点钟,秘书给他打电话,说是联系到一个买家,愿意全部接收。他手上有百分之三十的股份,全部接收,不是小数目,填补沈氏的空缺绰绰有余。

最后洛洲平决定卖掉百分之二十五,将那块漏洞填补回来就好。

秘书带他见了买家,对方穿着西装打着红色领带,戴着金色的领带夹,板寸头,年纪四十岁左右。

洛洲平之前从没见过这号人,有些疑惑:"您是?"

"我姓顾,洛总叫我'顾先生'就好。"

洛洲平点点头:"顾总,那合同没什么问题吧?十点之前,我要资金全部到位。"

"我当然没什么问题,就看洛总这边有没有什么问题。"

杨秘书告知洛洲平，顾槐是国外某公司的高层，之前他就放出消息说要收购卫天的股份，奈何没人愿意出。说到这里，他看了一眼洛洲平，见到他冷着脸。卫天这几年的股价持续看涨，没有人愿意犯傻，放弃这到嘴的肥肉。

洛洲平现在就做了这个傻子。

可是没办法，放弃一块肉，他可以得到一整只鸡，更何况定金都交了，孰轻孰重，洛洲平还是分得清的。

手续很快就办完了，九点半，洛洲平和顾槐签好了合同，但是大额股份的变动还需要经过董事会那边同意，洛洲平又在线上召开了临时董事会，卫翙和十一都没有参加。

洛洲平现在已经顾不上她们了，能不参加最好，万一提出一个不同意，他卖不掉股份，之前的定金就相当于打了水漂，所以他并不在意这两人与会与否。

十一并不忙，但她没有参加，因为这次事件的幕后主使人正是她，而且现在股东们对她没有买到那块地非常不满，如果她出面，很有可能会延长会议，她懒得再和洛洲平有其他的纠缠，索性就不参加。

她和卫翙做事风格不同，卫翙一切讲究稳妥，凡事都有规有矩，按照设定好的路线往前推进。她不是，她办法激进，但不得不承认，非常有效果。这次，她要让洛洲平人地两失！

洛洲平和顾槐签订了协议，两人握手言欢，洛洲平深深吐出一口气，笑道："那我让杨秘书送您回去？"

顾槐摇头："不了，我还要去见个老朋友。"

洛洲平闻言只好点头："那好，那我就不留顾总了，您慢走。"

资金到位，现在账户上已经有了八亿，加上昨天的两亿定金，十亿凑齐了，现在就等着银行放款。秘书已经催过两次了，说是已经批了，但是因为是大额交易，手续很麻烦，让他们再等等。

洛洲平坐在房间里等着时间一分一秒地过去。

秘书的手机铃声突然响起，他看了一眼，是银行打过来的。

洛洲平下巴一抬："快接。"

杨秘书开了免提。

"您好,杨先生,您这边的贷款出了点问题。"

洛洲平脸倏地就白了,当即抢过秘书的手机:"什么问题?"

"您的公司现在因为食品问题被举报了,这件事您知道吗?"

"什么?"洛洲平皱眉,"怎么可能?!"

电话那端冷冰冰地道:"您没有看新闻吗?我们银行可以接受信誉不好的公司贷款,但是利息需要稍做调整,最迟十点半才能给您回复。"

"你什么意思?"洛洲平咆哮,"你现在是告诉我,我贷不了款了?"

手机那端,工作人员的声音很平静:"杨先生,您先冷静,是这样的,昨天您并没有和我们汇报您公司的实际情况,现在您公司因为食品问题要接受检查,如果检查结果是好的,那当然可以继续贷款,但是检查结果没出来之前,我们银行是没办法放款的。"

"你——"

杨秘书在洛洲平骂人之前拿回了手机,对洛洲平点头哈腰地道:"我来和他说。"

洛洲平正站在沙发旁,忍不住狠狠踢了踢沙发,他刚刚为了见顾槐特意收拾了一番,所以看起来还算光鲜,但这样光鲜亮丽的外表下,掩藏着一颗随时都要爆炸的心!

他真的快气疯了!

十点钟很快就到了,房门被敲响,工作人员笑眯眯地道:"洛总,该付尾款了。"

洛洲平看着他,咬咬牙:"能不能再等半个小时?"

工作人员皱皱眉:"可以,我可以申请给您再放宽一个小时,但是一个小时后如果您不付尾款,相当于违约,定金是没办法退给您的。"

洛洲平心底很着急,脸上却还要带着笑:"我知道,我知道。"

人刚走,杨秘书就捧着平板电脑给到洛洲平:"洛总您看,公司的消息。"

只见屏幕上显示——

"平视集团因食物检测违规被调查⋯⋯"

第二十三章 反击

余下的内容洛洲平没看,他往后退了两步,头重脚轻,狠狠闭眼,道:"怎么偏偏这个时候出来这些事情!这肯定是有预谋的!"

杨秘书听了他的话,放下平板电脑,分析道:"洛总,您是说,有人陷害我们?"

"这还用说?"洛洲平咬着牙,"给我打电话给其他老总,看看能不能筹到三亿。"

杨秘书立刻去安排,可别说是三亿了,就是三千万,其他人也不可能这么快就调过来,所以到了十一点整,洛洲平的账户依旧只有那八亿多。

门外的工作人员第二次敲门,询问道:"洛总,您的尾款筹备好了吗?"

洛洲平面色苍白如纸:"能不能……"

"抱歉。"工作人员态度平静地打断他的话,"我们拍卖行也是有规矩的,之前已经为您破了一次例,不能再破第二次,如果您没办法交付尾款,那只能算违约。"

洛洲平脑海里迅速闪过什么,他眯起眼,就捕捉到的那个信息问道:"如果我这边违约,那这块地会怎么处理?"

工作人员低头看着表单,神色无波地回他:"第二竞价高的人,也就是卫总,将会得到这块地。"

好,很好,非常好!

卫暖,设计这一切的人,居然是卫暖!

洛洲平想明白了一切,大步冲到十一的房门口,大力敲门。很快,门打开,裴天从里面走出来,说道:"洛总,您有什么事?"

"别给我装蒜!"洛洲平冲着里面喊道,"卫总不出来解释一下吗?"

裴天低头:"卫总正在接待客户,请问洛总到底有什么事?如果没事,卫总现在不见客!"他直接下了逐客令。

洛洲平不死心地站在门口喊道:"卫暖!你给我出来!你这个贱人!你设计我!"

他话音刚落,门打开,从里面走出来的正是刚刚的顾槐。

顾槐见到洛洲平,笑道:"哎,巧了,没想到还能再碰到洛总,刚好有个消息想告诉洛总,我呢,刚刚拿到卫天的股份后,发现也没什么

用,就转手出给卫总了。啊——瞧我这记性,和洛总说了也没用,毕竟你现在只有百分之五的股份,只能算小股东,这种股权转让的事情,也没必要让你知道。"

"你!"洛洲平气得七窍生烟,"呼哧呼哧"喘着粗气。

杨秘书死死抱住他:"洛总,冷静,冷静!"

冷静个屁!他什么都没得到,卫天的股份没了,地没了,还赔上了两亿的定金!卫暖,他现在只想把这个人揪出来狠狠打一顿!

杨秘书没能捉住他,洛洲平太胖了,只要一挣扎,杨秘书根本没办法抱住他。

裴天伸出手,攥紧了洛洲平扬起的手,轻声道:"洛总最好注意下自己的身份,不要做出有违身份的事情。"

两人刚说完,身后拍卖行的工作人员就到了,他站在门口问道:"请问卫总在吗?那块地,卫总还要吗?"

裴天点头,打开门:"您进去吧,卫总等您很久了。"

拍卖行的工作人员笑笑,提步走进房间里。

洛洲平两眼充血,脸上满是要吃人的狠戾神色,怒目狠狠地看向房门。

门并没有合上,卫暖穿着笔挺的小西装站在门口,长发随意束在脑后,她唤道:"裴助理,松开洛总吧。"

洛洲平死死咬着牙,满口的血腥气,胸口起伏很大。他这辈子没被人这样算计过,早就被恨意蒙住了双眼。

十一丝毫不将他放在眼里,她靠近一步,语气不疾不徐地道:"洛总,难道没有人告诉你,要查真相,就要把所有的事情都查清楚吗?既然你不会查,那我告诉你好了。我在进卫家之前,无父无母,是个孤儿。我这辈子只有一个亲人,她姓卫,叫卫翙。"

十一是查过自己身世的,在出国期间。当初卫翙说帮她找家里人,要送她走,这是她心里的一根刺,始终扎在她的胸口,让她夜不能寐,她自己有了能力后,做的第一件事就是查自己的身世。

她知道自己的父母亲是什么样的人,她也知道自己是被遗弃的,知道她父亲是车祸去世的，但不知道和卫家有关，她自然也不会相信卫翔的父亲会做出那种杀人取心的事情。她无条件地相信卫翔——但还是有怨气的。

她的父亲和卫家有这层关系，卫翔居然不告诉自己，让一个外人告诉她真相，这让她情何以堪？

所以她使了小性子，十一轻叹一口气，小性子使完了，最后难受的还是自己，可又怨卫翔不和自己说出真相，于是就这么一直拖着不联系。

吃了午饭，十一将所有资料提交完毕，股份正式放入她的名下，等她回到江城，就可以还给三小姐了。想到这里，十一忍不住面带笑容，她琢磨了半晌，还是给卫翔发了消息——

"我下午回来。"

手机那端没有回复，十一正蹙眉，拍卖行的工作人员将文件递给她："卫总，您看下，如果没有问题，现在就可以签约。"

十一低头看着文件，门口敲门声不断，她转头看向裴天，轻声道："让洛总冷静一下。"

裴天点头："好的。"

洛洲平一直在门外不停地闹腾，似乎非要闹个结果出来。想也知道，地没了，股份也丢了，还损失了两个亿，现在回公司，那些股东肯定不会放过他。

现在沈氏也从公司撤了资，公司刚刚又爆出丑闻，能不能熬过这关都很难说，所以他急怒攻心，开始不依不饶地在门口使劲撒泼。可惜没有人支持他，来来往往的人对他嗤笑嘲讽，洛洲平活了大半辈子，被这样奚落，气得要砸门，身边的杨秘书一个劲儿地要拉他走，可怎么都拉不动。

裴天打开门，见洛洲平一副咬牙切齿、双目愤恨的样子，道："洛总，凡事讲究好聚好散，您现在还有卫天百分之五的股份，只要您不乱用，养老也够了。"

"够个屁！"洛洲平破口大骂，"你让卫暖那个贱人出来！"

裴天不喜欢这样纠缠，他眉头稍皱，说道："既然洛总敬酒不吃非要吃罚酒……保安，麻烦带人离开。"

两个穿着黑色西装的保安立刻架住洛洲平，在他愤恨的骂人声里把他拖走了。洛洲平张牙舞爪的，还想反抗，却被轻松压制住。

裴天看着他离开的背影，再转头看了一眼房内。真没想到十一居然会用这种釜底抽薪的办法，实在太大胆了，万一洛洲平有后手，万一他有多余的资金，有其他人脉，那这块地就是他的了，这样的计划实在过于大胆，也就十一能干得出来。

裴天跟在卫翱身边多年，熟悉她的做事风格，这绝不是她会做出来的事情。

十一啊……裴天笑笑，摇摇头，她比卫翱还要狠。

房间里，十一和工作人员签订好了合同，裴天刚好进去，十一道："裴助理，把文件收拾好，我们下午就回去。"

裴天点头："好的。"

十一说完，看向手机，还是没收到回信。她咬牙，拨了个电话过去，却被掐断了。十一刚要蹙眉，就收到了消息——

"回来吧，我在子彦这里做检查，你直接来医院。"

完全没有提之前的事。十一看到这条消息，心情有些复杂，她咬了咬唇，没再回复。

下午，收拾妥当，大概两点多，十一就和裴天上飞机了。十一带着签订好的几份合同，先去了趟公司。洛洲平还没有回来，他的办公室还在那里。十一回公司做的第一件事就是罢免了他副总的职位，在场的几个高层听到消息都战战兢兢，没敢吱声，连一贯站在洛洲平那边的几个人也是一身冷汗，生怕受到牵连。

十一并没有牵连他们，只说留走都可以，既然要在卫天干，就把心思收回来；如果有二心，就和洛总一样，走人便是。其他几个人哪里还敢提走人，当即给十一把马屁拍得足足的。十一厌恶这样的话，没怎么理睬，将合同放在保险柜里，便去了医院。

人到了医院，却扑了个空，护士说卫总今儿就没来。十一心里涌上

第二十三章 反击

不好的感觉，立刻给卫翙打了电话，铃声响了几声之后才有人接起，她道："卫翙？"

"是我。"苏子彦的声音听起来格外冷静，"我在卫家，你回来吧。"

十一的手抖了抖，迅速挂断电话，眼前已经一片模糊。

不可能，不可能的，她说会等自己的，她说过会等自己的！

"开车。"上车后，十一有些控制不住情绪，吼道，"快开车！"

十一坐在车后座上，泪如雨下，咬着牙不吭一声，唇瓣都被咬破了，却似乎没察觉疼。

不会的，她不会做手术的，她说过等自己回来的！对，她肯定在家里等她呢，也许，她正坐在她喜欢的沙发上……

十一想象不到那样的场面，头埋在膝上，失声哭泣！

前面开车的裴天似乎也察觉到了什么，一言不发，眼角湿润。他抬手擦掉眼角的水花，继续专心开车。十分钟后，车到了卫家，十一打开车门就冲下去，跑到客厅里，沙发上没有那个人，只有苏子彦。

十一缓慢地走到苏子彦身边，问道："她人呢？"

苏子彦抬头，开口安抚："十一，她——"

"我问你她人呢？！"十一扔下包，走到苏子彦面前，拽着他的衣服袖子，"她人呢？！她人去哪儿了？！她说好等我回来的，她是不是做手术了？手术是不是……"

"十一。"苏子彦双手扶住她肩膀，身后，裴天几乎是跑进来的，他刚进客厅就听到苏子彦说，"她……她在手术。你不要着急。"

十一神色惶然，目光定定地看着苏子彦："哪个手术？"

苏子彦张口。

"……子彦，如果她问起来，就告诉她，我做的人工心脏移植手术。"

"……子彦，手机放在你这里，拖住她。"

苏子彦摇头，他做不到，他拖不住。在十一如此清亮的目光下，他没办法不说实话。

十一咬了咬唇，道："是白医生的手术，对不对？"

"十一啊，"苏子彦叹喟，"你要是不这么聪明就好了。"

边莊的情况他已经知道了，套取洛洲平股份的事情他也知道了，卫翔花了将近十年做的基本功，在十一推波助澜下，终于看到了成效，股份收回来了。

他原本还怪十一不懂分寸，不知道事情轻重缓急，是他错了，他刚刚坐在沙发上一直在想到底要不要骗她，可根本不用想，他骗不了十一。

他骗不了她，十一太聪明，对卫翔的事情太敏感，稍加猜想，便知道结果。

"怎么会这样？"十一心如刀绞，疼得她脸煞白，唇直哆嗦，"她说等我回来再做手术的！她又骗我！"

"因为你当时正在竞拍。"苏子彦忍不住说道，"她心脏骤停了，我准备给她做移植手术，白医生正好来信，说研究有了新成果，问她愿不愿意尝试。"

"她愿意。"十一边点头边哭，"她愿意，那我呢？那我怎么办？万一失败了，我怎么办？我还没来得及告诉她，我帮她把股份要回来了，地我也拍回来了，她交代我的事情，我都做到了，为什么她就是不愿意等等我呢？"

十一有些歇斯底里，事情都触及她的底线，让她没了理智。她有些疯狂："我不管，你让她回来……"她说着，跌坐在地上，呜咽着。

苏子彦和裴天都有些不忍心，听着这一声声泣血般的哭诉，再铁石心肠的人也忍不住红了眼眶。

苏子彦倒没忘记自己的责任，他颤抖着手从身后的沙发上拿起了文件袋："看看这个吧。"

十一眼前雾蒙蒙的，行尸走肉一般接过文件袋，泪水落在文件袋上，溅起一片片水花。

"这是当初你父亲和卫家的协议书，你父亲是自愿的。"

十一颤抖着手从里面拿出协议书，字很模糊，她什么都看不清。

苏子彦见到她如此，狠下心又拿出一份文件袋："这是她的遗嘱。"

第二十三章 反击

遗嘱……

十一闷咳了两声，泪水更加肆无忌惮，她浑身都紧绷着，头痛欲裂，心脏仿佛在被人一刀一刀凌迟，疼得她握不住那份所谓的遗嘱。

"啪"！厚厚的文件袋掉落在地，十一伸手去捡，却好几次和文件袋擦过，愣是捡不起来。她憋着一口气，听到苏子彦又说："这封信，是她留给你的。"

客厅里很安静，安静到十一能清晰地听到自己的心跳声，"怦怦怦"！

她抬眼看了苏子彦一眼，接过他手上递来的信封，上面写着"卫暖亲启"。

十一小心翼翼又虔诚地打开信封，信笺上只有一句话。

小暖：

倘若我能回来，补你一句对不起，倘若不能，好好活下去。

小暖。她从始至终都是叫她"十一"的，从来没有叫过"小暖"。卫翔叫她"小暖"是什么意思？是肯定她在卫家的身份，是强调她是卫暖，是知道自己恐怕回不来了。

十一捧着信，仿佛心尖的肉被狠狠剜掉一般，疼得她忍不住打了个哆嗦，紧绷的神经突然断裂，身体骤然泄了力，她闷咳两声，喉咙阵阵腥甜，一口血猛地吐出，喷洒在白色的信纸上，颜色鲜艳！

第二十四章
手术

苏子彦见十一情况不对,当即让裴天控制住她,强行带她回了医院。十一闹了一场后,神色无波地跟在后面做检查。

裴天很担心,问道:"她怎么了?"

三小姐把好好的一个人交到他手上,现在人却急得吐了血,怎么看都不是正常反应。

"应激反应。"苏子彦看着检查报告说,"人的情绪大悲大喜,会产生应激反应,引发急性的胃黏膜损伤,所以才会吐血,我给她打个点滴,好好安抚,没什么大碍。"

听到苏子彦这么说,裴天才放下心,他坐在十一的床头边低头道:"卫总。"

他不是个善于言辞的人,待在卫翔身边时,惯来都是少言寡语的,卫翔也不是喜欢啰唆的人,所以他说话能简就简,还没想过有天自己会安慰人。

裴天张着口,一时讷讷,半响才说道:"你不能倒下,万一三小姐回来,你倒下了,她怎么办?"

十一原本神情麻木,在听到"三小姐"三个字时,眼里才稍稍有了光彩。她手上还攥着那张沾了血的信纸,指尖颤抖着道:"她在哪儿做手术?"

听到她肯开口,苏子彦当即道:"去威斯那边的研究所了。"

十一转过头:"裴天,去做准备,我们马上出发。"

苏子彦按住她:"你现在的身体不能折腾,虽然检查结果显示并没有大事,但你的应激反应严重,随时都有吐血晕倒的可能,你的身体承受不住。"

十一抬头看着他,咬着牙,一字一字地道:"让我在这边傻傻地等,你觉得我能承受得住吗?"

苏子彦捏着病历:"她不想让你去。"事到如今,他只能实话实说,"她不想让你去送她最后一程。"

"你骗我!"十一猛地咆哮,"你骗我!这不是她的最后一程,这不是!苏子彦,你让我去!你送我去!你……"

她说着,又几欲作呕。

苏子彦给裴天递了个眼神,两人按住十一,苏子彦给她注射了镇静剂。看着缓缓睡去的十一,苏子彦摇摇头,神色悲戚。

这两人对彼此的在乎都深入骨髓里了,一个生怕对方看到自己死去会受不了,另一个生怕见不到最后一面。

"就这样……没事吗?"裴天其实也想去看看卫翀。

他跟着卫翀也这么多年了,如果……如果她真的走了,那他连最后一面都见不到,他也会难受、心疼。

苏子彦何尝不是?他对卫翀的感情不输在场的每一个人,从小到大,他都把卫翀当成自己的亲妹妹,到处求医,给她找各种治疗的方法,为了她一次又一次拉下脸去求人。

而现在,对卫翀最好的三个人,在卫翀做手术时却都不能在她身边。

苏子彦叹气:"先这样吧,等她醒了再说,先安抚好她的情绪。"

裴天点头,坐在床头边的凳子上。病房门被敲响,苏子彦被护士叫了出去,病房里只剩下裴天和睡着的十一。

十一做了很多很多的梦，光怪陆离，梦里一会儿是卫翙没挺过去，她去参加了卫翙的葬礼，她承受不住，被扶了下来；一会儿是卫翙好了，从国外回来，站在机场里对她笑，轻声唤她"十一"。

"卫翙……"十一边哭边呢喃。

旁边坐着的裴天见她如此，也只是握紧拳头，背过了身，刚一动就听到了声音："裴助理。"

十一刚醒来，嗓音沙哑低沉，但很冷静，她说道："麻烦你帮我叫苏医生进来。"

裴天盯着她，十一垂眼："放心吧，我现在好多了。"

见状，裴天道："那你等会儿，我去叫他。"

苏子彦刚从其他病房出来，听到十一醒了立刻走过来，站在病床旁左右看看，见她神色平静，目光深邃，苏子彦问："感觉如何？"

十一忍下胸口的翻腾和疼到心坎的酸楚，点头道："好多了。"她咽了咽口水，"你能联系到她吗？"

苏子彦端详了她几秒，摇头道："不行，我只能联系到白医生，但是我怕……"

他怕白医生正在做手术，打电话会影响手术，所以一直都在等那边回消息。自从卫翙离开后，就没有其他的消息传来了，等待是最难熬的，苏子彦深有同感。他拍着十一的肩头说道："你确定没事了吗？"

十一点头："我确定，我想去看着她，等她出来，可以吗？"

这是最卑微的请求。苏子彦张口好几次，最后无奈地道："我联系下白医生的助理吧。"

十一只有同意："好。"

苏子彦出去打电话的时间，十一起来抱着小西装进了卫生间，出来时苏子彦已经打好了电话，他的神色有些放松："还没手术呢，不过被隔离了，信号进不去，所以没办法让你和卫翙通话。今天下午的手术，你现在过去，应该还能看到她。"

十一不假思索地道："裴助理，安排飞机。"

裴天却不似之前立即应话，他看着手机，有些犹豫。

第二十四章 手术

十一吩咐完,看他脸色不对,皱眉道:"怎么了?"

"我刚刚看到内部消息,"裴天道,"三小姐的病被董事会知道了。"

十一脸色微白:"什么?"

裴天将手机递给她,上面是财经报道的新闻:"卫天董事长卫翔疑病重……"

除此之外,网上搜索量实时上升的热点也都是卫天董事长病重的消息——

"卫天?卫天董事长是那个卫翔吧?"

"见过一次,不像是病人啊。"

"不可能吧,这是假消息吧?"

…………

各种风言风语随之而来,明显是有人故意投放的,至于投放的人,很大可能是洛洲平。没想到他还没死心,还想垂死挣扎。

十一坐在病床边,听着裴天报告情况:"卫总,网上的消息已经被人有意散播开来,要想控制,有点困难,现在……"

"说吧。"十一按着额头,"还有什么事?"

裴天道:"董事会的股东们也知道了。"

真是屋漏偏逢连夜雨,十一站起身,一边是她心心念念想去陪着等手术结果的卫翔,另一边是卫翔毕生的事业、卫天的未来,她左右为难。

裴天道:"要不然公司的事情拖一拖?"

"拖不了。"十一很清楚洛洲平的为人,他刚刚被罢免职务,这个时候正等待机会翻身,如果她现在走了,卫天没人坐镇,他想要翻身也不是不可能。

十一缓缓道:"我走不了了,裴助理,备车,我们去公司。"

裴天看了她一眼,道:"公司大门口被记者堵住了。"

十一脸色沉下来,听到裴天继续道:"董事会传来消息,他们要召开临时董事会。"

卫天要开临时董事会,门口被记者围堵,内部员工议论纷纷说已经

好一阵子没见到卫翔来公司了。上次她车祸受伤后就一直养病,公司由卫暖主持,所以大家也没往重病那方面去想,现在看到报道出来才开始议论:

"真的是病重吗?卫总那么年轻。"

"有什么不可能的,我之前就觉得卫总脸色总是苍白得不对劲。可是也不应该啊,卫总能得什么病?"

"心脏病吧,老卫总不就是得这个病走的吗?"

"放屁,你没看到老卫总后来都什么样了,我们卫总哪里像了?"

…………

十一从侧门进入公司后就听到众人正在议论这件事,顿时冷下脸来。身边裴天道:"都不用上班了?"

人群立刻四散开,十一踩着高跟鞋,态度笃定地上了电梯。董事会在顶楼召开,这已经是这个月第三次召开临时董事会了。第一次,洛洲平要变卖股份;第二次,顾槐变卖股份;第三次,是因为卫翔的病情。人心惶惶。

门外的记者都想挤进来,奈何门禁非常严,压根就不可能让人进来。他们推推搡搡,就挤在门口,有几个人猜测:"肯定是遗传了老卫总的心脏病。"

一句话惊醒了其他人,八卦新闻立刻就登出来了,"疑似心脏病"几个字宛如锤子,重重地敲在十一的胸口。

进会议室之前,十一将这些没根据的报道看了个遍,让裴天挑选了其中最出名的一家发去律师函,指责他们无凭无据带动舆论损害卫翔的声誉,如果卫天的股份有任何波动,会让他们全权负责!

律师函一出来,刚刚还堵在门口的记者都有些害怕,卫天居然敢挑最知名的报刊发律师函,是不是他们的消息有误,卫翔其实没生病?如果卫翔没生病,他们就都属于造谣生事,会被起诉的!

站在门口的记者都有些退缩,收到律师函的那家报社已经把人叫了回去,其他人也慌了。两个小时前还将卫天大门口围堵得严严实实的记者们纷纷离开了,大门口重新恢复了安静。

第二十四章 手术

十一站在楼顶看着这些记者离开的背影,目光沉沉。

"卫总,股东们都到齐了。"

十一点头:"走吧。"

裴天见到她这样,于心不忍:"您真的不去找三小姐了吗?"

"我……"十一闭了闭眼,"我不去了。她会挺过来的。她舍不得离开的。"

十一到会议室时意外地看到了一个人,洛洲平正坐在股东之间,老神在在。十一对上他鹰视般的目光,却没有丝毫退缩。身后的裴天小声道:"他怎么也来了?"

浑水摸鱼一向是洛洲平的拿手绝活,现在卫翔不在,他吃了一次亏,怎么可能会束手就擒?只怕那些消息,都是洛洲平放出来的。

十一进去后坐在主位上,其中一个老股东说:"卫总,听说您罢免了洛总的职务?这样是不是不太妥当?洛总在卫天干了一辈子,您说罢免就罢免,这不是让我们这些老股东寒心吗?谁也不知道下一个是谁呢!"

阴阳怪气的话说完,几个股东点头,颇为同意的样子。

十一坐在主位上,开口道:"我相信大家都是老股东了,也不是第一天进卫天这个会议室,我这个刚上任没多久的副总都知道,卫天的规定,不得以任何理由伤害卫天的利益,对吗?"

"我是无所谓,说到底,我现在只是卫天的一个副总而已,但是大家请想想,如果卫天利润减少,对谁的影响会最直接?是各位股东吧?

"我算算,如果上次边茬那块地没有划入卫天名下,那大家损失的利润大概就有二十亿。"

一席话让整个会议室的股东变了脸色,边茬那块地的用途并没有传播开,所以这些老股东并不知道,他们有的人还想用这个理由拉十一下马,毕竟花十亿拍一块废地,这不是拿卫天的未来开玩笑吗?

十一见到众人神色各异,猜到洛洲平肯定没有和他们说实话,她语气更加笃定地道:"难道洛总没有和大家说那块地的用途吗?"

这事儿洛洲平还真没说。在场有些老股东都是和他私交甚笃的,知

不知道都会站在他这边,但是其他人就说不准了。听到利润会有这么高,谁还会帮他?他之前言之凿凿地声称十一刚上任就想踢掉他独掌卫天,再利用卫翊生病的事情,才让这些老股东义愤填膺地替他鸣不平。

对,卫翊生病!

洛洲平抬手:"卫总无须说太多,我们今天过来主要就是想问清楚一件事,卫董事长生病,到底属实不属实?"

"现在外界传言纷纷,股价一跌再跌,您刚上任,是无所谓,损失的不正是我们这些股东的利益?"

"就是,卫翊到底生病没有?"

"是不是心脏病?"

"卫总,您总不能把卫翊藏着吧?"

十一听到他们议论的话,双手放在桌下,紧紧握起,脸上却很平静,直到洛洲平死死盯着她,问道:"卫总不说话是什么意思?"

几个老股东相互看看,眼神疑惑。

十一在众人探究的目光下,点头道:"对,卫董事长正在接受手术。"

"怎么会这样?!"

"居然是真的!"

"你们怎么能瞒着我们?"

"太过分了!"

"股价跌了怎么办!"她这话一说,反倒让洛洲平愣住了,他原先还以为,十一无论如何都不可能泄露卫翊生病的消息。他查了这么久虽说不是一无所获,但实质性的证据并没有握在手上,如果有实质性的证据,他早就和十一摊牌,威胁她让自己恢复职位了,但是他没找到。

所以十一的自曝,有点让他摸不着头脑,她这又是想干什么?

他对十一现在说的任何一句话都持怀疑态度,毕竟被她彻彻底底算计过一次,不能再用三年前的目光看待这个女人了!

洛洲平对十一虎视眈眈,后者不避不让,落落大方,卫翊生病的事

第二十四章 手术

情迟早要被人知道,这是瞒不住的,但是她也不会傻到告诉他们是心脏病,所以说完后,她继续道:"不过大家请放心,卫总并没有像传言那样病入膏肓。上次车祸导致她右腿无力,坐上了轮椅,这次出国不过是做小手术而已,很快就会回来。"

她说出这话,是经过深思熟虑的,卫翊生病的事情一直非常机密,洛洲平纵然知道些什么,也不可能知道她现在病情到底到了哪个阶段。如果他真的知道,就不会坐在这个会议室里,而是光明正大地和她交易了。

十一虽然和洛洲平接触不多,但她心思缜密,稍加联想就能知道洛洲平的打算,他现在是想用董事会的压力,逼她让他复职。

洛洲平确实有这个打算,他给身旁的股东递了个眼色,坐在他身边一直没说话的股东站起道:"既然是这样,那是不是说明卫董事长需要一段时间来调养身体呢?"

十一想了几秒,点头:"当然。"

老股东皮笑肉不笑:"那现在卫天不正是需要用人的时候吗?洛总在卫天干了半辈子,在这个节骨眼上,卫总赶他走,是想独霸卫天吗?"

十一秀眉蹙了蹙,清亮的双眼对上老股东的厉眼,似有刀锋。十一笑道:"独霸卫天,就是你们这关我都过不去,不是吗?再者,洛总现在明显更在乎自己的公司,不惜损害卫天的利益,这样的人,应该留在卫天吗?"

老股东横眉冷眼:"应不应该不是你说了算,应该是我们股东说了算!什么时候卫天变成一言堂了?若是凭卫总一句话就定人去留,要我们股东干什么?"

"就是,太不把我们放在眼里了!"

"没理由一人定去留!"

"就是卫翊也不敢私自罢免副总职务!"

洛洲平从刚开始的不解到现在无声的笑,他似乎非常有信心,胸有成竹。

十一见到各位董事如此说,点头道:"那各位股东的意思,是什么呢?"

她气势沉稳,在各种非议的声音传来时,也只是坐在主位上安安静静地听,神色不见丝毫波动。

几个股东相互看了一眼,说道:"举手表决的话,在场人数是双数,一半一半就不好了,这样吧,我们就实际点,我手上有百分之八的股份,有多少支持洛总复职的,我们投个股份票。如何?"

十一自己本身就有百分之二十五的股份,如果是单投票,那她肯定稳赢,但是现在是所有股东投票,她手上的百分之二十五,就显得没那么多了。

看洛洲平的样子,他肯定已经笼络了一半以上的股东。她刚上任没多久,边茳那边的消息又还没有证实,这些股东对她存疑是非常正常的,不投给她也是人之常情,所以十一在听到这个提议时犹豫了很久,直到洛洲平忍不住问:"卫总是不同意吗?还是卫总有更好的办法?"

十一的手指轻叩桌面,想了会儿点头:"我同意。不过大家稍等片刻,我让裴助理拿个东西过来。"

她侧头对裴天说了几句话,在场的老股东都没有异议,裴天脚步很快地离开了会议室,走出门便打电话:"杜总,不忙的话麻烦您来一趟卫天。"

半个小时后,会议室的门被打开,裴天领着一个西装笔挺的男人走进来,杜月寒见到众人,招呼道:"抱歉,来迟了,听说要投票,我也算个人头吧。"

洛洲平见是杜月寒,唇角扬起嗤笑,他还以为十一有什么后招呢,原来是找杜月寒,杜月寒手上的股份还没有他多,来了也成不了大事。他摇摇头,开口道:"卫总,可以开始了吗?"

十一点头:"可以。"

果然如她所料,站在洛洲平那边的人占多数,而站在她这边的多数都是小股东,最终那边是百分之三十四,她这边是百分之三十一,这还

第二十四章 手术

是加上了杜月寒那百分之四的股份，谁输谁赢，一目了然。

洛洲平笑道："这个结果，卫总满意吗？"

十一抬起头看着他，不动声色："看来洛总复职，是板上钉钉的事情了？"

洛洲平一直被十一打压，好不容易扬眉吐气，他笑道："不敢，我只是觉得付出总有回报，我尽心尽力——"

话还没说完，会议室的门被敲响，十一看了裴天一眼，让他去开门。门外站着的是程律师，程律师在所有股东诧异的神色下，大步走进会议室，对在场所有董事恭敬地说道："不好意思，各位，打扰你们的会议了，但有件事我想宣布，年前卫董事长已经将自己名下的所有财产都划在了卫暖小姐的名下，所以刚刚我重新计算过，卫暖小姐现在拥有卫天百分之四十五的股份，是目前卫天最大的股东。"

他说完，走到十一身边，和十一相互点头，算是打招呼，并将所有过户资料和公证资料投放在大屏幕上。十一坐在主位上，一言不发。

另一边，刚刚还得意的洛洲平脸色剧变，苍白如纸，肥胖的手指忍不住颤抖地指着屏幕，大声道："不可能！这不可能！"

十一站起身，双手撑着桌面，秀气的五官早已长成锋利模样，眉梢挂着和卫翙相似的尖锐，目光凉薄，侧脸绷着，嗓音轻轻飘过整个会议室："还有其他的意见吗？如果没有，我现在宣布，罢免洛洲平的副总职务！"

十一站在窗前，临时董事会打乱了她的计划，原本这个时候她应该在威斯了，可她去不了，只能希望卫翙能挺过来。十一相信她会挺过来的，相信她舍不得离开。

十一闭上眼祈祷。

远在威斯的卫翙仿佛有了感应，她突然睁开双眼，对着旁边的垃圾桶又是一阵呕吐，一直在她病房的白医生助理见状，立刻拍打她的后背，轻声唤道："卫总。"

卫翙用面纸擦拭干净唇边的污渍，问道："这次睡了多久？"

助理看了一眼腕表:"二十二个小时。"

这么长的时间,长到她几乎以为自己醒不过来了,房间有仪器滴滴答答的声响,空气中飘散着呕吐物的酸味。助手对外面招了个手,立刻有穿着无菌服的人进来清理,片刻后,房间的味道散去。

卫翔来这里后先是昏迷,醒了不到一天半又再次陷入昏迷状态。白医生也很着急,这三年,他积极地找寻治疗卫翔心脏病的办法,终于找到一个可行性最高的方案。但以目前卫翔的身体,能不能承受这场手术都是个未知数。

助理见卫翔醒来好一会儿没说话,不由得说道:"需要我叫白老师进来吗?"

卫翔摇头:"等一会儿吧。"

让她缓一会儿,她现在心跳快得不正常,她害怕白医生进来就要求她马上手术,她还没回忆起十一的样子,她舍不得!

助理并没有催促她,只是点头。

病房里滴滴答答的仪器声很是规律,卫翔靠在床边,歪头看着白色的墙壁,空气中是消毒水的味道。她之前问十一最讨厌什么味道,十一不假思索地说,最讨厌的地方就是医院,最讨厌的味道就是消毒水的味道。想到那张俏颜紧皱起来的模样,卫翔唇边有了明显的笑意。

她想到十一的样子了,是笑着的。

十一说:"卫翔,等我回来。"

她不够听话,身体也不争气,没等到十一回来。但这次,她想争气一次,用健康的身体去见十一。

病房里,卫翔目光平静地看着面前的白色墙壁,助理安静地站在她身边,良久,卫翔道:"让白医生进来吧。"

助理看了一眼她苍白的脸色,点点头:"好。"

很快,穿着大褂的医生脚步匆匆走进来,他先是看了一眼仪器上面的各项数据,见到一切如常后才松了口气:"挺好,没有太大变化,你考虑好做手术了吗?"

第二十四章 手术

卫翔点头："考虑好了。"

白医生见状，双手背在身后，神色有些不忍地道："想不想在手术前和那个姑娘通个电话？"

卫翔听了他的话陷入沉默，她双手放在白色的床单上，比之前更瘦弱，血管凸起更明显，五官也瘦得脱了相，见不到曾经的风采。

她犹豫了会儿问道："她还好吗？"

白医生进来之前接到了苏子彦的电话，诚实地回她："不太好，她应激反应严重，看到你的信之后就吐血了……不要激动，她身体无碍，我告诉你这些，就是想让你坚强一点，她还在等你。另外，你公司的股份，她收回了大半，听说那个洛总被她摆了一道，被她收走了百分之二十五的股份和一块地。"

他并不清楚那是什么地，但卫翔知道，她蓦地想到那次电话，她在电话里说对不起，说地丢了，她当时以为十一是怨她的。

原来没有，十一没有怨恨她，一点也没有。

卫翔眼前突然就变得模糊起来，她想知道更多关于十一的事情，想知道全部，可白医生所知道的只有这么多，还是苏子彦让他转告的。

卫翔点头："谢谢你，白医生。"

白医生点头："真的不打个电话？"

卫翔摇头："不打了。"

医生和助理对视了一眼，点头："现在是上午十点，我们去做准备工作，等会儿小苏会把同意书拿给你签，十二点手术。"

卫翔听了他的话，手指捏了捏被角，默默点头。

白医生出门后，助理看着卫翔，欲言又止，卫翔一偏头就看到他想问又不敢问的样子，她笑："怎么了？"

助理看着躺在病床上的卫翔，刚见到她时，只觉她这个人像玫瑰，漂亮，但是刺多扎手，尤其是她板着脸说话时，不怒自威，那慑人的气势扑面而来，让人喘不过气。但现在的卫翔哪还有之前的样子？现在的她软弱无力，病痛带走了她锋利的光芒，让她添了几分柔弱。

助理听到卫翔的话，不好意思地道："没有，我就是在想，您为什

么不打电话呢？"

他跟在白老师身边好几年了，之前的病人都是想方设法在最后给亲人打个电话，哪怕不能相见，也要听听声音，或者录一段视频，就是想万一手术不成功，也能有个念想。但是卫翔很奇怪，居然连一通电话都不打。

卫翔闻言笑："我不是不想打，我是不敢打。"

她怕打了这个电话会动摇自己的决定，放弃手术这微弱的希望，去选择剩余的五年。

助理依旧不太懂的样子，卫翔没多做解释。对讲机中响起白医生的声音，助理立刻小跑出去，没一会儿拿了手术通知单给卫翔签字。

白纸黑字，卫翔一笔一画写上自己的名字。助理见她写完后，看了看旁边的狗娃娃，这是她唯一带进病房的东西，想必是和很重要的人有关吧，他这么想着，也没敢多问，捏着通知单走出去。

中午十二点，卫翔被推进手术室，白医生换上无菌手术服，助理在他旁边帮忙系上腰带，戴上手套。手术室里已经有几个护士在了，她们戴着口罩来来回回地忙碌，仪器滴滴答答的，声音格外清晰，卫翔听得心尖一跳。

不多时，白医生带着助理走进手术间，他站在卫翔身边，听到护士们汇报：

"体温正常。"

"血压正常。"

"麻醉注射完毕。"

"心电监测准备好了。"

…………

一连串专业术语从旁边传来，卫翔的身体突然变得很轻很轻，仿佛灵魂出窍一样，没有疼痛，没有任何异样。

白医生声音沉稳："二号手术刀。"

"棉签，吸血，换。"

助理和他换了位置，白医生的头上出了细密的汗，身边的护士迅速

第二十四章 手术

给他擦拭掉。

时间一分一秒过去，紧张的气氛紧紧锁住了众人，连说话都透着压抑。白医生目光沉稳地盯着手术刀的位置，耳鬓有汗渍滚落，他一边做手术一边冷静地吩咐："擦汗。"

助理站在他身边，看着仪器各项数据，突然喊道："老师，血压上升了。"

白医生没有转头，依旧目不斜视地盯着手术刀的位置，问道："多少了？"

"一百五……一百八……两百！老师！"

白医生立刻说道："麻醉师准备。"

"麻醉师准备完毕，开始注射。"

助理盯着仪器："还在飙升。"

所有人都紧张起来，肌肉紧绷，沉闷的空气让她们呼吸都有些困难，其他几个护士和助理都盯着仪器和白医生看。

白医生拿着手术刀，手很稳，神色几乎没变过，隐在口罩下的唇动了动，说道："二次注射。"

麻醉师看了白医生一眼："可是……"

白医生终于移开目光，定定地看着他："我相信她可以挺过来，注射！"

麻醉师低头看着睡在病床上的卫翔，脸色苍白，已经瘦得脱形，但双唇紧抿，哪怕陷入了重度昏迷，她依旧是倔强的样子。麻醉师点头："好！"

此刻，半辈子犹如走马观花一样在卫翔眼前掠过，她仿佛看到了自己刚出生的样子、刚学会说话的样子、刚上学的样子、刚进公司的样子……以及，刚认识十一时的样子。

她盯着前方，十一的脸逐渐清晰，她听到十一笑着说道："我想祝您，生日快乐，长命百岁。"

"卫翔，等我回家。"

十一还在等她！

"老师！血压下降了！"助理不可思议地看仪器，激动得双眼泛红，"血压下降了！"

仪器表上那鲜红刺目的数字正在回落，两百二，两百，一百八……

在场的所有人都松了口气，就连白医生都忍不住闭了闭眼，他握着手术刀，低沉地道："擦汗。手术继续。"

第二十五章
信念

手术进行的时间比众人预估的更长,可卫翙能承受的时间是有限的,所以第一次手术并不算完全成功,从手术台上下来后,白医生往后踉跄了两步,脸上的汗密密麻麻,他承受的压力比在场的任何一个人都要大。

卫翙是他接手的病人中病情最为复杂的,因为生病已久,并发症也多,相对于其他人简单的对症下药,她需要进行两次手术,且次次都是高风险。

当初他不愿意接手的原因也是这个,虽说医者仁心,但是到了他们这个阶段,也在乎荣誉。他一辈子没有出过意外,手术次次都成功,如果在卫翙身上砸了招牌,外界会怎么看,他心知肚明。

可这是鲜活的人命,他保守估计,目前全球能给她做这种手术的,也就只有自己了。

年轻的时候他意气风发,没能力也要拼一拼,现在老了反而束手束脚。万幸,他这次选择了接手卫翙的病例,也算再次体验了一把年轻时的那种狂妄感。

老天爷要收走的人,他偏偏要夺回来!

"老师。"助理在他身边帮忙擦了汗迹,说道,"卫翙已经进观察室了,麻醉时间还有四小时。"

白医生点头:"密切关注这四小时的变化,有任何异常都要联系我。"

助理点头:"我知道。"

卫翙情况特殊,这次手术没彻底解决,下次手术就变得迫切。白医生回了办公室小歇了片刻,想了下,还是给苏子彦打了电话,他知道那边正在等着他回复。

这边是深夜一点多,此刻的江城正是中午时分,苏子彦刚从病房出来就看到了那个熟悉的电话号码,他盯着号码看了很久,手心出了汗,心跳加快,直窜到喉咙。

身后的护士不明所以,提醒道:"苏医生,你手机响了。"

苏子彦才如梦初醒,点头:"好……好的。"声音透着不自然。

他手指尖颤抖着按下绿色的接通键,将手机放到耳边:"喂,我是苏子彦。"

"苏医生你好,是我,刚刚我们给卫翙做了第一次手术。"

苏子彦声音发颤:"我知道,手术结果……"

白医生喘了口气:"尚算良好,但还要先观察四小时,如果这四个小时没有任何问题,我们还会进行第二次手术……"

他说了很多专业名词,苏子彦明明是个资深的医生,此刻却好像初学者,耳朵只敏感地捕捉到几个词——"手术出来了""没问题""观察四小时""二次手术"。这几个词组合成一句话——卫翙暂时没事了。

他这么想着,身体靠在白色墙壁上,深吸一口气道:"谢谢您了白医生,麻烦您了。"

白医生想到他当初倔强的样子,摇头:"不用,这是我应该做的。"

苏子彦挂了电话,已经出了一身汗,风一吹,凉飕飕的,他没敢耽搁,马上联系了十一,那个人和他一样,此刻肯定心乱如麻。

自从回了江城,十一悬着的心就没有放下来过,卫翙提前离开做手术,更是让她的情绪达到了临界点,一下就崩溃了。卫翙送她出国,让

第二十五章 信念

她进修，培养她的那些事情仿佛都是笑话，在听不到卫翙的消息之前，她整个人犹如行尸走肉，没有丝毫感情，整个卫天也跟着战战兢兢。

自从股东大会之后，十一暂时坐上了副董的位置，顺利代替卫翙，全权处理公司的事情，罢免洛洲平这件事，没有人敢再提出异议。洛洲平当然也回来闹过几次，十一一方面不动声色地和他周旋，一方面也在积极地寻找他当初出卖公司的证据。

他那个秘书眼看他大势已去，分公司也快要保不住，索性主动向十一投诚，却被裴天拦下了。这种人，不到万不得已不能用。

变脸太快的人，他嘴里的话，也就没有什么可信度了。

十一也是这么想的。当初洛洲平势大，他又对自己很有自信，露出的尾巴还是很多的，想要抓到并不是难事，不一定要从他的秘书下手，虽然这样做，得到结果肯定会更快。

可她现在要快有什么用呢？

十一摇头，她现在只想让自己忙起来，忙一点，她就不会时时刻刻想着卫翙。她没有任性的权利，她还要撑起卫天。

"卫总，您看下——"裴天站在她的办公桌前，刚开口就听到手机铃声响起，十一转头看，目光仿佛被定格。

是苏子彦。

这个点打来，是卫翙有消息了？好的还是坏的？

十一碰到手机，手仿佛碰到火一般快速缩回，指尖也仿佛被灼烧一般，密密麻麻的疼开始从心底钻出来，恐惧在她心底生了根，长出一朵叫悲伤的花。

她惧怕的情绪没有维持很久，在铃声响起十几秒后，她颤抖着手接起电话："喂。"

电话那端说了两句话，十一面色骤变，立刻站起身："你说真的？！是真的吗？"

苏子彦安抚道："刚刚白医生是这么说的。"

"我立刻就飞过去。"

苏子彦错愕："那公司……"

"公司的事没关系,还有裴天。"

有二心的人经过上次的董事会,应该知道站在哪一边,现在卫天上下对她服服帖帖,裴天代为管事也是可行的。

裴天似乎也察觉到她和苏医生说的是卫翔,他抬头看着十一,见她对自己郑重地点头,似乎是要将卫天暂时交给他管理,他点头,无声地说:"好。"

十一眨眼,刚刚还清亮的双眼此刻又被水花充盈,她对苏子彦道:"我现在就回去准备,最迟晚上的飞机。"

第一次手术她不在,这一次,她无论如何都要陪着卫翔。

苏子彦知道她拗起来简直和卫翔一样,他摇头:"行吧,那我也回去准备下,和你一起去。一个小时后,我们在机场会合。"

十一松了一口气:"好。"

挂了电话之后,裴天看着她,听到她说:"卫翔第一次手术没事。"

裴天向来表情严肃,此刻脸上也有了不同的神色,似是欣喜。他跟在卫翔身边太久,也逐渐变得情绪不外露,如此鲜明的高兴,放在他脸上,竟然有些不自然。

十一吩咐道:"几个大项目等我回来再说,或者直接开线上会议,其他小事暂时由你负责。"

裴天敛起悦色,神色严肃:"您放心,我知道该怎么办。"

十一对他还是很放心的,她道:"谢谢你,裴天。"

裴天愣了一下,低下头:"卫总,您不用谢我,我就想……"他说着,又抬起头,"我就想您能把三小姐带回来。"

十一又是鼻尖一酸,她点头:"好。我会的。"

十一走得很匆忙,她回了趟卫家,然后直接开车去了机场。苏子彦还没到,十一坐在凳子上,幻想着等会儿见到卫翔是什么样子。她肯定瘦了,身上插着管子,十一不能想象那样的画面,一想就撕心裂肺地疼,她用手撑着头,听到苏子彦的声音:"十一。"

十一抬头:"到了。"

苏子彦捏着机票:"票买了没?"

第二十五章 信念

十一将票递给他看,两人对视一眼,彼此沉默。

很快,两人上了飞机,到威斯已经是晚上了,距离白医生说的四个小时,已经过了两个多小时。苏子彦直接带着十一去了研究所,却在门口被拦下,白医生和助理都在忙着手术,他们没有通行证,进不去,只能暂时被安排在休息室里。

十一站在窗前,外面天色墨黑,她双手垂在身侧,握紧了拳,后背挺直,汗透过单薄的衣服渗出来。她身边的苏子彦也不遑多让,满脸焦急地等待着。

休息室里,保安过来汇报:"抱歉,白医生刚刚进了手术室,目前你们还不能进去。"

十一没料到自己跋山涉水到了这里,却连卫翙的一面都见不到,她身子晃了晃,苏子彦立刻伸手扶住她的肩膀,沉声道:"坚强点。"

十一转头,脸色煞白,呼吸都不均匀了,她急促地道:"你说卫翙……"

"会没事的。"苏子彦继续道,"深呼吸,别想太多。"

十一的应激反应有多严重苏子彦是体会过的,他这两天一直注意着十一的身体,真怕卫翙回来了,十一却倒下了。万幸,她比自己想象中坚强得多。

是信念啊,相信卫翙一定会回来的信念!

十一闻言,顺着他的话开始深呼吸,煞白的脸色有了明显好转,身体也不颤抖了,只是额头仍有细汗不停地冒出来。

保安见他们两个人如此,也猜到这次做手术的可能是他们的亲人,对他们的态度好了很多,还端了两杯茶进来。十一双手接过,想喝口热茶,手却是颤抖的,最后茶一口没喝到,全洒在了小西装上。

苏子彦还想对十一说什么,最后什么都没说,只是拉着她坐在椅子上。

时间一分一秒过去,十一不停地看着手上的腕表。

一分钟,十分钟,一个小时,两个小时,三个小时……

时间越长,十一心里就越没底,对里面情况一概不知的她被慌张锁

住心口，动一下，都是痛彻心扉！

"叮——"

门边的铃声突然响起，十一条件反射地站起身，见保安走过去，对着电话那端道："白医生。"

她急切地往前走了两步，劈手从保安手上抢过手机靠在耳边，用自己都陌生的嗓音道："卫翔，卫翔她……"

白医生的声音很疲倦，但是语气轻松："手术很成功，她没事了。"

一句话抽走十一的所有力气，她双腿一软，整个人跌坐在地上，鼻尖酸涩，眼眶发热，眼尾红透。苏子彦走到她身边，听到她用哽咽的声音哭着说："挺过来了！卫翔挺过来了，她挺过来了！"

卫翔一睁开眼就看到了十一，蒙了几秒，向来聪敏的脑子有片刻空白，她回过神，哑声道："十一？"

十一穿着无菌服，一瞬不瞬地看着她，听到她轻轻说话的声音，松了口气，点头忍住哭腔，道："是我，是我。"

卫翔刚醒，身上连着各种检测仪，十一只能坐在一边，看着清醒的她无从下手。多想给她一个拥抱，可十一做不到。她双眼晶亮璀璨，目光灼灼地道："你醒了？"

"嗯。"卫翔的声音很轻，她的目光在十一脸上徘徊，最后道，"你瘦了。"

十一双目微垂，泪水噼里啪啦地砸下来。她瘦了？她哪有卫翔瘦得多？手术结束后，助理把她领进研究所，她才知道卫翔在这里忍受了什么样的折磨，病痛几乎要了她的半条命，差点撑不到上手术台。

卫翔何止是瘦，她整个人精气神都消散了，要不是有最后一口气吊着，只怕自己就见不到她了。

十一摇头，她拒绝去想那样的画面，现在卫翔好了，就好好地在她面前。

她哽咽道："瘦了没关系，还可以再补回来。"

卫翔伸手，想替她擦泪水，可手背上插着管子，抬手都费劲。十一

第二十五章 信念

握住她只抬起了一点点的手慢慢贴在自己的脸颊上。卫翙看着这张脸，昏迷中，她无数次看到这张脸，笑着的、哭着的、娇嗔的、胆怯的……那一张张面孔仿佛就是力量，注入她的身体，让她撑了下去。

她多想活下去，多想用健康的身体见见十一，多想给她带去更多的快乐。

现在，她做到了。

卫翙的眼角渗出泪水，沾湿了白色枕头，此刻她什么都想说，却又什么都不想说。两人就这么无言地看着对方，很多话不用言明，她们都了解。

苏子彦在外面透过玻璃看着两人，也忍不住露出微笑。助理站在他身边，小声道："我现在好像有一点点理解了。"

苏子彦转过头："理解什么？"

助理羡慕地看着里面两人，情绪也被感染，眼眶微红地道："做手术之前，老师问卫总要不要给十一小姐打电话，她说不用。"

苏子彦听到这句话想了几秒，突然就明白了，她哪是不用，她是不敢，要不然当初她也不会那么决绝地选择不做手术。

十一不知不觉成了她生命中最重要的东西，她从不信鬼神，从不信命运，为了十一，她选择祈求，选择相信。

助理继续说："我现在明白了。"

因为在乎，让人胆小，也让人无畏。

苏子彦转头看着他，两人相视一笑。

卫翙醒来没多久又陷入了昏睡，做完手术后的二十四小时需要人看着，十一毕竟不是专业人士，所以被隔绝在外。助理很想替她说个情，让她也待在里面。但是白医生严厉起来六亲不认，说什么都不让家属待在这里，十一只能守在外面。

这种感觉并不好受，但是最难挨的手术都挺过来了，现在只是让她守在外面，她只要想见卫翙就可以透过玻璃看到她，比之前好太多了。

卫翙很争气，二十四小时观察期内并没有出现任何问题，术后也恢复得很好。十一担心的事情并没有发生，手术后一个多月，卫翙被转入另一个医院进行疗养。十一中途回国两次,裴天也过来看望过一次,见到三小姐没事,他头一次哭了。苏子彦还嘲笑他,一个大男人哭哭啼啼的像什么样子,反被说那时候不知道谁哭得更多。

十一听着两个男人斗嘴,摇摇头,返身进了病房。

年底,卫翔动了第三次手术,术后半月被接回了江城疗养院,接下来就是漫长的休养。

年底时,江城还发生了一件不大不小的事情——洛洲平被逮捕了。

十一还没有出手,他就先被自己的秘书送进去了。当初那个秘书想和十一合作,被十一婉拒了,他就转头找了其他的合作伙伴。

洛洲平在江城的势力也不算小,但没了卫天的支撑,他的公司很快走到了下坡路,到了下半年已经撑不住了,他的秘书不声不响就出卖了他。

他树敌太多,看不惯洛洲平的何止卫家!所以还没等十一掌握到决定性证据,就有人先送他进去了。

解决了心头大患,十一终于和卫翔过了个安稳年。

年后,十一把卫翔接回家,柳婶做了一桌子菜,虽然她不知道卫翔经历了什么,但是现在安安稳稳就是幸福,她也高兴。

十一接卫翔回家没多久,天就开始下雪,她站在雪地里,学着电视里的样子,对卫翔笑着,问道:"你看我们像什么?"

卫翔套着红色羽绒服,秀发已经长过肩膀,扎在脑后,五官褪去锋利,显得很是清丽,她笑了笑,摇头:"像什么?"

"白头翁。"十一冲她眨眼,"不像吗?"

卫翔被逗笑:"像。"

十一挽着她,继续往前走。院子已经被白雪覆盖,走过去,留下两排脚印。

卫翔回来后加强了锻炼,每天都要小跑一会儿,公司没事的时候,十一就提前下班回来陪她。卫翔有次去公司接她下班,秘书见到她还愣了愣,从前那个严肃凌厉的卫总变温柔了,反而是闷不吭声的十一越来越严厉了。

这两人，就像是互换了身份。

想到这儿，卫翔笑了，十一转头："笑什么？"

"没什么。"卫翔道，"董事会是不是又催你了？"

她休息太久，董事会很着急，想让她去上班。

十一想到这儿，秀眉紧蹙："他们那里有我呢，你安心养病，我问过白医生了，你最少还要休养半年，这半年不许管公司的事，不许问裴天项目的问题，不许——"

卫翔伸出手戳着她鼻尖："这也不许，那也不许，你许我做什么？"

十一站在雪地里，想了下，笑道："许你好好休息。"

卫翔无奈地摇头笑："不讲理。"

两人往后院走去，雪花洋洋洒洒下得更大，还没到后院就听到了狗叫声，卫翔看过去，年前杜月明送了一只狗过来，说是给两人的礼物，十一不知道该不该收，卫翔知道她喜欢狗，便准许了，就养在后院。

两人走到棕色的长毛狗旁，十一蹲下身，给它换了食物和水，又将狗窝摆弄了好一会儿，卫翔就站在几步远的地方看着她。

"好了。"十一起身，冲卫翔笑，"这样它就不怕冷了。"

卫翔见她鼻尖冻得通红，将自己的帽子拿下来戴在她头上，十一抬眸，听到卫翔说："这样你也不怕冷了。"

十一看着她，轻声道："我还是怕。"

卫翔闻言，拍着她心疼地道："别怕，我没事了。"

十一轻轻摇头，听不进去任何劝告。卫翔察觉她的身体轻轻颤抖着，轻声安抚："我没事，别怕。"

十一点头，应声道："回去吧。"

卫翔缓缓地道："现在？"

十一点头："现在。"

卫翔摇头："我现在不想回去。"

一旁的棕色长毛狗趴在狗窝里，抬着头好奇地看着两人，卫翔道："走吧，再逛一圈我们再回去。"

十一挽着她的胳膊，两人继续往前走。路旁有一排长得比人高一

点的小树,到了冬天,只剩下光秃秃的枯枝,树干上还一圈一圈绕着粗布。

这是十一在卫翙做手术那年种下的,粗布是卫翙亲手缠的,两人从树旁并肩走过,树干被风吹得摇摇晃晃,却依旧坚挺着。

十一不知道,每棵树下都有一个空瓶子,每个空瓶子里都有一张纸条,每张纸条上都只有一个字,连在一起,便是——

余生与你,岁月无恙。

这是卫翙下半辈子,唯一的愿望。

(正文完)

番外
天晴

年后,杜月明被准许回家了,想到平时做事不正经的杜月明也有被约束的一天,十一就想笑。

杜月明回来那天给她打了电话,说回国了,要好好聚一聚,说还带了一个朋友回来。

那个姑娘不是本市的,十一听杜月明说过,是个什么大小姐,杜月明说:"反正比我家牛多了。"

她有时候怀疑:"你说她为什么会愿意跟我一起玩呢?"

十一无奈:"不如你去问问她?"

"问她?"杜月明耸肩,"问也不会说,闷葫芦一个,和你家三小姐一个样。"

她不知道,现在的卫翔已经不是闷葫芦了,反而是十一的性格越来越闷。

在公司里,十一年纪小,没什么阅历,以前又是那样的身份,一些老董事不服很正常,不过见识到她收拾洛洲平的手段后,倒也没人真的敢置喙,尤其是十一现在的性格,沉默寡言的,一张脸始终板着,只有看到卫翔时才会面带笑容。

裴天都说十一和以前的卫翙越来越像了。

卫翙推开办公室的门,看到十一背对她正在打电话,声音不大,但她还是听到了名字,等十一转过身来,她问:"是月明?"

十一见是她进门,忙起身,走到她身边,担心地问:"你怎么过来了?苏医生不是让你回去休息吗?"

纵使卫翙身体好了,十一还是时时处于担心状态,卫翙在苏子彦那里打了点滴,之后直接来了公司,省得这个小唠叨一直不放心。

卫翙说:"没事,只是小感冒。"她说完,咳嗽两声,清瘦的脸上浮起红晕。

十一对裴天说:"你去倒杯水。"裴天应下,还没走,十一又说:"算了,我去。"

卫翙的事情,她都不放心交给别人,一定要亲自照顾才安心。裴天没辙,站在一边,看向卫翙。卫翙摆摆手,裴天点点头走出去,还不忘关上办公室的门。

卫翙抬头环视办公室。

这个办公室原本是她的,她用了好几年,里面的摆设都没怎么变化,十一搬进来之后也没改动,一切如昨,倒是办公桌上多了两个相框。卫翙起身走到办公桌旁,看到两张相片里都是她,一张是很久以前她和十一视频时被十一截图保存的,还有一张是她穿着红裙子坐在沙发上,歪头看着十一的样子。

她后来拍了很多照片,十一独独喜欢这两张,卫翙轻轻摇头,听到十一说:"喝点水。"

卫翙伸手接过,手背上还有打点滴留下的针孔。十一看了看,问她:"疼不疼?"

大概是有人关心了,卫翙也难得矫情,她点头:"疼。"

十一更难过了,眉头紧皱。卫翙突然想到以前的十一,如果是以前的她,现在保准得哭出来吧。

这人自己受伤的时候满不在乎,可她要是有一丁点疼,十一就受不了。

卫翊放下杯子，叫她："十一。"

十一身高又长了不少，身材高挑，卫翊踩着高跟鞋才和她差不多高。

十一问她："怎么了？"

卫翊说："想到你刚来的时候，才那么大一点。"

那时候的十一，胆怯，懦弱，什么都怕，如惊弓之鸟，说话都不敢大声，和现在的精英干练完全不同。

十一也想到那时候了。

两人相视而笑，十一端起面前的杯子喝了一口，说："月明回来了，她想请我们去吃个饭。"

"吃饭？"卫翊因为感冒，声音微哑，很有磁性，"什么时候？"

十一说："明天下午，你去吗？"

卫翊知道十一和杜月明的关系不错，她如果不去，怕是十一也不会去，所以点头："去吧，一起去。"

十一笑了。

不管在外人面前多严肃，多不苟言笑，在卫翊面前，她始终是那个孩子模样，一句话就能哄好，一句话就能逗笑。

卫翊手捧着杯子，杯身温热，心底也柔软。

次日天气不错，艳阳高照，是个难得的大晴天。

杜月明原本是想派车过来接十一的，想到卫翊也来就算了。到达聚会地点是下午两点半，人不多，杜月明的性子早被制得服服帖帖的，玩笑都不敢乱开，现在是居家派。卫翊和十一到的时候，她起身迎接："大忙人到了！"

杜月明招呼她们进去，杜家的人只有她二哥和杜爷爷在，大哥忙，父母也没时间，还好她爷爷和二哥很热情，招呼着众人。

"不回去了吧？"十一问杜月明。

杜月明说："不回去了，不过我不在家里住。"她眨眨眼，"好好珍惜有我的时间吧。"

　　她有自己的想法和规划，杜家的人自然不会阻拦，只是一想到回家看不到这个活宝，大家又难受，一顿饭吃得是笑一会儿沉默一会儿。饭后，杜月明为了调节气氛，准备了不少游戏，还拉着十一一起。十一被她拖着玩了两个游戏，最后坐在了卫翙身边。

　　卫翙给她递了杯子："不玩了？"

　　十一说："你玩吗？"

　　卫翙对这些游戏没什么兴趣，但看着杜月明玩还挺有意思。她摇头，看到杜月明端来一盒巧克力："新品，尝尝？"

　　好几个朋友伸了手，十一也拿了一颗，剥开，递给卫翙。

　　"月明，你什么时候走啊？"

　　"唉，怪舍不得的，你这一去不知道什么时候回来。"

　　"我下个月旅游，月明，可以去找你玩吗？"

　　杜月明应下："当然可以啊！"

　　其他人真的开始制订旅游计划。

　　十一看向卫翙，目光专注，她突然想到了什么，喊道："卫翙。"

　　卫翙侧头，看向十一，十一问："我是你的什么？"

　　"嗯？"卫翙一时没反应过来。

　　十一冲她笑，似乎也觉得自己这个问题很幼稚。

　　卫翙静静地看着她，几秒后展颜，开口："你是十一。"

　　十一微怔，她以为卫翙不会回答这么幼稚的问题。

　　可卫翙回答了，重复地念叨着："十一。"

　　一声十一，一生十一。

（全文完）